KB130766

군신의 피

이현석 역사소설

청어

군신의 피

이현석 지음

발행처·도서출판 **청어**
발행인·이영철
영　업·이동호
홍　보·최윤영
기　획·천성래 | 이용희
편　집·방세화 | 원신연
디자인·김바라 | 서경아
제작부장·공병한
인　쇄·두리터

등　록·1999년 5월 3일
(제321-3210000251001999000063호)

1판 1쇄 인쇄·2017년 7월　1일
1판 1쇄 발행·2017년 7월 10일

주소·서울특별시 서초구 효령로55길 45-8
대표전화·586-0477
팩시밀리·586-0478

홈페이지·www.chungeobook.com
E-mail·ppi20@hanmail.net
ISBN·979-11-5860-481-3(03810)

이 책의 저작권은 저자와 도서출판 청어에 있습니다.
무단 전재 및 복제를 금합니다.

이 도서의 국립중앙도서관 출판시도서목록(CIP)은 서지정보유통지원시스템 홈페이지
(http://seoji.nl.go.kr)와 국가자료공동목록시스템(http://www.nl.go.kr/kolisnet)에서
이용하실 수 있습니다.(CIP제어번호: CIP2017011990)

군신의 피

神策究天文(신책구천문) 신묘한 꾀는 천문을 꿰뚫었고

妙算窮地理(묘산궁지리) 묘한 헤아림은 지리에 통달했네

戰勝功旣高(전승공기고) 싸움에 이겨 공이 이미 높으니

知足願云止(지족원운지) 만족을 알면 멈추길 바라네

———

나는 물같이 쏟아졌으며 내 모든 뼈는 어그러졌으며 내 마음은 밀랍 같아서 내 속에서 녹았으며 내 힘이 말라 질그릇 조각 같고 내 혀가 입천장에 붙었나이다. 주께서 또 나를 죽음의 진토 속에 두셨나이다.

시편 22 : 14~15

우리의 삶은 누군가에게 부여받은 선물이다. 이 땅 위에서 죽어간 수많은 선조들이 목숨을 버리면서까지 지켜야 했던 것은 무엇일까. 그들이 바랐던 것은 정녕 후손인 우리들의 나태와 게으름이라는, 어쩌면 평화라고도 불릴지 모르는 것들일까?

이 책에는 중국에 삼켜졌어야 할 113만의 대군 앞에서도 두려울지언정 물러서지 않았던 전사들의 이야기가 담겨있다. 이름도 모르는 골짜기와 언덕 그리고 산기슭에서 죽어간 그들을 위해 우리가 해줄 수 있는 선물은 기억하는 것뿐이다. '과거를 잊은 민족에게 미래는 없다'라는 말처럼 우리는 그들의 피와 땀을 기억해내야만 한다. 선조의 고통을 잊은 현대인들이 후손들에게 남길 유산은 지금보다 더 잔혹한 미래뿐이다.

우리는 기억에 의존하여 살아간다.

기억이 곧 추모이며 과거이고 미래이다. 우리가 딛고 서있는 땅에서 일어난 일들을 기억하지 않는다면 우리는 또다시 암흑에 갇힐 것이 자명하다.

여수전쟁으로부터 일제강점기 그리고 세월호처럼······.

2017년 진토를 밟으며.

작가의 말

한 치 앞을 볼 수 없는 안개와 몸 깊숙이 떨림이 그를 향해 다가왔다. 유령처럼 찾아들어 온 수백 명의 숨결이 바람을 타고선 그의 심장으로 빨려 들어가 요동치게 만드는 것만큼 두려움에 휩싸이는 일은 없었다. 북소리를 요란하게 치며 달려오는 적군의 소리는 몸을 마비시키고 긴장하게 만들었으며, 그렇게 온전하고도 순수한 죽음이 자신을 향해 다가오고 있었다. 그들은 오는 길목마다 병사들이 잠들어 있던 천막에 불을 내어 천지를 화염에 휩싸이게 했다. 곧 이어 들려오는 병사들의 날카로운 비명과 찢긴 절규가 더는 버티지 못할 정도로 죄책감에 빠지게 만들었고, 그의 억장은 무너져 내렸다. 너무나도 고요하게 찾아들었던 새벽안개에 불청객이 낀 것을 몰랐던 것이 단지 그의 무관심 탓이라 생각하고 싶었지만, 그것이 이 모든 일들이 어디서부터 잘못된 것인지 고뇌에 빠지는 것을 막을 수는 없었다. 병사들은 눈 깜짝할 사이에 수십 명씩 죽어나갔고, 그 순간에도 그는 헛된 생각을 하면서 시간을 보내고 있었다. 모든 것이 끝났지만 그의 눈물이 두려움을 앞서서 흘렀기에, 그의 몰골은 누구보다도 비참했다.

붉은 달과 흰 연기

가을이 와서 온갖 나무들이 무거웠던 번식의 책임을 훌훌 털어버리고 이곳저곳으로 가벼워진 무게를 날리자, 평양 일대의 마을이 온통 황금빛이 역력하게 뒤덮여버렸다. 길 위에는 수많은 상인들과 학자 때로는 병사들의 발꿈치가 모두 힘을 모아 하나씩 정성껏 길을 다져놓았다. 길을 뒤덮던 낙엽들은 어느새 황금 모래처럼 이슬에 젖어 반짝거리면서도 뒷동네 아낙네의 담화 풀어놓는 소리에 가루가 되어 가벼운 발돋움으로 하늘 높이 떠올랐다. 이에 장안성 안쪽에서 큰 아기 울음소리가 울려 퍼졌고, 떠올랐던 낙엽들은 다시 침착하게 내려앉았다. 성 안에는 고려의 25대 평원왕의 장남 대원(大元)이 있었다. 태자 대원은 자신의 충신이자 조언자이며 형제처럼 가까이 지낸 을지문덕 장군의 장남이 우렁찬 울음을 토해내며 세상 밖에 자신의 첫 호흡을 던지는 자리에 있었다. 매서운 힘이 실린 울음소리는 마을 곳곳과 멀리 성곽 너머까지 퍼져나갔다. 그 소리는 성 근처 숲속에서 눈을 감은 채 풀을 음미하던 사슴까지 닿아 귀를 씰룩거리게 했고, 호기심

어린 표정으로 소리의 근원지를 바라보게 만들었다.

아이의 아버지인 을지문덕은 장남이 태어난 당시에도 명을 따르는 처지에 있었고, 그는 요동지역 최전방 성의 외곽에서 소리 없이 새벽 별빛들을 바라보며 홀로 서있었다. 그의 마음은 이미 처와 아들이 태어날 고향에 가 있었지만, 급변하는 중원의 흐름 때문이었는지 고려를 지키는 최전선에 남아있기로 마음먹었다.

새벽 공기는 사람의 숨을 얼게 할 정도로 차가웠다. 거칠어진 두 손으로 간절히 잡은 대검은 무언가 큰일이 일어날 것처럼 살며시 떨려왔다. 이때 성곽으로 한 명의 사내가 달려왔다. 그는 석고상처럼 굳은 을지문덕 장군에게 말을 걸었다. "장군님, 우려했던 그 일이 일어났습니다." 말하는 그의 입술은 부르르 떨리고 있었고, 손은 꽉 쥐여있었지만 두려워하는 기색이 단번에 풍겨왔다. 이에 하늘을 바라보던 을지문덕이 입을 열었다. "온달아, 차근차근 말해보거라."

"장군님, 남쪽의 진이 결국 수나라에 의해 멸망당했다고 합니다."

한동안 아무 말이 없던 을지문덕은 천천히 입을 열었다. "내 오랜 시간을 새벽하늘을 바라보며 자랐건만, 이토록 기이한 하늘은 처음이구나. 온달아, 아무리 생각해도 나라에 큰 화(禍)가 있을 모양이다."

이에 온달은 다급한 입을 멈추고 하늘을 바라보았다. 그곳에는 거대한 달이 활활 타오르는 것처럼 붉게 물들어 있었고, 주변에는 흰 연기가 끝없이 줄을 지어 하늘을 뒤덮고 있었다. 온달 장군은 난생처음 보는 기이한 하늘의 모습에 마음속으로 분명 거대한 일이 닥쳐오리라 생각했다. 온달이 하늘을 넋 놓고 바라보고 있을 때에, 을지문덕 장군은 그에게 날이 밝는 대로 병사들을 집결시키라고 명을 내렸다.

한편, 고려에 닥칠 불운한 기운을 모르는 마을 사람들은 시장 어귀에서 자신의 친형의 이야기를 하듯, 을지문덕의 최근 소식을 사람들과 나누었다. 을지문덕에 대한 얘기는 그들이 밤에 갖는 술자리에는 빠질 수 없는 안줏거리였으며, 때로는 자신의 아이들에게 들려줄 수 있는 자랑스러운 유일한 무용담이기도 했다. 그러한 기세와 맞물려 사람들은 누구나 알고 있는 그의 무용담을 얘기하기를 꺼리면서도, 왕과 을지문덕에 대한 얘기로 은근슬쩍 주제가 바뀌면 어느샌가 눈을 동그랗게 뜨고는 어디서 들었는지 모를 얘기들을 주섬주섬 꺼내놓기 시작했다. 이러한 이야기들은 마침내 평원왕과 신하들의 귀에도 들어가, 자칫 을지문덕이 왕권을 위협할 수 있는 인물이 될 가능성이 충분해 보였다.

그 시기에 부족연맹이었던 고려는, 먼저 백제와 신라를 공격하여 정복하기 전까지 수나라와 화친을 맺자는 고건무 장군을 필두로 세운 갑파와 백제와 신라는 방어하긴 쉬워도 지형이 험하여 공격하기 어려우니 당시 중국을 통일한 수나라에 대항하여 평원지대를 넓히자는 을파로 국론이 분열된 상태였다.

고려의 호족들도 갑파의 의견을 대부분 따랐는데, 을지문덕 장군이 을파에 힘을 기울이자 실세인 그를 견제하는 세력 중 왕에게 을지문덕 장군에 대한 간언(間言)을 하는 자가 적지 않았다. 고려의 평원왕은 을지문덕 장군을 신임했지만 갑파의 여론을 꺾는 것이 쉽지만은 않았기에, 궁여지책으로 자신을 통하지 않고는 어떠한 논쟁도 금하는 지시를 내려, 한동안은 지방 세력의 호족들과 신하들은 그 이야기하기를 꺼려했다.

반면에 백성들은 갑파와 을파 중 누가 옳은지 따지기를 좋아하기보다 매번 국가에 큰 위험이 닥칠 때마다 힘을 하나로 모으는 데 탁월했다. 그들은 서로의 이익을 따지려 하지 않았다. 장수들의 무용담이 무질서하면서도 정연하게 차곡차곡 쌓여나가는 것이 백성들에게는 고려에 대한 믿음과 나라에 대한 헌신을 이끌어내는 원동력이었다. 신하들의 의견은 다를지언정, 백성은 항상 하나였다. 애초에 다섯 개의 부족국가가 합쳐질 수 있었던 것은 백성들이 사소한 이익을 위하여 신의를 저버리지 않으려는 마음에서 힘을 합했기 때문이었다.

그 신의의 시작은 태자인 대원이 을지문덕 장군 집의 대문턱을 넘는 순간부터였다.

휘황찬란한 깃발이 장안성 근방 마을 일대를 긴 행렬로 지나갔다. 그 행렬의 맨 앞에는 평원왕의 장남인 대원이가 기분 좋은지 실실 웃고 있었다. 마침내 그들이 도착한 어느 한 집에서 대원이가 열려진 대문 안에 한 발을 내딛고는 "황제 납시오."라고 크게 외쳤다. 그러자 을지문덕 장군의 집 마당에 일렬로 서있던 모든 시중드는 자들이 태자에게 예를 갖춰 맞이했지만, 그의 아우는 좀처럼 모습을 보이지 않았다. 문덕이 태자의 행차를 모를 리가 없었다. 다만, 그는 대문 뒤로 교묘히 숨어들어가 태자를 놀래줄 기회를 엿보고 있을 뿐이었다.

태자의 마음속에는 아버지인 평원왕이 진나라에게 받았던 서러움과 비참함이 있었다. 하지만 대원에게는 그 슬픔을 이해해주는 유일한 자임과 동시에 자신을 은밀히 황제라 칭해주는 아우와 다름없는 을지문덕 장군이 있었고, 그를 완연히 믿기에 이러한 엄청난 농을 부렸던 것이다.

태자는 "내 귀한 발걸음을 모른 체하는 이 대담한 아우는 누구란 말인가?"라고 물으며 대문 틈 사이를 엿보았고, 그곳에서 문덕의 눈과 마주쳤다. 곧 꼿꼿이 선 장난기가 시무룩하게 땅으로 툭하고 떨어지면서 온통 시들어버린 표정으로 을지문덕 장군이 살며시 몸을 드러냈고, 이에 태자는 우스워 죽겠다는 표정을 숨겨 장군을 한심하게 쳐다보고 있었다. 태자가 고려의 대장군이 될 사람이 무슨 장난을 이리 좋아하는지 알 수 없다는 시늉을 하자, 서로는 쳐다보다가 웃고 말았다. 웃고 떠드는 사이에 아기 울음소리가 들려왔고, 을지문덕은 자신이 아버지가 되었다는 사실을 다시 한번 깨닫고 기쁨과 놀라움을 감출 수가 없었다.

문덕이 태자에게 아이를 데려오자, "아이의 이름은 정하여 놓았소?"라고 태자가 물었다. "을지순덕, 을지순덕(乙支殉德)입니다. 자신의 목숨을 백성들을 위해 기꺼이 바치고 그 희생으로 인해 덕을 쌓으라는 의미에서 지었습니다."라고 장군이 대답했다.

"거참, 장군께서 이름을 예사롭지 않게 지으시는구려. 부디, 덕을 많이 쌓을 수 있는 고려의 강인한 사내가 되길 바라겠소." 대원이 답했다.

태자인 원은 옛 태자 시절부터 을지문덕 장군과는 떨어져 각자 다른 길을 살았지만, 북쪽 변방에서 처음 만난 지 얼마 지나지 않아 서로 오래전부터 아는 사이인 듯 느꼈고, 그 이후로 장군과 늘 가깝게 지내온 터였다. 자주 만나기는 힘들어도 마음의 합이 너무나도 잘 맞던 그들은 어려운 일이 있을 때마다 서로를 지켜주고 소중히 대하여 형제나 다름없는 사이였다. 그 오묘한 관계의 신비함이 좋았던 두 사람은 태자와 장군이라는 신분의 차이를 초월하여 서로에게 극진히 대했고, 예를 갖춤에 있어서 전혀 어긋남이 없었다. 시간이 지날수록 짙어가는 신뢰는 서로를 존중하는 마음으로 엮였다. 그렇기에 오랜만에 만난 기쁨과 즐거움이 을지순덕의 출생을 축하하는 자리로 이어지게 된 것이었다.

그 격한 기쁨의 감정은 곧장 술자리로 이어졌는데, 나라를 향한 마음의 등불처럼 밤을 지새워도 꺼질 생각 없이 달빛과 같이 은은하게 타올랐다. 깊은 밤 속에서 별들은 하늘을 수없이 하얗게 긁어놓았고, 새벽이 물러서고 동이 터옴에 따라 어느새 아기는 눈썹이 짙은 소년으로 변모하였다.

을지문덕 장군의 아들인 을지순덕은 평생 칼과 방패를 품어야만 했던 아버지의 서러움을 대신하는 듯 공부하기를 즐겼다. 을지문덕은 순덕이 장차 자신을 이을 장수가 되기를 바라면서도 어렸을 적부터 문예에 깊은 관심이 있었지만 배울 기회가 마땅치 않았던 자신을 되돌아보며, 한편으로는 그가 학문에 빠져서 참혹한 바깥세상을 보지 않기를 바라는 마음을 가지기도 했다. 하지만 주변 사람들이 지켜보는 가운데 을지문덕 장군의 가문에서 장남의 역할을 무시할 수 없었던 순덕은 마냥 책에 빠질 수 없었고, 아버지가 가진 명예의 발자국을 따라가기도 했다.

그는 아침이면 밖에 나가 나무로 만든 칼과 창으로 동네 친구들과 서로의 무예 실력을 뽐내면서 땀을 흘렸고, 저녁이 되어 집에 돌아와서는 지친 기색에도 끝끝내 손에서 책을 놓지 않고 노자와 공자 등 수많은 학자들과 밤을 지새웠다. 그러나 그의 학구열은 남을 의심하는 버릇에서 나온 것이었다. 또한 그는 매사에 신중하고 행동이 느렸는데, 남들의 말을 믿지 않고 묵묵히 지켜보면서 남을 판단하는 것이 그에게 있어선 중요한 삶의 방식이었다. 순덕에게는 누구도 쉽사리 믿지 않고 오직 자신의 생각대로 기준을 세워 남을 판단하는 것이 아버지의 부재 속에서 살아남을 수 있게 한 유일한 방어 수단이었던 것이다. 전장에 나가있는 아버지를 대신하여 가장을 이끄는 순덕은 어린 나이에 어떻게 해야 남들보다 더 우월해지고 명철해질 수 있는지 고민했다. 또한 그는 을지문덕 장군의 이름을 대며 목적을 가지고 다가오는 사람들을 분별해내기를 원했다. 아버지가 가진 명예의 찌꺼기들은 오로지 순덕이 해치워야 할 과제였으며, 결과적으로 그것이 순덕에게 잔혹함을 얹어주었다. 의심을 가라앉히기 위해 순덕은 깊은 학구열로 매일 밤 책상에 앉았다. 하지만 그것으로도 만족하지 않은 순덕은 강한 힘을 갖추고자 무예를 탐하기도 했다. 해가 지도록 전쟁놀이에도 전념했던 순덕은 땀을 흘릴 때 아버지의 부재를 잠시나마 잊을 수 있었다. 자신에게 채찍질하며 무언가를 계속 해나가는 것이 을지 가문의 장남인 순덕에게는 큰 버팀목이자 유일한 기쁨을 안겨다 주는 것이었고, 전쟁놀이에 임하는 그의 표정은 사뭇 진지했다.

마을 아이들은 전쟁놀이가 끝나면 하루를 뿌듯하게 보냈다는 표시로 한가득 미소가 번져있었다. 모두가 이곳저곳을 뛰어다니느라 지쳐있을 무렵, 한 아이가 순덕에게 다가와 아버지의 진검을 만져봤다면서 자랑했다. 하지만 아버지의 얼굴이 가물가물했던 순덕의 표정에는 그늘이 드리워있었다. 손에 쥐고 있던 목검을 바라보며 순덕은 침울해했다. 그러자 순덕이 을지문덕 장군의 아들임을 모르고 그저 고위 집안의 자제라 생각했던 낯선 아이는 그가 힘도 별로 세지 않고 그렇게 명석하지도 않다고 여겨 얕잡아 봤다.

그 아이는 당시 고려의 5개 부족 중에 권력에서 가장 밀려난 관노부, 즉 남부 출신이었다. 그렇기에 남부 출신 중에는 권력 욕심이 큰 이들이 많았는데, 대부분의 집안은 모아둔 재물이 많지 않고 노비를 가진 이들이 드물며 또한 정치적인 이유로 인해 높은 관직을 얻기도 힘들었다.

소년 아무개는 가난을 모두 왕이 어질지 못한 탓으로 여겼다. 가난에 허덕인 그의 어미는 추운 겨울날 음식을 구하러 꽁꽁 싸맨 몸으로 눈밭을 돌아다니다가 그 뒤로는 발자국이 찍히지 않았다. 어미가 돌아오질 않자 그 아이의 마음속에는 형체로 자리 잡히지 않은 그 무언가에 대한 증오가 자라나기 시작했는데, 스스로도 그것의 정체를 알지 못했다. 다만, 시간이 점점 흐를수록 더욱 커져만 가는 그 악한 마음을 스스로 다잡을 수 없음에도 그것을 최대한 내뱉지 않고 견뎌나갈 뿐이었다. 어미에게 사랑을 받지 못하고 자라는 동안에도 그는 가장의 무능력함으로 인해 망가진 집안에 불만이 많았지만 아비를 원망하지는 않았다. 하지만 불한당과 다름없는 아비에게 올곧은 소리로 대들어, 수없이 많은 날들을 밤새도록 회초리가 젖은 밤공기를 가르며 묵직하고 탁한 종소리 같은 소리를 울리고 종아리에 피가 흘러도 아무개의 생각은 변함이 없었다. 고통에 버무려진 눈물이 목젖을 타고 내려가는 동안에도 아랑곳없이 말을 바꾸지 않았던 이유는 한번 뱉은 말을 거두어들이지 않는 아비의 성격을 빼다 박았기 때문이었다. 그 집안에서 산다는 것은 힘든 일이었다. 밤에는 배고픔을 참지 못한 아비가 애꿎은 아이에게 불호령을 내렸고, 그의 종아리와 뺨따귀는 매일 타들어갔으며, 아침에는 눈물 젖은 책으로부터 종이와 얼굴을 떼어놓는 것이 시급했다. 악랄한 집안에서 나오는 토사물들이 모두 그에게 흘러들어갔지만, 그 어린 소년은 모든 것을 모두 속으로 삭힐 수밖에 없었다. 오히려 그 아이는 마음을 바로잡아 훌륭한 사람이 되고자 하였고, 남들에게는 힘든 표정 하나 내비치지 않고 자신의 동무들에게는 집에서 받은 고통을 감추려 만나는 사람들마다 극진히 대접했다. 하지만 그런 그가 가끔씩 아이들끼리 모여서 하는 간단한 전쟁놀이에도 이성을 잃고 결국 친구들 목 앞에 시퍼렇게 날을 세운 자신의 광적인 모습을 보고서야 제정신을 찾는 날이 생기기도 했다. 망가진 집안을 일으켜 세우겠다는 의지가 자신도 모르는 서글픈 운명에 삼켜진 채, 아무개는 방 안에 갇혀 날개를 한 번도 펴보지 못한 새처럼 우울한 나날들을 보내야만 했다.

두 개의 씨앗

순덕은 어린 나이에 그의 아버지인 을지문덕 장군을 따라다니면서 사람들의 관계 속에서 교활한 배신과 음모, 때로는 적에게 고개를 숙일 줄 아는 문관들의 잔악한 면모들을 보았다. 무신이었던 을지문덕 장군은 고려에서 촉망받는 장군이며 활 솜씨도 고려에서 겨룰 자가 몇 없을 정도로 최고였지만, 대개 칼을 쥔 자들은 붓을 휘두르는 자들에게 이길 수 없었다. 이에 을지문덕 장군은 한 번의 붓질이 더욱 강력한 힘을 빚어내는 것을 어린 순덕을 데리고 다니면서 직접 경험하길 바랐다. 고려의 문관들이 뱉은 말이 글씨라는 씨앗으로 사람의 마음에 심어져 결국 왕까지도 좌지우지할 수 있는 힘을 갖게 되었다는 것을 보여준 것이다.

문덕은 그들의 모함으로 인하여 소경이 된 수많은 동료 장수들을 보았기에, 훗날 자신과 아들이 장차 그러한 처지가 될까 염려했다.

한편 붓을 잡아 정치하는 이들은 왕에게 간언(間言)하는 말을 서슴지 않으면서도 태연하게 배신을 일삼았다. 정치가들은 사람의 마음을 쉽게 간파하는 탓에, 사람들의 눈빛이 흔들릴 때를 재빠르게 잡아내어 말로써 마음을 동요시키는 데 탁월한 재능을 가진 자들이었다. 그들은 나라를 위한다는 명목으로 자신의 이익을 챙기며 병사와 장수들을 전쟁터로 내몰아 싸우게 만들고 왕 위에 군림하는 유일한 자들이었다. 결국 을지문덕 장군은 그러한 신하들과 자주 다툼을 벌여, 자신의 병사들이 사지로 내몰리지 않기 위해 안간힘을 썼다.

고려에서 권력을 가지려는 자들은 남들의 어깨와 등 또는 머리를 짓밟고 남들의 원성을 사면서까지 올라갔다. 권력의 정점에 올라선 이들은 끝없이 재물을 탐하였지만 탐심의 종말에는 허망하고도 덧없는 바람만이 불어오는 것을 막지는 못했다. 그러자 그들은 또 다른 재밋거리를 찾기 시작했는데, 그것이 바로 '전쟁'이라는 하나의 상업(商業)이었다. 무역을 통하여 각국의 이득을 취하는 거래처럼 정치가들은 사람의 목숨을 담보로 땅과 재물을 맞바꾸었고 전쟁의 바람이 나라에 들이닥치게 하는 것은 바로 그들의 몫이었다. 전쟁은 무역보다 위험한 면이 있지만 죽게 되는 것은 대부분 하층민이므로 붓을 쥔 자들은 별다른 걱정거리가 없었다. 그들에게 있어선 전쟁이란 사람들을 이용하여 돈을 버는 도박과도 같은 짜릿한 것이었다. 한편, 권력의 힘에 짓눌린 백성들에게는 작은 금덩어리도 크나큰 영광이었지만, 권력에 맛을 본 자들에게는 배설물과 다름없었다. 그렇기에 재물을 탐하며 더 높이 올라가려 하는 자들은 탐욕의 그릇 앞에 결국 작아질 수밖에 없는 것들을 얻으려 살아갔고, 그들을 훈육할 참된 이들이 없었기에 고려의 높은 관직을 얻은 자들은 점차 타락해갔다.

한편, 을지문덕 장군이 고려의 최전방을 지키는 나날이 계속될수록 그에 대한 왕과 태자의 신임은 높아져갔다. 그러자 많은 주변 사람들은 을지 가문을 가까이하면서 명리(名利)를 얻으려는 현실적인 생각을 품었다.

그러나 순덕은 다가오는 사람이 누구든지 쉽사리 믿지 않았다. 장군의 아들이 지나갈 때마다 사람들은 그 아들의 눈매가 호랑이의 형태를 하고 있다고 수군거렸다. 그는 호랑이 눈매 속에 담긴 이리의 눈빛으로 사람들을 관찰함과 동시에 마음속에 항상 의심을 가득 채워갔다.

자신 이외에는 아무것도 중요하지 않은 것처럼 행동하던 어린 순덕은 어려서부터 재물에 부족함이 없었고, 그렇기에 그에게 가장 값진 것은 바로 자신의 목숨이었다. 그는 친구들과 대련 중에라도 몸에 상처를 입거나 다치는 일이라도 생기면 반드시 소심한 복수일지라도 해야 직성이 풀렸고, 그렇지 않으면 억울해서 잠들지 못할 정도로 심술궂었다.

그러한 을지순덕의 마음속에서는 언제나 당당했던 아버지의 뒷모습이 있었다. 자신의 어깨가 언젠가는 그와 견줄 만하게 성장할 것이라 믿으며, 훗날에는 더 큰 고려의 영웅이 될 수 있으리라는 기대감에서 허영과 교만이 생겨났다. 동네 어른들의 눈에는 그의 모든 행동이 아니꼽게 보였으나, 차마 용기를 내서 순덕을 다그칠 수 있는 사람은 아무도 없었다. 그의 사소한 행동 하나하나가 사람들의 입에서 오르락내리락했지만, 결국 을지 가문이라는 명예에 덧입어 칭송되기 마련이었다. 한편, 그 보이지 않는 어른들의 눈치와 규율들은 순덕의 귀와 눈을 멀게 했으며, 때론 마을 아이들의 입마개로 쓰이기도 했다.

을지문덕 장군이 전쟁에 출전하여 몇 달씩 돌아오지 않으면, 그의 생사를 모르는 가족들의 애타는 심정을 모르는 이들이 종종 집을 찾아오곤 했다. 문덕이 거할 때는 아무도 발을 들일 수 없었으나, 그가 없는 날에는 시장 통처럼 많은 손님들이 찾아와 북적거렸다. 그들이 들이닥치는 대로 순덕의 어미는 손님을 최대한 정성스레 모셨는데, 찾아오는 이들의 대부분은 을지문덕의 생사를 걸고 도박판을 벌리는 이들이었으나 어미는 그것을 알지 못했다. '生'에 돈을 걸었던 사람들은 손님을 가장하여 집을 찾아와 온갖 접대를 받고서, 순덕을 보고 흡족해하며 돌아갔다. 매일같이 모르는 이들을 봐야 하는 집 안에 있기 싫었던 순덕은 아침에 눈을 뜨고 나면 쫓기듯 집을 나가 아이들과 살판을 벌였다. 비록 목검을 들고 싸우는 모의 전투였지만 실제 전쟁터를 방불케 할 만큼 아이들의 싸움은 거칠었다. 그 순간만큼은 평생토록 을지문덕 장군의 그림자에 억눌려 제대로 숨 쉴 수 없을 것 같은 순덕의 마음을 잠시 놓을 수 있었던 것이다. 그렇게 경건한 그의 눈빛은 강한 화살처럼 예리하게 전쟁 속으로 날아들었고, 피보다도 더 진한 땀방울은 여우비처럼 내렸다. 해가 지고 집으로 돌아온 그는 아버지가 차고 있는 견장을 자신이 이어받아야 한다는 생각과 벅차오르는 책임감에 짓눌려 흔들리는 촛불 아래서 책을 보며 병법을 배워나갔다. 다음 날 아침이면 어김없이 어느새 잠들었던 자신을 반성하며 다시는 잠들지 않겠노라고 약속하고 수없이 가슴을 치며 앞으로 가야 할 막막한 날들에 대해 걱정을 드리웠다. 잠든 시간만큼 아버지의 그림자가 호롱불 밑에 더욱 진하게 내려앉아, 그때마다 숨이 조여오는 것처럼 가슴이 답답했던 것이다. 그의 미래는 이미 을지 가문이라는 영예 아래서 완성되고 보장되어 있었지만, 부질없는 고민들과 허망한 꿈들로 가득 찬 그의 방 안에는 바람 한 점마저 불지 못하고 무겁게 바닥을 향해 곤두박질쳤다. 순덕은 그 나름대로 현실에 존재하는 고민들과 진지하고 무거운 삶의 책임을 어린 나이에 철두철미하게 깨달았으며, 아무도 강요하지 않았지만 모두의 기대가 걸린 짐들을 스스로 지려 했다. 훗날 과거를 돌이켜 보면 허탈한 웃음이 나는 어린 시절이었지만 그는 항상 현재에 부딪치며 눈이 먼 장님처럼 하루하루 매번 한 치 앞도 내다볼 수 없었던 것이다.

그 사건이 일어난 아침에도 순덕은 어김없이 책과 정신이 하나가 되어서 꼼짝달싹 못하게 종이에 달라붙어 있었다. 차가운 공기와 까치 소리가 그의 학구열을 식혀 집을 나설 무렵, 순덕은 어디선가 마주쳤던 아이를 길에서 언뜻 보았다. 순덕은 꺼림칙한 기분으로 나무로 된 갑주를 착용하고 전장으로 향했다. 평소처럼 아이들은 뒷산에 모여 무리를 나눠 목검과 죽창을 들었고, 또다시 장수역할을 맡게 된 순덕은 마을 아이들을 진두지휘하며 앞으로 나아갔다. 그때, 저 멀리 한 아무개 소년이 무기도 들지 않은 채로 바위 위에서 아이들을 지휘하고 있었다. 그 소년의 명령을 받은 아이들은 재빠르게 모였다가 구슬이 퍼지듯 다른 곳으로 빠져, 아군의 병력이 흩어진 무리를 따라 쫓아갔다가 그들이 파놓은 함정에 걸리는 일이 생기기도 했다. 전쟁놀이에서 처음으로 계책에 빠져 허우적대는 아이들의 울음소리는 순덕에게 모욕감을 주었지만, 그 낯선 아이는 무표정으로 덤덤하게 순덕을 쳐다보고는 이내 사라졌다.

순덕과 병사들이 재집결하는 동안에 벌써 다음 수를 준비하고 있던 그 아이는 눈앞에서 벌어지고 있는 전투는 사소한 듯 신경 쓰고 있지 않았다. 그의 앞에 마치 보이지 않는 거대한 벽이 세워진 것처럼 순덕은 그 냉혹한 아이의 눈빛을 마주치기 힘들었다. 순덕은 일단 퇴각 후에 아이들과 정비를 가다듬었다. 여태 아이들과의 싸움과는 격이 달라 불안해진 순덕은 전투가 그 아이의 방식대로 빠른 물결처럼 흘러간다는 것을 깨달았으며 이에 초조해졌다. 그가 어떻게 이 초유의 사태를 벗어날 수 있을지 고민하는 동안에, 순덕의 병력이 또다시 기습 공격을 받았고, 이제 남은 병력은 절반가량뿐이었다. 그가 남은 병력을 이끌고 각개약진으로 적진에 들어가면 흩어져 있는 병력들이 금세 모여서 수비 병력에 손쓸 틈 없이 무너졌고, 구슬처럼 모인 적군은 금방 둘로 나뉘어 양쪽으로 방어선을 공격해왔다. 당황한 아이들은 처음 보는 그들의 신비스러운 전략에 맥을 못 추고 추풍낙엽처럼 떨어졌다. 이에 맞서 순덕은 갖은 병법을 사용하였지만, 어찌된 일인지 한번 간파된 순덕의 전략은 계속해서 먹혀들지 않았고, 마치 적군이 순덕의 머리 꼭대기에서 그를 얕보는 것처럼 느껴졌다.

하지만 그가 궁지에 몰릴수록 도리어 아버지에게서 물려받은 동물적인 감각은 차가운 겨울비를 맞아 으슬으슬 떨리며 깨어나기 시작했다. 그는 상대보다 적은 병력이지만 승리를 쟁취하기 위해 높은 수준의 전투를 준비하려 병력을 재집결시켰고, 위기 상황에서 무섭도록 빛을 발하는 신들린 감각이 마치 대대로 내려온 견고하고 제대로 벼린 명검과도 같았다. 그 감각은 그를 야수로 만들기에 충분했다. 그런 기세에 덧입어 사기가 오른 순덕의 병사들은 적군의 반 정도에 불과한 전력으로 이렇다 할 작전도 없이 적들을 차례로 격파해나가기 시작했다. 빠른 속도로 물밀어 오는 그들이 우렁찬 함성과 겁먹지 않는 용기로 적군의 전술을 삼켜버리자, 그들은 한 발 퇴각했다. 서둘러 을지순덕은 다음 행동을 전파하기 위해 병력을 모았지만, 그의 눈에 무언가가 걸리는 것이 한 가지 있었다.

일자로 늘어선 아이들 속 꺼림칙한 느낌이 순덕의 등 뒤에 달라붙어 끈질기게 떠나가지 않았던 것이다. 그의 시선이 먼 숲을 향하자 순간, 아이들의 수가 많아졌다는 것을 알아차림과 동시에 등골이 서늘해지고 식은땀이 천천히 흘렀다. 아이들을 한 명씩 천천히 훑어보다가 이내 아군 속에 모르는 얼굴들을 발견했다. 순덕은 그들을 가려내고자 했지만, 그의 뒷목에 탁하는 강한 타격음과 함께 귓속에서 이명이 들려왔다. 순덕은 눈을 뜨고 있었지만 앞에는 온 얼굴을 덮는 어둠이 그를 꿀렁 삼켜버렸다. 새벽마다 책에 볼을 맞대고 단련하던 지난날과는 달리, 축축한 흙바닥에 얼굴을 묻고 그는 온몸에 힘이 풀려 쓰러졌다.

마을 아이들의 전쟁놀이는 절대적인 권위를 자랑하는 병사들의 숫자와 힘겨루기로 우위를 정하는 단순한 놀이 수준이었지만, 아무개는 그것이 전부가 아님을 순덕에게 깨닫게 해주었다. 순덕이 쓰러지자 병사들의 무리에 숨어있던 적병들이 내부 분열을 일으켜 싸우고 있는 동안 다른 적병들이 합세했고, 남은 아이들은 쉽게 항복했다. 아이들은 이런 비열한 승리를 싫어하면서도 처음 보는 어른스러운 전략을 두려워했다. 손쓸 겨를도 없이 패배한 순덕은 온 세상 이불을 모두 덮어버린 것처럼 깜깜한 암흑 속에서 낯선 아이를 계속 되뇌었다.

아이들은 단순한 전쟁놀이라 치부할 수 있었으나, 아버지의 그림자를 봐왔던 그는 실제로 생사가 갈리는 전쟁터에서는 단순한 실수나 생각지 못한 것들로 인해 죽을 수 있다고 생각했고, 전쟁놀이에서도 실수란 있을 수 없다고 여겼다. 전쟁에서는 한낱 어린아이의 장난일지라도 승리를 쟁취하게 한다면, 사람들은 위대한 전술이라 말을 바꿀 것이며 훗날 사람들이 생각지 못할 계략이라고 칭송한다는 것을 아버지의 가르침을 통해 알았던 것이다. 이긴 이를 축복하는 것이 전장이라는 것을 을지문덕 장군에게 들어왔던 순덕이기에 이번 일은 더욱 쉽게 넘어갈 수 없었다. 그가 훗날을 기약하며 전장에서 죽지 않기 위해 필사적으로 갈고 닦았던 지난날의 노력의 실체는 아버지의 뒷모습이었다. 매번 아비의 명예로 인해 손쉽게 승리가 돌아왔던 것이었다.

하지만 순덕을 잘 모르는 어떤 아이가 그 암묵적인 규율을 깨트려 그를 손쉽게 꺾어버리자 무기력하게 누워있는 자신의 모습을 처음으로 돌아볼 수 있게 되었고, 덕분에 순덕은 비참해졌다. 그는 이번 일로 자신의 나약함을 숨겨주었던 아이들의 음모를 알아챘고, 그 낯선 아이를 제외한 모두가 자신을 속이려는 한패처럼 보였다.

예전부터 을지문덕 장군은 자신을 이어야 하는 순덕에게 전쟁에 대해 많은 것을 알려주었다. 장군은 전장에서의 사소하거나 황당한 실수를 포함해 어떠한 이유로든 전투에 패배하는 것은 무엇을 의미하는지 알려주려 애썼다. 아무리 비겁한 행동일지라도 승리에 일조한다면 용감한 행동이 된다는 것을, 또한 전장은 그 누구도 차마 '비열하다'는 말을 꺼낼 수 없는 유일무이한 곳이라는 사실을 깨우쳐주었다. 물론 전장에서도 최소한의 예의나 규칙이 암묵적으로 존재했지만, 그것은 살아남은 자들이 언제든지 바꾸어버릴 수 있는 사소한 문제에 불과했던 것이다. 전장에서 살아남지 못한 순덕은 머리를 다쳤고, 방 안에 홀로 누워있었다. 간사한 술수에 당했다는 것이 분했지만, 그 속임수만이 불리한 상황을 역전시킬 수 있는 단 한 방의 방책이었기에 낯선 아이를 대단히 여기기도 했다. 그보다 여태 아이들이 자신을 속여왔고 자신만 몰랐다는 것에 대한 수치심은 여태껏 받은 느낌 중에서도 가장 강렬했고 그의 얼굴을 붉게 물들였다. 그는 누워있는 동안에도 행여나 을지문덕 장군의 명예에 누가 되는 행동을 저지른 것은 아닌지 걱정스러워 마음이 뒤숭숭했다. 결국 그는 되도록 이번 일이 외부에 알려지지 않도록 집안 노비들에게 단단히 일러두었다.

바깥에 담벼락에 눈이 소복하게 쌓였다. 온갖 들짐승들은 길가에 쌓인 눈 위를 걸으며 자국을 남기기도 하고 시린 발을 털어내기도 했으나, 순덕이 머물러있는 창가는 오래도록 열리지 않았다. 흔들리는 촛불 소리가 두려워 혼자 애태우는 호롱불조차 적막에 휩싸이고 방 안에는 순덕의 두 귀만이 생생하게 살아있었다.

"이분이 을지문덕 대장군의 자제분이란 말이지?"

낯선 목소리가 문밖에서 들려왔다.

"아무도 안에 들이지 말라 하셨습니다."

그 뒤에 소란스러운 아이들의 언쟁이 오갔으며, 낯선 목소리의 주인공은 이내 먼 과거의 기억처럼 청야(聽野)에서 사라졌다.

순덕이 다시 깨어난 것은 깊은 새벽녘이었다. 노비들이 순덕이 일어나자 죽을 끓여왔다. 기운이 없는 그에게 죽을 떠 먹여주고 노비가 자초지종을 말해주었는데, 순덕은 얘기를 듣고 실망스러운 듯 다시 이부자리에 풀썩 누워버렸다.

광기의 초입(初入)

최초의 패배는 순덕에게 많은 것들을 안겨다 주었다. 시간이 흐르고 상처가 아물었지만 그는 한참 동안 밖에 돌아다닐 수가 없었는데, 그것은 창피함 때문만이 아니었다. 부모의 성화에 못 이겨 그의 실력을 속여왔던 아이들의 사소한 행동이 결국엔 그의 두 눈을 멀게 만들어서 자만심을 불러일으켰고, 이에 순덕은 한없는 배신감과 무기력을 느꼈다. 이렇게 한번 자신의 실력에 대한 의심이 일자, 주변 모두가 자신의 실력을 감싸는 것에 공조하는 존재들로 보였기 때문에 그는 섣불리 방 안을 빠져나오지 못했던 것이다.

아무개만큼은 적으로 만나 순덕을 무너트렸을지언정, 그의 유일한 아군이라고도 할 수 있었다. 순덕은 당장에 그 아이를 찾고 싶은 마음이 굴뚝같았지만, 그와 동등한 위치에 서지 않으면 만날 용기가 생기지 않아 방 안에 틀어박혀서 홀로 공부하기를 멈추지 않았다. 그렇게 순덕은 몇 달간 아무도 만나지 않고 과거의 자신을 반성하며 깨우치고 성장해나갔고, 책 속에 담긴 지혜의 투명한 빛으로 온 방 안을 채워놓았다.

상흔이 남은 자리에 심장박동처럼 잊지 못할 기억이 두근거리기 시작하면 다친 곳은 욱신거림을 더해갔다. 날이 지나고 그 아이에 대한 궁금증이 커갈수록 순덕의 머릿속에는 그 아이가 점차 위대하게 그려졌다. 순덕의 자신감과 능력이 모두 아버지의 그늘 아래서 나온 것이라는 사실을 정면으로 일깨워주는 그 유일한 남자는 강해지고자 하는 순덕의 욕망을 불태웠다. 평소 아이들이 그의 나약함을 싸늘한 눈빛 속에 숨겨왔음을 몰랐던 그는, 그 잔인한 사실을 알게 될수록 포악한 성격이 얼굴을 내밀고 흘러내리는 촛농처럼 잠시 뜨거워져 마음을 굳게 먹었지만, 이내 굳어버린 촛농은 아무 도움이 되지 않았다. 표상에 자리 잡은 그 아이는 절대 이길 수 없도록 깊게 새겨진 상처였고, 그를 마주하려고 마음먹을수록 순덕은 한없이 괴로웠다. 마침내 그가 의욕을 되찾고 호기심 어린 눈빛으로 슬금슬금 창틀에 얼굴을 내밀었을 때에는 흘러내린 게으른 육체의 일부분이 여기저기 흩어진 채로 때가 늦었다는 냄새를 풍기며 방 안 구석에서 순덕을 비웃고 있었다. 끝내 그는 몸을 간신히 일으켜 세워 나약한 골격을 탈피하는 애벌레처럼 그의 바짓가랑이를 잡는 것들을 잊으려 노력했다. 그는 고통스러운 세상을 등지게 만드는 나약함을 응시하며 자신의 육체를 자르듯 힘겨운 싸움을 벌였고, 그것들이 창문 너머로 멀리 둥둥 떠다니며 보이지 않을 때까지 계속해서 저항하고 또 저항해나갔다. 그렇게 새까맣게 검은 밤이 눈을 뜨자, 새벽녘은 곁에 붙어서 금세 다가왔다. 잠들지 못하는 그의 심장은 별들과 함께 쿵쾅거렸고, 모든 감각들이 새벽과 같이 새롭게 눈을 뜨고 있었다.

그는 여태 믿었던 아이들의 배신이 자신을 비참하게 만든 것도 사실이지만, 당시 발휘한 용기와 빠른 판단력은 순전히 자신에게서 나왔다는 확신 또한 갖고 있었기에 쉽게 포기할 생각은 없었다. 순덕은 여러 밤낮에 걸친 생각 끝에 낯선 아이의 실체를 찾고 그에게서 배우기로 마음먹었다. 잔인한 복수보다는 그를 순전히 힘으로 이기고 싶다는 생각이 들자, 평온한 마음이 순덕에게 맴돌았다. 그러자 순덕의 마음속에는 '재물을 쌓아둔 곳에는 자신의 마음이 있다'고 한 아버지의 말이 문득 떠올랐다.

당시 순덕에게 다른 길은 아무것도 보이지 않았다. 누구보다 강인한 사내가 되기 위해 혼신을 다하는 것에 몰두한 순덕은 문덕의 말에 쓸쓸함이 담겨있었던 것을 알지 못했다. 순덕이 그 의미를 깨우치기까지는 아주 오랜 시간과 많은 희생이 따라야 했다.

아이들은 여전히 땀을 흘리며 평원을 내달리는 말처럼 마을 뒷산을 뛰어다녔다. 순덕은 방 안을 벗어나 그 낯선 아이의 행방을 찾으려 아이들에게 물었지만, 다들 추측만 가득할 뿐 정확히 아는 사람은 없었다. 순덕은 마을에서 그가 있을 만한 곳을 다 돌아다녔으나 그를 다시 만나기란 쉽지 않았다. 마치 모두가 한편이 되어 순덕을 속이는 것처럼 그 아이의 행방은 묘연했고, 넓은 마을에서 막연한 기대감만으로 찾는 것은 무리가 따랐다. 해가 금방 저물고 어둠이 아이들의 입술을 삼키자, 그는 모든 희망을 버리고 힘없이 마을로 돌아올 수밖에 없었다. 길거리는 한산하여 사람들이 보이지 않았다. 모퉁이를 돌아 대문 안으로 들어가려는 찰나에, 순덕의 눈에 스치고 지나간 것이 있었다. 발을 멈추고 그는 재빨리 왔던 길로 되돌아갔다. 모퉁이를 돌아 사람들이 모여있는 그곳에는 순덕을 짓밟아놓았던 낯선 소년이 서있었다.

집에 돌아온 순덕은 그 바위 타던 소년이 사는 곳을 찾아냈다. 순덕은 집안 노비에게 물어 그 아이의 집안이 남부 출신이라는 것도 알아냈는데, 머릿속으로 온갖 상상을 덧붙였던 알 수 없는 소년의 실마리가 조금 풀리자 순덕의 마음은 잔잔해지고, 밤이 깊어감에 따라 그에 대한 궁금증도 촛불처럼 은은하게 타올랐다.

촛불 밑이 가장 어둡고 촛농이 흘러내린 바닥에는 빛이 닿지 못하는 것처럼 남부 집안의 자식에게, 다시 말하자면 아무도 신경 쓰지 않는 약한 세력의 집안에서 태어난 이름도 모를 소년에게 당했다는 사실이 순덕에게는 수치심과 이름 모를 위화감 그 자체로 다가왔다. 그 소년의 이름은 '진사가'였다. 비록 아이들의 싸움이었지만 그가 사람들을 자유자재로 능숙하게 부리는 모습은 타고난 것처럼 자연스러웠고, 그 모습을 직접 눈으로 본 순덕은 집안의 명예로 서로의 무예를 판가름하는 것이 얼마나 덧없는 것인지를 깨달았다.

하지만 진사가와 같이 순수한 칼날이 스스로 다듬어질 수 없다는 사실을 순덕은 몰랐고, 익숙지 않은 경외심과 함께 그를 신비롭게 바라보았다. 그러면서도 마음속 한편으로는 이름난 집안에서 태어난 것이 아닌 그는 자신보다 절대적인 위치에 서있을 수 없음에 안심했다.

그는 또다시 아버지의 이름으로 이미 반쯤은 승리했다는 거만한 표정을 지었지만 동시에 어딘가 씁쓸함이 찾아드는 것을 막을 수는 없었다. 그에 대한 궁금증을 해소하자, 머릿속에서만 맴돌던 어지러운 생각들이 차분히 가라앉기 시작했다. 한동안 순덕을 괴롭히던 낯선 소년에 대한 생각은 강렬한 불꽃처럼 타오르다가 이로써 금방 사그라졌다.

순덕은 만약 진사가를 설득하여 자신의 편으로 만들 수 있다면 대물림 받은 아버지의 권력으로 그를 자신의 통제하에 둘 수 있다는 발칙한 생각을 했다. 하지만 온전히 자신의 것이 아닌 을지 가문의 권세는 순덕과 함께 매일 새벽을 열던 책 속의 지혜로운 목소리와는 동떨어져 있는 것이었기에, 순덕은 자신의 행동을 정당화하기 위한 사악한 중얼거림을 되새김질할 뿐이었다. 복수심과 포섭, 두 가지를 선택해야 하는 그는 밤의 고독한 세계에 발을 담근 이들조차 듣지 못할 고요한 시간 속에서 진사가를 가지기 위해 고뇌했다. 그 시간들이 결국 진사가의 몸통을 꺾어버릴 원천이 되었다.

순덕은 한 송이 꽃을 자신의 좁은 마음속에 심을 틈조차 없었지만, 만일 누군가를 자신의 마음에 품어야 한다면 그보다 더 비극을 싹틔우는 재능이 있는 자도 없었다. 그 악의 뿌리와 줄기가 점차 단단해지고 마침내 밖으로 뻗어나갈 때면, 순덕이 키운 날카로운 잎사귀들이 완전하게 사람들을 굴복시킬 수 있었다. 진사가라는 씨앗을 심기 위해 순덕의 온 정신은 그에게 쏠렸다. 그러는 동안에 순덕이 마을에서 진사가를 얼핏 스쳐 보기라도 하는 날에는 한동안 광인처럼 길을 걷다가도 주먹을 꽉 쥔 손이 덜덜 떨렸고, 발을 동동 구르며 흥분을 감추지 못했다. 미친 사람처럼 허무한 웃음이 저절로 났고 연신 침을 내뱉으며 그를 자신의 발아래에 두고자 하는 욕망은 들끓어 올랐다. 선천적으로 몸에 강한 기운이 없던 순덕은 그를 만나고 점차 악질적으로 변해가는 자신의 면모를 보며 스스로도 당황스러웠지만, 강해지는 과정이라 믿었다. 진사가에게 앙갚음하려는 마음이 커질수록 그것은 순덕에게 독처럼 작용하여 지독한 두통으로 변질되는가 하면, 사람들의 머리가 코앞에서 보는 것처럼 확대되어 보인다거나 자신의 몸과 손발 모두가 지독하게 커졌다가도, 다른 이가 되어 순덕의 몸을 구석구석 살펴보는 것처럼 이상해지기도 했다. 남들보다 뛰어나게 되기 위해 대가를 치르고 있다고 생각한 순덕은 스스로가 초라해지고 한없는 슬픔에 갇혀 울적해지지 않고서야 견딜 수 없는 괴로운 나날을 이어갔다. 더없이 울적한 날이 올 때마다 그는 힘겹게 고개를 하늘로 뻣뻣하게 들었다. 복수라는 씨앗이 자라나 간질간질하게 목을 타고 올라오는 붉은 지네처럼 그의 입 안으로 흘러들어올 때면 그는 어금니를 꽉 깨물어 그것들을 씹었다. 그럼에도 불구하고 증상은 나아질 기미를 보이지 않았고, 때때로 순덕은 온몸을 어딘가에 부딪치거나 마구 부수지 않으면 전신이 굳어버릴 것 같은 이상한 기분이 들며 이어서 증오심과 탐욕이 모습을 드러냈다. 길을 걷다가 갑작스레 온몸이 전율로 달아오르는가 하면, 남의 집 담벼락을 주먹으로 세게 쳐서 손가락이 부러져야 속이 시원할 것 같은 충동에 시달리기도 하고, 그 변화의 두려움에 온몸이 엄습당해 완전히 내맡겨지기도 했다. 정신을 차리면 벽을 세게 내리쳐 주먹을 제대로 쥘 수가 없는 지경에 이르러서야, 자신이 가진 복수의 무게가 어느 정도인지 순덕은 실감할 수 있었다.

그러자 마을 사람들 사이에서도 순덕의 이상한 행동에 대한 소문이 퍼져나가기 시작했다. 그가 쓰러지고 난 후에 방 안에서 나오지 않았던 일과 거리를 광인처럼 활보한 일은 사람들의 입과 입을 통해 수십 가지의 버릇없는 확신들로 바뀌어 마을 이곳저곳을 나뒹굴었다. 소문을 눈으로 확인하려는 사람들의 호기심을 충족시키기라도 하듯 순덕은 광적인 행동을 보이기를 마다하지 않았다. 그는 자신의 머릿속에 살고 있는 진사가를 이기기 위해 밤낮을 가리지 않고 노력했지만, 눈앞에 보이지 않는 담벼락이 자신을 막아선 것처럼 한계에 부딪혀 앞으로 나아갈 수가 없었다. 그 벽은 자신의 나약함을 깨닫게 해주며, 그의 힘과 지혜로는 상대하지 못할 강한 적들이 주변에 포진해있다는 위압감의 냄새를 풍기는 존재였고, 자존심과 가문의 명예 그리고 그의 신념 속에 존재하는 세상이 그리 호락호락하지 않다는 방증이기도 했다.

그의 몸속 깊은 곳에서부터 끓어오르는 욕망은 목적이 없는 화살과도 같았으며, 활시위를 힘차게 당겨 팽팽해진 줄은 더는 버티기 힘들었다. 그를 자기편으로 만들 것인지 아니면 적이 되어 끝까지 몰아붙일 것인지 확실한 결정을 내려야 했다. 매 순간 불길 속을 걷는 것처럼 느려진 시간을 붙잡고 있을 수 없던 순덕은 더는 활시위를 잡아당길 만한 힘이 떨어져 갈 때쯤 진사가를 다시 만나보기로 마음먹었다.

한편, 순덕이 살고 있던 고려의 사람들은 활쏘기를 즐겨했으며 쉽게 흥분하는 면이 있었으나 응집력이 그 어떤 나라보다도 강했다. 590년, 평원왕이 붕어(崩御)하고 태자였던 대원이 재위하자, 고려에서 걸출한 무관들이 그 어느 때보다도 많이 나왔다. 그 가운데서도 전국에서 가장 뛰어나기로 이름난 두 명의 명장은 고건무와 을지문덕이었다.

그 시기에 고려에서 가장 뛰어난 무사의 자식으로 산다는 것은 막강한 힘을 부여받은 것과 다름없었으나 제2의 을지문덕의 탄생을 바라는 사람들의 기대는 순덕의 어깨를 무겁게 했다. 하지만 그는 문덕의 아성(牙城)을 뛰어넘는다는 것이 절대적인 불가능에 가깝다는 것을 알고 있었다.

  을지 가문에서 순덕이 가야 할 무사의 길은 남들처럼 노력이 동반되는 것이 아니라, 필연적이고 자연스러운 일종의 흐름이었다. 그것은 마치 양수의 강에서 젖는 걸 두려워하지 않고 유유히 호흡하는 아기와도 같았다. 그 생명이 평화스러운 만겁의 물결에 담겨있는 것을 낯설어하지 않듯이, 서로의 몸을 부딪치면서 누군가를 죽이지 않으면 안 되는 억척스런 몸짓들이 을지 가문의 장남으로서는 당연히 받아들여야 하는 것들이었던 것이다. 하지만 남에게 의지하지 않고도 무사가 될 수 있는 특권을 누리는 그가 어미의 양수에 기운이 남아있는 동안에도 생명을 빼앗는 일에 전병이라는 사실은 아무도 모르고 있었다.

  그 시기에 고려와 수나라 간의 긴장감은 극도로 치솟았고, 을지문덕 장군이 생사의 기로에 서서 철과 흙이 빚어내는 위험천만한 상황에서도 순덕은 강 건너 불구경처럼 고려의 앞날을 걱정하지 않았다. 그저 순덕은 어두운 밤 홀로 빛나는 눈동자가 먹잇감을 노리며 슬금슬금 앞발을 내딛는 것처럼 아무도 눈치 채지 못하게 다가가, 단숨에 그의 숨통을 끊어놓는 일에만 온통 관심이 쏠렸다. 어느새 복수의 씨앗이 자라 진사가의 목덜미까지 다가와 있다는 걸 알아챈 짧은 순간에 그가 두려워하는 표정을 직접 보길 바랐다. 그리고 그 시간을 위해 오랫동안 순덕이 이빨을 날카롭게 갈아왔음을 어렴풋이 깨닫고 그가 자신처럼 흐느껴 울기를 기대했다. 진사가의 숨 가쁜 죽음이 절정으로 향하게 될 때, 순덕이 공들여 세운 고통의 탑은 함께 무너질 예정이었다. 그 소년은 자신의 발밑에 거대한 탑이 세워져 있다는 것도 모른 채 탑과 함께 추락해야만 했다. 순덕은 확신을 갖고 날카로운 씨앗을 좋은 길가에 뿌렸다. 복수가 담긴 씨앗은 밤낮을 가리지 않고 자라났다.

제4장
사냥꾼들과의 싸움

추위가 한바탕 휩쓸고 간 마을 주변에는 온통 새하얗게 눈이 내렸다. 사람 발자국으로 길을 낸 거리에는 옷을 겹겹이 싸맨 상인들이 추위를 견디며 사람들을 맞았지만 활기찬 모습은 보이지 않았다. 잡상인들은 새벽 댓바람부터 일찍이 장터에 나와 좌판에 물건들을 진열해놓고는 힘이 잔뜩 들어간 목소리로 사람들을 불러 모았다. 그중에 수염이 메기처럼 길쭉하게 난 상인이 있었는데 그는 여러 마을을 돌아다니며 다른 나라에서 가져온 물건들을 내놓기 일쑤였다. 사람들은 다른 상인들의 물건들은 몰라도 이 상인의 물건만큼은 구경하려고 호기심에 구름 떼처럼 몰려들었다. 구경꾼이 많아짐에 따라 자연스레 상인의 목소리도 커졌다. 상인의 목소리는 가까이 갈수록 호랑이가 으르렁거리는 소리처럼 거대해졌다. 그는 멀리에 있는 사람들에게도 징 소리처럼 커다란 소리를 이용하여 이목을 집중시켜 궁금증을 일으키며 끌어들였다. 또한 그 상인은 큰 목소리뿐만 아니라 말솜씨로 사람들을 홀리게 해서 물건을 덥석 잡을 수밖에 없게끔 만들었는데,

그 광경을 옆에서 지켜보며 어리석음을 비웃던 사람들까지 이내 물건을 덥석 잡고야 말게 하는 필연적인 운명을 만들어냈다. 행색이 남루한 사람들이라도 인파가 모여있는 곳으로 자연스레 다가가서 사람들 속을 비집고 들어가기만 한다면 마치 금은보화라도 구경할 수 있는 것처럼 상인의 긴박한 목소리가 사람들의 애간장을 태웠던 것이다. 궁금함을 못 참은 한 행인이 인파를 뚫고 겨우 들어가면, 숨 막히는 틈을 비집고 나온 사람에게 적절한 보상이라도 내리듯 물건을 사게끔 만들었다. 이를 지켜보던 순덕도 사람들 틈 속에 끼여 간신히 안으로 들어갔다. 그곳에는 각종 기다란 활들이 나열되어있고 옆에는 책들이 즐비했다. 상인은 순덕의 얼굴을 알아보고는 얼른 책을 한 권 건넸다.

순덕은 책을 사 들고 시장을 가로질러 집으로 향하다 이내 남부 출신 아이가 멀리서 걸어오는 것을 보았다. 그에게 신경을 쓰고 있다는 사실을 들키지 않으려 못 본 척했지만, 먼저 말을 걸어온 것은 그였다.

"지난번 일은 죄송했습니다. 누구신지도 몰라 뵙고 큰 실수를 저질렀습니다."

순덕은 실력과 지혜 모든 면에서 자신보다 우위에 서있다고 생각한 그 위대한 아이가 머리를 조아려 용서를 구하는 모습을 보고는 그 자리에서 얼어붙어 아무 말도 할 수 없었다. 문득 순덕의 머릿속에는 아버지의 입김이 그 소년에게 닿은 것이 분명하다는 느낌이 스쳐지나갔기에, 순덕은 머리를 한 대 얻어맞은 것처럼 얼얼했고 입 안에 있는 혀가 마비되어 제대로 말을 꺼낼 수가 없었다. 끓어오르는 붉은 분노의 기운을 주체할 수 없었으며, 민망함과 수치가 뒤섞여 난잡하게 뛰노는 모습에 그는 자리를 박차고 뛰쳐나와 집으로 도망쳤다.

　을지문덕이 부재한 집에 가장은 순덕이었다. 당황했던 그의 마음은 집에 도착하자 편안해졌고, 도리어 스스로도 믿기 힘들 정도의 큰 소리를 내지르며 노비들에게 엄격하고 무섭게 불호령을 내렸다. 그러자 놀란 노비들은 재빠르게 튀어나와 그 앞에 자연스레 자기 자리를 찾아가며 순식간에 모였다. 순덕은 가족처럼 지내온 그들이 모의를 하여 진사가에게 사과하도록 만들었다고 생각했던 것이다. 그는 노비들을 잡아다가 세우고는 침묵으로 깊게 가라앉은 집 안으로 들어가 을지문덕 장군이 보관해놓은 대검의 칼집을 빼들었다.

　칼집을 빼든 이후 순덕의 기억은 멈춰 섰다. 오직 어두운 하늘만이 고요하게 지켜보는 가운데 금방 비라도 내릴 듯한 울먹임으로 천천히 그의 행동을 지켜보았다. 그가 정신을 차렸을 때, 눈앞의 피로 얼룩진 손과 바닥에 흥건한 피와 여기저기 흩뿌려진 붉은 빛이 악의로 가득 찬 자신에게로 모두 빨려 들어갔다. 그의 주변에는 보이는 것을 모두 집어 삼키는 울부짖음이 지천에 깔려있었다. 결국 순덕은 진사가에게 그가 을지문덕의 아들임을 알린 노비들을 모두 집에서 쫓아냈다. 이렇게 해서 순덕은 그를 여태 괴롭게 했던 마음의 응어리가 사라질 것이라 생각했으나 막상 사라지지 않자 당혹스러웠지만, 일단 자신의 수치심을 추스르는 것이 우선이었다.

　어린 순덕의 손에 쥐어진 권세라는 검은 너무나도 예리해서 사람들이 다가오기도 전에 베어버렸으며, 사람을 주눅이 들게 만들고, 진사가처럼 머리를 조아리게 하는 힘이 있었다. 그에겐 아직 손에 익지 않은 칼처럼 엉성했지만 순수하면서도 강력한 힘은 주변에 묶인 매듭을 단칼에 잘라내어 해결하는 것처럼 보였다. 그러나 그 뒷면에는 아직 풀리지 않고 남겨진 매듭이 있기 마련이었다. 순덕은 그 힘을 사용하는 데 있어서 아무런 대가를 치른 적이 없기에 지독한 허무함과 어딘가 꺼림칙함까지 느꼈지만, 언젠가 이 모든 감정을 자연스럽게 받아들일 날이 오기를 침착하게 기다렸다.

하지만 진사가가 머리를 조아리던 그날, 분노로 치솟던 순덕의 마음 한 구석에는 동시에 우연스레 땅에 떨어진 금붙이를 발견한 것처럼 기쁨도 존재했다. 노력을 겸하지 않아도 자신이 가진 권력에 사람들은 알아서 그에게 조아린다는 것을 느꼈던 것이다. 사람들이 자신만을 영웅으로 받들 것이라는 기대감과 한편으로는 그 이면에 날이 서있다는 사실을 그대로 음미하며, 오랜만에 순덕은 다리를 대자로 뻗고는 팔짱을 낀 채 기분 좋은 잠을 잘 수 있었다.

다음 날부터 남부 출신의 진사가라는 아이와 순덕은 놀라울 만큼 급속도로 친해졌다. 진사가를 증오로 품었던 마음가짐이 잘려나가자, 순덕의 아래로 자처하고 들어간 진사가를 나쁘게만 볼 수 없는 일종의 애증 관계를 맺게 된 것이다. 순덕이 진사가를 조금씩 알아갈수록 증오심은 경이와 감탄으로 바뀌어갔다. 진사가는 진취적이었으며 놀라울 만큼 순덕의 생각을 단박에 알아챘고, 진실한 말로 그를 가르쳤다. 또한 진사가는 순덕이 원하는 것뿐만 아니라, 차마 말하지도 않은 사소한 문제들까지 개선해나가면서 차츰 순덕의 신뢰를 얻어갔다.

순덕은 그런 진정성 있는 모습을 보면서 뿌듯해하는 한편, 주인과 친구라는 불안정한 관계를 이어나가는 것에 꺼림칙함을 느꼈다. 그들은 언제 벗겨질지 모르는 가면을 쓴 채로 서로를 속였고, 잔뜩 겁을 먹은 나귀가 언제 무너질지 모르는 돌다리를 자신을 속이며 태연스레 건너는 것처럼 왕래를 했다. 이러한 관계가 계속되자, 순덕은 앞으로 을지문덕 장군을 쫓아가기 위한 디딤돌이 되어줄 진사가를 마냥 반가워할 수만은 없었다.

그렇게 지내던 어느 날, 예사롭지 않은 부분이 순덕의 눈에 띠었다. 우연히 시장 어귀에서 본 진사가의 뒷모습을 따라간 순덕은 자신의 곁에 있을 때와는 사뭇 다른 그의 눈빛을 발견했는데, 그는 마치 두 마리의 늑대가 서로 이빨을 갈며 잔뜩 몸을 웅크리는 것처럼 위협적으로 보였던 것이다. 한편, 진사가는 온갖 탐욕과 아비가 주는 고통, 긴 악랄함과의 싸움 끝에 자신을 버리지 않고 고귀한 성품을 택했으며, 자신에게 주어지지 않은 순덕의 것을 탐하지 않으려고 부단히 애를 썼다.

고려의 대원이 왕위에 오르기 2년 전인 588년, 남쪽의 진을 멸망시키고 대륙 중원을 통일한 수나라의 문제, 즉 양견은 막강한 힘을 쌓았다. 그는 눈길을 돌려 고려에까지 손을 뻗으려 하였는데, 수양제는 고려에 자주 사신을 보내어 은밀히 고려를 염탐하기도 하고 지형을 익히도록 명을 내렸다. 이러한 수나라의 불길한 시선을 알고 있는 고려도 마찬가지로 수나라에 사신을 보내어 그들의 동태를 적극적으로 살폈다.

그러한 시기에 어린 순덕과 진사가가 나라를 위해 할 수 있는 것이라고는 아무것도 없었다. 그들은 언젠가는 자신들도 나라를 도울 훌륭한 장수가 될 수 있다는 희망을 품고서 시간이 단숨에 흘러가기만을 바랄 뿐이었다. 무장이 되기 전까지는 부족한 자신들의 무예 실력을 키우는 것이 더 중요하다고 생각한 그들은 종종 마을을 벗어나 활과 칼을 잘 다루는 자들을 찾아다녔다. 무리를 나누어 전쟁놀이를 할 때마다 순덕은 진사가의 머릿속 어딘가 역동적이며 고요한 계책에서 뼈 깊숙한 곳부터 흘러나오는 음침한 기운을 두려워하기도 했다.

순덕은 진사가가 언젠가는 자신의 목을 노릴 맹수임을 알고 있었다. 하지만 그러한 진사가가 자신의 편이 되어 싸워준다면 순덕에게는 더할 나위 없이 든든한 것도 사실이기에, 그를 자신의 통제하에 두어야 한다고 생각했다.

가히 천재적이라고 할 수 있는 진사가를 적군으로 둔 다른 마을 아이들은 그의 술수에 맥을 못 추었고, 허다한 무리들이 순덕과 진사가의 눈앞에 스러져갔다. 한편, 아버지의 그늘 안에서 백전불패를 자랑하던 순덕의 실력은 마을 밖으로 향하자 허공의 먼지처럼 보이지 않을 정도로 작아졌다. 순덕이 쟁취한 과거의 승리들은 옛 추억처럼 낡아 이내 낙엽같이 밟혀 바스러졌고, 순덕이 을지문덕 장군의 아들임을 알지 못하는 적들은 의기양양해서 전력을 다하여 싸웠다. 결국 순덕은 너무나 빠르고 격렬하게 전개되는 양상에 적응하기가 어려웠다. 이로써 그의 마음속에 애써 감춰두었던 진실의 보따리가 걷잡을 수 없이 풀려버렸으며, 출중한 무예를 갖춘 고려 무신 집안 아이들의 실력 앞에서 그동안 거짓의 탈을 쓴 자신의 실력이 얼마나 얕았던 것인지 알 수 있었다. 그렇기에 스스로를 속여온 대가는 반드시 그의 손으로 거두어들여야 했다. 모두가 알던 비밀을 마음속에서 은밀히 품어왔던 순덕의 순진무구한 얼굴 앞에는 눈덩이처럼 불어버린 나약함이 그를 잡아 삼킬 듯 기다렸다. 과거의 망령이 되살아나, 순덕이 안일하게 보냈던 나날들에 대하여 보복을 했던 것이었다. 순덕에게는 매 전투마다 '질 수도 있다'라는 불안이 '반드시 질 것이다'라는 두려움으로 바뀌어 갔다.

뒷산에서 고귀하고도 값진 어린 시절의 빛을 잃을까 두려워하는 영혼들이 아무 목적 없는 순수로 이루어진 뜀박질에 신나있을 때, 순덕과 진사가는 밤마다 촛불을 모두 켜고 이 혼란스러운 시대를 살아가는 데 방해가 되는 어리석음을 내쫓고자 견고한 의식을 겸한 수학(受學)을 했다. 그들은 오로지 책 이외에는 보이지 않는 어둠 속에서도 거친 숨을 내뿜으며 붉어진 눈빛으로 하나의 목적지만을 위해 달려가는 전차와 같았다. 열정적인 그들의 표정에는 길거리를 두 팔 벌린 채 쏘다니는 아이들에게서는 찾아볼 수 없는 진중함이 담겨있었다. 시간이 점차 지나자 도저히 쫓아갈 수 없을 것 같던 실력의 격차가 조금씩 좁혀지는 것을 확인한 순덕은 자신감을 찾아갔다. 그는 진사가의 존재에 더없는 감사를 느꼈다.

덩치가 산만 한 아이들도 마음에 큰 칼을 품은 두 명의 소년에게 무릎을 꿇을 때쯤, 그들의 소문은 명마보다도 더 빨리 마을과 마을 사이를 오갔다. 이에 마을을 돌아다니면서 무예 실력을 겨루고 다니는 청년 무리가 멀리서 소문을 듣고 그 두 명에게 찾아왔는데, 그들은 진검과 방패 그리고 활을 가지고 다니며 사냥을 다니는 자들이었다. 그들 중 대다수는 직접 잡은 짐승들의 가죽을 벗겨 등에 주렁주렁 매달고 있었고 쇠로 된 진검을 가지고 다녔는데, 그 일행을 보자 순덕은 두려움이 발밑에서부터 뜨거운 열기처럼 스멀스멀 올라오기 시작했다. 반면에 진사가는 흥미를 느끼며 그들의 도전을 승낙했고 순덕도 마지못해 참가해야 했다.

총 육십 명이 되지 않는 병력이 순덕의 마을 뒷산에 모였다. 그들의 규율은 간단했다. 두 무리가 사용할 수 있는 무기는 나무로 된 목검과 방패 그리고 연습용 활과 촉이 없는 화살뿐이었다. 순덕과 진사가는 지리를 잘 알고 있는 것만이 유일한 장점이었는데, 전략적 요충지와 매복 장소를 잘 알고 있기에 지형적인 면에서만 우위를 점할 수 있었다. 반면에 청년들은 사냥을 하면서 전쟁의 언저리를 살갗으로 느끼고, 전투 경험도 풍부했다. 그러한 실전 감각이 전무(全無)한 순덕에게는 그러한 경험의 차이가 쉽사리 메울 수 없는 격차로 다가왔다. 한눈에 보아도 순덕이 이끄는 아이들의 실력은 그들에게 견줄 만한 상대가 아니었다. 그렇기에 진사가는 계책을 세웠는데, 적들을 분산시켜 흩어진 무리를 차례대로 격파하는 것이 최선이라 생각하고 전략을 구상하기 시작했다.

상대적으로 지리를 잘 알고 있는 순덕과 아이들은 덕분에 기동력이 상대적으로 빨랐다. 진사가는 상대편이 아무리 짐승의 냄새를 맡으면서 사냥을 다녀 지형을 눈에 익히는 데 능통한다 한들 산속 지형을 익히는 데에는 어느 정도 시간이 걸린다는 점을 이용하여 적들을 교란시킬 방도를 생각해냈다. 그는 세 방향으로 궁수들을 은폐시키고 기신호에 맞춰 순차적으로 공격함으로써 적들을 혼란스럽게 만들고 이에 분산된 적군을 다수의 병력으로 차례대로 격파해나가고자 했다. 힘과 실력 모두 적들의 상대가 되지 않아 불리한 진사가는 적들이 방심하여 자신이 짜놓은 계략에 말려들기만을 바랐다. 그가 구상한 전략을 순덕에게 일러주면, 이를 받아들인 순덕이 아이들에게 명령을 내렸다. 그들은 우선적으로 활을 잘 쏘는 아이들을 선발하여 그들에게 기치를 나누어주고는 기신호를 정하였다. 다음으로 마치 모래알을 바닥에 흩뿌리듯이 궁수들을 산 중턱 곳곳에 배치하도록 명했다. 이로써 멀리 떨어져 있어도 서로의 기를 보고 소통할 수 있게 된 궁수들은 산속으로 순식간에 흩어졌다. 궁수들이 먼저 떠나자, 순덕과 진사가는 병력을 은폐시키고 적들의 동향을 살폈다.

반면에, 무장한 청년들은 병력을 섣불리 움직이지 않고 산 아래에서 선발대를 보내어 지형을 확인하면서 올라왔다. 그러나 사냥에서 흔적을 찾는 것에 능통한 낯선 청년들이 얼마나 빠르게 숨어있던 아군의 궁수들을 손쉽게 찾아낼지는 아무도 예상하지 못했다.

적군의 선발대에 발견된 궁수들이 활을 땅에 떨구자, 강물에 번진 꾀꼬리 소리는 고요하고 청아하게 숲속 가득히 울려 퍼졌다. 적들이 교란작전에도 흔들리지 않고 차분하게 흔적을 찾아 아군의 궁수들을 발견한 것이다. 청년들은 쓰러져있는 아이들의 얼굴에 먹을 칠함으로써 생(生)과 사(死)를 구분하였는데 이에 작전에 차질이 생기자, 숨어있던 다른 아이들의 표정은 두려움에 서서히 물들어가고 있었다. 하지만 순덕은 자신을 믿고 따르는 아이들을 위해서 흔들림이 없어야 했다. 이에 낀 음식물 같은 거슬림을 참고 생각이 뒤틀리지 않기 위해 다음 방도를 생각해내려 했으나 마땅치 않았고, 이미 진사가가 수적으로 열세에 빠진 상황을 벗어나고자 다음 전술을 재빠르게 생각해냈다.

적들이 숨어있는 궁수를 찾는 데 혈안이 되어있을 무렵, 진사가는 도리어 그것을 이용하고자 했다. 그들은 아군의 어설픈 은폐로 사기가 크게 올라있던 상태였으나, 진사가는 이 기세를 역전 또는 상쇄시키려면 반드시 궁수들을 거저 내준 것이 아니라는 적들의 확신이 필요하다고 판단했다. 중앙으로 치고 올라오는 적들을 본 진사가는 순덕에게 다시 한번 작전을 말했고, 순덕은 그것을 또다시 받아들이고 명령을 내렸다. 이에 재빠르게 사방으로 전달되는 기신호를 시작으로, 궁수들이 발각된 가운데를 제외한 양쪽에서 적들을 향해 일제히 공격을 퍼부었다. 몇 명의 궁수들을 손쉽게 처리한 적들은 이번에도 쉽고 재빠르게 처리할 심산으로 병력을 둘로 나누어 양쪽 궁수들의 추격에 나섰다.

진사가의 예상은 적중했다. 절반으로 나뉜 적군을 확인한 순덕과 병사들은 바위 위에서 호랑이가 먹잇감을 향해 달려들듯이 궁수를 추격하던 적군을 기습했다. 모든 면에서 우세한 적군일지라도 한곳에 집중되어 배나 많은 순덕의 병력을 상대하기란 벅찬 일이었다. 청년들은 맞서 싸웠지만 수적으로 불리해진 것을 깨닫고 다수의 병력을 잃은 채로 퇴각했다.

진사가의 빠른 판단력으로 실수를 방패삼아 그 뒤에서 맹렬한 눈빛으로 적들의 자만을 노린 것은 탁월했으나, 아군의 수가 두 배라도 사냥꾼들과 정면으로 싸우는 일은 힘들었다. 그렇기에 진사가는 남은 병력으로 지리적 이점을 활용하여 적들을 상대하려 했다. 순덕도 도움이 되고자 잠잠해진 적들의 동향을 살필 두 명의 척후병을 보냈다.

한 번의 패배를 겪은 적군은 조용했다. 그들이 무엇을 하는지 알 수 없던 순덕은 초조해진 마음을 잡으며 척후병들이 새로운 소식을 가져올 때까지 기다려야 했다. 시간이 지나도 적들이 보이지 않아 심란함이 가중되는 그때, 순덕은 멀리서 척후병 한 명이 달려오는 것을 보았다. 호흡을 가다듬은 아이는 적들이 갑주와 방패를 벗고 가벼운 몸으로 빠르게 산을 올라오고 있다는 소식을 전했다. 이길 수 있다고 믿었던 순덕은 그 소식을 듣자 당황했다. 흔히 실제의 전장에서 자신을 보호하기 위한 방패와 갑주, 투구는 다치지 않기 위한 필수적 요소였지만 이 전투는 모의전에 지나지 않았고, 적들이 방어구를 포기한 이상 아군을 상대로 전력을 다하겠다는 뜻이기도 했다. 몸집과 실력이 월등한 적군이 기동성까지 확보한 상태에서 아군의 둔한 움직임으로는 그들을 이길 수가 없었던 것이다.

시시각각으로 아이들에게 찾아오는 불안의 그림자가 뒷산을 너머 온 숲으로 뻗어나가는 듯했고, 이에 따라 그의 고요한 마음에서 한차례 거친 바람이 기세 좋게 퍼져나갔다. 진사가는 잠시 생각에 잠기더니, 순덕에게 두 가지 선택지를 말해주었다.

첫째는 아군도 똑같이 무장을 풀고 재빠르게 유리한 지형을 점거하여 싸우는 방법이었고, 다른 계략은 무장을 착용하여 수세(守勢)를 올리는 한편, 느린 병력으로 좁은 길목을 점거하여 싸우는 방법이었다. 하지만 전자는 지난 전투에서 보았듯이 기량 면에서 상대가 되지 않았고, 후자는 이동 중에 적군에게 추격당할 가능성이 커 위험성이 높았다.

고심하던 순덕의 머릿속은 폭풍우가 휘몰아치듯 헝클어지며 정신없이 돌아갔다. 두 가지 모두 이길 가능성이 없는 망상에 불과하다고 생각했다. 좌절감이 순덕의 어깨를 토닥이며 그를 포섭하려 할 때, 진사가가 순덕의 표정을 읽고선 '정수가 마땅치 않거든 묘책을 쓰는 것이 어떠한지'라며 물어왔고, 그 방법을 순덕에게 일러줌과 동시에 뿔 나팔 하나를 건넸다. 그의 묘책을 듣자, 순덕의 가슴속에는 천불이 단번에 일어났다가 재빠르게 사그라진 듯했다. 순덕은 자신의 책략가가 일러준 방법대로 병력을 집결시키고 있는 힘껏 뿔 나팔을 불기 시작했다. 커다란 울림이 작은 동굴에서 새어나오기 시작하더니 이내 천둥소리처럼 커졌고, 고요했던 숲속을 요동시키며 수십 마리의 새들이 단번에 하늘로 날아올랐다.

하늘이 무너진 것처럼 큰 소리가 사방에서 들려오자, 가벼운 발걸음으로 치고 올라오던 적군을 지휘하는 수장이 이내 모든 병력을 멈춰 세웠다. 승기를 잡을 수 있으리라 자신만만하던 적군은 알게 모르게 근원 모를 불안감에 발목이 잡혔고, 그 틈에 순덕과 진사가는 재빠르게 병력을 둘로 나누어 각기 다른 방향으로 도주했다. 그들이 퇴각하는 것을 뒤늦게 알아챈 적군의 수장은 병력을 둘로 나누어 추격하면 또다시 습격당할까 우려하여 이번에는 병력을 모아 한 방향을 추격하기로 결심했다.

순덕은 진사가가 꾸며낸 묘책으로 잠시 시간을 벌어 위기를 모면했지만, 커다란 문제는 이제부터였다. 전멸보다 나은 선택이었지만 반으로 나뉜 병력으로는 기량 면에서 확실한 우위를 차지하는 적군을 상대하여 이길 수 있는 방법을 생각해내기 어려웠던 것이다. 결국 순덕은 책에서 본 병법대로 이길 수 없는 적을 이기기 위해 아군의 병력들을 사지로 몰아 돌아갈 곳이 없게 만드는 곳을 찾기로 결심했다. 상대적으로 기동이 느리기 때문에 이동할 필요가 없어야 했고, 병력이 적기에 적은 인원으로 다수의 병력을 막아야 했다. 결국 수세에 만전을 기하면서 단단히 버틸 수 있는 지형을 찾는 것이 그가 할 수 있는 최선이었다.

한편, 적군은 고심 끝에 순덕이 도주한 방향을 택하여 재빠르게 추격을 시작했다. 적들과 거리 차이가 얼마 나지 않던 순덕은 따라오는 병력을 상대로 싸우다가 퇴각하기를 여러 번 반복하여 그들을 지치게 만들었다. 그러면서도 적은 병력으로도 많은 병력을 상대할 수 있는 요새로 그들을 유인해내었다.

병사 열 명도 나란히 들어가기 힘든 폭이 좁고 깊은 골짜기에 순덕의 병력이 도착하여 대열을 갖추고 입구를 일자로 막아섰다. 그들이 벌집 모양으로 방패를 드니, 뒤쫓아 온 적군들이 골짜기를 지키고 있는 무장한 아군을 쉽사리 넘보지 못했다. 순덕은 이길 수 있다는 판단은 서지 않았지만 버티겠다는 생각으로 임했다. 이에 적군이 무차별적으로 공격을 감행했지만, 순덕의 병사들은 그들의 공격을 거뜬히 방패로 막아냈다.

시간이 점차 흐르자, 적군의 병사들은 지친 기색이 역력했다. 하지만 아군이 좁은 협곡에서 대열을 갖추어 적군을 막아낸다 하더라도 거듭되는 공격에 한두 명의 틈이 생기기 마련이고, 결국 진형이 무너지는 것은 시간문제였다. 다시 한번 위기에 봉착한 순덕은 한참의 시간이 흐른 후에야 진사가 건네준 뿔 나팔의 의미를 깨달았다.

그것은 바로 눈에 보이지 않는 기신호였던 것이다. 순덕은 호흡을 크게 들이마신 뒤 뿔 나팔을 있는 힘껏 내질렀으며 뿔 나팔에서 강력한 울림이 숲속까지 퍼져나갔다. 갑작스런 나팔 소리에 적군은 잠깐 멈칫했지만, 아무 일도 일어나지 않자 이내 더욱 거센 공격을 퍼부었다. 거듭되는 공격에 아이들이 들고 있는 나무로 된 방패는 금이 가고 점차 무너지는 수비에 순덕의 불안감은 증폭되었다. 하지만 조금만 더 버틴다면 기회가 한 번은 찾아올 것임을 알았던 그는 이대로 포기할 수 없었다. 한참을 버티다 이윽고 한두 명의 아군이 무너졌고 틈 사이로 적군들이 조금씩 밀려들어왔다. 순덕은 들어온 적군을 막아냄과 동시에 다시 한번 뿔 나팔을 들고 힘차게 불었으며, 그 웅장함이 잔뜩 든 진동에 벌벌 떨던 나무들이 이내 생명의 절정을 다한 듯 잎사귀를 잔뜩 떨궜고, 나풀거리는 잎들은 마지막 바람에 몸을 뉘었다.

흑염소처럼 생긴 적군의 수장은 뚫린 틈에 마치 온갖 금은보화가 들어있기라도 한 듯 눈이 멀어 멍하니 그 광경을 지켜보고 있었지만, 이내 누군가가 자신의 목에 칼을 들이댄 것 같은 엄청난 불안감을 느꼈고, 그도 나팔의 의미를 깨닫게 되었다. 그는 당장 병력을 모두 퇴각시키는 명령을 내렸다.

하지만 그 보물에 홀린 것은 수장뿐만이 아니었다. 내내 수비만을 하고 있던 순덕의 군사들에게 약이 오를 대로 오른 적군의 병사들은 뚫린 틈을 두고 퇴각하라는 수장의 명령이 성에 차지 않았던 것이다. 그들 모두가 조금만 더 손을 뻗으면 달콤한 열매를 가질 수 있다는 유혹에 넘어갔고, 그 기회를 단숨에 뿌리치고 퇴각할 수는 없다고 스스로 판단하여 후퇴하지 않았다. 결국 있는 힘껏 손을 더 뻗은 그들은 그대로 순식간에 나락으로 추락했다.

순덕이 환한 미소를 띤 것은 다시 얼굴이 붉어질 정도로 온 힘을 다해 나팔을 분 후였다. 맞은편 언덕 너머에서 갑자기 크나큰 함성이 들려왔다. 그 소리는 적군의 불안한 눈동자 속에 가득 차고 있었다.

떨리는 목소리

세상에는 별안간에 이해할 수 없는 일들이 가끔씩 생겨나, 지루함에 녹슨 톱니바퀴처럼 돌아가는 인생 속에서 다양한 모습으로 우리에게 생기를 불어넣기도 하는데, 그러한 일들은 사람들을 무기력하게 만들거나 때론 활력을 주기도 했다. 같은 사람일지라도 어제의 모습과 큰일을 겪은 오늘의 모습이 달라질 수 있는 것이다. 운명이라는 것 또한 이와 비슷한 맥락인데, 죽었어야 할 이가 살아남는다든지 살아있어야 할 이가 죽는다는 것이 바로 사람들이 흔히 말하는 기적에 속하는 것들이었다. 신의 존재를 의심하고 부정해왔지만, 어린 순덕은 이러한 기적이라고도 불릴 수 있는 특이한 현상을 '신의 장난'이라고 부르곤 했다. 순덕은 신이라는 존재는 정작 인간이 필요할 때는 가만히 침묵하다가 인내의 끝에 이르러서야 도와주어 그 사람의 자질을 평가한다고 생각했던 것이다. 대부분의 사람들은 이러한 신의 잔혹한 시험을 참지 못하고 떨어져 나가고야 마는데 간혹 그것을 버티는 자들이 생기기 마련이고, 순덕은 그러한 자들이 인류의 역사를 뒤바꾸어 놓는다고 믿었다.

　뿔 나팔 소리가 온 숲속을 휘저어버린 그날, 순덕이 결국 끝까지 버텨내어 보았던 광경도 '신의 장난'에 불과했다.

　세상이 숲속의 긴박함으로 젖어들어 솔잎조차도 어린아이의 차가운 호흡에 놀라서 폭풍에 휩싸인 고요함을 내비치고 있을 때쯤, 적들은 하나씩 숲을 채우는 구원병들의 모습을 놀란 눈으로 멍하니 바라보고 있었다. 남아있던 대다수의 적군들은 이제 와서 뒤로 군사를 무를 수도, 이대로 앞으로 전진할 수도 없었다. 자신만만하게 팔짱 끼며 적군을 내려다보던 진사가의 표정이 순식간에 굶주린 하이에나처럼 광기의 눈빛으로 변했고, 그는 지체하지 않고 병사들에게 돌격 명령을 내렸다. 앞뒤로 막힌 상황 속에, 적들은 우왕좌왕하며 갈피를 잡지 못했다. 이에 순덕의 병사들도 진격했고 양쪽으로 죄여오는 부담감에 적군은 전력을 빠르게 상실해갔다. 이러한 막막한 상태에서도 적장은 어떻게든 병사들에게 명령을 내려 병력을 움직이려 했으나, 적장보다 더 큰 공포의 위엄 앞에 사로잡힌 병사들의 귀는 그 어떤 명령과 고함도 스며들지 않았다.

　마침내 승기를 잡았다고 믿은 그 순간에 순덕은 진사가의 얼굴을 바라보았다. 진사가는 승리를 기뻐하면서도 순덕에게 고개를 숙여서 자만을 숨겼다. 하지만 진사가의 내면 깊숙한 동굴에서 빛나는 두 눈동자가 서려있는 것을 마주한 것처럼 두려워진 순덕은 몸을 한차례 부르르 떨었다. 순덕은 그 잊히지 않는 떨림에 단단히 진사가의 눈빛을 새겼다.

　순덕이 을지문덕의 피를 이어받았다는 것은 그 누구도 부인할 수 없었다. 그가 전쟁의 두려움을 이겨내고 과거의 거짓된 성공까지 온전히 자신의 힘처럼 속이는 것이 가능했던 이유는 그의 바로 광적인 면모에 달려있었다. 신의 장난으로 인해 가장 잔잔하게 치는 낮은 파도에도 손쉽게 쓰러지는 그였지만, 그 낮은 파도가 바다를 삼킬 만큼 거대해지고 마침내 세상을 뒤엎을 파도로 변해 그를 향해 다가올 때는 그 누구보다 그 거대함을 맞을 준비가 되어 있던 자도 바로 순덕이었다. 그의 광기는 엄청난 위험을 누구보다 간절히 원했고 또 즐겼다. 그러던 그가 진사가의 내면에 잠재된 섬뜩함을 보게 되자 겁 많은 순덕은 오히려 기뻐했다. 단순히 재능 이외에는 가진 것이 없던 그였기에 그러한 진사가의 겉모습에 신물이 날 때쯤, 진사가에게서 마치 자신을 본 것처럼 흥미를 느꼈던 것이다. 순덕은 진사가라는 새로운 시선을 향해 서서히 발을 담갔고, 이에 기쁨은 깊게 우려낸 찻잔의 연기처럼 순덕의 몸에 퍼져나갔다. 이로써 그는 진사가의 내면까지 모두 자신이 장악하기를 바랐다.

모든 것을 좌지우지할 수 있는 권력을 갖춘 그였지만 자신의 생각보다 거대한 힘이 담긴 가문의 명예의 위용을 다루기까지는 시기가 일렀다. 하지만 그는 을지 가문의 권력이 미세하게 떨리며 자신에게 서서히 다가옴을 느낄 수 있었으며, 언젠가 자신의 마음대로 권력을 사용할 수 있는 날이 오기를 미소를 지으며 기다릴 뿐이었다.

또한, 순덕은 자신이 가진 광기가 진사가를 부하로 삼기에 적합하다고 믿었고, 훗날 자신만이 진사가라는 양날의 검을 가장 잘 다룰 수 있다고 확신하기도 했다. 순덕은 자신이 가진 숨겨지지 않는 태생적인 잔혹함이 결국 진사가의 본성을 이끌어내어 갑절 이상의 성과를 내리라 여겼다.

결국 자신의 나약함을 잘 알았던 순덕은 주어진 권세로 남을 이용하여 자신의 궁극적인 목표를 채우려 했던 것이다. 그러기 위해선 순덕은 새끼 하이에나처럼 아직 길들여지지 않은 광포를 가지고 있는 진사가를 반드시 자신의 손으로 길러야 했다. 그래야만이 을지문덕 장군의 아성을 뛰어넘을 수 있다고 생각했고, 앞으로 순덕이 고려의 장수로서 넓은 중원으로 나아갈 때 자신의 여정에 동참할 만큼 어느 정도의 광기를 가진 자가 바로 진사가라고 판단했기 때문이다. 진사가를 보며 격양된 몸 떨림을 가벼이 털어낸 순덕은 흥분되면서도 들뜬 마음을 충분히 가라앉히고 그에게 이 전투에 대한 자초지종을 물어보았다. 그는 어두운 거만을 드러내지 않고 공손한 표정으로 순덕에게 모든 것을 말해주었다.

실력의 차이로 이길 수 없는 싸움이었기에 반대로, 진사가는 이길 수밖에 없는 싸움을 걸기로 결심했다. 우선 두 갈래 길로 아군의 병력을 나누어 도망치면 적병들이 과거에 당한 기억에 연연할 것이라 믿었기 때문에 시간을 벌 수 있었고, 그들이 병력을 나누지 않고 한곳으로 집중시켜서 진사가와 순덕 중 양자택일할 수밖에 없는 상황을 유도해내었다. 이렇듯 적 군사가 둘로 나뉜 상황에서 우연히 누군가를 택하더라도 자신과 순덕이 가진 뿔 나팔 두개로 상호 위치를 알릴 수 있기에, 한 명이 지형을 이용하여 어떻게든 시간을 벌어줄 동안, 나머지 병력이 재정비하고 적들을 에워싸게 되면 충분히 승산이 있다고 계획한 것이다. 순덕을 택한 적들이 체력을 소모하며 싸우는 동안에, 진사가와 병사들은 재정비할 시간을 갖추었고, 멀리서 나팔 소리가 들려오자 그들은 위치를 파악하고 적군을 에워싸서 혼란스럽게 만들었다. 진사가는 적군이 검은 불길 같은 불안에 타오르는 모습을 두 눈으로 확인하는 것을 마지막으로 승리할 수 있었다고 호언했다.

하지만 순덕은 진사가 가진 뿔 나팔이 한 개뿐이라는 것을 알고 있었다.

사람의 기억력은 믿을 만한 것이 아니어서 때론 알 수 없는 방향으로 미화되기도 한다. 절망의 기억이 때 묻지 않은 맑은 생각으로 변하거나 소용돌이치는 두려움이 비참했지만 선명한 용기처럼 바뀌기도 하는데, 이러한 기억의 변질은 순덕을 웃게도 허탈하게도 만들었다. 걷잡을 수 없는 감정들이 생겨났다가 순식간에 사라지던 어린 순덕에게는 복수의 씨앗이 차츰 진사가에 대한 흔히 말해 '동경'이라고 부를 수 있는 그 신중한 마음가짐으로 바뀌었고 그 무게는 점차 무거워지며 깊은 물속으로 가라앉는 것처럼 느껴졌다.

청년 무리를 순덕의 발 앞에 무릎 꿇린 일이 일어나고 몇 달 후에, 평소와 다름없이 시장을 거닐던 순덕은 마을 모퉁이에서 서글프게 울며 이를 바득바득 가는 진사가를 보았다. 순덕은 도저히 다가갈 수 없는 거대한 소용돌이에 휘말린 진사가의 처량한 표정을 보았다. 그의 모습은 마치 온 세상의 설움을 혼자 짊어진 채, 다 죽어가는 자신의 몸뚱이를 애써 추스르는 몸짓에 가까웠다. 그러한 그를 본 순덕은 안쓰럽게 여기면서도 위압감에 짓눌려 멀찍이 떨어졌다. 항상 강인하고 냉철한 모습만 보았던 마음속 스승인 진사가의 애달픈 모습을 보자 분명히 자신에게도 중요한 소식이 금방 당도할 것이라는 생각에 황급히 시장을 빠져나온 순덕은 집으로 뛰어갔다. 그가 집에 도착하자, 진사가의 그 억울한 심정이 고스란히 순덕의 몫이 되어 나타났다. 장안성에서 대대적으로 청년 무장들을 선출하는데 가장 우선적으로 순덕이 뽑혔다는 소식을 노비가 전해주었던 것이다. 을지문덕의 아들인 그에게는 무장 선발과 함께 드물게 첫 출전명령까지 떨어졌다. 이렇듯, 마을의 무신 가문에 속한 명망이 있던 자제들은 아무런 능력이 없어도 우선적으로 무장에 선발되었으나, 단 한 명 진사가는 그 명단에서 제외되었다.

고려는 진실과 싸웠다. 고려인들은 국력이 진실이라고 믿었고, 넓은 땅이 그 증거라고 확신했다. 또한, 부족 연맹으로 이루어진 고려가 국력을 끌어 모아 더 넓은 지역으로 확장하려면 중심 세력인 왕권에 힘을 집중하는 것이 마땅했다. 역사가 말해주듯, 그러한 측면에서도 고려의 무신이라는 존재는 언제든 왕권에 위협으로 간주될 여지가 있기에 신중에 신중을 거듭하여 신임 무장들을 선출해야 했다.

마을에서도 실력이 출중하기로 소문난 진사가가 다른 청년들의 무예와 지략 그 어느 것과 비교도 할 수 없다는 것은 자명했다. 그들이 진사가를 뽑지 않았다는 것은 단 한 가지 사실만을 말해주었다. 무장을 선출하는 문관들은 그의 출신을 보며 나라에 위협이 될 요지가 있다고 판단했던 것이다. 결국 그는 일차적으로 걸러져 무장에 선출명단에서 제외되었다. 그 소식은 순덕에게나 진사가에게 모두 충격으로 다가왔다. 그 일로 인해 순덕과 진사가 사이에 보이지 않는 균열이 생겼으며, 서로 다가갈 수 없는 어떠한 벽이 있는 것처럼 조심스러웠다. 순덕은 진사가를 위해 을지문덕 장군에게 말씀드리겠다고 호언장담했지만, 한편으로는 진사가가 선발되지 않은 것이 그의 실력에 대한 나름의 이유가 있어서라고 자신을 기만하기도 했다. 그렇기에 진사가가 가진 것이 재능과 야망뿐이라는 것을 알고도 확신이 없던 순덕은 섣불리 아버지에게 진사가의 얘기를 꺼내지 못했는데, 만약 을지문덕 장군의 뜻에 부합하지 않는 그를 입에 올리다가 자칫하면 자신도 미운털이 박힐까 염려했기 때문이었다. 또한, 순덕은 급속도로 성장 해나가는 진사가를 보면서 자신이 통제할 수 없을지도 모른다는 걱정이 들 었고, 이에 시시각각으로 찾아드는 두려움에 젖어들었다. 그러한 막연한 두려움은 처음에는 보이지 않을 정도로 작았지만, 시간이 지날수록 자신의 주변에 끼치는 진사가의 영향력은 더욱 커져갔고, 결국 실체를 드러냈다. 무술, 병법, 지략과 같은 모든 면에서 순덕이 진사가보다 뒤처진다는 것을 알았던 마을 아이들이 점차 진사가를 따르는 형세를 띠고 순덕은 이를 질 투했다. 결국 무장으로 선출되지 않은 진사가를 보면서 순덕은 타고난 실 력으로도 배경이 뒤따라주지 않아 겪는 슬픔을 가장 가까이서, 그리고 가 장 먼 곳에서 쳐다보는 오묘한 상황에 나름대로 미묘한 기쁨을 느꼈다. 순 덕은 당분간 그대로 지켜보고자 하는 마음에 사로잡혔다.

한편, 충심으로 순덕을 존경했고 본받을 만하다고 여겨왔던 진사가는 훗 날 전장에서까지 순덕을 위해서라면 목숨을 바치려 했지만, 그의 기한 없 는 약속에 커다란 실망감을 느꼈다. 하지만 이런 마음이 도를 지나쳐 순덕 의 심상에 거슬리기라도 한다면 마지막 기회마저도 사라지리라 생각했던 그는 아무렇지 않은 듯 태연하게 행동했다. 그에게 있어서 을지순덕은 친 구이자 생사고락을 함께하는 동지였다. 하지만 자신은 몰락해가는 가문의 자식이었던 반면에, 순덕은 손쉽게 그를 다스릴 수 있는 위치에 오른 자였 다. 이렇듯, 서로가 서로에게 알 수 없는 잡아먹힘을 당하며 끝없이 순환 하는 나날이 이어졌다.

진사가는 순덕에게 내색하지 않지만 가문을 원망하고, 태어난 삶을 저 주했으며 어미의 태에서 난 자신을 역겨워했다. 또한 그는 서서히 이 부조리한 나라를 광적인 열정으로 증오하기 시작했다. 그는 밤이 되면 별들이 이끌어온 수많은 나날들을 후회하며 탄식했고, 해가 온 세상을 빛으로 물들여도 더는 따뜻함을 느끼지 못하고 딱딱하게 굳어버린 두 손에 눈물을 떨구며 온 아침을 저주했다. 그렇게 진사가 알던 세상은 무너지고 다시 일어나고 또다시 무너져 내리며 다른 세상을 창조해내는 과정을 수없이 반복했다.

그러던 어느 날, 시장을 돌면서 물건을 구경하던 순덕은 자신을 부르는 소리에 몸을 돌렸다. 노비 한 명이 그를 향해 달려오고 있었는데, 거친 숨을 마저 내뱉기도 전에 을지문덕 장군의 부름이 있었다고 단숨에 말하고선 그는 힘없이 휘청거렸다. 얘기를 더 들어볼 겨를도 없이 아버지를 맞이하러 뛰어가는 순덕의 앞에는 하늘이 맑은 빛으로 지상을 휘감은 듯이 펼쳐져 있고, 구름은 너무나 빛깔 고운 하얀색으로 지상의 모든 순백을 뺏어간 듯이 서 있었으며, 그 교태가 더는 아름다울 수 없다는 것을 스스로 깨우친 것처럼 자신을 드러냈다. 달려가는 그의 몸에 시원하게 달라붙는 바람이 마치 몸을 구름에 뜨게 해주는 요술에 빠진 것처럼 신비로운 감촉을 느낄 수 있었다. 그가 집 근처에 다다르자, 구름은 아주 먼 과거에서 살았던 잔재인 듯 어느새 멀어져 있었다. 갑작스레 하늘에서는 돌아갈 집이 없는 구름 한 점이 땅으로 울먹임을 쏟아내며 추적추적 떨구기 시작했다.

집 마당 안에는 웅장한 고려의 깃발들과 흑마가 있었다. 말의 키가 워낙 높아 빛을 발하는 태양을 그림자로 가득 메웠고, 그곳에는 을지문덕이라는 거대한 산맥이 서있었다. 말 위에는 견고하게 만들어진 바윗덩어리 같은 철 비늘에 수많은 긁힘과 찔림이 꺼림칙하게 새겨져 있었다. 아버지가 갑주를 입은 모습을 처음 본 순덕은 생전 그토록 무섭고 강인한 느낌을 받은 적이 없었다. 이윽고 태양을 집어 삼켜버린 갑옷 속에서 거대한 음성이 울려 퍼져 나왔다.

"어서 군장을 갖추거라." 을지문덕 대장군이 말했다. 오랜만에 집에 들어온 그의 말은 주변 공기마저 가라앉히는 무게감이 실려 있었다. "예, 알겠습니다." 순덕이 답했다. 이내 순덕은 아직 한 번도 차보지 않은 단단한 갑옷을 노비들의 도움을 받아 입고선 당당하게 서보았다. 마치 하늘에서부터 떨어져 내려오는 듯한 육중한 철갑옷의 무게가 어깨를 짓눌렀고, 그의 골수를 파고드는 작은 두려움은 이내 온몸에 강한 떨림으로 퍼져갔다. 그러나 이런 망아지 같은 모습으로는 아버지 앞에 당당히 설 수가 없었던 순덕은 다시 한번 마음을 크게 먹고 '을지문덕 장군이 할 수 있는 일은 나도 해낼 수 있다'라는 다짐을 하고 밖을 나섰다. 처음 갖춘 무장의 어색함을 감추고 싶었지만, 치렁치렁 달린 철의 무게가 상당한 데다가 그 상태에서 말에 올라타는 것이 쉬운 일은 아니었다. 결국 순덕은 노비들의 도움을 받아 간신히 말에 올라탔고, 아들의 준비가 끝나는 대로 을지문덕 장군은 말을 돌려 재빠르게 마을 어귀로 향했다. 순덕은 어디로 가는지 물어볼 시간도 없이 그를 따라나섰다. 마음속에선 그동안 갈구했던 전장의 일원이 되었다는 기쁨과 함께, 생각지 못한 때에 죽을 수도 있다는 두려움과 설움이 한데 어우러져 다양한 형태로 몸 안에서 요동쳤다.

순덕은 어리석게도 두려움에 눈이 멀어 앞으로 벌어질 모든 상황들을 아이들과 땀 흘리며 뛰놀던 옛 동산의 기억으로 가볍게 여기는 허세를 부렸다. 그 엉뚱한 모습은 피가 낭자한 도륙의 땅을 실제로 겪으면 자신이 살아남을 수 있을까 하는 걱정이었으며, 진사가의 도움 없이 혼자 짊어지는 장수에 대한 무게를 회피하려는 두려움의 방증이기도 했다. 소위 '장난'에 불과했던 지난날의 전쟁놀이에 비하는 것은 치욕적인 언사를 들어도 아무 대꾸도 할 수 없을 일이었지만, 순덕에게는 당장 걷고 있는 이 길이 너무나도 무겁게 느껴졌던 탓에, 일종의 빗댈 만한 대상이 필요했던 까닭이다.

이렇듯, 그는 흔들리는 생각들을 따라 하염없이 말발굽으로 흙길을 밟으며 아무 말 없이 을지문덕 장군을 따라갔다. 마음이 갑갑해진 순덕은 장군에게 진사가의 계책을 자신이 생각해낸 것처럼 떠들어댔고 이에 을지문덕이 "스스로 지혜 있는 줄로 생각하여서 자신을 속이지 말거라. 오히려 전장에서는 미련한 자에게 희망이 있는 법이다."라고 답했다.

그들이 말을 타고 마을 어귀에 도착하자, 신임 무장들과 병사들이 한데 정렬해있었다. 장수들은 을지문덕 장군의 모습이 보이자 일제히 예를 갖추었고, 을지문덕의 명이 떨어지기 무섭게 출발 준비를 서둘렀다. 순덕 또한 병사들의 질서에 힘입어 케케묵은 오랜 슬픔의 원인에서 벗어나서 새로운 세계로 몸을 숙였다.

수많은 병사들과 식량 및 군수물자를 나르는 사람들의 표정은 하나같이 고목처럼 굳어있었다. 몸을 에워싼 무장과 얕은 숨, 그리고 서서히 흔들리는 말, 옆에 찬 무거운 칼자루 하나가 차가운 새벽 달빛에 빛나 이름 모를 환희를 자아냈다. 날카로운 진검에서 뿜어져 나오는 영롱한 은빛이 그의 마음속에 새로운 세계의 탄생을 알리고 있었지만, 차고 있는 칼은 생각보다 훨씬 무겁고, 어깨는 짊어진 철갑옷에 짓눌려 쓰라리기만 했다.

높은 신분과 명예를 얻기보다 그저 아비를 뛰어넘길 바랐던 순덕에게 막상 기회의 그날이 암흑처럼 임하자, 기대했던 만족함은 없이 두려움만이 찌꺼기처럼 그의 가슴에 남았다. 그토록 바랐던 삶이 쉽게 주어지니, 마음이 편치 않고 오히려 뒤틀려버린 것이다. 그는 앞으로 다가올 모든 상황을 용맹하게 이겨내려 했지만, 때론 적군의 칼날보다 어깨에 실리는 무장의 육중함과 머리를 지속적으로 누르는 투구의 무거움조차 그에게 걸림돌이 되기엔 충분했다.

그는 두려웠다. 그토록 간절히 원해왔던 전장이기에 머리로는 마땅히 기회를 잡아야 한다고 생각했지만, 진실로 우러나오는 거부반응과 떨리는 손은 제 아무리 숨기려 해도 쉽게 감추어지지 않았다. 마치 산에서 내려오는 하얀 안개가 병사들을 덮치는 것처럼 순덕은 조금씩 불안과 공포에 삼켜지고 있었다.

자조를 머금은 순덕의 눈에 부표정한 병사들이 한 치의 망설임 없이 성연한 발걸음으로 죽음을 향해 밀려들어가는 모습이 꾸역꾸역 들어왔다. 이에 순덕은 떨리는 두 손으로 그들을 붙잡고 애원하고 싶은 심정이었으나, 차가운 그들의 시선과 고요한 말발굽 소리 앞에선 지독한 망상에 불과했다. 하지만 떨림이 오로지 자신의 나약함을 나타내는 것만은 아니었다.

을지순덕은 한때 자신에게 을지문덕을 뛰어넘을 충분한 힘과 능력이 있다고 믿었고, 전투에서 필승하고자 피가 솟구치고 활력이 타올랐던 것도 사실이었지만, 현재는 그 믿음과 활력이 온데간데없고 어느새 남은 것은 비에 흠뻑 젖은 망아지처럼 떨고 있는 자신뿐이었다. 그 떨림은 전쟁에 대한 일종의 거부감처럼 가시질 않았다. 사망으로 내달리는 시간들은 끝없이 막막한 곳으로 길이 나 있었다. 적들에게 조금씩 발걸음이 가까워질 때마다 순덕은 사기가 하늘로 솟구치다가도, 심한 바람이 한차례 몰아치면 뼈까지 떨리는 추위에 가슴을 북 삼고 둥둥둥 울리는 심장 때문에 다시 땅으로 깊숙하게 꺼지기도 했다. 이러한 순덕의 깊은 진동을 모르는 병사들은 차가운 공기 아래서 서로의 입김으로 따뜻하고 하얀 호흡을 나누어 마시며 그들의 무덤으로 서서히 나아가고 있었다.

음침한 구름이 하늘을 가리어 대낮에도 밤처럼 어두웠다. 바람은 싸늘하게 식어있었으며, 나무들은 나뭇잎을 잔뜩 떨구어 임무를 마치고 홀가분하게 쓰러져 있었다. 태양 빛을 간절히 원하는 빼빼 마른 병사들은 다 죽어가는 몰골로 하늘을 쳐다보며 투덜거렸다. 을지문덕은 신임 무장들을 불러 모아 책략가로 하여금 이번 전투의 목적과 격전지가 될 장소, 그리고 적군에 대한 정보를 다시 한번 일러주었다. 하지만 신임 무장들은 긴장하여 누구도 제대로 알아듣는 이가 없었다. 그들은 그저 알 수 없는 무기력함으로 얼룩지고 답답한 갑옷 속에 파묻힌 자신을 탈피하고자 하는 욕망을 간신히 억누르며 땅에 시선을 고정한 채로 말 위에서 조금씩 흔들리고 있을 뿐이었다.

그중에서도 가장 두드러졌던 순덕은 약간 넋이 나간 사람처럼 행동했다. 그의 생존본능이 전장을 거부하며 그에게 고개를 빳빳하게 세우고 반항했지만, 그 누구도 용기 있게 나서서 막을 생각이 보이지 않자 절망에 빠진 것이다. 그러한 상황 속에서 을지문덕 대장군은 두려움에 떨고 있는 신임 장수들에게 말을 건넸다. "고려의 땅을 침범하여 빼앗으려 한 자들을 내쫓으라는 것이 왕께서 너희들에게 내리는 명령이니 이를 지켜라. 또한, 적들이 진을 치고 너희를 에워쌀지라도 두려워하지 마라. 내가 너희와 함께할 것이고 적들이 너희를 칠지라도 내가 도울 것이다. 이 전장에서 누구든지 으뜸이 되고자 하는 자는 먼저 병사들을 잘 섬겨야 할 것이다. 그것이 결국 그대들의 마음을 든든하게 하는 것이다." 그의 말이 끝나자 구름에 가렸던 한줄기 태양 빛이 성난 얼굴을 풀었다. 이에 병사들의 입에서 감탄이 새어 나왔다. 그러자 순덕은 문득 태양 속을 바라보며 그곳에 살고 있다던 삼족오의 모습을 떠올렸다. 몸통은 하나이며 발이 세 개 달린 검은 새인 삼족오가 태양을 이끌고 다니며 빛 아래에 살고 있는 모든 생명에게 거처를 주고 광명인 순수한 정신을 하사한다고 했지만, 지금 장수들과 병사들에게 주어진 것이라고는 짐승과 다를 바 없는 약육강식의 세계뿐이었고 그 세계는 순수와는 너무나 거리가 멀게 느껴졌다.

지친 병사들의 머리 위로 검은 새들이 벌떼처럼 날아다녔다. 그 반대편에는 가느다랗게 긴 적의 깃발과 군영이 보였고, 자신이 날지 못하는 새임을 확신한 순덕은 그의 무딘 검을 아군 병사들에게 차마 보일 수 없었다. 전투가 다가오자 몸이 떨리고 땀이 비 오듯이 흘러내렸다. 적의 군영 사이에 오가는 것은 두려움과 불안감만이 전부가 아니었다. 피의 냄새가 진하게 다가올수록 극단으로 치닫는 끔찍한 모습들이 눈 깜짝할 사이에 수만 가지가 머릿속에 스쳐 지나갔다. 스스로의 고통을 감내하면서까지 상대방을 죽이려 드는지 의구심이 일 정도로, 살의는 온 땅에 가득했다. 한 손으로 머리를 감싸 쥔 순덕은 혼란으로 가득 찬 심연으로 점차 빠져 들어갔다.

사람들의 기대와 을지 가문 집안의 내력, 그 어느 하나를 보더라도 순덕은 분명히 을지문덕의 뒤를 이을 정신을 가진 강한 전사여야만 했지만, 실제로 그는 살기가 가득 퍼져있는 적 군영을 바라보는 것만으로도 다리가 후들거려 이를 악물고 진동을 멈춰야 하는 패잔병에 불과했다.

이윽고 을지문덕 장군이 적진과 아군 사이의 빈 평야를 바라보며 섰다. 적군의 깃발은 거란족의 것이었다. 수나라가 고려를 노린다는 것이라는 사실을 안 영양왕은 먼저 속국인 거란을 단속해야 했는데 북쪽의 고려 영토를 약탈하며 식량과 아녀자들을 납치하는 거란족을 토벌함으로써 돌궐과 수나라에 거란의 힘이 실리지 않도록 방지하는 차원에서였다.

을지문덕 장군이 지시를 내리자, 군악대가 북을 울려 병사들을 정렬시켰다. 순덕은 적진을 마주 보자 그 웅장함에 온몸으로 거부반응을 느끼며 정신이 혼미해졌다. 그는 이 감정이 단순한 첫 순간의 떨림으로 그치길 바랐다. 하지만 이미 온몸은 헐벗은 것처럼 수치스럽고 시시각각으로 명을 받고 단숨에 달려오는 사냥개에게 정신과 영혼을 물어뜯기는 것처럼 어찌할 바를 몰랐다.

서로를 알지 못하는 수천 명의 낯선 이들이 단순하게 '죽여야 한다는 명'을 이루기 위해 수많은 행위들로 서로의 목숨을 빼앗는 것은 잔악한 일이었다. 무지한 병사들을 내세워 자신의 뜻과 정치를 이루려는 붓을 잡은 자들이 전쟁을 달콤한 용기로 위장하고 바꾸었으며, 그것을 진심으로 받아들인 병사들은 하나뿐인 목숨을 거저 주게 되었다. 결국엔 병사들은 목숨을 빼앗고 빼앗기는 것을 양심에 거리낌 없이 당연하게 받아들이는 지경까지 도달했다. 이렇듯, 저항하지 않는 병사들의 무지와 한심함이 순덕에게는 신비스러울 정도로 괴기해 보였다.

언제부터인가 주변인들의 시선과 기대감으로 가득 찬 눈빛에 순덕은 마음을 졸여왔다. 아비와 아들을 동시에 바라보는 그 말들이 순덕의 마음 깊은 곳에 뿌리를 내려 발목에 족쇄를 채우고 얼굴에 탈을 쓰게끔 만들었고, 거대한 산맥처럼 넘보지 못할 을지문덕의 권세 아래서 사람들은 순덕의 인생을 논했다. 그중에서도 가장 큰 관심사는 '을지문덕의 아성을 뛰어넘을 수 있을 것인가'였는데, 그 깨트릴 수 없는 단단한 바위와 부딪치려 계란의 크기를 키우는 것처럼 애초에 무의미한 논의가 마을 이곳저곳에서 회자되었으며, 책임감 없는 말들의 찌꺼기는 고스란히 순덕이 어깨에 짊어져야 할 몫이었다. 어떤 모습으로 살아가든지 아버지를 뛰어넘을 수는 없다는 것을 이미 운명적으로 깨달아버린 순덕의 속울음이 가득한 심정에는, 비록 실패하더라도 시도하며 죽기 살기로 임하려는 한차례 강력한 태풍이 휘몰아쳤다. 하지만 막상 전쟁이 다가오자, 과거에 자만심이 가득 찬 입으로 자신의 위상을 드높이며 뱉은 말들이 칼끝과 화살촉이 되어 돌아와 그의 심장에 박혀 아려왔다.

수많은 까마귀 떼가 구름 사이를 빙빙 휘저었다. 땅 아래서는 하늘의 도움을 기다리는 병사들의 기대감으로 한층 분위기가 들떠 있었으나, 우중충한 회색빛 구름은 침울한 순덕의 심정과 닮아있었다. 한차례 시원한 바람이 불어 이마에 살포시 얹힌 땀을 식혀주자, 우울했던 감정들이 조금은 씻겨 내려간 듯했다. 이윽고 을지문덕 장군이 이끄는 부대가 적진과 가장 가까운 언덕에 올랐다. 그곳에는 녹색 풀밭이 있었는데, 며칠 동안 무장에 짓눌려 있던 피로함을 모두 내던질 수 있을 것 같은 선명한 푸른 잎이 눈앞에 펼쳐지자 병사들의 입에서 감탄이 흘러나왔다. 또한 순덕도 문득 초록 잎사귀를 만져보고 싶다는 생각이 일었다. 순덕은 그 선명함에 홀린 사람처럼 이내 병사들의 대열에서 벗어났고, 정신을 차려보니 말에서 내려 녹색으로 뒤덮인 풀잎을 만지고 있었다. 여태 간신히 억누르던 마음에 불씨가 튀고 불길이 번지는 것처럼 편안히 눕고 싶은 강렬한 욕망이 순덕의 눈과 귀 모든 것을 감싸 안은 채로 두근거렸다.

욕망을 억누를 수 없을 정도로 피곤에 지쳐있던 그였지만, 풀밭에 쉬고 싶다는 욕망은 평안에 그치는 것이 아니라 결국 싸늘하게 주검이 된다는 의미기도 했다.

역사 속, 창칼에 찔려 죽어가던 수많은 전장의 선배들은 살아생전 거들 떠보지도 않았던 한 포기의 작은 풀과 꽃들을 보며 죽음을 맞이했다. 쓰러진 자들은 붉은 꽃잎을 보며 죽음을 담담히 받아들이기도 했으며, 모든 것을 놔버리고 누워서야 가장 높은 위치에서 자신을 쳐다보는 끈질긴 생명의 강인함을 느끼고 인생의 나약함과 허무를 깨달았다.

그 풀꽃들은 이 땅과 역사 속에서 사라진 수많은 인생들의 산 증인이자, 모든 전장의 피비린내를 겪어낸 백골의 어버이였다. 많은 이들이 흘린 피가 땅으로 흘러 들어가고 그것을 양수 삼은 꽃잎 한 장에는 칼로 흥한 자들이 칼로 망함을 예견하는 영험함이 깃들어 있었다. 다시, 순덕의 눈에 그 까슬까슬한 잎사귀가 영악한 칼날처럼 날카롭게 변모했다. 한 번이라도 잎사귀에 긁힌다면 다시는 살아 돌아올 수 없을지도 모른다는 생각이 들자, 그는 갑자기 언덕이 거대한 무덤처럼 보였다.

진군에 앞서 을지문덕은 병사들의 사기를 끌어올리고 있었다. 점점 전투가 임박해오는 순간에도 순덕은 살인에 대한 정당한 답을 찾지 못하고 고뇌했다. 피에 대한 두려움과 풀밭의 편안함, 그 위태로운 두 길이 가까이 붙어

있는 낭떠러지에서 어느 길이 올바른 길일지를 정확하게 판단하고 결정을 내리는 것은 어려운 일이었다. 편안함을 추구하는 길은 그에게 훗날의 수치와 모욕을 대가로 생명을 도로 줄 것이었고, 정열로써 병사들과 맞서 싸우는 길은 결국에 생명을 빼앗기는 대신 도로 명예와 명성을 내뱉을 것이었다. 하지만 그러한 결정을 내리기엔 청년 순덕은 너무 어렸으며, 자신의 인생을 건 연주가 벌써 막장에 치달은 사실이 한없이 야속하기만 했다. 이윽고 장군의 명에 따라 진격의 북소리가 울렸고, 병사들은 마른침을 삼켰다.

순덕은 이대로 아무런 생각 없이 포근한 초록빛 안장을 타고 우중충한 회색하늘을 보며 잠들 수 있다면 세상을 다 가진 것처럼 황홀하리라 생각했다. 그에게 지금 필요한 것은 단지 어느 백성에게나 쉽게 주어지는 편안한 잠자리 그 하나뿐이었지만, 을지문덕의 아들이라는 삶이 주어진 이상 그 누구보다 거센 투쟁으로 쟁취해야 할 것도 바로 '쉼'이라는 단어였다. 그는 신념과 명예라는 눈에 보이지 않는 것보다 중요한 가정의 평화를 아무런 대가 없이 누리고 있는 백성들을 생각했다. 그들을 지킨다는 생각에 순덕은 가슴이 미어지도록 뿌듯했지만 한편으로는 평민들을 부러워했다.

매일 밤을 지새우며 마음을 다스려온 지성의 방패는 극으로 치닫는 전쟁 전야의 분위기 앞에 여지없이 무너지고 말았다. 그는 죽음을 전제로 하는 무의미한 살육지변에 휘말려가는 것을 막을 수 없었으며, 주위에는 병사들의 눈에서 생명의 불씨가 장렬하게 타오를 뿐이었다. 마치 불길이 꺼진다는 사실을 모르는 듯한 표정의 병사들은 하염없이 망자들이 있는 방향으로 몸을 옮기고 있었다. 사람들의 입에 오르내리는 영광이니 명예니 하는 실상 눈에 보이지도 않는 것들로 허무함을 달래려는 시도에, 전장에서의 순덕은 마음 깊은 곳에서 울렁이며 슬금슬금 다가오는 역겨움을 다스릴 수가 없었다.

순덕은 전투가 시작되기 전, 아버지의 말을 제대로 들을 수 없었다.

"무슨 말씀을 하셨습니까?" 순덕이 물었다.

"전장이 두려운 지 물어보았다." 대장군이 답했다.

"두려움을 갖고서야 어찌 사내가 전장에 나서겠습니까."

을지문덕 장군은 순덕의 진실을 가린 대답에 약간의 한숨을 담아 미묘한 표정을 지으며 말했다.

"나는 매 전투가 항상 두렵구나."

평생에 걸쳐 고려를 위해 용기 있게 걸어왔던 을지문덕의 모습은 나이가 들자 사뭇 달라졌다. 세상 이치는 권력을 잡은 문관들이 가진 탐욕의 굴레에서 벗어날 수 없음을 깨달았으며, 저항하기를 점차 포기하고 불법에 대해 묵인하는 자신을 보며 절망과 무기력함을 느꼈고, 영원할 것 같던 젊음 또한 시들어버린 것이다.

그날 아들에게 말한 을지문덕의 본심은 용맹이라는 이름하에 벌어진 수많은 전쟁 속에서 자신을 잃어버릴까 두려운 사내의 목소리였다. 한편, 대장군의 말에 생명이 깃들어 있고 칼처럼 날카로우며 사람의 깊은 곳까지 통찰하는 지혜롭고 진중한 힘이 담겨있다고 철석같이 믿었던 순덕에게는 그 말이 전의를 상실할 만큼의 큰 충격으로 다가왔다. 전장에 발을 디딘 모든 이들에게는 대장군이라는 존재가 바로 고려를 향해 사방에서 쏟아지는 다른 나라의 위협 앞에서도 무너지지 않는 유일무이한 믿음이었던 탓이었다.

을지문덕은 수많은 나날을 눈보라가 몰아치는 밖에서 병사들과 같이 추위에 떨기도 했고, 작열하는 한여름 태양빛에 철갑주가 불처럼 타오르는 고통 속에서도 굳건히 서있는 존재였다. 누구 하나에게도 강요하지 않고 스스로 행동함으로써 병사들의 마음을 움직일 수 있다고 믿었던 을지문덕의 두렵다는 말이 순덕의 손을 떨리게 만들었다. 아버지와 떨어져 자란 순덕에게는 보이지 않는 나라를 위해서 가족을 희생하며 내어주었던 무뚝뚝한 아버지였지만, 한편으로는 고려를 지키기 위해 태어난 무장이며 전장에서 병사들을 보살피고 다독이며 진정으로 그들을 사랑했던 무신이기도 했다. 평생을 을지문덕의 그림자 안에서 꿈틀거렸던 순덕의 생명이 그의 그늘에 갇혀 진실이 가려졌던 시간만큼 자신의 아버지를 알지 못했던 것이 그의 심기를 불편하게 만들었다.

아비의 말을 들은 순덕은 만약 병사들에게 이와 같은 사실이 알려지면 자신처럼 두려움에 떨며 소위 영광을 위한 전투에 은연중 반하는 생각을 가진 자들이 생길 것이고, 그들이 나서서 저항한다면 전쟁을 막을 수 있을 거라는 생각까지 들었다.

순덕이 얼굴을 붉힌 채로 이러한 엄중한 갈등에 시달리고 있을 때에, 바로 장군의 명에 따라 진격의 북소리가 울렸던 것이다. 병사들이 마른침을 삼키며 앞으로 서서히 나아가자, 그들의 우렁찬 함성이 둥 둥 둥 울리는 북소리처럼 점차 커지더니 걷잡을 수 없는 산불처럼 거대해졌다. 대지를 찢는 큰 함성은 파도처럼 밀려와 순덕을 태우고서는 등을 떠밀어 순식간에 적진으로 밀어내는 듯했다. 을지문덕의 채찍 소리를 신호로 모든 개마 무사들이 앞으로 내달렸고, 순덕도 이에 질세라 재빠르게 채찍질을 해댔다.

달리는 말은 한 움큼 촉촉한 회색빛 공기를 거칠게 들이켰으며, 순덕의 다리 밑에 시퍼렇게 날이 서있는 무덤가는 하나둘씩 날아오는 거란족의 화살을 반겼다. 어떤 선택을 해도 삶은 고통과 괴로움의 연속일지도 모른다고 생각한 순덕은 입을 굳게 다물고 그 누구보다 빠른 속도로 나아갔다. 그가 전쟁이라는 거대한 핏빛 속에 스스로를 내던지는 것을 어느 사이에 허락하였는지는 몰랐지만, 이미 주사위는 던져졌으며 끝까지 살아남도록 전력을 다하지 못한 책임은 그에게 있을 뿐이었다. 마치 주인을 자신의 목숨인 양 따르는 충성스런 개처럼 순덕은 날아오는 화살을 방패로 막으며 필사적으로 주인을 섬겼다.

이내 적군이 쏜 화살들이 수백 개의 검은 빗살처럼 하늘을 검게 드리웠다. 수많은 개마 무사들이 화살을 맞아 땅에 떨어졌고, 말들은 화살에 놀라 땅바닥을 굴렀다. 앞으로 나아갈수록 흐릿하게만 보였던 적들의 얼굴에는 살의가 가득했으며, 썩어빠진 누런 이에서 나는 악취가 바람에 실려 역겨웠다. 적군의 악랄무쌍한 표정에 기병들의 사기는 조금씩 흔들렸지만, 그들은 주뼛하게 몸을 더 굽히고 내달렸다. 적군은 창을 앞으로 꼿꼿하게 세워 개마 무사들에 대비했다. 말을 탄 순덕은 방망이질하는 심장소리와 말발굽으로 땅을 울리는 북소리에 더더욱 떨려왔다. 자신의 생명이 꽉 쥔 두 손에 달렸기에 그는 더욱 고삐를 단단히 쥐었다. 부둥켜 잡은 칼은 푸른 영험한 기운이 흘러나오는 듯 매우 예리하고 믿음직했지만, 손의 떨림은 그칠 줄 몰랐다. 마침내 모든 적군의 화살을 뚫고 나온 기병들이 거대한 먼지를 이끌며 파도가 덮치듯 적들의 품속으로 들어가자, 시간이 멈추어 느리게 흘렀다.

모든 것이 고요한 한숨이 되었고, 곧이어 차가운 공기 속에 가득 담길 피비린내로 변했다. 무질서하게 놓여 녹슬고 더럽혀진 거란의 창날은 노파가 일생의 마지막으로 굽은 등을 곧게 펴듯 기병들을 맞았다. 이에 개마 무사들은 적군의 창에 찔리고 방패에 부딪쳐 날아가 목이 꺾였으며 예리하게 다듬어진 칼날에 단숨에 손이 잘려나갔다. 그중에는 가슴에 칼과 창이 꽂힌 채로 신음하거나, 목이 화살에 꿰뚫린 것도 모르는 채로 말을 내달리는 자들도 있었다. 그곳에서 자신보다 용맹한 자는 없을 거라는 자만심이 담긴 칼질에는 상응하는 대가가 반드시 치러져, 곧 목이 잘려나가 땅바닥에 뒹굴었다. 잘려나간 목은 태연한 표정으로, 눈을 크게 뜬 얼굴은 입을 뻐끔거릴 때 말발굽이 머리통을 짓뭉개는 일들이 부지기수(不知其數)로 일어났다. 그것이 누군가에게는 신성한 전쟁이었겠지만, 순덕에게는 역겨운 일임에 분명했다.

병사들의 죽음에 대한 공포는 한군데에 귀속되지 않고 여러 갈래로 퍼져나가, 그들의 눈과 귀를 선두로 오감을 강렬하게 자극했다. 사방에 작은 두려움이 모여 더 큰 환영(幻影)을 창조해내었고, 인생의 낭떠러지에서나 들을 수 있는 비명이 사방에서 찢겨 나오자 사람들은 그 소리에 점차 하얗게 눈이 멀어갔다. 사방에서 쉴 새 없이 방패를 이리저리 부딪치고 칼날이 부딪치는 쇳소리, 격정적으로 울부짖으면서도 상대방을 두렵게 하여 살고자 하는 처절하면서도 낯간지러운 고함이 정신없이 들려왔다. 덕분에 순덕은 눈이 먼 장님처럼 칼날을 정신없이 휘둘렀다. 그의 갑옷이 피로 물들고 핏방울에 눈이 따가운 정도가 되자, 아수라장처럼 섞여있는 적군과 아군을 식별하는 것은 무의미해졌다.

수없이 많은 병사들이 같은 아군의 칼에 찔려 목숨을 잃었고, 그것은 적군도 마찬가지였다. 피로 뒤범벅되어있는 싸움터는 마치 붉은 진흙탕을 연상케 했는데, 그곳에서 진흙이 묻지 않은 자는 단 한 명도 없었다.

　모두가 처참하게 싸웠으며, 때론 정신을 잃고 광적으로 변해 인간이 절대로 저질러서는 안 될 행동들이 정확하고 예리하게 동시다발적으로 일어났다. 이런 혼란스러운 피 웅덩이 속에서 그들이 살아남는 방법은, 명을 받은 그대로 정당하게 사람을 죽이는 것이라고 자신을 속이는 것 외에는 없었다. 전투의 핵심부는 물론이거니와 피가 난자한 그 어떤 곳에서든지 적을 베고 또 벨수록 병사들은 양심이 잘려나가 살육에 대해 오히려 당당해지는 일이 생겨났다. 살가죽을 자르고 도려내는 광란의 공간은 사람이 미치지 않고서야 버틸 수 없는 거대하고 새빨간 철장 속과도 같았다.

　시간이 지날수록 핏방울은 더 붉어지기도 검어지기도 했다. 여기저기서 끈적거리는 붉은 소나기가 하늘의 섭리를 거스르며 아래에서 위로, 옆에서 옆으로 뿜어져 나왔다. 온 사방에 핏줄기가 한차례 내리고 나면, 은연중에 사람의 입 속으로 들어간 핏방울들이 더욱 사람을 광적으로 돌변하게 만들었다.

　멀리서 보면 마치 서로의 땅을 차지하거나 적에게 되갚음을 하는 것은 안중에도 없고, 단순히 인간의 내면에 잠재되어있던 피에 대한 굶주림으로 서로의 피를 나누어 마시는 축전처럼 보이기도 했다. 전쟁의 목적이라고는 전혀 찾아볼 수 없는 아름다운 광경을 순덕은 적을 베며 넋 놓고 바라보았고, 어쩌면 자신도 애초에 이 연회장에 웃는 얼굴로 나타났어야 하는 것이 아닌가라는 생각까지 이르렀다. 결국 순덕도 피를 나누는 잔치에 예외 없이 한쪽 귀를 조공으로 바치고야 말았다. 심지어 그는 귀 한쪽으로는 부족할까 염려했지만, 걱정은 이내 바깥세상에 대한 갈증과 시끄러운 쇳소리 그리고 모든 걱정까지 삼키는 고통에 의해 잦아들었다.

자신의 생명은 온전하게 자신의 몫이 되어야 한다는 신념이 무릎을 꿇은 이곳에선, 생명을 대가로 땅과 재물을 맞바꾸려는 욕망이야말로 가장 드센 장수이자 병사였다. 인생의 모든 고생과 희락에 대한 보답이며 대가는 땅을 가득 메운 싸늘한 시체들이었다. 순덕 또한 얼굴이 조금씩 굳어가면서 조심스럽게 전장에 첫발을 내딛었고, 이에 철면피처럼 단단한 표정을 가지기까지 긴 시간이 필요치 않았다. 오직 적의 죽음을 바라는 자들과 반드시 살아야 하는 자들 사이의 처절한 싸움에서 순덕은 의외의 실력으로 사람들을 놀라게 했는데, 애초에 전장을 받아들이고 자신의 소중한 목숨을 걸어야 할 운명이었다면 죽음이 그의 호흡을 빼앗을 때까지는 필사적으로 살아남으려 덤빈 것이었다.

그가 책에서 보고 들은 생명의 저돌적인 활자들이 전장에서는 살아있는 거짓이 되었다. 저승길로 향하는 이승의 끝자락에 매달려 살기를 띤 수백 명의 병사들은 그의 지식을 무너트리고 쓸모없게 만들었던 것이다.

순덕은 병사들의 얼굴이 웃음으로 가득한지 혹은 분노에 찢겨진 모습인지, 살갗 깊숙한 곳에서 아려오는 아픔에 흐느끼며 만신창이가 된 몸으로는 고향에 돌아갈 수 없다는 것을 깨닫는 슬픔이 서려있는 얼굴인지 분간하지 못하는 지경에 이르렀다. 그들은 악의 없이 눈에 노랗게 곪아버린 찌꺼기를 가득 채우고 입 안 가득 침과 섞여 진득한 피를 뱉어내며 순수하게 서로를 노려보았으며, 얼굴 주변에 덕지덕지 피딱지가 붙은 형상은 마치 무덤가에서 되살아난 형체라고 생각될 정도였다. 전장에서는 어설프게 잘

려 하얀 뼈를 모두 드러낸 채 아직은 붙어있는 팔을 들고서 휘청거리는 사
내나, 칼에 찔린 배를 부여잡고 땅바닥을 뒹구는 무사에게는 간혹 자비심
가득한 말발굽만이 들이쳐 평화를 되찾아줄 뿐이었다.

힘 싸움에서 밀린 적군의 패색이 짙어짐에 따라, 그늘의 시제노 기하급
수적으로 늘어나기 시작했다. 치열하게 싸우는 사내들의 몸에서 엄청난 열
기가 뿜어져 나왔고 땀이 비 오듯이 흘렀으며, 바닥에는 피가 흥건하여 마
치 물속에서 서로를 죽이고 물어뜯는 짐승과도 같았다.

뜨거운 오후의 태양이 뜨자, 사방이 숨 막히는 모래사막처럼 변했다. 무
거운 갑주의 답답함, 그리고 사내들이 몸을 직접 부딪쳐 나오는 열기를 반
나절을 겪자 적군 아군 할 것 없이 모두가 기진맥진했다. 이어 늦은 밤까
지 전투는 이어졌고 날씨는 변덕스럽게 추워졌다. 땅바닥에서 흘러나오는
냉기는 점차 안개처럼 짙어졌고, 철갑옷에 서리가 앉고 딱딱하게 굳자 바
닥은 모든 것을 포기하고 시체처럼 편안히 쉬라는 유혹을 모두에게 내던
졌다.

이 전쟁에서 가장 처음 적의 칼날에 심장이 꿰뚫린 자, 편안하게 잠들어
있는 병사들을 보면서 문득 순덕은 눈을 감은 그들이 이 전장의 승리자일
지도 모른다는 생각을 했다. 그들은 피를 먹고 마시는 것이 상생이라 믿는
무리에게서 일찍이 벗어나, 사소한 정치 욕심으로 시작된 욕망의 굴레가
커지기 전에 고작 자신의 목숨 하나만을 대가로 치르고 진절머리 나는 전
쟁의 역사 속으로 소리 없이 사라져버린 것이다. 하지만 처음으로 땅의 유
혹에 넘어간 자들은 스스로를 책임을 다한 영웅이라 부르겠지만, 남아있는

병사들에게는 그저 자신만의 안락을 위해 무리를 떠난 배신자에 불과했다. 며칠 동안 이어진 쇳소리와 비명에 심신의 기력이 완전히 소멸한 병사들에게 죽음이란 가장 추하면서도 고귀한 선물과도 같았다. 다만, 그들이 죽음을 반갑게 맞이할 수 없는 이유는 쓸쓸하게 차가운 바닥에서 최후를 맞이한다는 마지막 꺼림칙함이 있어서였다.

많은 이들이 따뜻한 집 안의 온기와 사랑하는 가족들 품에서 행복한 죽음을 맞이하고 싶다는 소망을 품었지만, 실제로 그들 중 대다수는 이름도 알지 못하는 공터에서 차가운 바람을 맞으며 점차 식어가는 몸뚱이의 서글픈 광경을 뒤로하고 풀 한 포기, 꽃 한 줌 그리고 따뜻한 햇살 그 어느 것도 볼 수 없는 삭막한 사내들의 역동적인 발동작만을 보면서 최후를 맞이해야 했다. 병사들은 그러한 종말을 맞지 않기 위해서라도 마지막 겪게 될 쓸쓸함과 억울함이 담긴 땅을 바라보면서 꿋꿋하게 전장의 열기를 참아냈던 것이다.

병사들이 지나간 자리는 피로 온통 채워졌다. 남은 이들은 마치 붉은 해무가 가득 낀 바다 위를 떠도는 사람처럼 따뜻한 죽음을 얻기 위해 발악했다. 사지가 부러지고 꺾여 바닥에 널브러진 병사들은 마치 완전히 태우지 못해 반쯤 재가 된 시체처럼 기어 다녔는데, 살 수 있다는 믿음이 인도한 길을 따라 땅바닥을 꿈틀거리는 그들의 모습은 완연한 사바세계의 고통을 자아냈다. 결국 죽어가는 병사들이 도망가려던 길가에는 그런 시체들로 가득 뒤덮여 기괴망측했다.

전투가 벌어진 지 닷새째에, 고려의 어느 병사가 적장의 목을 베었다. 이에 적군의 사기가 급속도로 떨어졌고 전투가 끝을 향해 치달을 무렵, 한바탕 피에 취한 사람들의 기억은 모두 이상하리만큼 빠르게 희멀건 핏빛 바닷속으로 가라앉기 시작했다.

적군의 병사가 눈에 띄게 줄어드니 후퇴를 명하는 적군 고취대의 나팔 소리가 울려 퍼졌으며, 용맹하게 끝까지 싸우던 적병들의 표정에 당황한 기색이 역력했다. 다 같이 죽을 때까지 싸우기를 맹세했던 그들의 약속은 퇴각을 외치는 북소리만큼이나 멀리 도망가 있었다. 이윽고 살고자 하는 욕심이 적 병사들의 온 마음을 지배하기 시작하자, 사방이 막히면 적군이 광분하여 죽을 각오로 싸울 수 있음을 오랜 경험으로 알고 있던 을지문덕 장군은 그들에게 퇴로를 내어주었다. 길이 생긴 적군들은 그곳으로 너 나 할 것 없이 도망쳤는데, 발등에 불이 떨어져 허겁지겁하며 달리는 적군의 모습이 안쓰러울 지경이었다.

그들의 후방 부대도 퇴각하여 싸우려 하지 않았으며, 그 덕분에 아군은 손쉽게 적군을 추격하며 전멸에 가까운 성과를 올렸다. 을지문덕 장군이 이끄는 부대는 6일 동안의 각축 끝에 승리하였고, 남은 병사들의 마음속엔 승리의 기쁨보다는 살아남음에서 오는 어리둥절함에 더욱 충실했다. 하지만 순덕은 기쁨을 누리지 못했다. 오히려 그는 술에 취한 것처럼 전장의 마약에서 깨어나지 않았으며, 전투가 끝난 이후에도 마음은 매듭으로 꽉 묶어놓은 듯이 저려왔다.

순덕은 자신도 전쟁에서 승리하여 아버지처럼 위대해질 수 있다고 믿고 자만심으로 배를 불렸던 지난날을 떠올렸다. 그러나 전장에서 사람을 찌르던 순덕의 피 묻은 얼굴에는 고귀함이라고는 찾아볼 수 없었다. 대신 그 얼굴에는 사악하고 가증스런 모습만이 나타날 뿐이었다. 자신의 모습을 완연한 두

76

눈으로 지켜보는 것만큼 괴롭고 수치스러운 일은 없었지만, 순덕은 피로 얼룩진 자신의 모습을 정면으로 응시하고자 했다.

살아남은 자들은 구덩이를 크게 팠다. 죽은 자들의 무게는 의지를 잃어버린 채로 구천(九泉)을 떠돌며 힘없이 늘어졌고, 살아남은 자들은 수레와 맨손으로 시체들을 쓸어 담았다. 쓸 만한 무기와 식량을 모두 회수하라는 명령을 수행하며 동시에 철수를 준비하는 병사들의 손길은 바빴다. 병사들의 목에서 나온 절규와 희락이 뒤섞인 함성을 천둥처럼 자꾸만 되새김질하던 순덕은 전투가 끝나고 한참이 지난 후에야 칼을 내려놓을 수 있었다. 며칠 동안은 시간이 화살에 매달린 것처럼 순식간에 지나갔다. 고향으로 돌아가는 병사들은 표정에서 생기라고는 찾아볼 수 없을 정도로 몸과 정신이 피폐해져 있었고, 장수들 또한 마찬가지였다.

혼신의 힘을 다한 치열했던 지난날들과는 달리, 떨어진 낙엽이 썩는 것처럼 무의미하게 계속 길을 걷는 그들의 마음은 싸늘하게 식어있었다. 생생한 전쟁의 감정들은 언제 그랬냐는 듯이 그들의 머릿속에서 재빠르게 소멸되어 갔다. 점차 전장의 독기가 빠진 병사들의 모습은 마을에서 흔히 볼 수 있는 농사를 짓는 청년 혹은 늙은 부모를 지극정성으로 돌보는 아들의 모습으로 바뀌어갔다.

하지만 대부분의 병사들은 고개를 푹 숙이고 있었다. 그들은 처음으로 사람을 죽인 자책감, 혹은 처참하게 바닥에 쓰러져 죽어가는 동료들의 마지막 모습과 피가 난자했던 전장의 잔상(殘像), 잔상(殘傷)에 덧입어 가중되는 고통의 굴레에 갇혀 쉽사리 벗어나지 못했고, 돌아오는 밤마다 악몽에 시달려야 했다.

  계속 되는 강행군에 지친 병사들은 밤마다 기절하듯 잠자리에 뻗었다. 하지만 그들에게 주어진 살인의 무게는 꾸역꾸역 목 안에서 집을 지었고, 지난날의 괴로운 고통과 따뜻함에 대한 연민 그 복잡한 모든 감정들이 점차 악질적으로 변해 소리 없이 숨넘어갈 듯한 울음을 뱉지 않고서는 견딜 수 없었다. 눈물짓는 병사들 위에 하늘은 청아하고 맑은 구름을 여러 갈래로 띄워 더없이 깨끗한 모습으로 빛을 비췄지만, 그것 또한 울적한 병사들의 마음을 달래줄 수 없었다.

  순덕과 함께 하던 신임 무장들도 여럿 죽었다. 그들의 시신은 회수한 뒤에 수레에 실려 옮겨졌다. 살아남은 장수들의 일부는 지난 과거에 사로잡혀서 두렵고 떨려 숨도 제대로 가누지 못하는 상황을 벗어나지 못했다. 행여나 병사들에게 그런 모습을 들킬까 염려하여 억지가 담긴 용맹한 말투와 그 모든 부자연스러운 행위들이 순덕의 눈에는 안쓰럽게 느껴졌다.

  반면에, 순덕은 자신도 전장으로 인한 깊은 슬픔이 있음을 인정하고 그대로 두었다. 두려움에 떨고 있는 자신의 모습을 숨기려 하는 수고를 하지 않았으며, 그러한 모습을 본 병사들은 그에게 친밀감을 느꼈다. 하지만 을지문덕 장군에게 두려움을 감추지 못하는 장수는 싸움에서 패한 장수보다 못한 자라는 꾸지람을 들은 그는 무엇 하나 자신의 마음대로 할 수 없음에 은밀히 어깨에 달린 견장을 떼어내고 두 손으로 얼굴을 감싸 쥐었다.

  당당히 승리한 을지문덕의 부대는 백성들의 환호성과 함께 고향 땅을 밟았다. 대장군과 신임 무장들은 장안성으로 입성했고, 을지문덕의 간단한 보고 후에 용기 있게 싸워준 신임 무장들은 왕이 내려준 상을 각각 하사 받았다. 을지문덕은 순덕을 불러 얘기를 나누고 먼저 집으로 돌려보냈다.

순덕이 집으로 향하는 길에 들른 이름 모를 동네에서 아이들은 목검을 가지고 열심히 싸우고 다른 곳에서는 활 연습을 하고 있었다. 그는 예전 일을 떠올리며 순식간에 바뀌어버린 세상이 원망스러웠지만, 한편으로는 어른이 된 것 같은 기분에 왠지 모를 침착함을 가졌다. 살생하는 것이 얼마나 무서운 일인지 깨달은 그는 진사가가 자신을 위로해주고 다시는 발을 들여놓고 싶지 않은 전장을 어떻게든지 피할 수 있는 방도를 알려주리라 생각했다.

한편, 순덕의 마을에서는 그가 살아 돌아온 사실이 알려지면서 같이 싸웠던 신임 무장들의 소식과는 비교할 수 없을 정도로 사람들이 들떠 있었다. 순덕은 지친 몸을 이끌고 집에도 들르지 않고 진사가가 살고 있는 곳으로 발길을 재촉했다. 이윽고 그의 집에 다다르자, 그곳에 진사가의 집이 아닌 낯선 폐허 한 채가 무너질 듯 위태롭게 서있었다. 화마가 휩쓸고 간 것처럼 집터만 남았다. 금방이라도 무너질 것 같은 잿더미 같은 집의 문이 비스듬히 반 토막이 나있었다. 군데군데 검게 얼룩진 흔적과 시체 타는 냄새는 그를 어지럽게 만들었다.

악몽

두 구의 백골만이 덩그러니 놓여있는 그곳에 순덕은 오랫동안 머물 수 없었다. 쓸쓸히 빠져나온 그는 사람들에게 어찌된 영문인지 물었으나, 화재에 대해 아는 이가 없었다. 그의 집 주변에는 진사가 죽었다는 이들과 그가 마을을 빠져나가는 것을 보았다는 사람들로 가득 찼고 각자의 의견이 분분했다. 끝내, 순덕은 진사가의 행방을 알지 못한 채 집으로 돌아와야 했다. 평생을 전장에 있었던 것 같은 착각이 들었던 그는 자신의 방 안이 낯설게 느껴졌다. 지난 몇 달 동안의 전장 생활이 인생의 전부인 것처럼 여겨졌고, 그 외에는 모두 쓸모없는 추억으로 변질되어 버렸다. 오래되고 낡은 방 안에는 아직도 때 묻지 않은 소년의 향기가 배어있었다. 순덕은 노비들의 도움을 받아 무장을 벗고 몸에 달라붙어 굳어버린 피를 모두 씻어낸 후에 편한 옷차림으로 환복하고 방 안에 눕자, 세상에 무엇 하나 부러울 것 없는 뿌듯함이 정처 없이 그에게 전율로 다가왔다. 비록 전장을 벗어난 순덕은 잘려나간 귀에 통증에 시달려야 했지만, 그 대가로 선명한 행복을 느끼고 있었다. 그가 다시 눈을 떴을 때는 깊은 밤이었다.

더욱 날카롭게 예민해진 그의 귓가에 어떤 발자국 소리가 들려왔다. 순덕은 재빠르게 경계심을 갖추어 촛대를 집어 들고는 방문 옆에 죽은 듯이 달라붙었다. 문밖에서 목소리가 들려왔는데 그것은 다름 아닌 을지문덕 장군의 목소리였다.

"자고 있느냐?" 그가 물었다.

"방금 잠에서 깼습니다."

순덕은 문득 아버지의 목소리를 들으니 전장에서 듣던 사람들의 비명이 눈앞으로 다가와 그 끔찍했던 전장의 기억이 되살아나는 듯했다. 순덕은 아무런 감정을 느끼지 않았지만 눈물이 아래에서 위로 순식간에 차올랐다.

전쟁이라는 거대한 의식 속에 들어가기엔 너무나 미숙하고 어렸던 순덕은 시간이 지나도 익숙해지지 않을 것만 같은 불길한 예감이 그를 더욱 가련하게 만들었다. 그는 어쩌면 이 모든 원인이 바로 을지문덕에게 있으며, 준비되지 않은 자신을 전장으로 끌고 간 아버지를 원망해야 한다고 생각했다. 오직 그만이 순덕이 저지른 살인의 책임을 대신 짊어질 수 있는 유일한 사내이자, 지나간 모든 과거를 잊어버리라는 말을 손쉽게 꺼내어 기댈 수 있는 사람이었던 것이다. 또한, 베고 찔러서 죽였던 적군의 수만큼이나 아군을 찔렀던 순덕은, 그건 실수이기에 죄책감을 가지지 않아도 된다는 아버지의 따뜻한 말과 위로를 기다렸다. 순덕은 용기 있게 적들을 베었지만 적들이 자신을 노려보며 차가운 땅바닥에서 숨을 거두었던 괴로운 지난날을 잊어버리고, 용맹함과 용기 그리고 충성심으로 자신을 바꿀 수 있는 아버지의 한마디를 간절히 바랐던 것이다.

"사람에게 주어지는 것은 그가 감당할 수 있는 시험밖에는 없으니 두려워하지 말거라." 을지문덕은 말을 마치고 한참 동안을 문 앞에 앉아있었다. 시간이 흐른 후에 울다가 지친 순덕이 다시 잠들자, 그는 조용히 떠났다.

그날 밤에 순덕은 밤새토록 첫 전쟁의 독기와 싸웠다. 한밤중에 깨어나 그간 쏟아내지 못한 울음을 토해내면서도 아직까지 두 어깨에 무거운 가문의 영광을 짊어지고 있다는 사실에 냉한이 나고 몸이 점점 쇠약해져 갔다. 걷잡을 수 없는 역병이 마치 온몸을 타고 도는 듯이 그의 생명을 조금씩 갉아먹었고, 그러한 아들을 본 을지문덕은 수차례 의원을 불러내어 침을 맞히고 갖가지 약을 달여 마시게 했으나, 시간이 갈수록 순덕의 몸은 예상과 달리 병약해져 갔다.

그렇게 순덕이 시름시름 앓고 고통에 몸부림치다가 잠이 드는 날에는 꿈에서 매번 시원한 바람 소리에 이끌려 언덕을 오르곤 했다. 그의 눈앞에는 지난번과 같은 풀밭이 펼쳐졌는데, 이상하게도 풀잎들은 더는 날카로워 보이지 않았다. 그는 타고 있던 말에서 내려 풀밭에서 쉬려는 찰나에 덜컥 깊이를 알 수 없는 수렁에 빠진 사람처럼 겁이 나 머뭇거렸다.

얼마 후에 대낮에 검은 천둥이 고막을 찢을 듯한 소리와 함께 사방에 불길을 냈다. 어두운 밤에 번개가 치는 것과 달리 그곳에서는 대낮에 번개가 치면 검은 불길이 사방으로 뻗쳐가다가도 다시 밝아졌으며 뒤이어서 추적추적 비가 내리다가 옆으로 흘러가기도 했다.

구름이 잔뜩 낀 하늘은 위태로운 고려의 앞날처럼 왠지 모를 두려움을 품고 있었다. 까마득히 먼 하늘에서는 구름이 줄지어서 순덕에게 몰려와 위협하는 형세를 띠었고, 그 후에 주변이 점차 어둑어둑해지더니 눈앞이 온통 안개로 가득차고 음산한 기운이 사방에서 순덕에게 스며들었다. 땅은 어느새 늪지처럼 변했고, 바닥에는 온통 피로 물든 강물과 썩어 냄새나는 병사들의 시체가 순덕의 몸을 타고 올라오려는 듯 고통스러웠다. 타고 있던 말에게 채찍을 하려고 팔을 휘두르는 순간, 갑자기 나타난 매복병이 녹슨 칼로 순덕의 팔을 잘라버렸다.

끔찍한 악몽에서 식은땀을 흘리며 깨어난 순덕은 흐릿한 모양으로 옆에 앉아있는 여자의 형체를 바라보았고 어머니라고 생각했다. 그녀가 순덕의 손을 꼭 잡아주자 그는 다시 잠에 들었다. 그 손길의 체온은 마음에 따뜻하게 다가와 춥고 배고팠던 전장의 기억을 허물고 흐릿하게 만들어주는 듯했고, 지쳐있던 순덕의 마음에 작은 풀꽃 한 송이가 피어나는 듯 그녀의 아름다운 심성이 그대로 전해졌다.

그날부터 순덕의 몸은 예전의 활력을 되찾아가기 시작했고, 아픔은 멀리 떠나가 버려 다시는 찾아오지 않으려는 듯 기분 좋은 상쾌함에 깨어났다. 나무에 걸린 새가 평온한 음색으로 지저귀는 소리에 마음이 편안해진 순덕은 지난날의 상처를 조금은 딛고 일어설 수 있었다. 순덕은 진사가 죽었다고 생각지 않았기에 그의 집을 몇 번을 더 찾아갔지만, 그곳에는 구경하려는 사람들만 기웃거릴 뿐 그를 어디서도 찾을 수 없었다.

진사가 사라지고 얼마 후에 고려 전역에 수나라가 침략한다는 소식들이 들려왔다. 이내 신임 무장들이 긴급하게 소집되었고, 순덕은 그들과 병사들을 지휘하는 병법, 무장이 되기 위한 기초 덕목들을 함께 공부해나갔다. 한편, 을지문덕 장군은 장안성에 들어가 수군을 총괄하는 수군대장군 고건무 그리고 책략가들과 함께 밤낮으로 수나라의 사태에 대해 토론하고 대책을 구상했다.

순덕이 거란족 전투에 나서기 일주일 전, 장안성 외곽에 있는 병영에서는 신임 무장을 대상으로 군사를 통제하는 기본적인 병법과 기신호를 가르쳐 주었고, 선임 무장이 죽거나 명령을 내릴 수 없는 상황에서 남은 병사들을 통제하는 방법과 진군과 퇴각 신호, 북과 나팔로 진형을 갖추는 법 등 무장이 알아야 할 기본적인 군사 기초를 훈련시켰다. 훈련이 끝나면 미안한 마음을 가진 순덕은 진사가의 집으로 종종 찾아갔다.

진사가는 자연스레 순덕을 맞아주었지만, 예전에는 느낄 수 없는 괴리감이 서려있다는 것을 어렴풋이 알 수 있었다. 그럼에도 그에게 자주 찾아갔던 순덕은 그가 언젠가는 필요한 존재였기에 자신을 도와줄 인물이라 생각했던 이유에서였다. 순덕은 전쟁의 두려움에 떨고 있는 한 마리 새처럼 갈 곳을 잃어 방황했지만, 싸우기도 전에 용기를 잃고 싶지는 않았다. 고요하게 자신을 품어주는 진사가는 마치 아무 일도 일어나지 않을 것이라는 확신의 찬 무언의 표정을 건네며 순덕을 안심시켜주었고, 순덕은 전쟁을 치르고 돌아온 다음에도 언제 그랬냐는 듯이 다시 일상으로 돌아오리라 믿었다.

그는 전투 준비로 한창 바쁠 때를 제외하곤 진사가와 둘이서 종종 마을 뒷산에 올랐다. 정신을 집중하고 누군가의 방해도 받지 않는 조용한 숲속에서 퍼져 나오는 은은한 기운이 머릿속에 가득 찬 전쟁의 시선을 새롭게 하고 자연에 대한 경이감을 느끼게 해 마음을 가볍게 해주었던 것이다. 울창한 숲속에 갇힌 그는 온갖 걱정으로 더럽혀진 때 묻은 심성과 격정과 두려움에 안간힘을 쓰며 애태우는 광경, 전쟁이라는 말에 하루에 수십 번씩 넋이 나갈 것 같은 무장으로서의 책임감까지 고요히 이 산 어딘가에 묻어 두기로 했다. 그 모든 것을 짊어져야 한다고 느꼈지만, 순덕은 그것을 찾으

려 애쓰지 않았고, 그저 조용히 산을 걸으며 맑은 공기를 마시고 시냇물을

벌컥 들이킴으로써 모두 소화시켰다.

한강을 열어라

591년 4월 13일 자시(子時)경, 진사가는 울지 않았다. 방 안에는 바람 한 점 불지 않았지만, 방 안의 촛불은 마치 비바람에 휩쓸린 것처럼 재빠르게 흔들리고 있었고 가시가 박힌 대나무 회초리에서 갈라져 나오는 바람은 채 찍처럼 날카로운 소리를 냈다. 그 소리는 벼랑 끝을 등지고 마지막 남아있는 이성의 불을 꺼버릴 듯이 위협적이었다.

그는 하염없이 타오르던 촛불이 꺼지기만을 바랐다. 그의 집안은 더는 희망이 없는 가문에 귀족이라는 명분만으로 하염없이 진사가의 출세를 기다리기엔 당장에 내일 먹을 쌀조차 부족했고, 그러한 악천후 같은 상황 속에서 진사가는 순덕만을 기다리며 자신 또한 무장이 될 수 있으리라 희망을 걸었다. 그렇기에 그를 병졸로 팔아버리려는 부모의 말에 토를 달며 자신도 모르게 성을 냈던 것이 화근이었다. 고려의 엄격한 귀족 집안에서 부모에게 역정을 내는 것은 엄청난 역모나 마찬가지였기 때문에, 진사가는 그날 정신이 몽롱해질 정도로 얻어맞았다. 비록 가진 재물이 없는 귀족이었지만, 그 당시 고려인들에게 아버지의 존재란 실로 거대해서 마치 산맥처럼 우러러 보아야 했고, 감히 부모의 말에 토를 달며 그 산에 오르려 한다는 것은 상상조차 하기 힘든 일이었다.

하지만 그의 집은 가난과 빈곤함이 집안 곳곳에 뿌리내려 도저히 고귀한 출신이라고는 생각되지 않았다. 그러한 상황 속에서 아비는 그를 병졸로 팔아 당장에 쌀과 술을 얻고 싶어 했다. 한편, 진사가는 암울한 미래가 순덕을 통해 서서히 바뀌리라 믿었지만, 그는 결국 무장에 선발되지 않았으며 순덕의 안이한 태도를 보면서 자신의 처지를 다시 한번 깨달았다.

진사가는 결국 자신을 구해주리라는 순덕의 말을 서서히 믿지 않게 되었고 그로 인해 비참함을 느꼈다. 과거, 순덕과 동행하면서 그가 가진 권력의 힘을 맛보았을 당시에는 자신이 당장은 가진 것이 없을지라도 언젠가는 대장군의 아들인 그의 힘을 이용하여 병졸들을 거느릴 수 있는 힘과 기회가 주어질 것이라 믿고 있었다. 그러기 위해선 어떤 것이든지 대가를 치를 준비가 되어 있었던 스스로가 이제는 한심해보였다.

날은 점차 추워지고 그 누구에게도 구제를 바랄 수 없는 불쌍한 영혼은 갈 곳을 잃었다. 누구 하나 도움의 손길을 건네지 않는 외로운 처지에서 어떻게든 집안을 일으켜 세워 고려의 뿌리가 되리라 다짐했던 진사가의 꿈은 결국 순덕에게 배설물처럼 버림받았다. 그의 모든 꿈이 좌절되었으나, 한편으로는 그가 나라를 등지는 데 있어서 양심의 가책을 면한 것이었고, 이제는 안 될 것이 없으리라 싶기도 했다. 진사가는 모두가 잠든 사이, 조심스럽게 아버지의 대검을 빼어들었다. 새벽 달빛은 그의 피 묻은 얼굴을 가리기에 충분했고, 그는 장안성으로 향했다.

한편, 고려의 첩자가 은밀히 수나라의 동태를 살피자 수문제가 비밀리에 군대를 양성하고 있다는 사실이 밝혀졌다. 이에 수나라가 곧 고려를 침략할 거라는 소식이 전국 일대에 퍼졌으며, 고려의 백성들은 두렵지만 영양왕과 장수들을 믿었기에 강인한 마음을 잃지 않으려 노력했다. 당시 수나라는 중국 내륙을 통일하고 북방의 돌궐을 약화시켰으며, 그에 이어 고려까지 호시탐탐 노리고 있는 상황이었기에 신하들은 적극적으로 영양왕에게 수나라의 싸움은 멸망을 초래하는 길이라며 죽을힘을 다해 왕을 회유하기에 이르렀고, 이에 왕은 문관들과 무관들을 한자리에 불러 모아서 그들의 의견을 듣고자 했다.

모든 신하들이 모인 자리의 궁궐 안은 삼엄하고 긴장감이 돌았다. 나라의 존망이 결정되는 이 자리에서 아무도 함부로 입을 열지 않았으나, 막상 말을 꺼내게 되면 사활을 걸어야 하는 자리이기도 했다. 그중 국정을 통괄하는 수상인 태대형 대대로(大對盧)를 필두로 여러 신하들이 한목소리로 왕에게 청했다. "전하, 수나라와의 전쟁은 고려의 멸망으로 향하는 길임을 왜알지 못하십니까. 당장에 사신을 보내어 수나라에 조공을 바친다면 늘 그랬듯이, 이번에도 무탈하게 지나갈 것입니다." 이에 왕이 불만족스러운 표정을 짓자, 신하들은 더욱 거세게 항변했다.

"수나라의 병력은 수를 헤아릴 수 없으며 수나라의 문제인 양견은 아주영리하고 병법에 능하여 쉽게 생각할 상대가 아닙니다. 행여나 맞서 싸운다 할지라도 신라와 백제가 한강 이남에서부터 고려를 넘보는 상황 속에서지금의 고려가 수나라와 전쟁을 벌인다면, 고려는 반드시 필멸하고야 말것입니다." 아무 말하지 않고 있는 영양왕에게 수상인 토졸(吐捽)이 다시 말을 꺼냈다. "전하, 백제와 신라는 수나라의 국력을 빌려 고려를 수시로 노리고 있는 자들입니다. 수나라와 전쟁을 시작하는 동시에, 그들은 약해진 고려의 땅을 침략하려 들 것입니다. 전하께서 마음을 확실히 스스로 다잡지 않으셨다면 이번에는 신하들의 청을 들어주소서."

평소라면 이 말을 들은 무관들이 무례한 언사에 즉각 반발에 나섰겠지만, 당시 수나라는 북방의 돌궐까지 분열시키고 약화하여 더는 맞서 싸울 중원의 강자가 없는 것도 사실이었기에 섣불리 반발할 수 없었다. 이윽고 모두가 잠잠해지자, 영양왕이 말을 꺼냈다. "그대들의 우려를 모르는 바 아니지만 허나, 고려는 그 자체로 고려였기에 역사에서 사라지지 않고 남을 수 있었다. 스스로 분쟁하는 나라는 황폐해질 것이고 분쟁하는 신하들은 무너질 것이며 당장의 어려움을 보고 수나라의 횡포를 묵인한다면 먼 훗날 우리의 후손들 또한 이와 같이 할 것이다. 고려의 흥망성쇠는 백성의 높은 자긍심에 있으니 그대들이 힘을 합심하여 나라를 지키는 한, 어찌 천년 후에 이 땅의 존망이 위태로울 수 있겠는가." 왕이 말을 마치자, 그 자리에 있던 대부분의 신하들은 주변을 힐끔 쳐다보며 입을 굳게 다물었다. 닫힌 입술 깊숙한 아래에서는 영양왕의 타오르는 굳센 의지와 굳건한 신념이 그들의 나약한 마음 위에 자리 잡았다. 한편으로 왕의 뜻을 이해한 신하들은 자신의 사리사욕을 채웠던 과거를 반성했고, 이토록 강한 결단을 내릴 수 있는 자가 고려의 왕이라는 사실에 말을 잃었다.

엄중한 표정의 신하들은 마지막 왕의 명령만을 기다린 채, 일촉즉발의 활시위가 되어 팽팽하게 당겨져 있었다. 그 어떤 명령이 떨어진다 할지라도 모든 것을 내걸 자신이 있었던 궁궐안의 무리는 영양왕에게 수나라의 침략에 앞서 백제와 신라를 잠재우고, 이 시간 이후로 수나라의 침입에 대비하여 즉시 방어 태세를 갖추며 침략에 맞서 싸울 준비를 하되 그 과정을 하나도 빠짐없이 보고할 것을 명받았다.

이처럼 왕의 확고한 의지에 힘입어 백성들도 의지를 한데 모아 병사들을 도와, 요동 지역 성곽의 방어와 무기 보급 그리고 군량에 주력하여 방어 태세를 갖춰나가기 시작했다. 하지만 이미 수나라는 중국 대륙을 통일하여 거대한 국가로 성장해나간 초강대국이었다. 고려의 성들이 아무리 단단한 요새일지라도, 수나라의 수십만 병력 앞에서 버티기 어렵다는 생각에는 영양왕을 비롯하여 모든 신하들이 수긍하는 난제였다. 수나라의 문제가 이끄는 병력은 고구려가 감당할 수 있는 규모의 싸움이 아니었기에 평범한 싸움으로는 패배를 피해갈 수 없었고, 따라서 극단의 대책이 필요했다.

일부 신하들은 자신이 가진 재물을 모두 잃을까 염려하여 여전히 수나라와 화친을 맺어야 고려가 산다는 말을 꺼내면서 전쟁 준비로 바쁜 병사들의 의욕을 꺾어놓기도 하였다. 그러한 신하들을 바라보는 무장들은 치욕스럽다는 듯이 쳐다보면서도 그런 말을 꺼낼 수밖에 없는 코앞의 현실을 보고 안타까워했다.

598년, 수나라 문제는 고려에게 신하의 예를 갖추고 굴욕적인 관계를 맺는 것을 강요하는 국서를 보내왔다. 곧 그 국서는 국내에 엄청난 논란을 불러일으켰다. 영양왕과 신하들은 각축의 토론 끝에 답서를 보내어 방어에 최대한 시간을 끌어볼 요량이었으나, 단 한 사람만이 사활을 걸고 이 무례하기 짝이 없는 글에 칼로써 보답을 해야 한다고 청하는 이가 있었다. 그는 바로 고려의 명장 강이식 장군이었는데, 어쩔 수 없이 싸워야만 하는 필연적인 전쟁이라면 서둘러 적의 선수를 쳐서 유리한 고지를 점령하는 길만이 전세를 크게 휘어잡을 수 있는 길이라 생각했던 자였다.

강이식 장군은 시간이 늦어질수록 고려군이 더욱 불리해질 것이라고 거듭 왕에게 청을 올렸고, 결국 그의 결단에 공명한 영양왕은 그를 병마원수(兵馬元帥)로 임명하고 정병 5만을 준비시켰다. 수나라의 문제는 고려가 몰래 군사를 준비한다는 소식을 듣고 분노하여 다시 글을 써서 보냈다.

고려가 수나라의 병사 규모에 대한 첩보를 수집할수록 겁을 지레 먹은 일부 신하들은 수나라와의 전쟁만은 피해야 한다고 주장했지만, 영양왕은 더는 고려가 수치를 당하며 굴복하길 원치 않았다. 그의 신념에는 고려뿐만 아니라, 이 땅을 물려줄 후손들에게도 이와 같은 상황이 닥쳐왔을 때 자신들의 선택처럼 마땅히 지켜야 할 것을 지키는 자들이 되길 바라는 뜻이 담겨 있던 탓이었다.

수나라가 언제든지 고려를 침략할 수 있는 준비에 돌입하자, 영양왕도 수나라 무기 제작자들에게 뇌물을 주고 그들을 불러들여 자신들도 신식무기인 쇠뇌 제작에 돌입했다. 그러한 쇠뇌를 제작하고 있다는 사실이 수문제의 귀에 들어갔고, 그는 고려에게 굴복하지 않는다면 대안은 항복뿐이라는 말을 전해왔다.

이를 무시한 영양왕은 속국인 거란을 단속시켜 수나라에 대한 방어를 철저히 하는 한편, 말갈족을 대동하여 재빠르게 전진기지들을 타격하고 보급기지 없이 먼 곳에서 출발하는 지친 수나라 병사들에 청야 전술과 단단한 고려의 성벽으로 버틴다면 승산이 있으리라 생각하여 행동에 나설 준비를 했다. 이번에는 영양왕이 직접 선봉에 나섰다. 이는 수나라의 문제를 심히 자극시켜 중원을 통일할 만큼 대담하고 명석한 수나라 양견의 판단력이 차츰 빛을 잃어가길 바랐던 그의 계략이었다.

598년 2월, 영양왕은 병마원수인 강이식 장군과 함께 직접 병사들을 이끌고 출정하여 매서운 눈발이 강력하게 휘몰아쳐 앞이 보이지 않는 길을 뚫고서 말을 달렸다. 그들이 요동지역에 이르자 그곳에 대기하고 있던 말갈기병 1만여 명을 만나 요하강을 건너 요서 지방에 이르렀다. 그곳에는 수나라의 야심찬 전진기지들과 보급기지들이 셀 수 없이 펼쳐져 있었다. 이에 기동성이 빠른 말갈 기병들이 엄청난 속도로 물밀 듯이 수나라의 전진기지들을 차례로 기습 및 격파해나가기 시작했다.

고려군의 기습 공격을 생각지도 못한 수나라의 전진기지들은 아무런 저항 없이 문을 열어줄 수밖에 없었고, 고려군은 전쟁에 필요한 무기와 식량을 모두 불태워 쓸모없게 만들었다.

차례로 무너지는 요서지방의 전진기지에서 수나라에 영주총관 위충이라는 자가 수성전을 펼치고 버티며 수나라의 문제인 양견에게 도움을 요청했다.

이내 양견은 병사들을 보내 기병들을 쫓았지만, 이미 수많은 보급기지가 불탄 뒤였다. 수나라의 군사들의 이목이 말갈 기병들에게 집중되자, 영양왕은 수천의 병사들을 돌려 바다로 건너가서 방어가 취약한 산동 지역의 보급기지들을 파괴했다. 그러자 이번에는 수나라의 위충이 군사를 이끌고 진격해왔다. 기습이 성공한 영양왕은 기세를 몰아 위충과 싸웠으나, 전세가 불리해져 더는 얻을 것이 없으므로 군사들을 후퇴시켰다.

고려를 침략하기에 유용한 중간기지들을 잃은 수나라의 문제는 바로 그해 6월, 고려를 침략하기 위해 미리 양성해놓았던 30만 대군을 동원하여 한왕 양과 양세적을 대원수로 임명하고 고려를 치도록 명을 내렸다. 하지만 그들은 요서 지방의 유용한 전진기지를 잃은 채, 저 멀리 북경에서 출발해야 했다.

수나라 군대는 제대로 된 추가 보급이 늦어지는 상황을 해결하려 고려군의 식량을 약탈하려 했지만, 고려군과 백성들은 합심으로 남은 곡식을 전부 불에 태워 먹지 못하게 하는 청야 전술을 발휘했다. 이에 수나라 군사들은 먼 길을 행군한 피로와 굶주림 그리고 더위로 사기가 급격하게 떨어진 반면, 고려군은 넉넉한 식량과 보급 물자로 굳건히 성채를 지키며 장기전에 돌입했다. 무더운 여름 날씨에 지친 수나라 군대를 상대로 고려 장수들은 병사들을 매복시켜 군량 보급이 이루어지는 길목과 추가 병력들을 차단시키는 한편, 주변 강에 썩은 소와 돼지의 시체를 한 무더기 풀어 넣어 수나라의 병사들에게 흘러들어 가게끔 만들었다.

수나라 병사들은 추가 보급이 원활하게 이루어지지 않자 오늘내일 먹을 식량에 허덕였는데, 엎친 데 덮친 격으로 강물을 마신 병사들로부터 역병이 돌기 시작하자 점차 전의를 상실해갔다. 패배를 직감한 수나라 장수들은 뒤이어 오는 장마까지 겹쳐 아무것도 하지 못하고 철수할 수밖에 없었다.

영양왕은 가장 좋은 시기를 알았고, 이 이상의 불필요한 전쟁을 막고자 하였다. 왕은 자신을 낮추는 한이 있더라도 백성들과 병사들이 고통 받지 않길 바랐다. 만약에 수나라의 30만 대군이 고려의 땅을 제대로 밟지도 못하고 패하여 돌아가는 것이 수나라 양견의 귀에 들어간다면, 제 아무리 성품이 온화하고 매우 뛰어난 인물이라 할지라도 자존심에 크게 상처를 입어 어떠한 일을 벌일지 몰랐기에 왕은 술수를 쓰기로 했다.

영양왕은 수나라의 문제를 회유하기 위해 사신을 보내 사죄하고 국서를 보내어 수문제의 마음을 어르고 달래기로 결심했다. 영양왕이 보낸 국서에는 '수나라 황제께서 30만 대군을 이끌고 요동의 미천한 신하 아무개의 땅을 밟으려 했으나, 고려는 거리가 멀고 30만 대군이 먹을 수 있는 곡식이 부족하며 지상에는 역병이 돌고 장마까지 내리쳐 싸울 수 있는 곳이 못되며, 수군은 폭풍우를 만나서 철수할 수밖에 없었다.'는 내용이 담겨져 있었다.

그 서신을 받아본 수 문제는 놀라워했는데 자신의 군대가 패하고 돌아갔음에도 불구하고 고려에서 사죄를 함으로써 양견은 다시 국력을 소모할 명분이 사라졌을 뿐더러, 고려의 이 같은 행위에도 수나라가 강하게 나온다면 주변 국가에 안 좋은 영향을 끼치는 고려의 외통수임을 알았던 것이다.

비록 전쟁은 졌으나, 수 문제는 지혜가 뛰어난 인물이었다. 고려 침략은 처참히 실패했지만, 도리어 고려가 사신을 보내 사죄하자 고려가 쉽게 넘볼 수 있는 상대가 아님을 깨닫고는 더는 침략할 계획을 세우지 않고 안으로 국력을 다지기로 결심했던 것이다. 이에 백제의 위덕왕(威德王)이 수나라에 사신을 보내 표문을 올려서 수나라의 길잡이를 자처하며 다시 한번 고려를 침략할 것을 당부했지만, 수나라 황제는 고려가 죄를 뉘우쳐 자복했으니 황제로서 마땅히 그들을 용서하여야 했기에 백제의 청을 거절하고 사신을 후하게 대우하여 돌려보냈다.

이를 알게 된 영양왕은 다시 한번 백제의 국경을 침공하여 압박을 해갔다. 이로써 수나라와의 전쟁이 끝나자 고려 백성들은 환호했고, 더욱 조국에 대한 자부심을 가졌다. 무엇보다 그들의 왕인 영양왕과 나라를 이끄는 장수들을 신뢰했다. 고려의 병사들은 중원을 통일한 신흥 강대국 수나라의 군대가 고려와 제대로 싸워보지도 못하고 철수함에 힘입어 사기가 하늘을 찌를 듯이 높아졌고, 전국의 온 마을 사내들은 고려군에 들어가고자 하는 꿈을 키웠다.

수나라의 군대와 맞서 싸운 소식이 주변국에게도 들어가 고려의 위상은 한층 더 높아지는 한편, 백제와 신라 두 나라는 고려의 강대함에 치를 떨었다. 영양왕은 이 기세를 몰아 고려의 오랜 숙원이었던 잃어버린 한강 유역을 되찾고자 마음먹었다. 한강을 되찾기만 하면 영양왕은 마음을 놓고 중원으로 발을 돌릴 수 있으리라 생각했던 것이었다. 이미 한 번 온달 장군의 실패를 겪은 영양왕은 신중에 신중을 거듭하여 603년, 장군 고승을 필두로 하여 순덕과 신임 무장들이 군사를 이끌고 북한산성으로 진군하여 잃어버린 한강 유역의 초입을 열어줄 것을 명했다.

전장의 피비린내 나는 기억이 씻겨 내려가기엔 아직 이른 새벽에, 공기는 낯설었다. 순덕은 깨끗한 강물에 손을 몇 번이고 씻었지만 환영처럼 다시 피로 물들어버리는 악순환은 멈추지 않았다. 전장에서 튄 수십 명의 주인 잃은 피들이 순덕의 온몸에 달라붙어 땀구멍 사이로 타고 흘러들어가는 듯한 발작하지 않고는 견딜 수 없는 간절한 몸부림이 매일같이 순덕을 찾아왔다. 뼛속에 일어나는 소름끼치는 전율이 그의 온 정신을 지배하는 듯했고, 전쟁으로 인한 순덕의 고뇌는 쉬이 가지 않았다.

자신 외엔 누구에게도 도움을 청하지 못한다는 것을 안 순덕에게 고승 장군과 함께 북한산성으로 진군하라는 왕의 명이 떨어지자, 그는 채 아물지 않은 상처를 가지고 다시 대문 밖을 나서야 했다. 하지만 그토록 증오하고 아무에게도 발설하지 않은 그의 순결한 고통은 사람의 피비린내를 조금씩 받아들이며 차츰 약해져 갔다.

전장이 내중이 없고 예외도 없는 서로 간의 살인에 지나지 않았기에, 전장으로 발길을 향한 그의 숨 막히는 갑갑함과 긴장감이 일상생활에도 그를 따라다녔다. '모든 사람의 목숨이 정치하는 이들의 손에 달려있다'라는 억울함이 순덕의 마음을 어지럽게 뒤흔들어놓았던 것이다. 그는 어쩌면 전쟁이라는 것도 나라 간의 무역이며, 전장의 승리와 패배는 상인의 입담에 달린 흥정에 지나지 않는다고 생각했고, 허무한 상상에는 허무한 허탈감이 밀려왔다. 살릴 사람과 죽일 사람을 필요에 따라 나누는 정치, 그 모종의 거래가 그들이 원하는 땅과 명예 혹은 그 이외의 어떠한 물건을 얻기 위한 행위에 지나지 않는다는 잘못된 믿음에 순덕은 참담했으며, 이곳저곳에서 온갖 날카로운 것들에 찔려 시름시름 앓다가 나라를 위해 죽어가는 어린 청년들을 보아왔던 순덕은 생명을 바쳐 싸운다는 것이 얼마나 어리석은 일인지 실감했다.

그로 인해 순덕은 자신의 목숨을 철저하게 우선시하게 되었다. 목숨과 바꿀 수 있는 그 어떠한 고귀함도 있을 수 없었던 것이다. 결국 왕이 내리는 명은 순덕에게 있어서 가장 엄중한 명령이자 억울함의 근본이 될 수밖에 없었다. 순덕은 명령이라는 정당한 단어를 만들어 자신과 병사들의 목숨을 빼앗아가려는 부당함에 치를 떨었다. 그 억울한 마음이 온몸의 피를 끓게 만들고 뜨거운 피가 그의 몸을 흐를수록 전장을 떠나고 싶어졌다. 또한 아무 말 없이 항상 영양왕의 명을 따랐던 아버지의 뒷모습을 회상하면서 무엇이 그로 하여금 가족 곁을 떠나면서까지 사계절 내내 외지에서 지내게 했는지 의구심마저 일었다.

아무리 많은 금은보화를 가졌다 한들, 자신의 눈으로 보고 만지고 재물을 쓰는 쾌락이 따르지 않는다면 아무 쓸모가 없다는 것을 일찍이 깨달은 순덕은 재물을 부지런히 모은 아버지를 존경하는 한편, 지혜롭게 사용하지 못했던 그를 억척스럽고 한심하게 여겼다. 순덕은 생명이 붙어있는 사람에게 제일 중요하고 귀중함의 근원이 되는 것은, 보고 듣고 먹고 마시며 사는, 바로 삶이라는 것을 병사들에게 알리고 싶어 했다. 명예라든지 숭고한 뜻이라든지 온갖 잡다한 이유를 붙인 쓰레기들을 위해 너무나 쉽게 목숨을 내놓는 병사들을 많이 본 순덕은 자신의 목숨 하나만큼은 굴욕을 겪는다 할지라도 진득하게 관철하고 지켜나가려 마음먹었다. 그의 생각은 자연스레 행동으로 이어져, 매번 을지문덕의 꾸지람이 그를 향했어노 결코 자신의 신념을 굽히지 않았다. 정확하게 말하면 생명은 협상할 수 없고 굽힐 수 없는 그의 유일무이한 것이었다. 하나뿐이기에 남에게 좌지우지될 수 있는 것이 아니었으며, 그에 따른 고뇌는 전장을 겪으며 혼란을 더욱 가중시켰다.

602년 10월 고승 장군이 이끄는 부대가 북한산성을 공격한다는 소식이 신라에게 들어가자, 신라의 진평왕은 직접 군대를 이끌고 한강을 건너오려 했다. 이에 603년, 북한산성에서 떨어진 곳에 진지를 구축한 고려군은 정찰병을 보내 적의 동태를 살폈다. 생각보다 신라의 성벽은 허술했고 적병사들이 많아 보이지 않자 고승 장군은 전군 진격을 명했으며, 이에 따라 순덕과 신임 장수들은 북한산성으로 병사들과 전진했다. 신라의 병사들이 의연하게 고려의 병사들과 맞붙자, 순식간에 난잡하게 뒤섞이기 시작했다.

순덕은 이번에도 최초로 칼을 휘두르기 전까지 고뇌하며 어두운 낯빛을 띠었다. 그곳에도 풀밭은 있었지만 지난번과는 달리 그를 위협하던 푸른 풀밭이 더는 날카롭지도 무덤같이 보이지도 않았다.

그러한 풀잎들은 수많은 병사들의 군화에 마구 짓밟혔고, 무뎌진 칼날처럼 순덕에게 디는 두려움의 대상이 아니었다. 처음 겪었던 잔인하고 무서운 전장의 공포가 그에게 지금 약간 익숙해진 광경처럼 보였다. 이에 순덕은 사소한 것들이 눈에 들어오기 시작하였고 호흡도 안정을 되찾아갔다. 차분해진 순덕의 눈앞에서 벌어지는 일들에 이제는 생생하게 흐르는 강물을 만지는 것처럼 과감함과 확신을 가지고 단단히 칼을 쥐어 잡을 수 있었다.

그는 아직 날지 못하는 새의 날갯짓처럼 조심스럽게 행동했다. 이번에도 전장에는 피가 날리고 조이는 숨통에 괴로웠지만, 그는 왠지 모르게 그곳에도 고요함이 있다는 것을 깨달았다. 전장에서는 자신을 포함하여 그 누구도 주인공이 아니며 서로가 서로를 노려보지만 정작 아무도 자신에게 관심을 주지 않는다는 생각이 들자, 순덕의 내면에 묻혀있던 여린 광기가 슬금슬금 새어나오기 시작했다. 단 두 번 만에 순덕은 낯선 그곳에서 감정을 철저하게 짓누른 채, 두 손에 힘을 실어 그의 눈앞에 있는 사람이 아닌 것들을 베어나가기 시작했다.

전장에서는 힘과 총명함을 두루 갖추고 있는 자일지라도 칼을 휘두를수록 눈은 광기로 물들고, 바닥에서부터 물이 차오르듯 자신감이 높아져 가는 법이었다. 결국 자신감은 자만이 되어 욕심을 불러일으키고, 종말에는 인의를 보는 눈을 잃어버리기 마련이었다. 자신을 호위하는 병사들이 그를 지키기 위해 수없이 죽어나갔지만, 그는 자신의 검이 그를 지켜주었다고 굳건히 믿었다. 이렇듯, 신임 무장들의 어설픈 칼날이 분주할수록 병사들은 그들을 지키려 안간힘을 쓰다 죽어가는 경우가 허다했다. 그럴수록 그들은 더욱 흥분하여 날뛰었으며, 또다시 병사들이 죽는 악순환이 계속되었다. 호위 병사들의 희생으로 이미 오래전 어느 풀밭에 떨어져야 했을 그들의 머리가 아직도 그들의 몸뚱이에 붙어있음에 감사할 줄 아는 이는 아무도 없었고, 녹색 잎이 자신의 놀란 입속으로 들어가는 가련한 광경을 마지막으로 생을 마감한 장수 앞에는 그들을 위해 앞서 죽어간 수많은 병졸들이 있었다.

낮은 신분으로 태어났다는 이유로 누군가를 위해 비참하게 목숨을 버리고, 높은 신분으로 태어났다는 이유로 무장으로서 보호를 받는 이러한 질서와 균형이 어디에서 비롯되는지는 알 수 없는 일이었다. 그렇지만 순덕은 사내대장부로서의 체면이 바닥으로 곤두박질치는 것보다 살아남는 것이 더 먼저였기에 현실에 순응하며 한편으로는 자신이 병졸이 아닌 것에 대해 감사해했다. 또한 그는 자신이 사랑하는 삶을 보존하기 위해서라면 거침없이 적 수장의 바짓가랑이 사이라도 단숨에 웃으면서 들어갈 수 있었다. 을지문덕 장군과는 너무나도 다르고 연약한 순덕은 아버지의 강함을 부러워했지만 이제는 자신의 강함이 그와는 다른 것이라고 생각했다. 그 순간, 순덕을 향해 날아오는 화살이 앞에 있던 호위병의 이마에 박혔고, 눈알이 뒤집혀 그대로 쓰러진 병사는 피를 위아래로 흩뿌리며 순덕의 온몸을 적셨다. 순덕의 머릿속은 아수라장이 되었다.

죽은 자는 지난번 전투에서도 순덕을 호위하였으며 전투가 끝난 뒤 불을 피워 병사들과 식량을 나눠먹을 때도 순덕을 먼저 챙겨주던 무사였다. 순덕은 그의 이름조차 알지 못했지만, 그 병사는 가족이 있고 한 가정의 아버지였을 터였다. 그 병사는 순덕에게 을지문덕 장군과도 같은 강인함이 보인다면서 장군에게 받은 은혜를 순덕을 지켜 갚겠다던 자는 어느새 홀로 먼 길을 떠나야 했다. 죽어야만 순덕에게 기억되는 슬픈 인생은 더는 이 땅 위를 활보힐 수 없었다. 활시위에 화살을 놓고 잡아당겨 가뿐히 놓는 가벼운 행위에 죽음이 담겨, 그것을 피하지 못한 병사들의 가정을 비롯해 그와 관계 맺은 모든 이들에게 절망을 주는 파괴에 이르기까지의 과정은 민망스러울 정도로 단순했다. 그는 허무하게도 자신의 인생과 아내와 아이들, 그리고 그가 사랑해온 자신이 한 모든 일들, 기뻤던 순간들, 분노를 느끼던 사랑스러운 날들, 누군가를 감싸주어 평생 동안 그 사람을 잊지 못할 날들까지 나무에 쇳조각이 달려있는 화살 따위와 맞바꾸어버린 것이다. 끈질긴 하나의 생명이 맺었던 모든 고리를 강제로 끊어버리는, 돌이킬 수 없는 죽음이라는 슬프고 무거운 불법이 전장 위를 떠돌고 있었다.

한참을 싸우니 신라의 성 안에서 시끄러운 소리가 울려 퍼졌다. 신라의 진평왕이 구원병을 이끌어 도착하여 병력을 집결시키고 있었던 것이다.

이에 고려군은 주춤했다. 끊임없이 날아드는 신라군의 화살에 순덕의 좌측에 있던 호위병도 어깨에 강력한 화살촉이 박혀 쓰러졌고, 하늘에는 수백 마리의 까마귀 같은 화살이 지상으로 쏟아져 마치 검은 비가 내리는 듯 보였다. 엄청난 속도로 떨어지는 신라군의 화살을 방패로 막지 못한 순덕을 위해 호위병들이 방패와 온몸으로 대신 막아섰지만, 그들은 미처 자신의 몸을 보호하지 못하고 쓸쓸하게 피 흘리다가 말에서 떨어졌다. 비참한 광경이었다. 추잡하고 비열한 순덕의 본심을 모른 채, 마음이 가는 대로 자신의 목숨을 포기하면서까지 그를 지키려 했던 그 호위병들의 용기가 채찍처럼 순덕을 내리쳐 살아남는 것이 그리 달갑지만은 않았다.

그곳에는 훗날 늙고 병들어 서서히 사라져가는 이 땅 위에 아버지가 아닌, 빛나는 용맹함과 투지를 가문의 씨앗으로 삼고 지키는, 스스로가 비옥한 토지가 되려 했던 아버지들이 서있었다.

비록 그들의 신념을 모르는 순덕에게는 어리석은 죽음이었지만, 그들은 자식에게 있어 뜻을 따라 목숨까지 버린 거대한 산맥이었고, 위대한 아버지들이었다. 진짜 살아 숨 쉬는 행동을 보여준 병사들에게는 순덕과는 다른 무언가가 분명히 내면에 있었다. 전장에서 생생하게 살아있는 신념이 그 진실성을 실제로 눈에 보여주었기에 강한 힘을 갖지만, 죽은 신념은 역사 속에 사라졌던 수많은 생명 중에 하나처럼 약한 것에 지나지 않았다. 비록 짧은 삶을 선택한 호위 무사들이었지만, 자신의 신념을 관철한 고려의 무사들이 가졌던 강인함의 족적은 이정표가 되었고 결국 그 정신적인 줄기가 핏속까지 뿌리를 내려 고려라는 민족의 기둥이 된 것을 순덕은 알지 못했다.

그것은 단순히 많은 것을 누리다가 홀연히 사라질 생명의 허무함이 아니었으며, 주어진 생명의 시간을 거슬러서라도 역동의 빛을 발하는 인간의 본보기를 몸소 보여주리라는 믿음의 싸움이었다.

그러한 사람들의 믿음에도 불구하고 순덕에게는 살아있음이 모든 쾌락의 시초가 되었기에 죽은 병사들의 신념은 전장을 떠도는 뜬구름을 잡는 것과 같았다. 명망 있고 이름 있는 가문에서 모든 역사가 시작된다고 믿은 그는 한낱 신임 무장을 호위하는 무사의 헌신과 진실한 마음까지 기록될 만큼 역사는 그리 여유롭지 않다는 것을 알고 있었다.

수많은 고려의 병사들은 신라의 창칼에 쓰러졌고, 땅바닥을 거세게 밀어붙이는 말발굽에 이름조차 알려지지 않은 병사들의 불씨가 재가 되어 공기 중을 떠돌았다. 수백 마리의 말에 실린 육중한 무게에 대지가 뒤흔들리며 웅장한 울림을 내면, 한편에서는 죽은 병사들을 위한 추도식이 열렸다. 쓰러진 병사들은 그 울림을 위안 삼아 눈감을 수 있었다.

기세가 밀린 상황에서 신라의 지원군까지 합세하자, 전세는 신라 쪽으로 크게 기울어졌다. 신라의 진평왕이 이끄는 부대는 사기가 하늘을 찌를 듯했고, 그들의 함성은 마치 천둥을 치듯이 울려 퍼져나갔다. 이러한 상황 속에서도 순덕은 고군분투하면서 장수로서의 책임을 다하려 적병들을 하나씩 신중하게 베어나갔지만 그들의 기세를 막기엔 역부족이었다.

정신없이 싸우다 보니 밤하늘은 어두워져 있었다. 사방에는 죽어간 병사들의 시체가 제대로 된 모양새도 갖추지 못하고 나뒹굴었고 붉게 흐르는 피가 난무했으며, 여기저기서 죽어가는 병사의 신음과 고통에 찬 비명, 그리고 정신 나간 웃음소리가 전장을 지배하는 나날들이 계속되었다.

순덕은 언제부터 자신의 오른 다리에 화살이 깊게 박혀있었는지도 알지 못한 채, 이 피 튀기는 광경에 가까이 붙어있었다. 얼마 후 순덕에게는 아직 덜 갔았던 극심한 고통이 한꺼번에 몰려왔고, 조금만 움직여도 허벅다리로부터 뻗치는 고통이 온몸으로 퍼져 괴기한 헛웃음이 나올 정도로 그의 몸 상태는 심각해졌다.

수많은 병사들이 전장에 득실거리며 다가오는 죽음을 쉽사리 예측할 수 없듯이, 위험으로부터 자신을 보호하려고 충실했던 모든 행동들은 수십 가지의 위험이 도사리는 전장에서 무엇이 자신의 목숨을 위협할지 분별해낼 수 없었다. 화살이 그의 몸속을 조금씩 깊게 파고들자, 예리하고도 날카로운 칼로 과육을 찢는 것처럼 온몸을 쥐어짰다. 비록 화살은 그의 갑옷을 뚫었을지언정, 그에게 다가오는 칼날들은 촘촘한 비늘 갑옷 앞에서 불꽃을 일으키며 튕겨져 나갔다.

순덕의 등줄기에 식은땀이 흘렀다. 서늘한 죽음이 피비린내를 풍기며 자신을 기다린다는 것을 알고 있었다. 결국 살아남기 위해선 한 번의 몸짓에 백 번의 신중함을 담아야 했고, 두 눈에는 차분함이 깃들어있어야 했다. 한순간의 실수가 두 눈을 치켜뜬 채 순덕을 바라보았고, 그가 누려야 할 부귀영화를 가루로 만들어버릴 적절한 시기를 기다리고 있었다.

순덕을 위해 죽어간 수많은 병사들이 잠깐의 추모와 함께 바람에 씻겨서 날려갈 무렵, 신라군들은 강물이 대지를 적시듯 한강을 지키려 목숨을 내던지며 끊임없이 뛰쳐나와 고려군의 사기를 꺾었다. 그러한 신라군에 대항하던 고려군도 잃어버린 북한산성을 되찾으려 버티면서 안간힘을 모두 소진했지만, 추가 보급이 늦어지고 지원 병력은 오지 않았기에 더는 전투는 불가능했다. 그럴수록 고려군은 더욱이 눈을 부릅뜨고 적들을 매섭게 노려보았으나, 수천 개의 긴장한 눈동자들은 언제 떨어나갈지 모르는 뜨거운 목을 붙잡고 있기에 급급했다.

순덕은 두려움에 벌벌 떨고 있는 손을 보이지 않으려고 힘껏 적들을 내리쳤다. 한 명씩 베어갈 때마다 자신이 살 수 있을 것 같은 기분에 살육을 멈출 수가 없었던 것이다. 그러자 신라군의 성 안에서 다시 한번 거대한 나팔 소리와 북소리가 대지를 크게 뒤흔들어놓았다. 이에 고승 장군은 최후의 결전을 두고 지레 겁을 먹어 장수들에게 서둘러 퇴각 명령을 내렸다. 명에 따라 고려군의 퇴각의 나팔이 힘없이 울리자 고려 병사들은 당황한 기색이 역력했고, 그 기운을 어깨에 둘러멘 신라군은 파죽지세로 고려군을 격파해나갔다. 척후병의 말만 믿고 이길 수 있다고 믿었던 고승의 마음속에는 허상과 허영심이 짙은 안개처럼 가득했다. 변화하는 상황 속에서 맹목적인 전투만을 일삼은 것이 패전의 주된 요인이었다.

한편, 고려군이 퇴각하는 동안 신라군은 후미를 추격하여 공격을 세속 감행하지 않았다. 다행스럽게도 신라군은 고려군이 물러나자 쉽게 포기한 것이다.

순덕은 패배를 받아들이기 힘들었다. 분노, 광기, 용기, 슬픔, 고독 여러 가지 단어로 표현될 수 있는 그날의 실패가 이번에는 그에게 분노로 다가왔다. 전쟁 앞에서는 누구도 도울 수 없는 자신의 나약함을 또 한 번 깨달은 그에게 초라함과 지독한 슬픔은 등을 떠밀며 벼랑 끝으로 내몰았다. 화려한 곤충이 먹잇감을 유인하듯 전쟁이라는 이름은 잔혹하면서도 매혹적인 자태로 순덕을 유인했고, 전장에서의 어설픈 용기는 자신의 분수를 알지 못하게 하여 결국 병사들을 거침없이 죽음으로 향하게 만들었다.

피로 물든 손을 되돌릴 수 없는 현실 앞에서 그는 좌절했다. 퇴각의 행진은 요란한 소리를 내며 그의 마음속을 어지럽혔다. 순덕은 귀에 들리는 병사들의 신음을 외면한 채, 고개를 약간 숙이고 묵묵히 퇴각했다.

불운한 하늘이 금방이라도 포효하며 울부짖을 것 같은 슬픈 기색을 띠었다. 숨 쉬는 모든 바람이 무책임하게 패배하여 돌아가는 무장들에게 집중되어 책임을 되묻는 듯 무겁고, 숨 막혔으며 때론 고요했다. 하늘에서는 먹구름이 지천에 깔려 고려군이 갈 곳을 정해놓은 듯 일자로 줄을 서서 당장이라도 광란의 살인자들에게 거센 비바람을 쏟아내려 울렁이고 있었다. 구름은 모두를 감싸면서도 멀리서 지켜보는 것처럼 모였다가 흩어졌다가를 반복했다.

사람은 자신이 옳다고 여기는 것에 일말의 의심 없이 그 상황 속으로 돌진하는 법이기에, 돌아가는 길에 적군이 매복해있을 것이라곤 아무도 상상조차 하지 못했다.

한편, 신라군은 승기가 보이자 미리 병력을 돌려 고려군이 왔던 골목을 따라 이미 산중턱에 매복병들을 포진해놓았다. 그들은 고려군의 추가 보급과 지원병들을 끊어놓으려고 화살을 겨누었지만 정작 아무도 오지 않자, 퇴각하는 병사들에게 살을 날렸다. 나무에 숨어있던 신라군은 일제히 퇴각하는 고려군에게 나무에서 나무가 솟아나는 기현상을 보여주었고, 이에 순덕은 세상이 어두워지는가 싶더니 금세 피범벅이 되어 아무것도 보이지 않게 되었다. 그의 한쪽 눈에 화살 파편이 박힌 채로, 순덕은 질주하는 말에서 균형을 잃고 떨어진 것이었다. 비록 그는 몰려오는 고통에 온몸이 쑤셨지만 차가운 바닥을 등지고 하늘을 바라본 채로 누워있었기에 마음은 너무나 편안했다. 순덕은 눈이 침침해져 갔다. 시간이 흐르고 고통이 점점 멎자 생각은 멈췄다. 주변의 소리는 들리지 않아, 홀로 영원한 시간이 주어진 것처럼 고요했다. 자신의 깊은 숨소리만이 온 세상을 지배하는 주인이었으며, 그는 온몸의 마디마디가 풀리는 기분에 행복감이 마구 솟아나는 것을 느끼고 있었다.

제8장

부활

　하지만 행복은 오래가지 않았다. 금세 누군가가 달려와서 누워있는 순덕의 피범벅이 된 눈을 닦아주고는 미소를 머금은 표정으로 순덕의 귀에 한마디 속삭였다. '죽음이 금방 자네를 찾아올 것이네. 천천히, 그리고 아주 빠르게.' 분명히 진사가의 목소리였다. 그 말을 들은 순덕은 머리를 한 대 얻어맞은 것처럼 멍해졌고 필사적으로 인상을 찡그려 흐릿한 두 눈으로 그를 쳐다보았다. 눈앞이 피로 얼룩져 자세히 보이지는 않았지만, 인상과 인상이 겹친 모습은 진사가와 흡사했다. 병졸의 모습을 한 그자는 순덕을 마지막으로 한 번 쳐다보더니 전투에서는 흔히 있을 법한 가벼운 죽음을 아랑곳하지 않고서 제자리를 떠났다. 처음이자 마지막으로 죽음을 경건하게 준비하던 순덕에게 그의 난입은 엄청난 불경함으로 다가왔다. 그자의 한마디로 인해 순덕은 가슴이 답답해졌고 속이 쓰렸다. 그가 떠난 지 얼마 지나지 않아 순덕의 온몸에 불길이 끓어오르는 듯했다. 자신을 죽음에까지 이르게 만든 왕에 대한 증오심과 복수심이 솟구쳤으며, 피가 역류하여 금방이라도 쏟아낼 것처럼 얼굴이 달아올랐다.

전쟁에 지쳐서 어느샌가 포기하려 마음먹었던 삶에 대한 욕망은 모두 단숨에 머리끝까지 차올라서 살고 싶다고 발버둥 치고 있었다. 그의 숨소리가 천 리를 달려온 말처럼 거칠어지고 꽉 다문 이는 불씨를 틔울 만큼 억세게 갈렸다. 그러한 상태까지 이르자 밀려오는 고통을 뒤로하고도 붉은 안개에 가려져 어두웠던 그의 눈이 밝아오기 시작했다.

순덕은 당당히 일어나고 싶었다. 평생을 수동적으로 아버지의 뜻에 따라 틀에 맞춰 살아온 그는 죽음까지 제멋대로 날뛰게 한다면 그보다 억울한 인생은 없다고 생각한 것이다. 처음으로 누군가의 욕구가 되는 것이 아닌 자기 자신이 되고 싶었다. 단순히 그 불경한 말을 속삭인 그자를 증오하는 것이 아니었다. 오히려 순덕이 잊고 있었던 것을 깨닫게 해준 그 이름 모를 병사가 고마워졌다. 이제 순덕에게는 눈 한쪽이 보이지 않는 것이 문제가 되지 않았다. 남은 한쪽 눈으로라도 적 병사들을 노려보면 되는 일이었다. 그런 생각에 이르자, 마치 오랫동안 땅에 묻혀 죽어있던 창백한 병사가 일어나듯이, 쓰러져 있는 순덕의 다리와 팔뚝에 형용할 수 없는 거대한 힘이 가득 실렸다. 그는 옆에 있던 창을 지지대 삼고 몸을 일으켜 세울 수 있었다. 하지만 그도 잠시, 순덕을 호위하던 무리들이 그에게 다가와 안정을 시키려 다시 자리에 억지로 눕혔고 그는 힘없이 또다시 쓰러져 버렸다. 더는 일어설 기력이 없다는 내면의 목소리가 그의 마음 가득 울려 퍼지고, 나약한 자신을 전장 한가운데에 버려둔 을지문덕 장군이 원망스러워 눈물이 왈칵 쏟아져 내렸다. 태어나 유일하게 자신의 의지와 힘으로 만든 기적은 잠시에 불과했다.

어떠한 이유에서건 그날의 비참함은 순덕의 새로운 모습을 끄집어내 주었는데, 그것은 온전히 살아있는 광기였다. 순덕의 배에서부터 꿈틀거리는 욕망은 목구멍까지 치고 올라왔다. 심장은 강하게 요동쳤으며 적군의 뼈와 살을 치면 반드시 일어설 수 있다는 강한 확신이 그에게 들었다.

　쓰러져 있던 순덕은 옆에 있던 칼을 빼들었다. 그러고는 자신을 괴롭히던 마음의 번뇌를 모두 칼에 담아 팔을 뻗었고, 긴 칼은 적군의 심장을 꿰뚫었다. 꿰뚫린 병사가 뒤로 넘어가자 그 힘이 칼을 꽉 잡은 순덕을 일으켜 세웠다. 가망 없던 순덕의 모습을 보았던 병사들이 이 광경을 보자 눈이 휘둥그레졌다. 을지순덕이 마치 사람의 생명을 취하여 다시 살아난 것처럼 보였고 모두들 기뻐했지만, 그것은 순덕 스스로가 심은 비극의 씨앗에 지나지 않았다.

　매번 자신을 막아섰던 장벽은 극한의 고통을 넘고 굴복되지 않는 신념에서 무너질 것이 아니라, 고난을 위해서 존재하는 자신의 삶을 받아들이고 오히려 광적인 면모로 돌파해야 한다고 그는 믿었다. 순덕이 칼을 부여잡고 일어섰을 때, 시련은 어느새 두려움을 갖고 저만치 물러나 있었다. 비록 그는 똑바로 일어설 수 없었지만 다 죽어가던 자신이 다시 병사들의 눈을 마주볼 수 있다는 사실은 그에게 엄청난 쾌감을 주었는데, 마치 온몸에 섬광의 기류가 피를 타고 흘러 혈관 깊숙이 찌르는 듯했다. 한쪽 눈은 보이지 않았지만 남아있는 눈은 더욱 선명하게 보였으며, 얼굴에 흐르는 피는 더는 순덕을 두렵게 만들지 못했다. 사선 너머에는 자신에게 속삭인 병사가 보였고 그는 더는 죽음이라는 단어를 내뱉을 수 없을 정도로 작아져 있었다.

의식이 없는 순덕에게 진하고도 섬세하게 알알이 손바닥 틈 사이로 스며드는 피비린내가 따라다녔다. 비단 그의 손에 스며드는 것은 피 흘린 한 사람의 인생뿐만이 아니었다. 전장에서는 누군가에게 죽임당한 병사들, 즉 모든 세대의 집약체가 한곳에 어우러져 서로의 칼과 창으로 상대방의 세월을 깊은 철제의 무자비함으로 찔렀고, 흐르는 피로써 그들의 내일을 찢으며 베는 동시에 누군가의 주군에 대한 맹세를 완성시켰다. 많은 사람들이 전장이라는 가장 좁은 공간 속에 모두 빨려 들어가 한데 모여 사이좋게 죽고야 말았고, 그들의 시체 중 어떤 이는 웃는 모습으로 밑에 깔려 다른 이들을 받치기도 했다. 그러한 모습들이 쌓여 한눈에 수천 명의 시체들이 드넓은 대지에 펼쳐지는 장관을 이루어내었다. 한곳에 모아진 모든 병사들의 피는 땅의 갈라진 틈으로 흘러들어가 웅덩이를 이루었고, 나중에는 피의 강물처럼 흘렀다.

매복병의 기습 공격에 병력을 잃고 퇴각한 고승 장군이 장안성에 입궐하자 영양왕의 엄벌이 떨어졌다. 비록 수적으로 불리하여 퇴각을 명한 것은 훌륭한 일이었지만, 용맹함과 지략이 부족해 섣불리 후퇴하여 많은 수의 병사들을 매복 군에 잃었으며, 또다시 한강 유역에 머물러 이에 고려군의 사기가 떨어지고 신라군을 두려워하게 만들었다는 까닭에서였다. 결국 고승 장군은 병사들을 죽음으로 내몬 것에 대해 총책임을 지고 지위 박탈과 함께 참수형을 당했다.

자신의 생명이 귀한 만큼 병사들의 목숨도 마찬가지였기에, 전쟁에 임하면 반드시 승리하여 수많은 병사들의 죽음이 헛되지 않게 하는 것이 고려의 무장이 갖춰야 할 필연적인 사명이었다. 신라군의 은은하게 빛나는 예리한 칼과 창 앞에서 누구든지 용기가 옛 과거의 영광처럼 녹이 슬기 마련이었고 모래바람에 묻혀 빛을 잃기 쉬웠다. 산 자들은 죽은 자들이 너무나 쉽고 무책임하게 이승을 떠났음에 부러워하면서도, 전장에서 살기 위해 안간힘을 쓰며 굶주린 사람처럼 끊임없이 목숨을 구걸하는 법이었다.

한편, 순덕온 한쪽 눈을 잃고 허벅다리에 상처를 입었지만 이번에도 기적적으로 살아남았다. 그는 전장에 어울리는 무장은 아니었지만 맡은 명령을 끝까지 충실하게 해나갔고, 그의 운명은 아무런 성과 없이 순덕의 신체를 조금씩 갉아먹으며 끈질기게 연명하는 것에 그쳤다.

전쟁이라는 것은 한 사람이 어린 시절부터 청년이 되기까지 자신을 단련하기 위해 행했던 수많은 노력들이 무심코 휘두른 적군의 칼과 창과 같은 어리석은 철제들의 묵직함으로 인해 파괴되는 잔인한 일이다. 그렇기에 그 융통성 없고 모진 그 야성의 완력에 인류의 혼을 부술 수 있는 강력한 무언가가 들어있는지에 대한 순덕의 의구심은 끊임없이 생겨났다. 그 야성의 완력은 순덕의 한쪽 눈을 망가트려 더는 매순간의 예지를 발할 수 없었고, 허벅다리의 화살은 빼내어 치료했어도 고통의 잔상(殘像)은 사라지지 않아, 그는 이제 더는 남들처럼 뛰어다닐 수 없는 절름발이가 되었다. 이 모든 것에도 불구하고 순덕은 살아남았음에 기뻐서 온종일 마음속이 풍요로웠다. 그는 다음에도 목숨만 부지할 수만 있다면 자신의 팔다리를 내어준다 한들 기뻐하지 않을 이유가 없다고 굳게 믿었다. 그러나 몸의 고통보다 전투에서 패배한 것이 오랫동안 머릿속에 남아 그를 괴롭혔다. 신라의 진평왕이 구원병을 데리고 한강을 넘었을 적에, 미리 적의 허점을 파악했던 순덕이 군사를 돌려서 신라의 북쪽 지역을 쳤다면 충분히 승산이 있는 전투였음에도 불구하고 고승 장군이 섣불리 군사를 퇴각시켜 매복병들에게 처절한 패배를 당했던 것이 아쉬울 따름이었다.

흔히 백성들은 전쟁의 승패가 장수의 용맹함 또는 비상한 계책에 달려있다고 믿지만, 실질적으로 전쟁이라는 것은 장수 한 명의 완벽한 계략으로 해결되는 간단한 문제가 아니었다. 수천 명의 군사가 이동하기 위해서는 그 갑절이나 되는 백성들이 무기를 만들고 식량을 나르고 끊임없이 보급하는 수고가 있어야 했다. 더군다나 생명을 가지고 목숨을 내걸어 싸우는 전쟁은 마치 어디로 튈지 모르는 공처럼 매우 이해하기 어려운 것이었다. 한번 병사들에게 나약함이 생기면 많은 수의 아군으로도 소수의 적군을 쉽사리 이길 수 없는 상황이 벌어지기도 했으며, 모든 환경과 조건을 다 갖추고 있을지라도 방심할 수 없는 것이 또한 전쟁이있다. 만일 전쟁을 나서는 장수가 병사들을 완전히 통제하에 두었다 하더라도 병사들의 활력, 사기, 마음속의 두려움, 걷잡을 수 없는 긴장감 등 셀 수 없는 수만 가지의 문제점이 각자에게 일시적으로 퍼져 패색이 깊어지다가도, 어떠한 계기로 모두가 같이 합심하여 하늘을 갈라놓는 용맹함이 되어 돌아오기도 하는 것이 전쟁이었다. 분별력 있는 명령이 때와 장소를 까딱 스쳐 지나가기라도 하는 날에는 전세가 뒤집어지기 십상일 만큼 병사들의 사기는 승리와 가장 밀접한 것이기도 했지만, 모래 위에 집을 짓는 것처럼 위태로운 것이기도 했다.

또한 장수가 병사들을 심적으로 갖은 무장을 시켰다 하더라도, 행여나 전쟁에 앞서 폭우로 인해 습기가 차고 날이 녹슬고 잇따른 전쟁으로 무뎌진 무기를 날카롭게 다듬지 않거나, 인간에게 가장 중요한 의식주를 어느 하나라도 놓치게 된다면 병사들의 불평 한마디는 마른 밭의 불길처럼 걷잡을 수 없이 퍼지게 되고, 결국 그들은 거대해진 불만을 감당하지 못하는 상태에 이르는 것이다. 병사들의 삐뚤어진 시선을 감당하지 못하는 장수는 자칫하면 자신을 통제할 수 없는 광포에 빠지기 마련이었다.

이렇게 전쟁이라는 것은 병사들뿐만 아니라 자신, 그리고 병사들의 가족에게까지 무한한 책임을 져야 하는 일이었고 그 자체로 너무 무겁고 두려운 일임에 분명했다.

낯을 들 수 없는 부끄러운 죄를 다스리지 못한 것에서 인간의 전쟁사가 시작하여, 첫 번째 살인에서 땅으로 흐르는 억울한 피의 울부짖음에 닿고, 결국 인류가 종말에 이르도록 사람들은 전쟁으로는 절대로 평안함을 찾을 수 없다. 인간의 투쟁으로 전쟁이 완전히 쇠멸하지 않는 이상, 사람들은 평화와 안식을 바라며 늘 걱정에 시달려야 하는 저주에 걸려버린 것이다. 결코 전쟁에 담겨서는 안 될 이념들은 예의와 숭고한 목적, 의무적인 신성한 명령, 명예를 위한 행동과 같은 것들로 위장하였고, 거짓말로 그 수많은 병사들을 죽음으로 몰아갔다. 하지만 정작 전쟁의 잔혹성과 비참함을 헤아릴 수 있는 인간은 없었다. 하루에 천금을 쓰면서도 그 어느 것 하나 책임질 준비가 되어있지 않은 사람들은 자신의 모자람과 욕망을 채우기 위해 싸워야 할 명분을 만들며 사람들을 전장으로 끌어내었지만, 마지막은 누군가가 인류로부터 전쟁을 몰아내고 끝내야만 하는 것도 분명했다.

백성들의 피를 자신의 이익과 맞바꾸려는 심보를 사람들이 낱낱이 알게 된다면, 모두가 힘을 합쳐 충분히 전쟁을 방비할 수 있었다. 쳐들어오는 적병들을 막는 것은 훌륭한 일이지만, 전쟁을 일으키는 것은 어리석은 일이었다. 누군가는 다른 이들을 짓밟고 올라가 그들 위에 군림하려 하고, 밟힌 이들은 더는 수치를 원치 않기에 발악했다. 전쟁은 그 과정에서 쌓이고 쌓인 자신들의 악감정을 분노 가득한 학살로 대신 풀어주길 원하는 것에 불과했다. 그 소원의 장기짝에 불과한 순덕은 다리를 절고 눈 한쪽을 잃었으며 밤이 되면 죽은 자들의 비명을 베개 삼아 잠을 청해야 했다. 전투를 거듭할수록 사람들은 껍데기만 남은 순덕의 충성심을 치켜세우며 을지문덕 가문의 대를 이을 훌륭한 장수라 여겼다. 그러나 전투에 임하는 진의가 없는 지금 그는 이미 식어버린 그 뜨거운 감정을 되찾을 수 없음을 알기에 하루하루를 견디며 차가운 방바닥에서 촛불 하나에 의지하고 버틸 뿐이었다. 그는 가끔씩 진사가를 떠올리며 여러 마을을 찾아봤지만 그 어디에서도 발견할 수 없었고, 그대로 시간이 묵은 채로 몇 년이 흘러갔다.

서늘한 부표정에 담긴 순덕의 눈빛은 사람을 죽이는 일이 개미를 밟아 죽이는 사소한 일인 듯이 아무런 악감정도 담겨 있지 않았다. 그의 예리한 칼날은 병사들을 지독할 정도로 힘껏 베어나갔다. 그러한 순덕의 모습을 보며 적들은 두려움에 떨었다. 그렇기에 그에 대한 소문은 대부분 미치광이 그 언저리에 머물렀다. 순덕의 마을에서도 그를 보고 반기는 사람이 없었고, 다들 순덕을 피해 다녔다. 사람들은 소문과 맞지 않는 순덕의 모습에는 눈을 감아버렸고, 아주 사소한 언행이라도 광적인 기미가 보이면 거대해진 소문에 낙인을 찍어버렸다. 어떤 행동을 하던 간에 한번 낙인이 찍힌 그는 사람들의 따가운 시선을 아랑곳하지 않은 채 더욱 제멋대로 칼날을 놀렸다. 그렇게 싸우기를 수십 차례, 그는 고려의 장군들 밑에서 성장하며 공을 세워나가고 있었다.

전투가 막 끝났을 무렵, 그는 근처 시냇가에서 피 묻은 전투 장구를 모두 씻으며 무덤덤하게 얼굴까지 닦아냈다. 순덕에게는 피딱지가 되어 말라붙은 적군들의 절규가 아직도 살아 숨 쉬고 있었다. 그 피에는 사람들의 기쁨과 환희 그리고 마지막으로 내지른 신음까지 섞여있었지만 순덕의 마음은 굳어있있다. 이번에도 살아남은 것은 그들이 아니라 순덕이었으며, 적들의 부주의함으로 인해 순덕은 하루를 더 살 수 있었다. 그는 아군과 적군 모든 병사들의 죽음을 가볍게 추모했고 안타까움을 느끼면서도 자신은 살아남았다는 냉철한 자조를 머금었다. 순덕은 더는 자신의 손에 죽어간 자들 때문에 괴로워하지 않았다. 전쟁을 시작한 수나라와 막지 않았던 고려의 왕, 그들에게 대부분의 책임을 묻는다 하더라도 잃어버린 생명들 각자에게도 책임은 분명히 존재한다고 믿었기 때문이었다. 그는 단순히 명령에 따랐을 뿐이라는 아둔함으로 위장하여 자신의 죽음에 의미를 부여하는 병사들의 천치 같은 순수함이 역병처럼 꺼려지는 것이었다.

이 전투에서 살아남은 자들 대부분은 죽은 자 못지않게 평생토록 따라다닐 악몽과 전쟁의 잔상, 그리고 절음발이 또는 외팔로 삶을 이어나가야 하는 비참함을 겪어야 했다. 전투가 끝나고 병사들이 철수하는 행군 길에는, 땅에서 일어나는 일을 모른 체하며 새침한 표정을 짓는 하늘이 청아한 빛을 내리며 맑게 길을 개어 보는 이로 하여금 슬픔에 젖게 만들었다.

604년, 수나라 문제의 둘째 아들인 양광은 병들고 늙은 아비 양견, 그리고 형인 황태자 양용을 살해한 뒤 재위하여 수나라의 황제로서 악명을 떨쳤다. 양광은 대륙을 통일한 아버지를 뛰어넘을 업적을 남기고자, 항상 최고의 것만을 고집하여 백성들을 핍박하고 수탈했다. 그다음 해인 605년, 영양왕은 왜국에 황금과 여러 인재들을 보내어 신라가 수나라와의 전쟁에 앞서 고립될 수 있도록 조치를 취했지만 성공하지 못했다. 그러한 상황 속에서 양광, 즉 수양제는 변방의 나라인 고려가 조공을 하지 않고 버티는 것을 눈엣가시처럼 여겨 비밀리에 군사들을 양성하고 있었고, 이를 안 영양왕은 607년 동돌궐에 사신을 보내어 수나라의 지배를 받고 있는 동돌궐의 왕 계민가한을 설득하고 수나라와 돌궐이 연합하여 고려를 치는 최악의 수를 미연에 방지하고자 했다.

하지만 그곳에는 수양제도 있었다. 계민가한의 막사에서 고려의 사신을 마주친 수양제는 사신에게 '시일 내에 조공을 바치지 않으면 고려를 공격할 것'이라고 엄포를 놓았고, 곧장 영양왕에게 이 소식이 전해졌다. 하지만 영양왕은 쉽게 포기하고야 마는 고려인의 모습을 보여줄 수는 없다고 결심하여 비밀리에 수나라의 침략을 대비한 군사들을 양성하기에 이른다. 하지만 수나라의 도움을 간절히 원하는 신라와 백제 또한 가만히 둘 수는 없었다. 강력한 수나라의 공격 대비에 앞서 안으로 신라와 백제군을 짓밟아놓지 않는다면 아무리 강한 고려인들이라도 양쪽으로 공격해오는 기세를 감당하기 힘들었던 것이다.

순덕은 휘황찬란한 깃발이 멀리서부터 집안에 펼쳐져 있는 것을 보았다. 왕의 깃발임을 안 그는 조심스레 침을 삼키며 집 안 마당으로 들어섰고, 그곳에는 왕을 대신하여 명을 전하러 온 신하가 순덕을 기다리고 있었다. 급히 말에서 내리고 경의를 표한 후에 순덕이 말했다.

"을지문덕 장군께서는 아직 돌아오시지 않았습니다."

신하가 답했다. "이것은 대장군님이 아닌 순덕 장군님께 내리신 어명입니다."

순덕은 내심 놀란 표정을 금세 감추었고 신하는 곧장 어명을 읊었다. 내용인즉슨, 전투가 끝난 즉시 궁으로 입궐하라는 명령이었다. 암묵적으로 전투가 끝나고 심신이 지친 장수들에게는 아무 일과도 부여하지 않는 것이 전례였으나, 수나라와의 사태는 급박하게 돌아가는 듯했다.

향날의 검

지친 몸을 이끌고 가는 내내 순덕의 눈은 철갑을 올려놓은 것처럼 무거
웠다. 그는 온몸이 축 늘어진 상태로 말에 의지하여 장안성으로 향했다. 여
러 마을을 거쳐 가다 보니 순덕은 어렸을 적 살았던 동네가 그리워졌다. 예
전 기억이 어렴풋이 감도는 낯선 마을에는 순덕과 진사가 뛰어 놀던 그
리움이 감돌았고, 아직도 그 기억을 고스란히 간직하고 있는지 마을 집집
마다 구수한 밥 짓는 냄새가 무거우면서도 공중에 가볍게 날려 그를 설레
게 만들었다. 이제 순덕에게는 더없이 행복을 느꼈던 어린 시절이 까마득
히 먼 옛이야기처럼 느껴졌다. 어릴 적 뒷산에서 마을을 바라보던 그 경치
를 같이 보더라도 더는 예전처럼 될 수 없는 소년 순덕과 청년 순덕은 나란
히 과거의 옛 집터를 한참 동안 거닐었다.

왕을 알현하는 것이 우선이었던 순덕은 갑옷 가득히 퍼진 피보다 더 진
한 그리움을 훌훌 털어내고서는 다시 힘차게 말을 달렸다. 낯선 마을을 빠
져나가는 골목길에는 수백 년 동안 제자리를 지키면서 잎을 수염처럼 길

게 늘어트린 나무 앞에 길 잃은 부랑자가 엎드려있었다. 전장의 죽음을 피해간 그 부랑자에게 순덕은 왠지 모를 익숙함을 느끼고는 마지막 정을 베풀어 힘들게 공을 세워 얻은 금화들을 힘없이 엎드려 죽은 듯한 거지에게 모두 쏟아냈다. 그러자 그의 시종을 들던 짐꾼이 놀란 눈으로 쳐다보았고, 이에 순덕은 "가난한 자를 돕는 사람은 모자라는 것이 없지만, 이를 못 본 체하는 자에게는 저주가 있을 것이다."라고 말한 후에 마을을 빠져나왔다.

장안성에 다다르자, 순덕은 영양왕이 있는 궁궐에 입성하여 조심스런 발걸음으로 다가갔다. 멀리서도 마치 순금을 연마한 듯 하얗게 빛을 내는 왕의 갑주가 가장 먼저 그의 눈에 들어왔다. 그 빛은 구름 없는 아침 해처럼 맑았고 땅에 돋는 새 풀처럼 싱그러웠으나, 순덕의 마음에는 왠지 모를 두려움이 임했다. 영양왕은 기쁜 기색으로 순덕을 맞이했다. 과연 영양왕은 고려라는 대국을 책임지는 사내로서 그 표정과 행색이 마치 온화하면서도 따뜻하여 오후의 햇살을 받는 듯했고, 그의 거대한 중압감에 순덕은 신비를 느꼈다. 순덕은 전투로 인해 극도로 피곤한 상태였지만, 내색하지 않았다.

을지 가문의 명예를 이어가기 위해 고군분투한 순덕을 보고 영양왕은 안쓰러워했다. 그러면서도 왕을 알현하는 순덕의 표정은 신중하면서도 깊은 곳에서 우러나오는 정갈함이 영양왕의 눈에 띄었다. 교태(嬌態)와 교태(驕態)를 오가면서 인위에 머무르는 순덕의 몸동작은 너무나도 완벽하여 흠잡을 곳이 없었다. 나비가 날아오르듯이 사뿐하면서도 강력한 힘을 담고 있는 순덕의 표정과 예의는 모든 이들 위에 군림하는 듯한 자태를 보였고, 나비가 가볍게 꽃을 넘어트리고 날아오르는 것이 죄가 되지는 않듯 그의 과중한 예의는 온연하게 무죄였다. 불나방이 금방이라도 불에 뛰어드는 것을 표현하는 충심의 손마디 하나하나가 온몸에 멋과 흠 잡을 곳이 없는 예를 담는 고풍을 자아냈다.

이러한 완벽한 배려가 사람의 마음을 휘어잡을 수 있다는 사실을 순덕은 잘 알았다. 예상대로 영양왕이 흡족해하는 표정을 짓자, 순덕은 이에 귀를 늘리고 자르고 붙여 여섯 개의 귀로 왕의 말을 경청하는 데 열중했다.

이날은 순덕이 처음 직접 출정 명령을 하사받은 날임과 동시에 처음으로 단독으로 진두지휘를 맡은 날이기도 했다. 비록 지난번 북한산성 전투에서 패배한 신라군과 다시 맞붙어야 할 상황이었지만 오히려 지난번의 부진을 딛고 일어설 수 있는 기회가 될 수 있었기에, 순덕은 굳은 각오로 이번 전투에 자신이 가진 기량을 모두 쏟아내기로 결심했다. 그는 자신의 이름으로 치르는 첫 전투인 만큼 여태까지 해왔던 전투와는 비교할 수 없는 괴리감과 막대한 책임감을 느꼈다. 하지만 순덕은 자신이 막중한 책임감을 두 어깨에 짊어지고 수많은 병사들을 진두지휘하며 태연하게 병사들 앞에 설 수 있는 대담함을 갖출 정도로 준비된 것인지 의심스러웠다.

전쟁을 준비하려면 하나부터 열까지 다시 배워야 할 것도 많았다. 모르는 부분은 배움을 얻어야 했고 알고 있는 부분들은 다시 한번 확인해야 했기에 시간이 배로 걸렸으며, 다른 선임 장수들에게 찾아가 도움을 받아야 했다. 첫 지휘하는 장수치고는 전투 경험이 가장 많은 순덕이었기에 비교적 노련하긴 했지만, 신뢰할 만한 조언자가 곁에 없는 불안감은 시시각각으로 눈을 뜨고 있었고, 매일 밤 어디서 불어왔는지도 모를 긴장감이 아무 소리도 없이 그를 찾아와 식은땀을 흘리게 했다.

그는 신임 장수들을 불러 모아 미리 지형을 파악하고, 추가 보급이 이루어질 보급로를 확보하는 길과 적들의 병력과 무기, 그리고 약점들을 알아내어 신속하게 허를 찌르는 방법까지 간구했다.

사람은 간사하게도 전쟁을 멀찍이 떨어져서 볼 때는 장기판에 훈수 두는 자와 같이 모든 것을 꿰뚫어볼 안목이 생기지만, 막상 자신이 전쟁판에 끼어드는 순간 어리석고 무지한 천치가 되는 법이다.

순덕의 출정 소식을 들은 여러 군두(郡頭)들이 찾아와 조언해주었지만 탐탁지 않아 순덕의 귀에 들어차지 않았다. 이러한 고독한 전쟁 준비 속에서 자신이 인정할 만한 사내는 단 한 명도 없었다. 신임 장수들을 믿기에는 너무 불안정했고, 제각각 생각이 달라 의견이 합치가 되지 않았다. 이에 전쟁 준비로 논의하는 모든 시간이 순덕에게는 부담스레 느껴졌다.

날이 갈수록 병사들을 훈련시키고 보급 준비에 열을 올리자 훈련소가 더욱 분주해졌고, 순덕은 중간보고를 위해 늦은 저녁에 병영을 빠져나와 장안성으로 향했다. 가는 곳에는 갈림길이 나있었는데, 하나는 장안성을 향하는 길이었고 나머지는 옛 동네로 갈 수 있는 길이었다. 문득 그에게 옛 친구의 이름 세 글자가 마치 하얀 천에 가려져 있다가 살며시 안개 걷히듯 생각났다. 유일한 친구의 이름을 잊을 정도로 삭막하고 피폐했던 시간이 흘렀지만, 왠지 그의 존재는 어째서인가 순덕에게서 떠나질 않고 보란 듯이 남아있었다. 그는 발길을 멈추고 몸이 기억하는 옛 동네로 발길을 돌렸다.

옛 마을에 이르자, 순덕이 살았던 집은 터만 남아있었다. 다른 곳들은 예전과 다르게 낯선 집들이 빼곡히 들어서서 어디로 가야 할지 분간하기가 쉽지 않았다. 옛 돌담을 짚어가며 하나하나 기억을 되돌리는 순덕의 발길은 길바닥에 널린 낙엽같이 으스러진 혼란을 밟듯 조심스러웠다.

기억을 더듬고 간신히 진사가가 살았던 집 근처에 다다르자 그곳은 막 새로 지은 집처럼 깔끔하고 우람한 형태를 지니고 있었지만, 속은 낡고 이상한 기운이 안에서부터 흘러나왔고 주변의 냄새까지 미묘하게 달랐다. 익숙하면서도 괴상한 냄새는 순덕에게 안정감을 주었는데, 한번 냄새를 맡으면 침착해지면서 오묘해지는 그것, 바로 피의 냄새였다. 그 괴악하고 축축한 안개와 같은 불쾌한 냄새가 순덕의 발등을 적시고 위로 타고 올라와 어느새 목을 죄는 것처럼 답답했다.

그러한 불쾌한 공기를 뚫고 서둘러 마을을 벗어나려 했지만 누군가가 그를 향해 활시위를 팽팽하게 당긴 듯한 긴장감이 느껴졌고, 순덕이 돌아서자 그곳에는 진사가가 서있었다.

그는 불현듯 떠오른 그 낯선 병사가 맞는지 불행과 행운을 넘나드는 선택에 확신을 가지고 진사가를 다시 쳐다보았다. 많은 세월이 흘렀지만, 여전히 풍채가 말끔한 옛 친구가 마치 순덕이 올 것을 알고 있던 사람처럼 서있었다.

지난 수년간 생명의 끈이 언제 끊어질지 모르는 삭막한 전장 속에서 진사가라는 존재는 순덕에게 새로운 기류이자 과거에서 불어온 바람과도 같았다. 전쟁 준비로 고심하고 있던 순덕에게 예전 전투에서의 진사가와의 추억이 한줄기 희망의 빛과 어두운 불길함을 동시에 불러일으켰다. 순덕은 반가이 그를 맞고 인사를 했다.

"도대체 지난 몇 해 동안 살아있었는지 소식조차 알지 못했네." 순덕이 말했다.

"부모를 잃고 슬픔을 이기지 못하여 이곳저곳을 떠돌아다니다가 올해가 돼서야 다시 고향 땅을 밟았습니다." 수척해진 얼굴로 진사가가 답했다.

"그래도 이렇게 살아있는 것을 보니 정말 반갑네. 내가 고향으로 돌아온 것이 다 하늘이 정해놓은 뜻인 것 같네." 진사가는 슬며시 미소를 지었다.

"이럴 게 아니라 집에 들어와서 얘기 나누시지요."

진사가는 불탄 집을 허물고 그곳에 다시 새로 크고 높은 집을 지어 살고는 있었지만, 사는 집에 비해 얼굴은 못 먹은 노비처럼 매우 허약해져 있었다.

전시라면 출정 준비부터 출정까지 순덕의 전쟁 준비가 긴박하게 돌아갔 겠지만, 수나라의 침략에 대비하여 요동 지역을 강화하는 일이 우선이었 던 고려군에게는 신라의 견제가 두 번째 순위였다. 영양왕은 지난번 원정 실패를 기억하여 늦어도 좋으니 확실하게 준비하라는 명을 순덕에게 내렸 던 차였다. 준비할 시간은 많았으나, 오히려 긴 시간이 순덕에게는 더욱 부담으로 다가왔다. 을지문덕의 아들로서 세간의 이목이 집중되는 전투가 될 것이기에 더욱 완벽하고도 강도 높은 훈련과 허를 찌르는 전략을 내세 워 압도적으로 승리해야만 두 번 다시는 신라군이 고려를 넘볼 수 없다고 믿었던 것이다. 그런 면에서 그에게 필요한 것은 당장 자신을 도울 인재들 이었고, 그중 기억 속에서 희미하게 사라져서 어느 순간부터 죽었다고 믿 게 된 진사가가 절묘한 시기에 다시 나타난 것이다. 그에게는 전투에서 한 치 앞을 내다볼 수 없는 상황에서 재빠르게 대처할 수 있는 책략가가 절실 히 필요했다.

진사가는 순덕을 집으로 들였다. 외관과는 달리 안은 허름했는데 예전 불에 탄 기운이 아직까지 도사리는 것처럼 검은 재가 여기저기 날렸다. 빛이 잘 들지 않는 집 안은 어두웠다. 순덕은 이 기회에 그를 자신이 이끄는 부대의 책략가로 들이고 싶었다. 하지만 진사가의 재능이 뛰어났다고는 해도 그것은 엄연히 과거의 일이었다.

시간의 힘은 강력해서 한때 즐거웠던 나날을 덧없이 만들기도 하고 세상의 어떠한 금은보화보다 빛나던 영광도 차차 그 빛을 잃게 만들기도 하는데, 이와 마찬가지로 진사가도 쉽게 믿을 수 없었다. 전투를 치른 경험이 없는 진사가가 진정 전장에서도 제 실력을 발휘할지가 의문이었던 것이다. 순덕은 그가 가진 욕망의 깊이를 알기에 경계심을 가지고 대했다. 진사가의 오랜 굶주림과 재물에 대한 탐욕의 근원적 목마름을 해소할 수 있는 능력이 순덕에게는 있었다. 그는 진사가가 당장에 전투에 투입되어도 손색이 없을 만큼 책략가로서의 능력이 여전히 뛰어난지 알아보는 한편, 자신이 믿어도 될 만한 인물인지를 확인해야 했다. 전장에서 뜻이 맞지 않는 장수들과 병사들이 제대로 싸우지 못하고 허둥대다가 쓰러지는 모습을 여럿 봐왔던 순덕은 진사가가 자신과 맞는 자인지 시험하고 싶었다.

순덕은 이내 진중한 자세로 진사가에게 물었다.

"이번에 영양왕께서 나에게 단독 지휘를 명해주셨는데, 나는 지혜롭지 못하여 어찌할 바를 모르겠네. 그대가 괜찮다면 같이 힘을 모으는 게 어떻겠나, 보수는 힘껏 주겠네."

순덕은 진사가가 행여나 금전을 목적으로 마음에 두고 있는지 알고 싶었던 것이다.

"비록 어리고 철없던 시절 전쟁놀이를 한 경험이 있다고는 하나, 병법에 관련한 내용은 실제와 다르기에 도움이 되지 않을 것입니다."

순덕은 당차게 관직을 거절하는 모습으로 보아 진사가가 생각대로 예사 인물은 아니라고 생각했다. 전쟁을 모른다던 그의 말은 옳았지만 경험은 앞으로 쌓으면 그만이기에 순덕은 그를 쉽게 보내줄 수는 없었다.

"정 그렇게 기절한다면야, 그러면 딱 한 가지만 묻겠네." 그는 예전 자신의 귓가에 속삭인 진사가의 형체를 떠올렸고, 말속에 칼을 숨기고서 진사가의 본모습이 나타나기를 기다렸다.

"전쟁을 피하는 것이 가장 좋은 방법이네만, 반드시 싸워서 지켜야 할 것이 있다면 신라군에게 맞설 가장 으뜸가는 계략은 무어라 생각하는가?"

순덕에게는 사람의 목숨이 가장 중요했기에 어떠한 이유에서도 남의 목숨을 담보로 살아있는 땅과 피가 흐르는 생명을 빼앗는 것은 있어서는 안 될 일이었다. 진사가의 어떠한 답변도 진정으로 그를 만족시킬 수 없었지만, 지난 전투에서 자신의 귀에 속삭인 병사의 잔악함을 가지고 있는지 확인해야만 했다. 그가 머뭇거리자 순덕이 다시 말을 꺼냈다.

"수년 전 고승 장군과 함께 북한산성으로 진격했으나, 진평왕이 이끄는 구원병들이 재빠르게 합류하여 이길 방도가 없었네. 그들을 상대로 다시 한번 싸워야 할진대 도저히 승기(勝機)가 보이질 않네."

진사가는 사뭇 진지한 순덕의 얼굴을 보고서는 이내 심각해지더니 잠시 후 평안을 되찾았다.

"매 순간의 지략은 있으나 완전한 계략은 없습니다. 신라군은 수세가 강한 군대입니다. 공격하는 자가 방어를 하는 자에 맞서 그 세 배가 되는 병력이 있어야 마땅히 싸울 만하나, 그렇지 않을 경우 고려군의 병력을 나누어 신라군의 군사를 유인해내어 끌어낸 뒤, 상황에 맞게 허를 찌르는 수가 있어야 승기를 잡을 수 있을 것입니다."

그 말을 듣는 순간, 순덕의 등골이 서늘해지면서 온몸에 전율이 일어났다. 그의 머릿속에서 '매 순간의 지략은 있으나 완전한 계략은 없다'라는 말이 계속 맴돌았다. 진사가 예전 전투에서 정말로 병졸의 모습을 하고 있었다면 절대 생각해낼 수 없는 말이었던 것이다. 또한, 여태 전장을 겪으며 변화무쌍하게 바뀌어가는 형세에 어떻게 대처할지 고민하던 순덕의 이상에 가장 근접한 말이었다. 전쟁처럼 생명을 가진 것들이 서로의 목숨을 노리는 특수한 곳에서는 그 어떠한 잔혹한 일이나 간교한 술책, 비겁함도 존재하지 않았다. 만약 그 비겁함이 승리의 발판으로 이어질 수만 있다면, 병사들의 목숨을 책임지는 장수로서는 마땅히 행해야 했다.

역사의 겉모습은 때론 냉정해 보이지만 패배에 대해서는 감정적이었기에 패잔병들은 전쟁을 일으킨 인류에게 배척되고 적대시되며 모든 전쟁의 근원적인 악으로서 책임을 떠맡기 마련이었다. 지는 것이 악이요, 부도덕이었던 것이다. 이기는 자들은 평화를 위해 영웅이 되어 칭송받으니 '죽음은 용서해도 지는 것은 용서받을 수 없다'는 사상이 고려에 만연해있었던 것도 무리는 아니었다. 고려의 기개와 활기 속에는 이렇듯 비밀스레 장수들을 죄이는 목줄이 있었기에 그들은 무자비하고 신랄한 승리만을 생각했으며, 순덕도 거기에서 벗어날 수는 없었다. 전쟁에서만큼은 적을 속이는 비겁함과 간사한 거짓 소문과 염탐들이 용맹함이 되며 이를 거부하면 전장에서 살아남을 수가 없었다.

때때로 전투에서 끊임없이 변화하는 상황을 고려하지 않고 눈을 가린 채로 병법을 구사한 장수들은 수시로 형세가 휘몰아치며 급변하는 전장에서의 패배가 확정되었다. 전장은 그만큼 융통성과 유동적인 움직임이 필요한 곳이었다. 병사의 수가 많을수록 기동은 느려지게 되고 비용과 군량은 걷잡을 수 없이 많이 들기에, 병사의 수가 반드시 승리를 장담하는 것은 아니었다. 전투에서 한 번의 큰 승리가 나라의 부귀영화를 결정하게 되고, 한 번의 패배가 풍요로운 나라의 쇠락을 가져오기도 했다.

그렇기에 반드시 한강 유역의 땅을 되찾아야 한다는 생각으로 무장한 순덕은 진사가를 포섭해야 했다. 거대한 제국 수나라에 맞서 고려는 두려운 기색을 숨기고 신속하면서도 거침없이 방어를 견고히 다져가야 했고, 이는 신라와 백제를 견제하는 데 성공한다는 전제하에 이루어질 것이기에 순덕의 임무가 막중했던 것이다.

하지만 고려의 병사들은 몇 해 전 신라군에게 패한 것을 기억하고 있었다. 전장에서 사기가 미치는 영향력은 가히 대단하여 사기에 따라 적 부대가 대호처럼 거대하면서 날렵하게 보이기도 하고 참새처럼 작고 여리게 느껴질 수도 있어 순덕은 우려를 금치 못했다. 이렇듯 종합적으로 다양한 빛깔을 만들어내는 인간의 결투를 순덕은 서로 어우러진 하나의 예술 작품처럼 고귀하게 다뤄야 했고, 모든 것을 알지만 아무것도 모르는 듯이 행동해야 했으며, 온 신경을 곤두세워 전투적 감각으로 적과 대치하여 싸움에 이르기까지 병법에만 의존하지 않고 독립적으로 생각해야 했다. 그러나 이 모든 일을 행하기엔 무리가 따랐기에 결국 진사가가 필요했던 것이다.

순덕에게 있어 병법은 하나의 큰 틀이자 맥락이었으나 결코 세세한 내용이 될 수 없었기에, 역사를 만들어가는 병사 하나하나의 창끝을 더욱 예리하게 다듬으려고 인재들을 많이 찾아다녔던 것도 사실이었다. 병사들의 마음속에 자리 잡은 반드시 이기고자 하는 간절함과 살아서 집에 돌아가겠다는 염원에서 승리가 비롯된다. 이러한 진사가의 계략과 순덕의 간절함이 조화롭게 어울린다면 순덕에게는 두려울 것이 없었다. 진사가의 짧지만 오랫동안 생각해야 할 답변은 순덕이 오랫동안 멀어져 있던 그를 다시 인정할 수밖에 없는 하나의 계기를 마련해주었지만, 웬일인지 진사가는 대답을 망설였다. 비록 그의 처지가 가난하고 굶주렸을지라도 살생에 손을 담그는 것은 예삿일이 아니기에 부탁하기도 쉽지 않을뿐더러 강요할 수도 없는 일이었다.

처음 전장에서 시체들이 즐비한 광경을 접하게 되면 대부분 구역질과 현기증을 느꼈고 심지어는 기절하는 이도 간혹 있었다. 그중에서도 가장 두려운 것은 매일 밤마다 찾아오는 끔찍한 잔상들이 혼 깊숙한 곳까지 씨앗을 뿌리고 점차 자라나 끊임없이 괴롭히는 것이었는데, 그러한 경험을 전장에서 한 번 몸으로 겪는 것이 천 마디의 책보다 더 강력하고 쓸모 있다는 것을 순덕은 알고 있었다. 전장에서 체득한 경험이 책에 멈춰있는 자식들보다 더욱 살아 움직이기에 실전 경험이 전무(全無)한 진사가가 불안하기도 했다.

매섭게 추운 공기와 사내들의 뜨거운 숨결, 그리고 피가 장소를 불문하고 끊임없이 뿜어져 나오는 지독한 싸움에서 살아남기 위해서는 모든 병사들이 진기(眞氣)를 꺼내어 발버둥치는 행동이라도 서슴지 않는다. 짐승처럼 길들여지지 않은 생에 대한 미련이 온몸으로 느껴지고, 생명을 부지하려는 타고난 능력이 위급한 순간에 가장 빠르고 명확하게 선택에 도움을 주는 전쟁은 아찔한 외줄타기와 같았다. 잘못된 선택으로 도랑에 빠질 수도 있고, 혹은 줄이 얇아 중간에 끊어질 수도 있었지만 산 자와 죽은 자 모두 애초에 끝까지 살아남지 못할 길이었다. 행여나 이 모든 것을 천신의 도움으로 간신히 피해 올바른 줄로 갈아타더라도 갑작스레 균형을 잃고 떨어지거나 그날따라 높고 날쌘 바람에 줄이 크게 흔들려 떨어질 수도 있었다. 그렇다 해도 한 번뿐인 생의 귀중함을 남의 탓으로 돌려 물릴 수는 없는 것이었다.

억사가 태어남과 동시에 존재한 전쟁을 인간은 이미 도를 넘어서 행해왔기에, 천년 고목처럼 자라난 불행의 씨앗의 존립에 아무 불평도 할 수 없게 되었고, 그저 선인과 성인들마저도 인간의 악함과 전쟁에 대해 더는 할 말이 없는 지경에 이른 것이었다.

그로부터 엿새가 지나자 그가 먼저 순덕을 찾아왔다. 약간은 말쑥해진 모양새였지만 눈은 예전 그 눈빛처럼 뜨거운 결의를 내비췄고, 눈매는 독수리의 발톱처럼 날카로웠다. 호기가 가득 차서 순덕과 뜻을 함께하겠다고 한 진사가의 말에 무언가 꺼림칙한 것이 있었지만, 그 당시 순덕은 단순히 분노와 갈증의 냄새라 여겨 개의치 않고 순탄하게 넘겼으나, 그 사소한 불씨가 훗날 모든 사건의 근원이 되었다.

의심이 많던 순덕은 예전 그의 행방을 자세히 물었다. 화재로 죽었다고 생각했던 진사가는 불길에 부모를 잃고 견문을 넓히려 여러 나라를 두루 여행 다녔다고 했다. 그는 수나라와 고려군의 취약한 부분들을 한눈에 꿰뚫고 있었는데, 고려군은 공세와 수세에 모두 힘을 갖춘 병사들이기도 했지만, 그들이 믿고 따르는 장수들의 신뢰에 따라 전쟁의 판도가 갈린다는 것까지 예리하게 파악했다. 더욱 날카로워진 진사가를 보면서 순덕은 조금씩 그를 받아들이기 시작했다. 처음에는 단순히 마음을 의지할 수 있는 친구로서 그가 필요한 것도 사실이었지만, 차차 그가 이끄는 부대의 책략가로 진사가는 자신의 입지를 단단히 굳혀나갔다.

어릴 적에 쓰던 목검은 어느새 부러지고 진심을 다해 서로의 피를 빼앗길 원하는 전장을 준비하며 순덕과 진사가의 호흡은 놀라울 정도로 딱 맞았다. 순덕이 원하는 것을 재빠르게 미리 준비해놓는 진사가의 치밀함은 등 뒤가 서늘해질 만큼 예리했다.

그러나 그런 그들에게도 의견이 합치되지 않는 것이 있었는데 바로 병력의 편성 문제였다. 고려 병사들이 장수의 호기에 따라 사기가 좌지우지된다는 것을 아는 순덕은 신라군이 아무리 수세에 능하다 할지라도 모든 지역을 방어하려면 병력이 나뉠 수밖에 없기에 약해진 지역을 집중 공격하여 승리를 이끌어야 한다고 생각했지만, 진사가는 병력을 둘로 나누어 한쪽은 신라군을 이끌어내기 위한 유인책으로, 나머지 군사들은 매복을 하여 신라군을 기습한 뒤에 점거에 나서야 한다고 소신 있게 주장했다.

한강 유역을 다시 공격하여 승리를 얻는다면 이전 장군들이 해내지 못한 최고의 공훈을 세우는 것이었다. 그러나 지금 고려에게 필요한 것은 방어해야 할 지역이 더 생기는 것보다, 신라의 기세를 눌러서 수나라에게 도움을 요청하는 일이 없도록 하고, 수나라와 전쟁하는 동안 신라가 북진 정책을 추진하지 못하도록 하는 일이 시급했다. 하지만 진사가의 책략과 말은 굳세지 못한 자들을 유혹했으며, 정갈한 탐욕에 물들게 하는 기질이 있었다. 순덕은 언제 다시 빼앗길지 모르는 한강 유역의 땅보다 신라군과 맞서 이기는 것이 중요하다고 생각했지만, 사람의 욕심은 진실을 끝내 흐리게 만들어놓았다.

아버지에게 인정받을 수 있는 첫 기회에 신라군의 기선을 꺾고 잃어버린 한강 유역을 되찾는다면 과거의 장군들이 해내지 못한 쾌거를 이룩하는 것이고, 을지문덕 장군의 흔적을 볼 수 있으리라 기대하며 그는 진사가의 말대로 병력을 둘로 나누기로 했다. 그러나 그에게는 첫 전투이기에 무턱대고 그의 전술에 나라 모든 것을 맡길 수는 없었다.

순덕은 언제 어디서 적들이 전략을 바꿀지 모르기 때문에 여차하면 군사를 물려 신라군을 이끌어내고 다른 지역을 점거해 승리를 쟁취하기로 마음먹었다.

진사가는 신중하게 지형을 파악하고 적의 기동 속도와 아군의 기동 속도를 비교하여 걸리는 시간과 실제로 병력을 이끌고 이동에 소요되는 시간을 측정했고, 고려군이 가진 장점에 맞물리는 적의 허점에 대한 정보를 최대한 수집하려 첩자들을 보냈다. 특히 진사가는 척후병들과 첩자에 대한 애착이 심했는데, 그들은 반드시 진사가가 뽑은 인원들로 구성하여 직접 정보를 보고받고 재빠르게 대응할 수 있게 해두었다. 순덕과 진사가는 수개월 동안 아군의 첩자들이 보내온 정보들을 토대로 함께 고심하였다. 전투가 길어질 경우를 대비하여 식량 공급이 제때 될 수 있도록 준비하였고 보급로가 차단된 최악의 경우를 상정하여 다른 지점에서 보급을 받을 수 있게 하는 등 대책을 마련했다.

을지문덕 장군은 아들의 출전 소식을 듣고 자문해줄 인재들을 회의에 참석시켜 조언을 얻을 수 있게 하였다. 회의에서는 고려의 오랜 숙원인 한강 유역을 다시 되찾자는 무리와 진평왕의 군대가 예전보다 더 강력하게 고려군을 대비하여 맞이할 것이기에 다른 지역을 공격해야 한다는 의견으로 나뉘었다. 첩자들을 보내어 적에 대한 정보를 알면 알아낼수록 진사가 미리 대처할 수 있는 수가 많아졌고, 흐릿해 보이던 승리는 점차 선명해지기 시작했다. 신라에 대한 관심은 낮았기에 수나라의 침략 대비에 앞서 당장에 급한 방어에 주력하면서도 반드시 견제해야 하는 세력에 골머리를 앓았던 영양왕에게는 신라 때문에 많은 손실을 감수할 수는 없었다. 싸우고 승리를 구하러 가는 것이 아닌 승리를 확인하러 들어간다는 '선승구전(先勝求戰)'이 무엇보다 고려군에게 절실했던 것이다.

순덕이 보낸 첩자들은 한강 유역에 주둔하고 있던 부대의 주 움직임과 병력의 수를 파악하면서 동시에 그들이 가진 무기와 한강 유역 방어계획을 파악해나갔고, 그에 맞춰 순덕과 진사가는 차례로 대비했다. 출정 시간이 임박해 올수록 초조함은 사라지고 승리가 뚜렷하게 보였다. 진사가는 신라군을 성에시 이끌어내기 위해 거짓 정보를 퍼트렸는데, 그것은 바로 수나라를 대비하기에 앞서 고려군이 대군을 이끌고 한강 유역을 공격한다는 것이었다. 실제로는 고려의 30만 상비군이 대부분 고려 최전방을 방어하기 위해 동원되어 신라와 백제를 공격하기 위한 병력은 몇만에 불과했지만, 신라의 첩자들에게도 거짓된 정보를 흘려보내 믿게 만들었다.

고려의 침략이 임박하고 백제의 노림수가 커짐에 따라 방어를 더욱 견고하게 다진 신라군을 성 밖으로 끌어내기는 쉽지 않았다. 진사가는 신라군이 둘로 나뉜 고려군의 병력을 보고 선발대로 오인하여 병사들의 사기도 높이고 고려군의 기세도 꺾어놓을 요량으로 본대가 합류하기 전에 승리를 쟁취하려 성문을 열고 나올 것이라고 믿었다. 봄에 받은 왕의 명령은 풀잎으로 온 세상이 물들기 전에 끝내야 했다.

순덕은 가장 먼저 군사들의 사기를 증진시키고 고강도의 군사훈련과 대형을 갖추는 연습을 하고 군사들에게 창, 검술을 가르쳤으며 상대적으로 미숙한 병사들은 순덕과 신임 장수들이 끝까지 물고 늘어져서 능숙해질 때까지 식섭 시도했다. 이군의 병사 한 명이 신라군을 상대로 한 명을 죽일 수 있다면 적과 아군의 병력은 동등할 것이고, 한 명의 병사가 거듭된 훈련으로 인해 기세가 올라가 두 명을 상대할 수 있다면 자연스레 아군의 병력은 적군의 두 배가 된다는 이치에서였다. 사소하면서도 걷잡을 수 없는 승리의 물결이 바로 병사 한 명에 좌지우지된다는 사실을 알기에 순덕은 병사들의 훈련에 더욱 박차를 가하였다.

608년 2월, 병사들의 긴장된 목구멍에는 침이 고였고, 출정일이 다가올수록 추운 바람과 동시에 드는 두려움에 몸을 떨었다. 어떤 이는 옆에 있는 전우들과 나누는 대화 속에서 안도감을 찾았고, 혹자는 술과 여자를 탐하면서 두려움을 그 속에 담가두고 스스로를 속이기도 하였다. 출정 준비를 모두 마치고 군사들을 움직이기 전 순덕은 마지막으로 군사들에게 술과 고기를 대접해주었다. 병사들은 죽음이 임박한 잔치 속에서 고향과 가족들을 생각하며 깊은 밤이 무뎌지는 순간까지 마지막 여흥을 즐겼다. 출정 당일에 병사들을 모두 모아놓고 순덕은 그들 앞에 서서 큰 소리로 병사들에게 가장 용맹한 자를 기려 관직과 평생 가족들을 부양할 수 있는 막대한 금은보화를 주겠노라 약속했다. 그 말을 들은 병사들의 표정이 일제히 밝아지더니 곧장 일어나서 승리를 위한 함성을 내질렀다. 그는 마지막까지 그들에게 희망을 심어주었지만 또한 진정으로 이러한 현실을 슬퍼했다.

그들이 목숨을 내걸고 싸우는 이유는 결코 대의를 위해, 나라를 위해 또는 숭고한 뜻을 위해서가 아니라는 것을 알았기 때문이었다. 애초에 전쟁이라는 이름하에 명예나 용맹함을 잘못 사용하는 것이 눈을 멀게 하고 귀를 막아 결국엔 전장에 끌려간 사람들을 미치게 만드는 것이다. 전쟁을 위해 수많은 병사들의 시체를 발판으로 쌓아야 할 것을 생각하니 순덕의 마음은 미어졌다.

이번 전투는 순전히 정치적인 야욕을 품은 출전이었으며, 사소한 땅을 갖기 위해서 온갖 피를 손에 묻혀가면서 칼을 쥐고 고뇌하는 병사들의 생명을 벼랑 끝에 내몬 것과 마찬가지였다. 땅에서 살아갈 사람들이 그 땅을 차지하기 위해 죽음을 맞이하고 그곳에서 새 생명 또한 잉태할 것이었다. 전장에 참여한 병사들은 하나같이 누군가의 남편이자 위대한 아버지요, 귀중한 아들들이었고, 허공에 손을 휘젓는 것처럼 무의미하고 사소한 행동들이 날카로운 창과 칼을 만나 죽음에 이르기까지 운명은 잔혹했다. 고통과 쓸쓸함이 수없이 교차되는 낯설고 차가운 땅바닥을 무덤 삼아 산 채로 백골이 되는 것만큼이나 괴로운 병사들의 최후일 것이었다.

마음속 깊은 곳으로부터 고향으로 되돌아가고 싶은 울먹임을 참고서 순덕은 진군을 명했고, 이에 심장과 가장 밀접하게 붙어있고 두려움에 활기를 불어넣는 깊은 울림이 북에서 병사들에게로 퍼져나가 일제히 병사들은 움직이기 시작했다. 죽음을 두려워하지 않는 수만의 병사들이 살아남기 위해 떠나는 발걸음은 비장하면서도 불안에 떨어 흔들리며 가볍게 움직였다.

신라군은 그들의 예상대로 혼란을 겪었다. 고려에 잠입했던 신라의 첩자들은 수나라 방어를 위해 같이 훈련하던 고려군의 거대한 진을 보고는 기세가 눌려 고려가 대규모 공격을 감행할 것이라고 말하기도 했고, 혹자는 몇만의 군사뿐이라고 말하기도 했다. 신라군은 고려군이 대규모 혹은 몇만의 군사가 된다 할지라도 고려군의 이동 경로에 따라 공격이 예상되는 지역 방어에 심혈을 기울였으나, 상대적으로 다른 지역은 방어가 약해질 수밖에 없었다. 신라군은 고려군의 사기가 날로 강세를 보임에 우려했지만 고려군의 사기를 꺾어놓을 마땅한 방도는 없었다.

전장으로 나서는 병사들의 발걸음에 담긴 밤은 칠흑처럼 어두웠고, 무심한 별들은 은은하게 빛을 하늘에 수놓아 보는 이로 하여금 괜히 눈물짓게 만들었다. 수백 마리의 말발굽이 교차하면서 땅을 둥둥 울려대는 소리는 사람의 마음을 차분하면서도 격렬하게 흔드는 무언가가 있는 듯했다. 여러 장수들은 전장에서 얻은 경험을 바탕으로 순덕에게 조언을 일러주곤 했는데, 책에서 배운 내용보다 살갗에 더 가까이 닿아있는 그들의 지식은 순덕에게 그 자체로 살아 움직여 알면 알수록 묘한 자신감이 생기기도 하고 승기가 눈앞에 있는 것 같은 기분이 들기도 했다.

그들의 죽음 언저리에서 우러나오는 경험을 경청할 때면 순덕은 사뭇 평소보다 진중했고, 그들의 이야기 속에 담겨있는 진실 그 너머의 전장을 보길 바랐다. 그 이유에서인지 순덕은 남들보다 미리 전쟁을 깨우치는 술수를 부리기도 했다. 생명을 틔우기도 하고 죽이기도 하는 이 조언들은 값으로는 따질 수 없는 가치를 지녀, 모든 이들이 이 지식을 얻기 위해서라면 무모한 값이라도 치를 준비가 되어있는 고귀한 망자들의 언어이기도 했다.

순덕 또한 을지문덕 장군의 뒤를 자주 따라다녔기에 얻을 수 있던 생명의 언어들이 머리에서 마음으로, 마음에서 육체로 가기까지 오랜 시간이 걸렸지만 결국 모두 그의 것이 되었다.

제10장

유령 군대

병력은 진사가의 뜻대로 나뉘었다. 더 많은 병력으로 구성된 쪽은 매복을 담당하고, 나머지 병력은 순덕이 이끌며 선발대 깃발로 속여 진군했다. 신라군과 멀지 않은 곳에 진을 친 순덕은 혹시 모를 기습에 대비하여 진사가의 말대로 척후병을 북한산성 근처에 매복시켜놓고, 신라군의 수상한 움직임이 발견되면 즉각 보고하도록 명을 내렸다. 선발대 진지의 밤이 깊어짐에 따라, 잠에 들려는 병사들은 숨죽여 부디 내일의 태양이 눈을 뜨지 않기를 기도했다. 잠들지 못한 보초병들은 눈물 젖은 기도가 새어나오는 천막 가운데에 자리 잡아 갑옷이 차갑게 식었지만, 온몸은 불덩이처럼 달아올라 그 어떠한 말로도 위로가 되지 않는 미지근한 새벽 공기를 마시고 있었다. 순덕은 가벼운 복장으로 환복하고는 천막을 살펴보며 다녔고, 보초를 서는 병사를 발견하여 다가가 말을 걸었다.

"자넨 이름이 무엇인가." 순덕이 물었다.

"유선이라고 합니다." 순덕을 보고 놀란 듯한 병사가 답했다.

"얼굴을 보니 꽤나 여리게 생겼는데 자네는 어쩌다가 전투에 나서게 되었나."

"제 아버지부터 온 집안이 대대로 을지문덕 장군님을 모시며 수많은 전투에 참가했었습니다. 저 또한 을지순덕 장군님을 지키기 위해 이곳에 나왔습니다."

그 순간 순덕에게는 알려지지 않은 수많은 병사들의 피와 땀으로 이루어진 고려라는 대국의 기염이 쏟아지는 듯 가슴 한편이 저려왔다. 아무도 신경조차 쓰지 않고 있던 이 작은 병사가 거대한 방벽이 되어 오래전부터 을지 가문을 수호했던 것이다. 그러나 그 누구도 알아주지 않는 고통을 겪었어도 대를 이어오는 신념의 불굴성은 쉽게 꺼지지 않았고, 고려의 진정한 강함이 그에게 있음을 알 수 있었다.

하지만 그들의 올곧음과 강인함이 을지순덕에게 뻗쳐올수록 죽음을 앞둔 병사들의 눈을 슬금슬금 가리는 비참함에 슬퍼지면서도, 그 청년에게는 평생의 사활을 건 문제였기에 그가 함부로 건드릴 수 없었다. 제 아무리 훌륭한 무장일지라도 모든 병사들에게 신경 써줄 수는 없다. 결국 대부분의 병사들의 헌신은 결국 비참한 무관심이 되어 돌아왔고, 알아주지 못한다는 슬픔에서 기인한 허무함은 오히려 순덕의 마음을 뒤흔들어놓았다. 그들은 단 한 번도 누군가의 손길을 받은 적이 없는 진정으로 강인한 자였다. 순수하면서도 굳세고, 명예로우면서도 욕심을 내지 않았으며, 희생을 위한 희생을 하는 병사를 이번에는 순덕이 지켜주고자 하는 생각이 마치 모래가 파도에 서서히 젖듯이 밀려왔다. 하지만 그는 직감적으로 이 위대한 생각이 언젠가는 자신을 죽음으로 인도할 것이라는 내심 느끼고 있었다.

모두가 잠든 천막은 고요히 바람에 나부꼈고, 깃발은 물고기처럼 꼬리를 천천히 흔들며 돌아다녔다. 폭풍 전야의 고요함이 만들어내는 불운, 식은 땀, 굳은 몸, 떨리는 손, 한기와 같은 것들이 강한 바람에 뒤섞인 것처럼 병사들의 감은 두 눈은 평온하지만 자연스럽지 못했다. 왕의 명령으로 시작한 출정은 결고 순덕과 예하 장수들을 믿고 싸우는 것으로 종말을 맞기에 병사들의 불안한 생각들이 시시각각으로 퍼져나가 그들의 천막을 감쌌다. 밤하늘의 별들이 진동하는 것보다 더 강한 떨림이 순덕에게도 전해져왔다.

병사들이 자신을 궁지로 내몰며 순덕을 지켰을 때도 결코 순덕에게 버림받지 않았던 생명이라는 두 글자는 점차 흐릿해져 갔고, 여태 그가 애써 숨겨왔던 진실들이 하나둘씩 제 모습을 드러내기 시작했다. 진실은 침묵으로 일관했고 죽음을 각오한 결단을 요구하는 듯 잔잔히 그를 바라보았다. 항상 죽음을 멀리하고 살기 위해 고군분투했던 순덕이었기에, 목숨을 내려놓는 것이 쉬운 일은 아니었다. 그 작은 병사의 외침을 신경 쓰지 않는다면 세상은 다시 조용해지고 그 어느 때보다 평온해지겠지만, 육체와는 달리 마음은 죽음을 각오하고 있었다.

신임 무장 때부터 순덕을 지켜줬던 병사들의 희생은 헛되지 않고 차곡차곡 그의 마음속에 쌓여서 자양분이 되었다. 순덕은 언젠가 그들을 위해 천 길 낭떠러지로 나아가야 할 순간이 오리란 것쯤은 직감하고 있었으나, 그 당시에는 세상의 모든 금은보화를 준다 한들 주어진 삶을 포기하면서까지 얻고 싶은 것은 없었다. 순덕의 마음속에서는 자신과 남의 생명, 이 엇갈려서는 안 될 두 개의 진중함이 서로의 칼날에 부딪쳐 불꽃이 튀기듯 팽팽하게 묶인 밧줄처럼 양보할 수 없었으며 당길 때마다 더욱 꽉 조이는 엉킨

줄처럼 쉽게 풀리지 않았다.

남을 위해 희생하려는 마음은 독약이라고 믿었던 지난날들이었기에, 남들의 희생의 결과가 자신을 계몽시키지 못한 현실을 누구에게도 들키고 싶지 않았던 순덕이었다. 결국 그는 깊은 숲속의 나무에 부딪친 소리 없는 메아리처럼 쉬이 떠날 듯한 감정을 그저 내버려두려 했다.

등을 굽히며 조심스럽게 찾아오는 운명이라는 노파가 전장에서는 허리를 펴고 당당하게 돌아다닌다는 것을 모든 병사들이 미리 알고 있다면 누구도 죽음을 맞이할 때 당황하지 않으리라 순덕은 믿었다. 병사들의 희생이 모두 자신 때문만은 아니라는 생각이 들자, 죄책감을 조금이나마 덜어놓을 수 있었다.

병사들의 죽음은 그 자체로는 비극적인 일이지만, 한 개인이 마지막 호흡을 들이키는 순간까지 처절한 정신과의 사투 끝에 온화한 미소를 지으며 눈감는 일이었기에 죽음이라는 오묘한 일을 제대로 위로할 수 있는 자는 세상에 없었다.

그렇기에 그들의 죽음을 순덕이 함부로 왈가왈부하며 헛된 희생이라고 단번에 점찍을 수 없었다. 그 누가 싸늘하고 창백한 상태로 죽음을 맞이하는 것을 좋아하겠는가. 그 누가 천년만년 살 수 없는 어린 생명들의 고독하고 깊은 그리움을 파헤치며 입 밖에 함부로 꺼낼 수 있었겠는가. 그 어떤 이도 '죽음'이라는 학문을 곁에 두고 천년만년 공부한다 할지라도 막상 어두운 낫에 베여 무릎을 꿇는 날이면 그 두 눈이 얼마나 두려움과 놀라움으로 가득 차는지를 볼 수 있을 터였다.

사방에서 굳어가는 시체들은 싸우고 있는 병사들의 마음에 철 덩어리를 놓아 무겁게 만들어버렸으며 그렇게 쌓이고 쌓여 만성이 된 두려움은 용기를 발휘하지 못하게 했고 곧 다른 병사들도 전투력을 상실하고 삶을 포기하게 만들었다. 허나 그러한 망자들의 역사를 되짚어보면, 모든 죽음에는 항상 위대한 순결이 곁에 깃들어 있었다.

순결, 누군가는 하얀 종이에 아무것도 칠하지 않은 고귀한 상태라 일컫고, 혹자는 아무런 사심 없이 인간을 사랑함에 있어서 우연찮게 기회를 잡아 극치에 닿은 뒤에야 펼칠 수 있다는 신념이라 불렀다. 순결은 죽음에 앞서 날개를 펴고 날아가면서도 고통의 굴레에 벗어날 수 없는 전장에서 희망, 용기, 질서를 가져다주고는 이내 영원히 종적을 감추어버리는 대단한 영웅과도 같았다.

순덕은 순결로 이르는 길을 걸어가서 역사에 남겨지는 것만이 주어진 삶에 대한 최고의 보상이라 생각했다. 거짓되며 허식만 가득 낀 명예를 위해, 살아 호흡하고 음식을 먹고 일상의 행복을 느끼는 기쁨과 소중하게 생각하는 모든 가치를 쉽게 땅에 버리고 죽은, 생전 알지 못했던 이들을 위로할 생각은 없었다. 그들이 남기는 것은 진정으로 명예로운 죽음이 아니라, 한 세대가 채 지나기도 전에 없어져버릴 이름자뿐이었다.

이렇게 밤늦게까지 계속된 생각들은 끝없이 순덕을 옭아매고 삶에 대한 미련을 강하게 옥죄었다. 순결을 위해 생명에 기생하며 자신을 쓸모없게 만드는 낡은 생각이 한 점의 바람에 날아가 희멀겋게 사라졌고 이내 산으로부터 안개가 내려와 막사 주변으로 다가오고 있었다. 뿌옇게 다가오는 수십만의 하얀 안개 병사들은 무거운 소매를 늘어트리고 아른거렸다. 그들은 출렁 흔들리는가 싶더니 바로 옆에 있는 사람마저 하얀 치마저고리로 가렸고, 모든 빛들이 떨며 이내 하얀 어두움으로 물들어 버렸다.

그러한 매혹적인 회색빛은 밤의 신비로움을 더해주어 순덕에게 잠을 청하게 했다. '안개' 그 자체로 충실하게 의무를 다하는 짙은 구름이 막사 주변을 뒤엎자, 한 치 앞도 보이지 않았다. 어둠은 더욱 짙어져 새벽 공기가 더욱 무겁게 깔리고 공포를 곁들인 바람은 하얀 안개에 실려 천막 틈 사이로 잠든 병사들에게 스며들어가 악몽과 마음의 병을 안겨다 주기에 충분했다. 그때였다. 심상치 않던 안개는 비단 어두움만이 아니라 땅의 미세한 흔들림까지 가져왔던 것이다. 묶여있던 말들은 콧김을 강하게 내뿜으며 발을 동동 굴러 동요하기 시작했고, 세워놨던 창과 칼들이 저마다 불안에 떨어 병사들에게 경고음을 내는 듯이 쇳소리를 내며 땅바닥으로 떨어졌다. 미묘한 혼돈과 짙은 흑암, 이 두 갈래로 나뉜 새벽 공기를 두고 사람의 비명소리가 들려왔다. 순덕이 눈을 떴을 때는 깊은 밤중이었지만, 막사 밖은 마치 날이 밝아온 것처럼 훤했다. 멀리서는 병사들의 비명이 날카롭게 들려왔고, 땅은 걷잡을 수 없이 빠른 북소리처럼 울리며 흔들렸다.

곧 이어서 '적군이다!'라는 큰 소리가 안개에 파묻혀 마치 꿈인 듯 귀에 앵앵거렸다. 얕게 잠들었던 순덕의 두 눈이 붉게 핏대를 세웠다. 코앞까지 다가온 '하얀 안개'와 '적군'이라는 말이 어지럽고 몽롱한 상태에서 그의 머리를 지독하게 짓눌러왔다. 악야(惡夜)를 간절히 바라는 한줄기 순덕의 희망은 천막 문을 거둠과 동시에 사라졌고, 화마는 성난 말처럼 천막 위를 날뛰면서 온 사방에 불길을 옮기고 있었다.

잠에 들었던 병사들은 영문도 모른 채 불길에 휩싸였다. 공중에서 빗발치는 불화살이 천막을 뚫고 내부에 촉촉하게 박혀 미처 피하지 못한 병사들의 신음으로 가득 찼다. 이 모든 상황은 순덕의 나약한 정신세계를 무너뜨릴 만큼의 신랄한 파괴력을 지니고 있었다. 아무 생각도 없이 밖으로 나온 순덕은 적군들의 말발굽 소리가 귀 옆에서 바로 들리기 전까지 그대로 멈춰있었다.

꿈인 듯, 나팔서리는 깃발이 불에 타며 천천히 ㄱ의 발 앞에 떨어졌고 도망치는 병사들이 눈에 박힌 듯 선명하게 보였다. 곧이어 갈색 말을 탄 병사가 재빠르게 그의 앞을 지나치더니 깃발을 짓밟아 땅 속 깊이 묻어버렸다. 제정신이 아닌 순덕은 간신히 허리에 검을 차고 혼란에 빠져있는 병사들에게 퇴각 명령을 내려야 했지만, 그의 주변을 지키던 병사들은 적들의 말발굽 소리가 가까워지는 것만큼이나 두려움에 목이 동강 달아나있었다. 그는 옆에 묶여있던 말에 올라타고 타오르는 잿더미 사이로 내달렸다.

불에 탄 천막에서는 노랫가락처럼 흐르는 잿빛의 먼지들이 흩뿌려지는 병사들의 핏방울로 붉게 물들어 간간히 떨어질 뿐이었다. 순덕의 마음은 전쟁에 부모를 잃고 홀로 남겨져 울고 있는 소년과 같았다. 모든 것을 잃어 타계를 찾아 헤매는 애처로운 발걸음이 그를 이승에서 멀리 떨어트려 놓는 듯, 한가득 울음을 머금은 메아리가 되어 가장 절실한 것을 찾고 있었다. 북과 나팔이었다. 병사들의 피가 넘치기 전에 그에겐 그 두 가지가 필요했다. 아무런 힘도 써보지 못한 채로 당할 수는 없기에 나팔과 북을 찾아 이리저리 찾아다녔지만, 멀쩡한 북이 있어야 할 자리에는 찢겨진 북만이 덩그러니 쓰러져 있었다. 그는 육성으로 갈라지는 괴성을 내며 후퇴하라고 외쳤지만, 이미 아비규환이 되어버린 그곳에선 작은 미물의 숨소리처럼 누구 하나 귀 기울여 듣는 이가 없었다. 전쟁 통에서도 그의 머릿속엔 한편으로는 북과 나팔을, 다른 면에서는 살아남을 핑곗거리를 찾고 있었다. 영문을 알 수 없는 억울한 패배가 그의 시선 속에 파묻혀 스스로를 증오하게 만들었다. 밤새도록 교대로 척후병을 보내어 신라군의 동태를 파악하고 신라군을 유인해내어 매복 진지로 끌고 가면 완벽한 승리를 얻을 수 있다고 믿고, 그에 앞서 달콤한 휴식을 취하던 순덕은 하얀 안개에 떠밀려 귀신같이 흘러들어온 신라군이 아군의 목을 날렵하게 베어가는 모습을 보고 허탈할 뿐이었다.

자신의 미숙함으로 인해 이런 일이 벌어졌다는 자책감이 겁 없이 말 위에 올라탄 그에게 쏟아져 내렸다. 순덕은 당황하는 병사들을 모아 밀려들어오는 신라의 병사들을 베어나갔지만 이미 난도질을 당하고 잔뜩 죄여있는 고려군의 생명줄은 화마에 휩쓸려 타들어가서 땅바닥으로 줄줄이 피처럼 새어나가고 있었다. 순덕의 감정 없는 다급한 칼질 속에는 그 동작 하나하나에 수많은 후회와 미련이 담겨있어 그 위로 눈물이 닭똥처럼 떨어졌다. 짙은 안개가 조금 걷혔지만 그의 눈에는 슬픔이 끼어 시야를 가렸고, 힘차게 말을 달릴수록 화마(火馬)는 오래전에 전투를 끝내어 막사엔 연기만 가득했다. 그는 병사들에게 퇴각하라는 명을 널리 퍼트리라 지시한 뒤 북과 나팔이 있던 천막에 다다랐다. 주변은 어둠에 찬 듯 깜깜했지만 순덕의 눈앞에는 오직 덩그러니 남아있는 북과 나팔만이 애를 태우며 고요하게 잠들어 있었다. 후퇴하는 것이 용맹이라 생각한 그는 북을 집어 들고 거대하고 용감한 북소리가 병사들을 조금이라도 더 살릴 수 있도록 가장 웅장한 퇴각을 준비했다.

하루 전만 해도 그는 신라를 상대로 큰 승리를 이끌어낼 자신이 있었지만, 세상은 순덕에게 또다시 시련을 주었다. 그는 가장 중요한 문턱에서 촉이 빠진 화살처럼 완패한 고려군을 믿을 수 없었다. 순덕은 북을 집어 들고는 말에 올라타 '퇴각하라!'를 큰 소리로 외치며 쓴맛을 삼켰다. 원망이 담긴 북소리는 재빠르게 막사 구석구석을 달려들었다. 웅대한 북소리는 열렬히 싸우고 있는 고려 병사들에게 들렸지만 그것도 잠시, 순덕의 허벅지 사이로 강력한 진동이 느껴짐과 동시에 그는 말에서 튕겨져 나가 굴러떨어졌다. 신라군의 날카롭고 기다란 철제가 달리고 있던 말의 심장을 관통하여, 그 고통이 고스란히 순덕에게도 전해졌던 것이었다. 말은 신음과 함께 앞으로 고꾸라졌다.

순식간에 화살이 활시위를 빠져나가듯이 튕겨져 나간 순덕은 물수제비처럼 몇 번이나 땅에 곤두박질쳤다. 땅바닥과의 반갑지 않은 만남에 그의 칼이 떨어져 나가고 북이 찢겼으며 그 짧은 순간에도 고통보다 수치가 온몸을 감싸 쥐었다. 한없이 굴러가던 순덕은 아직 불타지 않은 천막 속에 던져졌고, 천막을 지지하고 있던 기둥에 부딪혀 기둥이 부러지고 장막이 내려앉았다. 사바세계에서 그를 안락하게 덮는 잿빛의 천은 그곳에서의 탈출을 꿈꾸게 했다. 다시는 깨어날 것 같지 않은 졸음이 순덕의 사지를 마비시켜 놓았고, 입 안 깊숙이 들어온 신음을 내뱉지 않으려 이를 꽉 깨물었지만, 차차 힘이 풀리고 고통이 흐릿해지며 순덕의 기억이 희미해져 갔다.

감은 두 눈을 축축한 비가 문질렀다. 의식이 돌아온 순덕이 몸을 일으켜 세우려 하자, 억센 고통이 뼈를 타고 진동하며 숨조차 못 쉴 정도로 찌르는 듯했다. 그를 감싸 쥐던 피로 물든 붉은 무덤을 간신히 한쪽 팔로 걷어내고 밖을 보니, 어느덧 구름이 잔뜩 낀 잿빛 하늘만이 덩그러니 놓여있었다. 마치 독주에 잔뜩 취하여 기억을 잃은 것처럼 어지러웠고, 순덕은 온몸 구석 구석에 통증이 서서히 퍼짐을 느꼈다. 주변에는 온통 그를 믿고 따르며 그의 말에 환호해주고 열정적으로 싸우던 지난 얼굴들이 보였지만, 정작 몸뚱이는 저 멀리 무릎을 꿇은 채 덩그러니 바닥에 놓여 모두 순덕을 원망스레 쳐다보고 있었다. 평온이라고는 찾아볼 수 없을 정도로 괴악스러운 얼굴들에는 새벽이슬이 촘촘하게 알알이 맺혀있었다. 원망, 억울함, 증오, 생명에 대한 갈증이 느껴지는 그들의 얼굴에 순덕 또한 스스로에 대한 비난과 증오로 가득 찬 자책감을 매 호흡마다 더해갔다. 자신으로 인해 파국을 맞았다는 사실은 아직도 흰 연기와 부러진 창대, 찢어진 북을 통해 더욱 고통스럽게 다가왔다. 그는 아직도 온몸을 찔러대는 원망스러운 감각을 이겨보려 이를 꽉 물고 다리에 힘을 주어도 자꾸만 쓰러졌다.

잿더미가 모두 타올라간 듯 우중충한 잿빛 구름 사이로 햇살이 제각기 다르게 삐져나왔다. 먹구름이 옹기종기 모여 울렁이며 쓰러진 그가 숨을 거두길 기다리는 듯, 금방이라도 비를 쏟아 내릴 듯이 지상을 내려다보고 있었다. 한참을 누워 울멍진 구름을 빈 눈동자로 쳐다보자, 이내 순덕을 알아보고 찾아온 수십의 병사들이 있었다. 너무나도 반가운 그였지만, 모두 하나같이 패잔병의 몰골들이었기에 기쁜 내색을 할 수 없었다. 개중에는 팔이 잘려나간 이와 눈을 잃고 동료를 의지하는 애처로운 이, 그리고 심하게 화상을 입어 목숨이 위태로운 병사까지 있었다. 모두 악착같이 살아남아서 마치 순덕을 죽이려고 온 것이 아닌지 착각이 일어날 정도로 그들의 상태는 심각했다. 하지만 그들은 오히려 순덕의 안위를 물었고, 그를 지키려 저승 문턱까지 갔다가 살아남아 돌아온 충신들이었다.

그는 뜨거운 숭늉을 들이켠 것처럼 뜨끈한 것이 식도를 타고 내려가는 듯했고, 눈가에 머무른 눈물은 진하게 흘러내렸다. 이내 그의 얼굴빛은 걷잡을 수 없이 신라군에 대한 복수심과 분노로 차올랐다. 다시 되돌릴 수는 없기에 당장은 어떻게든 살아남아 매복 진지에 합류하기로 했다. 엄청난 일을 겪었기에 이미 해결할 수 없는 일에 대하여 무의식적으로 비판할 대상을 찾았다. 수많은 병사들이 살아남은 것보다 순덕에게 위로가 되는 것은 책임을 전가시킬 단 한 명의 사람이었다.

시간이 흐른 후에 마음은 차분히 가라앉았고, 이 폭풍우가 지나간 상황을 마무리 지을 수 있는 것은 순덕 자신뿐이었다. 병사들을 마주하기에 심히 민망한 그에게 변명이란 갈증에 시달린 이에게 생명수를 주는 것만큼이나 중요한 일이었다. 그렇게라도 해야 머릿속에 온통 차버린 패배를 받아들이고 앞으로 나아갈 수 있다고 무의식적으로 깨달았던 것이다. 척후병들이 제때 신라군의 기습을 알렸더라면 이 모든 사태가 일어나지 않았을 것이라 생각한 순덕은 뼛속 깊이 진하게 내려가는 원망의 고통과 갑갑함으로 다음 수를 생각하는 데 성공했다. 한편으로는 이 작전을 계획한 진사가와 책략가들의 어리숙함을 모두 왕에게 고해 엄벌을 내리고 꾸짖고 싶었지만, 그러기 위해선 남은 병력을 이끌고 안전하게 퇴각하는 것이 먼저였다.

신라군이 사라졌지만 화마에 휩쓸린 전장은 위험했다. 언제 어디서 다시 마주칠지 모르기에 인적이 드문 산길로 매복 진영에 가는 것이 안전하다고 판단하여, 그는 남은 병사들을 이끌고 몸을 숨길 수 있는 산길로 향했다. 하지만 매복 진영이 패전 소식을 듣고 지레 겁을 먹어 병력을 돌렸을 가능성도 있었기에 그들이 아직 그곳에 있다고 장담할 수는 없었다.

또한, 아군이 포로로 끌려가 매복 진지의 위치를 탄로할 가능성도 있었기에 매복 진지에서 보낸 척후병이 선발대의 전멸을 알려 그들이 철수하기 전, 한시라도 급히 합류해야 했다. 순덕은 병사들에게 신라군의 행방을 물었으나, 안개가 밤새도록 사라지지 않고 불길이 치솟아 제각기 다른 답변뿐이었다. 그렇게 신라군은 한차례 빠른 기습 후에 하얀 안개와 함께 사라져 버렸다. 무거운 마음도 잠시, 산길로 몸을 피하기는 했지만 돌아가는 길이 문제였다. 서로의 발과 눈이 되어주고 부축하는 다친 병사들은 험한 산길로 다니기에는 적절치 않았던 것이다. 설상가상으로 신라군에게 속수무책으로 당하다 보니 경황 중에 도망친 산길의 지리가 순덕의 눈에 익지 않은 곳이었다. 평소에 미리 지리를 꼼꼼히 확인하고 익혀온 그였지만, 처참한 살육의 현장을 겪고 나서는 모든 방면에서 자신감이 결여되어 있던 탓이었다. 자신의 목숨 하나 부지하는 것도 버거운 그는 길을 잃었다. 다만, 병사들에게는 말하지 않고 묵묵히 길을 나아갔다.

빼빼 마른 나무숲속으로 들어갈수록 적막하고 고요했다. 울퉁불퉁한 길가에 공기가 마치 세월의 무게에 푹 눌려서 바닥을 기어 다니는 것처럼 무거웠다. 병사들의 숨에는 공포와 두려움 그리고 차가운 긴장감이 들어서 있었다. 메마른 나무들은 하나같이 경쟁하듯 땅을 애증하면서 하늘로 치솟았고, 가끔 차가운 바람이 불어 마지막 남은 잎사귀가 떨어지는 모습이 패잔병들의 앞날을 비웃었다. 하지만 더는 나락으로 떨어질 곳도 없는 순덕과 병사들은 이 눈 덮인 패배의 숲을 이용하여 자신의 정체를 숨기고, 적들을 향해 한 걸음씩 복수의 숨을 들이키며 나아가고 있다고 굳게 믿었다.

빛조차 들어오기 힘든 깊은 숲속에 이르자, 사방에 온통 어둠이 깔리기 시작했다. 바닥에서부터 흘러나오는 한기가 갑옷 사이를 점점 스며들어 몸을 떨지 않고서는 버티기 힘든 추위가 그들에게 닥쳐왔다. 피곤에 지치고 추위에 떠는 병사들과 차가워진 갑주에 갇혀 그대로 굳어가는 몸을 본 순덕은 대책을 강구하지 않으면 안 된다고 생각했다. 그의 지시로 병사들은 모두 한자리에 집결했다. 마실 물도 먹을 식량도 아무것도 없는 상태에서 다친 병사늘이 버틸 수 있는 시간은 고작 며칠 안팎이었기에 이곳을 계속 전진하는 것은 명을 재촉하는 길이었다. 하지만 앞으로 나아갈 것인지 아니면 되돌아갈 것인지 선택해야 했다. 그의 눈에는 병사들의 입김이 새어나올 때마다 한 모금씩 생명이 빠져나가는 듯 위태롭게 보였고, 고통과 추위에 싸우는 그들에게 거친 숲에 기다란 나뭇가지들과 바싹 마른 나뭇가지가 뱀처럼 달려들고 엉켜 붙어서 가만히 있다가는 목에 똬리를 틀 지경이었다. 병사들은 옹기종기 모여서 서로의 온기로 추위에 대항하고 있었다. 조용히 생각에 잠긴 순덕을 뒤로하고 병사들은 앞으로 나아갔고, 뒤이어 순덕도 그들을 따라갔다.

그날 숲속에서의 하룻밤이 채 지나기도 전에 화상을 입은 병사 한 명이 싸늘하게 식었다. 순덕과 병사들은 협력해서 땅을 파고 그의 무덤을 만들어 주었다. 순덕 또한 치료를 받지 못해 정신이 혼미하고 팔다리가 후들거렸지만, 행여나 병사들에게 들킬까 걱정이 앞섰다. 충분히 순덕의 육신은 한계를 넘어 자꾸만 굴복하라고 그에게 명령을 내렸지만, 그는 정신력으로 끝내 버티고 있었다.

식량도 물도 없는 중에 상황은 며칠 동안 더욱 악화되었다. 병사들은 눈을 녹여 갈증을 해결했지만 배고픔과 추위, 고통 속에 사경을 헤매다가 하나둘씩 쓰러져갔고, 남아있는 병사들의 눈동자 속에는 죽음만이 가득 들어서 있었다. 사방이 하얀 눈으로 덮인 숲속에서 병사들은 죽음의 문턱까지

성큼 다가서 전장의 비명이 환청으로 들렸고, 나뭇가지의 사소한 움직임을 하얀 군대로 착각하여 두려움에 떨기도 했다. 그렇게 한참을 숲속을 걷다가 순덕은 우연히 불빛을 보았는데, 병사들은 아무도 보지 못했다. 병사들은 순덕 또한 환각을 본 것이라 생각했고 결국 '순덕이 귀신에 홀려 헛것을 본다.'라는 한 병사의 말에 모두들 헛웃음을 지어 넘겼다. 하지만 그는 느린 병사들을 두고 빠른 발걸음으로 앞으로 나아갔다. 모두가 힘겹게 싸우는 이 상황 속에서 한줄기 불빛을 그들에게 보여주는 것만이 장수로서의 의무감을 조금이라도 충족할 수 있기에 절뚝거리는 발걸음은 내심 가벼웠다. 그는 병사들과 한참이나 떨어져 불빛을 향해 걸었지만, 결국 불의 존재를 찾지 못했다. 뒤늦게 따라온 병사들은 당연하게 여겼지만 표정은 실망하는 기색이 역력했고, 모두 굳게 다문 입을 열지 않았다. 가득 찬 그릇에 물을 계속 부어넣는 것처럼 포기하고 싶은 마음은 흘러넘쳤지만, 순덕은 그를 위해 패잔병이 되기를 선택한 병사들을 이끄는 장수로서 그들의 살고자 하는 열의를 저버릴 수 없었다.

매복 진지의 공허함을 느낀 그들은 전의를 상실했다. 그들이 도착한 매복 진지에는 약간의 온기뿐 아무것도 남은 것이 없었다. 선발대의 패배 소식을 안 매복군이 서둘러 퇴각한 것이다.

그때였다. 양쪽 눈의 시력을 거의 잃은 병사 하나가 갑작스레 불빛이 보인다고 외쳤고, 이번에는 그뿐만 아니라 다른 병사들도 하나둘씩 불빛을 보고 소리쳤다. 어두컴컴하던 숲속의 음침한 분위기 속에서 든 한줄기 빛에 임종과도 같던 병사들의 표정에는 희망이 불꽃처럼 타오르기 시작했다. 그들은 굶주린 사자가 먹이를 노리듯이 불빛을 향해 조심스레 다가가면서도 자세를 낮추고 경계하며 눈은 강렬하게 치켜떴다. 가까이 다가서자 다섯 명의 무장한 신라군의 병사들이 옹기종기 모여 산돼지를 굽고 있었다.

고독한 밤이 만들어낸 고려 병사들의 야생적인 본능과 굶주림은 먹음직한 고기 냄새를 맡자 더욱 강렬하게 나타났는데, 저 불씨를 얻음으로써 희망의 씨앗이 걷잡을 수 없이 피져나갈 것이라는 그들의 기대는 확신에 가까웠다. 당장에 오줌보가 터질 듯한 인내심의 한계를 느끼면서도 행여나 더 있을지도 모르는 신라군에 대비하여 주변을 살폈으나 불씨 주변이 약간 밝았을 뿐, 다른 곳은 무척이나 어두워서 보이지 않았다.

며칠 동안 아무것도 먹지 못한 그들은 이 순간만을 기다렸다. 수확할 시기의 망설임은 그들에게 사치와도 같았다. 숲속에서는 하루가 일 년처럼 길게 느껴졌고, 밤은 그 숲속을 따라 끊임없이 이어져서 돌아오고 또다시 돌아서 그들에게 찾아왔기에 고기 냄새를 맡은 그들의 간절함은 그 누구보다 깊은 시간을 품고 있었다.

순덕은 마침내 결정을 내렸다. 어둠 속에 행여나 있을지 없을지 모를 귀신 병사들에게 두려움을 가져 다시 발걸음을 옮기다 얼어 죽느니 위험하더라도 조금이라도 따뜻한 곳에서 싸우다가 죽음을 맞는 것이 나았고, 운이 좋으면 식량을 빼앗을 수 있다고 생각했던 것이다. 병사들도 무언의 눈동자로 순덕에게 결정을 재촉하고 있었다. 쓰디쓴 패배의 고통을 저 작은 불씨에서 나오는 따스함으로 달래고, 무모함에 가까운 용기는 적막한 숲에서 비명을 생명으로 뒤바꾸어 이 일을 계기로 순덕과 병사들은 다시 비상할 수 있음을 믿었다. 마음을 굳히니 순덕의 눈에는 귀신 병사 무리는 보이지 않고 고려의 정예병 서른세 명이 단 다섯 명의 적군을 노리고 있는 상황만이 들어왔다.

달은 하얗게 그을려 매혹적인 자태를 자아냈고, 밤공기는 야생적으로 흘러들어와 누군가를 해친다 한들 이상할 것 없이 싸늘했다. 세상에서 가장 높고도 따뜻한 고지를 점령하기 위해 추위와 굶주림을 뚫고 나온 그들은 무너진 자존심을 저들로 인해 약간 보상받기 위해 준비하고 있었다. 순덕은 일자진으로 병력들을 퍼트리고 나서 단숨에 공격 명령을 내렸고, 명령이 떨어지자 너 나 할 것 없이 순덕과 병사들은 그들에게 달려들었다. 그들은 불나방이 뜨거운 불길에 뛰어들며, 따뜻한 어미의 태 속으로 빨려 들어가는 것처럼 거침없는 돌격을 감행했다.

하지만 다섯 명의 신라군이 빛으로 인해 위치가 발각될 수 있음에도 불구하고 불을 피울 수 있었던 것은 추위를 감당할 수 없던 것이 아니라, 일종의 자신감이었다. 그들의 불길은 등 뒤에 깊은 잠에 빠진 수백 명의 병사들이 있다는 것을 알리는 일종의 신호이자 배포였고, 칠흑 같은 밤을 빛내는 불꽃은 추위에 가려진 나약함이 아니라 불꽃 속에 숨겨진 강인함이었던 것이다. 다섯 명을 시작으로 수백의 병력이 포진한 그들은 쉽게 흔들리는 순덕과 병사들에게 꼬리를 내밀어 유혹했던 것이다. 어미의 젖이 필요했던 잔병 무리는 가짜 모유를 받아내고야 말았다. 신라의 다섯 명은 순덕 무리를 보자 먹고 있던 음식을 바닥에 팽개치고 칼과 나팔을 빼어들고 집었다. 이내 잠든 대군을 깨우는 각성(角聲)은 너무나도 육중했다. 영롱한 철제의 눈빛은 다가는 고려군을 향해 서느렇게 날을 세웠다. 돌격하던 중에 서로의 눈을 쳐다본 순덕과 병사들은 당황을 감추지 못했다. 그는 심지어 온몸이 비틀거렸고 다친 곳들이 다시 욱신거리기 시작했다. 자신만만한 웃음을 내던지는 신라군은 고려인의 피를 또다시 탐냈던 것이다.

천막에서 자고 있던 신라의 병력들이 깨어나 무기를 집어 들기 전까지도 순덕에게는 두 가지 선택권이 있었다. 하나는 마지막까지 남은 자존심을 짓뭉개버리고는 비겁하게 죽기 살기로 도망가는 것인데, 그 길은 목숨을 겨우 부지할 수 있을시언정 고려의 무인으로서 혹은 병사들을 이끄는 수장으로서 을지 가문에 누를 끼치는 수치스러운 일이었다.

결국 순덕은 시작부터 끝을 향하기까지 자신으로 인해 헝클어진 수많은 문제들과 책임감에 짓눌려 더는 버틸 수 없다고 생각하며 두 번째 선택지 '죽음'을 택했다. 다사다난했던 그에게 그 선택만큼은 고생할 필요 없이 간단한 일이었다. 죽으려 결심을 하니 마음속의 복잡한 매듭이 풀리고 그렇게나 멀리하던 악귀가 그의 눈앞에 실체를 드러냈다. 죽음은 외투를 뒤집어 쓴 백발의 노인처럼 약해보였지만, 막상 과감히 다가가면 백발의 노인은 웅장하고 거대한 몸을 가지고 있었던 것이다. 달려가는 병사들의 표정에서는 더는 후회나 원망을 찾아볼 수가 없었다. 그들은 오히려 궁지에 몰린 용맹함에 가까웠고, 비장해 보이기까지 했다. 그들 중 몇몇은 살기 위해 도망쳤으나, 부축하지 않고선 걸을 수 없는 이들은 자리에 멍하니 앉아있었다.

이로써 죽기를 각오한 서른세 명의 고려인들은 천만대군 속으로 거침없이 들어갔고, 신라군들에게는 죽기를 각오한 서른 명 남짓한 고려 병사들이 마치 천만대군처럼 여겨졌다. 눈앞에서 자신들을 삼켜오는 종말을 거부하지 않고 오히려 죽음 속으로 당당하게 걸어가는 이들의 뒷모습은 진실로 숭고했다. 신라군은 그들의 기세에 잠시나마 주춤하였다. 소름끼치는 무언가가 가슴속에서 저려오는 것을 느꼈던 것이다.

순덕, 그는 자신을 위해 목숨까지 내건 병사들의 마지막 모습을 영원히 기억하고 싶었지만 그들을 위해 약해지지 않으리라 마음먹은 그 역시 고려인이었다. 병사들을 위해서는 후퇴해야만 했지만, 그들의 순결을 위해서는 돌격해야 했다. 순덕보다 더 확고하고 진실로 싸우려는 투쟁의 의지가 가득한 그들에게는 퇴각 명령이 그 어떠한 형벌보다 더 무거운 것이었다. 서른세 명의 고려인은 두려움을 얼굴에 드러냈을지언정 비겁하게 그것을 숨기려 하지 않았다. 두려운 것은 두려움 자체로 내버려두고 그들이 원하는 것을 끝까지 관철하여 얻으려 했다. 달려가는 두 발이 천근처럼 무겁고 거침없이 달려가는 가쁜 호흡은 마치 수십 마리의 호랑이가 달려드는 기세처럼 드셌다. 순덕은 더는 누가 적군인지 아군인지 분간하고 싶지 않았다. 다만, 사람이 사람을 죽여야만 하는 명백한 이유에 원인 모를 병에 걸린 사람처럼 착잡한 기분을 느끼며 한 발 한 발 나아갈 뿐이었다.

더 짙어가는 겨울의 끝자락에서 차가운 바람은 휘익 지나가며 이대로 쉽게 포기하지 않는 자들의 땀 냄새를 맡고는 사라졌다. 칠흑의 숲속으로 달려간 것이 그저 허무한 죽음을 피하기 위한 고독한 뿌리침이 아니라 다만 아직 진정한 의미를 모르기에 숭고한 뜻을 지켜서 끝내 성공하기 위해 실패를 거듭하는 과정이라고 믿고 싶었다.

울퉁불퉁하고 거친 나무껍질처럼 튼실하게 살아 숨 쉬는 숲속에서 철제들의 예리함과 날카로운 창과 칼의 외침은 시간을 역행하여 대장장이의 숨가쁘며 불꽃 튀는 망치질처럼 재연되었다. 그로 인해 숲속에 온통 낯선 풍경이 나타났다. 불붙은 칼이 스쳐간 길에는 불꽃에 삼켜지지 않을 고려인의 호기가 담겨있었다. 단순히 불씨와 음식이 필요하다는 이유로 드러낸 기상이었다. 적군들과의 계속되는 대치 끝에 쓰러진 순덕은 마지막 칼끝이 자신을 향해 다가오는 것을 느꼈고, 고통에 몸부림치다 정신을 차츰 잃어버렸다. 몽롱한 숲에서 소리 없는 비명을 내지르고는 그는 눈을 감았다.

지켜야 할 것

꿈결같이 알 수 없는 영혼의 울림이 까마득히 먼 과거로부터 날아 들어와 그의 가슴 한편에 작은 꽃을 틔워냈다. 끝없는 악몽처럼 시련의 연속은 뜨거운 쇳물에 그를 담금질하는 것같이 끝나지 않았으며, 꿈속에서만큼은 지치지 않았으나 어디선가 날아 들어온 수백 개의 기억의 단편들은 하나로 엮이고 다시 부서지는 과정을 거쳐 용광로에서 꺼낸 뜨거운 쇠에 망치질을 하듯이 그 모양이 변형되어 갔다. 날카롭고 어두운 밤길을 헤맨 지난날의 고통은 그를 거칠게 내려쳐 강하게 연단해주었지만, 안개 속을 걷는 것처럼 끝없는 방황의 연속이었던 나날은 칼자루가 부러진 것처럼 막막함마저 느끼게 했다. 지독한 열기와 망치질 속에서 산산조각 난 그의 온몸에는 해소할 수 없는 갈증만이 남아 그의 생명을 좀먹고 있었다.

알아들을 수 없는 소리가 사방에서 환청처럼 들려오고, 감은 눈을 힘겹게 뜨기 무섭게 날아드는 채찍이 그를 반겼다. 그가 눈을 떴을 때는 출렁거리는 파도 소리가 갑판을 덮쳐왔다. 비웃음소리가 그를 향해 날카롭게 위에서 아래로 쏟아졌고 누군가의 가래 섞인 분비물이 그의 얼굴을 타고 흘러내려 영혼이 더럽혀지는 역겨운 기분을 맛보았다. 이내 순덕은 방망이에 온몸을 두드려 맞았고 그 시간은 아주 멈추어버렸다. 날카로운 채찍질과 역정이 담긴 발길질 그리고 의복까지 죄다 빼앗겨 발가벗은 치욕을 겪은 지 한참 후에야 비로소 상대의 분이 풀린 것인지 아니면 지쳐버린 것인지 알 수 없었지만, 누군가가 그의 두 팔을 붙잡고 상처투성이가 된 순덕을 목제 감옥 안에 가두었다. 그는 여태 살아온 나날보다 더 길고 끝나지 않을 어둠의 심연 속으로 빨려 들어가고 있었다. 빛조차 제대로 쉴 쉴 수 없을 까마득한 원시적 어둠이 서려있는 배의 지하에는 순덕과 같은 포로들 수십 명이 자리하고 있었는데, 하나같이 형체는 알 수 없으나 어둠 속에서 별이 빛나듯 눈에서 빛이 새어나왔다.

배는 파도와 파도를 잇는 뱃길을 따라 계속 길을 나아갔고, 자신의 정체가 탄로 날까 두려운 순덕은 어디로 가는지, 그들이 누구인지 궁금했지만, 굳은 침묵으로 항해하고 있는 바닷속에 자신의 존재를 던져버렸다.

배의 선원들은 청소를 위해 한 달에 한 번 갑판 위로 순덕과 배에 있던 포로들을 올려 보냈다. 드넓게 펼쳐진 초원 같은 파란 대지를 종이 삼아 수많은 햇살이 위에서 아래로 아래에서 위로 떨어졌고, 눈을 뜨기 힘들 정도로 눈부신 햇살에 비친 바다는 마음에 절절하고 깊은 감동을 주면서도 온몸을 부르르 떨게 만들었으며, 슬픔에 젖은 환희를 머금게 했다. 그런 짧은 시간을 뒤로하고 다시금 감옥 속으로 끌려 들어갈 때면 기쁨에 몸부림치던 순덕의 그림자는 더욱 어두워졌고, 검은 형태는 애초에 존재하지 않았던 것처럼 다시 어둠속으로 숨어들어 갔다.

156

갇힌 자들은 여러 명씩 혹은 한 명씩 따로 수감되어 있었다. 많은 아이들이 한방에 수감되어 있었고, 순덕과 같이 따로 갇힌 포로들은 평범한 인물로는 보이지 않았다. 양쪽으로는 포로들의 방이 나란히 배열되어 있었으며, 그 가운데를 간수장이 지키고 있어 수감된 포로끼리의 사소한 대화조차도 금지되었다. 허튼 소리를 하거나 실없이 웃는 자들은 밖으로 끌려 나가 반나절동안 두들겨 맞았고, 생죽음을 당하는 짐승의 소리가 지하까지 생생하게 들려왔다. 포로들은 파도에 흔들리는 배가 만들어내는 원천적인 두려움을 온종일 겪었다. 두 손과 두 발이 묶인 포로들은 심신이 허약해져 갔고 원인 모를 병에 앓는 이도 생겨났다. 배를 탈출하려고 정신이 나간 것처럼 행동하던 어느 사내는 진찰을 위해 갑판 위로 끌려 올라가 선원들을 뿌리치고 바다로 뛰어들었지만, 날아드는 화살에 결국 흔들리는 물결에 몸을 싣고 영영 돌아오지 않을 곳으로 유유히 떠나버렸다.

부하들의 죽음과 비통에 빠진 순덕의 머릿속에서는 수많은 상념이 생겨났다가도, 빛이 들어오지 않는 짙은 어둠에 갇혀 맥을 못 추고 쓰러져갔다. 모든 전쟁에서 마음이 찢기고 상하면서도 지금까지 자신을 지탱해왔던 것들이 한 줌의 재처럼 흩날려서 사라졌고 아무것도 남지 않은 순덕에게 우울한 나날은 배 멀미와 함께 매일 찾아왔다. 복잡한 머릿속에서는 온갖 잡념이 하루에도 수천 번씩 자리싸움을 하는 호랑이들처럼 뒤엉켜 물고 뜯었지만 현실에 눈을 뜨면 그가 할 수 있는 것은 없었기에, 잠들지 못하게 방해하는 온갖 쓰레기들을 밀어내고 다시 침묵 속으로 돌아가는 것이 일상의 유일한 일과이자 낙이었다.

다른 포로들은 소리를 낼 수는 없지만, 눈빛으로 상대방과 작은 소통을 했다. 들킬지 모르는 긴장감에 저절로 침을 삼키고야 마는 고요한 소통은 순덕에게 왠지 모를 평안함을 안겨다 주었다. 그 들리지 않는 소리는 칼과 칼이 부딪쳐 쇳소리가 하늘까지 솟구쳐 올라가던 시끄러운 전장을 벗어나게 해주었고, 모든 것을 잃었던 그에게 한편으로는 더는 시끄럽게 짤랑거리는 쇳소리를 듣지 않아도 된다는 위안을 주었던 것이다. 그렇게 순덕은 오랫동안 사신의 존재를 알지 못하는 수많은 이들과 같이 지냈다.

순덕은 어느새 자신도 그들과 같이 처음부터 아무런 죄책감이 없는 사람처럼 행동했고, 악몽에 쉽사리 잠들지 못하는 나날들은 조금씩 줄어들었다. 그 누구도 새 생명의 씨앗이 언제 싹을 틔울지 모르듯 그에게도 차차 햇살이 비추어 잘렸던 마음에 싱숭생숭한 바람이 선선하게 불어왔다.

한참의 시간이 흐른 후에, 햇살 한 점 들어오지 않던 감옥의 천장에 썩은 나무가 무게를 이기지 못하고 조금씩 뜯겨나갔다. 조그만 틈 사이로 눈부시게 맑은 빛이 굳건하게 허리를 펴고 스며들어와 포로들의 입가에는 미소가 번졌다. 그중에서도 가장 빛이 많이 들어오는 곳은 갇혀있는 모두의 이정표가 되는 방이었다.

그 안에는 손바닥 정도만 한 빛이 들어왔는데, 그것을 두 손 가득 머금은 사람은 다름 아닌 백옥 같은 피부를 가진 한 어린 소녀였다. 다른 아이들과는 달리, 따로 수감되어 있던 그 소녀는 얼굴에 독특한 점 하나가 눈 옆에 있었고, 볼살이 통통하게 올라있었다. 그러한 순수한 눈망울에 담긴 백의 자태가 시간이 갈수록 순덕의 마음속을 하얗게 물들이듯이 점차 번져갔는데, 햇살을 가득 받는 그녀의 모습에 순덕은 이름 모를 순수함을 느꼈으며, 아무런 대가 없는 그녀의 선함에 아름다움을 느꼈다. 순덕은 처음으로 기도했다. 만약 신이라는 것이 존재한다면 그의 손길이 이곳에서 그녀를 구원하길 감히 바랐던 것이다. 그는 한 점의 바람이, 더욱 따사로운 햇살이, 바다의 생명력으로 인한 잔잔한 평화가 모두 사랑스러운 그 여인에게 향하길 바랐다. 자신이 몸담고 있던 파괴적인 세상에서 벗어나, 오후의 햇살이 주는 따뜻함을 고이 간직한 그녀에게 연정을 품는 것이 무리는 아니었다.

누군가의 칼질에 항상 목숨을 걱정하던 지난날들은 과격하면서도 격정적으로 사람을 죄여와 한 치 앞을 보기에 급급했다. 그런데 적응하고 싶지 않고 좌절감에 머물러 있던 감옥과 썩은 나무의 퀴퀴한 냄새, 지독한 습기에 하루 종일 견디기 힘든 어지러움이 섞여있던 감옥이 소녀 한 명의 존재로 인해 버틸 만하고 더없이 안락한 곳으로 바뀌어버린 것이다.

한편, 포로들은 빛이 들어오기 시작한 다음 날부터 매일 아침이 되면 다가올 햇살의 광명으로 가슴이 두근거리기 시작했다. 해가 지는 시점에서부터 얼굴에 핀 생기를 빼앗기는 듯한 음침한 굴에서 더는 생명력이라고는 찾아볼 수 없는 피폐해진 죄수들이 간수장의 눈을 피해 눕는 보금자리는 가장 구석지고 습기 찬 차가운 바닥이었기 때문이었다. 새벽 내내 죽은 사람처럼 누워있던 그들에게 아침이 되어 작은 틈 사이로 빛이 살며시 얼굴을 내밀면 모든 포로들이 생명수를 발견한 것처럼 달려들어 빛이 주는 따뜻함에 감탄사를 내뱉곤 했다. 하지만 간수장은 그러한 그들의 격한 감정을 못마땅해했고 그들을 몽둥이로 억압했다.

또한, 소녀에게도 아침이란 기쁨의 선물을 잔뜩 들고 오는 존재였다. 아침의 햇살을 가득 머금은 그녀의 온 얼굴에는 윤기가 흘렀고, 곱고 때 묻지 않은 싱그러움이 바다 위의 화창한 봄날과도 같이 여유로웠다. 빛이 가져다주는 그녀의 환희에 취한 순덕은 하루 종일 그녀에 대한 궁금증이 온 머리를 휩싸고 돌았는데, 그것은 마치 사랑에 빠진 남자의 절규이자 살아가는 원동력이 되는 것이기도 했다. 눈으로 그녀를 보고 있지 않음에도 온몸은 극도로 예민히 그녀를 의식하고 있었고, 시간이 갈수록 깊이 들어가는 순덕은 그러한 스스로에게 벌컥 겁이 나기도 했다.

소녀는 자신이 머금은 햇빛과 싱그러움으로 살아있는 모든 것에 대해 관용을 베풀었다. 그중에서도 가장 순덕의 눈에 띈 점은 바로 동물과의 교감이었는데, 배가 식량을 나르기 위해 항구에 정박해놓은 사이에 식량을 노리고 올라탄 쥐들은 바다를 항해하는 선원들에게는 골칫거리이자 비상시에는 중요한 식량이기도 했다. 선내에서 활동량이 적은 대부분의 쥐는 흉측하리만큼 커지고 털 또한 징그럽게 이리저리 삐져나온 모습이었으며, 뾰족하고 날카로운 이빨은 욕심만큼 튀어나온 것이, 식량을 갉아먹는 모습은 마치 며칠을 굶은 돼지가 눈깔이 뒤집혀 먹는 모습 같았다. 배에 있던 포로들은 대부분 쥐가 다가오면 어떻게 해서든지 묶인 발과 손을 이용하여 어떻게든 쫓아버리려고 했으나, 번개처럼 재빠르게 이상한 발돋움질로 발밑에서 다가오는 쥐는 수감자들에게 공포의 대상이 되어버린 지 오래였다.

그 세상의 모든 오해와 오물을 뒤집어 쓴 불길한 짐승이 소녀에게도 흘러 들어 갔다. 하지만 그녀는 주변의 시선을 아랑곳하지 않고 반갑게 손을 내밀면서 쥐에게 다가오라는 손짓을 내보였는데, 소녀의 손에는 하루치의 식량이 들려있었다. 약삭스럽고 경계심이 많은 쥐는 음식을 빼앗은 뒤 이내 그녀의 손을 깨물고는 발이 보이지 않을 정도로 빠르게 도망쳤다.

이 사소하고 무지막지한 모습은 순덕에게 말로는 설명되지 않을 만큼 깊게 심기를 건드렸는데, 그 순간 소녀가 가진 우매함에 질려버린 것이다. 당장이라도 쥐를 발로 차거나 손으로 내쫓지는 않을망정, 그녀가 자신의 얼마 되지 않는 식량을 한낱 미물에게 먹이는 천치 같은 모습이 순덕에겐 받아들이기 힘들었던 것이다.

그녀는 그다음 날도 계속해서 털 달린 작은 도둑에게 음식을 나누어주었다. 네발 달린 짐승은 소녀에게 음식을 얻어가면서도 그녀의 손가락에 상처를 내는 일을 게을리 하지 않았다. 하지만 그녀는 그러한 짐승에게 끊임없이 관용을 베풀었고, 상처가 늘어가도 다음 날이면 까마득히 먼 과거처럼 잊어버려 다시 냄새나고 더러운 그것을 받아주었다. 순덕은 함부로 나서지 않기로 마음먹었지만, 소녀가 깨물릴 때마다 그의 몸이 움찔거리고 마음에는 지난날 어리석었던 패배가 생각나면서 미련함과 증오가 뒤섞여 꾸역꾸역 목구멍으로 올라왔다. 한번은 천치 같은 그녀에게 달려드는 쥐를 향해 막대기를 강하게 내리꽂았던 것도 그러한 이유에서였다. 살의가 담긴 막대기에 노출된 쥐는 재빠르게 구석으로 숨어들었지만, 이미 살의를 비춘 그의 광적인 눈동자에 소녀는 깜짝 놀란 기색으로 아무 말 없이 뒷걸음질 쳐 그림자 속에 들어가 버렸다. 모두에게 흉물이었던 털 달린 더러운 짐승을 향해 던진 막대기 하나에 사랑스런 소녀의 표정은 깨져버렸고, 축축한 바닥에서부터 올라오는 격한 파도의 들끓는 분노가 그를 향해 쏘아대는 듯했다.

한때는 고려의 장수이자, 을지문덕 장군에게 총애를 받았던 순덕이 더러운 오물에 버무려진 생물보다 못한 대접을 받는다는 현실이 좀처럼 믿겨지지 않는 순간이기도 했다. 그러자 첫 패배 이후로 버린 자존심이 그를 다시 찾아와 크게 진동시키며 내적으로부터 바깥공기에 이르기까지 몸이 후끈 거리는 열기로 달아올랐다. 여태 숨어서 자신을 지켜주었던 침묵의 소리가 그에게 말을 건넸다. 그동안 자신에게 상처를 주지 않기 위해 어쩔 수 없이 숨겨야만 했던 패배의 쓰라림이 하늘의 무수한 별이 떨어지듯 그의 가슴팍 으로 날아들어 왔다. 소녀의 관심이 작은 생명에게로 향했고, 이에 따라 순 덕은 식욕이 줄어 한동안 아무것도 먹지 않았다.

　미물에 대한 순덕의 관조가 계속될수록 그는 소녀와 쥐의 관계를 찢어놓 고자 하는 욕망이 일었지만, 그런 순덕의 눈빛 속에는 지난날의 상처들로 덧입혀져 더는 회복할 수 없는 지경에 이른 청년이 아닌 소년의 모습도 존 재했다. 비록 차가운 표정이었지만 따스하게 말을 건넬 줄 알던 어린 시절 의 그가 갑작스레 떠오른 것이다. 오랜 시간 순덕은 그 형상이 사라지도록 각고의 노력을 한 끝에 지금에 이르렀지만, 그녀의 모습을 바라보는 순간 어디선가 툭 튀어나온 소년의 모습은 감출 방도가 없었다. 그 후로도 계속 소녀의 눈에는 그 작은 아이가 담겨있었다. 그러나 순덕에게는 다시 한번 어린 시절을 느끼고 생각하는 것 자체가 지금 포로가 된 자신을 비참하게 만들었다. 그 기억 때문에 지금껏 견디고 버텨왔던 모진 풍파들이 다시 한 번 그를 무너트릴 것이었다. 결국 순덕은 일부러 소녀의 눈을 피했다. 수년 간 차곡차곡 쌓인 전장에서의 무표정한 도륙과, 사람을 베어야 드러나는 인간의 탈을 벗은 완연한 순덕의 모습은 빛바랜 고서(古書)처럼 쉽게 버릴 수가 없는 것들이었다. 셀 수 없는 핏방울과 자신을 맞바꾼 그가 할 수 있 는 것은 혈관 깊숙이 새겨진 파멸과 무질서로 흔들리는 자신을 간신히 지 탱하는 일뿐이었다. 소녀와 눈을 마주치면 그에게 달라붙었던 불결한 피가 일편단심으로 억울함을 호소하는 환청이 들려왔다. 쓰디쓴 패배의 처절함을 온몸으로 받아 마시며 시름시름 앓고 있던 순덕에게 다시금 절망이 가득 담긴 호숫가에 큰 돌을 던져놓은 것처럼 물결을 일으킨 것은 쥐에게 던진 나무 조각이었다. 그는 마음속으로 적을 죽이지 않았으면 자신이 죽을 상황이었다고 지난날의 과오를 그녀에게 변명하고 싶었다.

오후의 햇살이 지상에 가득 뿌려지며, 온기를 머금던 갑판이 결국 터질 듯한 빛이 좁은 틈새 사이로 들어갔다. 지워지지 않는 문양처럼 하늘에 떠 있는 태양이 세상에서 가장 좁고 처량한 구멍 틈까지 보살피는 이유가 있다면 그녀가 배에 탔다는 것, 그 하나뿐이었다. 지하로 내리쬐는 강하고 얇은 빛줄기는 모두 그녀를 향하는 듯 자연스레 흘러들어갔고, 그녀에게서 발하는 그 빛을 수감자 모두가 나누어 받았다. 다소 불만족스러운 포로들이 있었지만, 무능력한 죄수들에게는 기나긴 여행길에서 소녀가 주는 빛만이 희망이자 다가올 짙은 어둠을 다소나마 버티게 해주는 힘이었다. 그렇게 어디로 흘러가는지 모를 망망대해에서, 포로들에게 그녀는 유일하게 바다에 떠있는 소중한 꽃이 되었다. 순덕 또한 이상하리만큼 좋은 감정이 때때로 미움으로 바뀌고 변덕이 심해지다가 또다시 그녀에게 천천히 스며들기도 했다.

그 하얀 소녀는 순덕의 마음에 질 좋은 흙을 퍼와 씨앗을 심고 기다리는 설렘과 같은 행복을 가져다주었으며, 고국을 떠나 표류하는 심란한 마음과 피폐해진 몰골에 꽃이 뿌리를 내려 자신의 양분을 나누어 주듯 힘이 나게 하기도 했다. 그렇게 순덕은 조금씩 소녀에게 스며들었고, 그녀를 위해 약간의 희생은 감수할 수 있다는 마음을 깨닫고는 속으로 놀라워했다. 또 소녀를 바라볼 때면 전투에서 패배한 자신을 원망하며 증오하고 스스로를 질책하던 순덕의 두 주먹에 든 힘이 천천히 느슨해졌다. 평생을 살기 위해 발악하던 장수가 가슴 뛰는 사랑으로 인해 자신을 돌아보지 않게 되는 것은 마치 깊은 호수 바닥으로 가라앉는 것처럼 색다른 경험이었다.

백옥 같은 피부를 가진 소녀를 두고 모두가 잠든 시각에 사람들은 하루 종일 침묵해야만 했던 잡다한 이야기들을 한두 명이 먼저 꺼내놓기 시작했다. 그들에게 소녀는 신라에 온 여인이기도 했고, 알 수 없는 섬에 갇혀 있다가 구출된 여자였으며, 마을에서 부모를 잃고 떠돌아다니는 소녀이기도 했다. 좀처럼 말을 꺼내지 않는 소녀에 대한 궁금증이 커질 때마다, 사람들은 또한 이 배의 행선지에 대해 궁금해했다. 한 노인은 이 배가 수나라의 것이지만 남쪽으로 내려가는 경로로 보아 왜나라에 당도할 것이라 말했다. 다른 이들은 수나라의 배가 아니라 신라의 배라고 주장하기도 했다. 난잡하고 불결한 배에 버림받은 포로들은 누구도 확신할 수 없는 행선지를 향해 바람이 배를 이끄는 대로 따라갈 수밖에 없지만, 그래도 소녀와 아이들을 보며 견딜 만하다고 생각했다. 소녀는 갇힌 사람들의 마음과 혼에 뿌리를 내리고는 사람들의 양분을 흡수하여 성장하면서도 모두가 미워할 수 없게 다시금 베풀어주었던 것이다.

가끔씩 포로들은 노를 젓는 인력에 동원되어 고된 노동을 해야 했지만, 아이들의 웃음기가 마르지 않도록 힘든 내색을 하지 않았다. 하지만 날씨는 밤낮을 가리지 않고 궂어 비가 내렸다 그치기를 반복했고, 천둥과 비바람은 날이 갈수록 거세졌다. 시간이 흐를수록 하늘은 온통 검은 먹에 물

타버린 듯 변하였고, 이에 따라 소녀의 표정 또한 좋지 않아졌다. 갇힌 자들은 사방에서 어두움이 몰려오는 이 상황을 벗어나기만을 바랐다. 폭풍우가 배를 집어삼킬 것처럼 크게 요동치는 밤, 소녀는 투명하면서도 무지개 같은 빛으로 두려움에 떨고 있었다. 아무 말 없이 자신의 피 같은 식량을 천박한 쥐에게 나누어주고 결국 그 날짐승을 소유하게 된 그녀는 쥐에게 의지했다.

그 짐승은 육지에서 버림받고 외로운 바다에서도 지독한 굶주림을 친구삼아 끝없는 식욕을 태워댔다. 바다를 떠도는 배에서조차 그 짐승을 받아줄 리 없었지만, 생에 처음으로 사람의 손길이 닿은 쥐는 깨끗함과 위로를 받아 입고 새롭게 태어나 성장해나갔다. 소녀는 쥐를 성실하게 보살폈다. 물을 얻어 짐승을 씻기고 자신의 음식을 나누어 먹었고, 극진한 보살핌 속에서 차차 다른 포로들도 그렇게나 싫어하던 쥐에게 점차 관심을 갖기 시작했다. 그렇게 얼마 지나지 않아 쥐는 어느 정도 사람 손에 길들어 굳게 닫힌 마음을 조금씩 열어갔다. 시간이 더 흐르자, 그 쥐는 외로이 갇힌 옥안에 유일하게 찾아올 수 있는 귀한 밤손님이 되었다. 간수장이 잠든 시각에 모두가 조용히 입을 열어 그들만의 은밀한 이야기를 속삭일 때도, 쥐는 함께 조용히 이야기를 듣고 있었다. 그러한 쥐를 보면서 사람들은 예전에 자신이 대했던 태도에 대해 민망해하기도 했다.

과거와 처우가 달라진 쥐는 그녀가 가진 생명력을 단적으로 보여주는 존재로서도 입지를 굳건히 다졌다. 이름 없는 네발 달린 생물은 그녀의 묘한 능력에 이끌린 포로들의 자화상이기도 했던 것이다. 무능력함을 죄목으로 끌려온 순덕에게도 쥐는 차츰 그녀의 깨끗한 사랑과 용서를 받을 수 있으리라는 희망으로 여겨졌다.

쥐가 며칠째 모습을 보이지 않았다. 매일 죄수들을 찾아와 말동무가 되어준 동물이 사라져 포로들은 심적으로 큰 혼란과 걱정을 느꼈다. 입을 여는 모든 이를 삼엄하게 몽둥이로 가차 없이 후려갈기던 말이 없는 간수장 또한 쥐에게 말을 거는 그녀를 두고 뭐라고 하지는 않았기에, 밤손님에게 온갖 정을 다 베풀었던 포로들은 쥐에게조차 버림받았다는 생각에 절망의 깊은 나락에 빠져 들어갔다. 그들은 말을 하지 않고도 서로의 눈빛이 동요함을 알 수 있었다.

엎친 데 덮친 격으로 바닥의 작은 틈으로 물기가 차올랐다. 촉촉하다 싶더니 어느새 물길이 발바닥까지 차오르자 포로들은 즉각 이 사실을 알렸지만 선원들은 무관심했다. 간수장은 바다에서는 평소에도 비일비재하게 일어나는 일이라고 얼버무릴 뿐이었다. 하지만 새장처럼 마냥 갇혀있는 포로들에게는 차오르는 바닷물만큼 두려운 것이 없었고, 민감해진 그들은 마냥 기다릴 수가 없었다. 틈 사이로 물이 뿜어져 들어와 차오르는 속도가 점차 빨라졌다. 간수장의 무신경함과 포로들의 긴박함이 어우러져 순식간에 감옥이 아수라장이 되어갔고, 물줄기는 점차 거세졌다. 사태의 심각성을 느낀 간수장은 밖으로 나가 선원들을 불렀다. 이에 선원들이 모두 배 아래로 급하게 내려오더니 포로들에게 기다리라는 말만 남기고 갑판으로 다시 올라갔다.

바다 한가운데에서 발에 쇠사슬을 차고 아무것도 할 수 없는 포로들의 불안감은 점차 커져갔고, 그러다가 포로 중 한 명이 '선원들이 모두 도망간 것 아니냐'며 의구심을 던지자 다들 한마디씩 머리에 들어있는 끔찍한 생각을 거침없이 연달아 내뱉어댔다.

이윽고 물이 무릎까지 차오르자 위에서 소리가 들리더니 배를 수리할 수 있는 선원이 선장으로 보이는 사내와 함께 밑으로 내려왔고, 갇혀있는 사람들 얼굴에는 안도가 강렬하고 짧은 숨소리와 함께 퍼져나갔다. 하지만 소녀의 얼굴은 안도감이라고는 찾아볼 수 없을 정도로 경직되어 있었고 시선은 오직 한곳을 바라보고 있었는데, 한가득 공포심을 머금은 상태였다. 이에 선장이 뚫린 틈을 살펴보다가 다시 올라갔고, 두려움에 부르르 몸을 떨던 소녀와 아이들은 물에 젖은 채로 창백해져 있었다. 조사를 끝마친 수리공이 황급히 갑판으로 올라가더니 조금 뒤에 선원 여럿이서 내려와서 차례대로 감옥에 갇힌 사람들을 풀어주고는 날이 선 차가운 태도로 갑판으로 올라가라는 말을 쏘아댔다.

바다에서의 몇 달이라는 시간은 세상에서 떨어진 거리만큼 너무나도 길고 힘들게 지나갔다. 하루 종일 축축하고 침울하게 울렁이는 어두운 지하에서 희망의 불씨를 켜놓는 것은 부단히도 힘든 일이었다. 포로들은 만약 배가 침몰된다 하더라도 어두운 옥이 아니라 따사로운 햇볕의 향내를 맡으며 죽고 싶었다.

한편, 수리공이 저판을 살피고 보수하는 동안에 죄수들은 하나둘씩 그들의 죄를 사로잡고 있던 쇠사슬에서 풀려나 바깥으로 이송되었다.

마침내 순덕의 차례가 가까워지자, 여태 굳어있었던 그의 마음은 천천히 뛰면서 온몸에 혈기가 재빠르게 돌아 온몸을 휘감았다. 포로들에게 바깥공간이란 자유를 제 몸처럼 마음대로 사용할 수 있는 공간이자, 누군가와의 대화를 제지당할 필요가 없는 신비로운 공간이었던 것이다. 그곳에서 순덕은 소녀에게 말을 걸어 그녀에 대한 궁금증을 풀 수 있으리라 기대했고, 그녀의 목소리를 듣고 싶어 했다.

선원들이 발에 묶인 쇠사슬을 풀고 지칠 대로 지친 순덕의 어깨를 단단히 붙잡고는 위로 끌어올렸다. 지난날 동안 소량의 빛으로 연명하던 그는 갑판으로 올라가면서 점차 거대한 빛이 자신에게 다가오는 것에 두려움마저 느꼈다. 바닥과 갑판 그리고 밖에 있는 모든 사람이 따사로운 햇볕을 맞아 눈을 감고 있었다. 배는 태양의 영역 아래에 빛을 받아 머금어 움직였고, 음지에서 갓 양지로 넘어온 포로들은 자신의 몰골을 잘 알지 못했다. 순덕은 이내 살가죽만 남은 손과 발을 보았다. 실로 끔찍했다. 단단한 육지를 벗어나 언제 뒤집힐지 모르는 울렁이는 바다에서 생활한다는 것은 쉽지 않았으며, 식욕이 그를 벗어나 멀리 떠나간 탓이었다. 갇힌 이들에게 제대로 된 음식을 줄 리가 없는 포로 생활에서 온몸에 난 상처들은 더욱 악화되었고 밤마다 끙끙 앓는 나날에 육신의 기력이 쇠한 것이었다.

매번 선원들은 발이 달린 것 같은 역겨운 음식들을 포로들에게 던져놓고는 도망가듯 사라졌다. 음식이라는 신성한 것이 반란을 일으켜 역겹고 불쾌한 것으로 둔갑했고, 그것을 거부해온 수감자들도 천천히 배고픔에게 굴복당해 먹을 수밖에 없었다.

세상은 그들을 찬란한 갑판으로 이끌었으나, 그들은 이미 눈을 뜨지 못할 정도로 어둠에 익숙해져 있었다. 하지만 그것도 잠시뿐이었다. 따사로운 햇볕이 온 세상을 크게 감아버리고서는 온통 파랗게 잠들어버린 바다의 냄새와 시원한 바닷바람의 감촉으로 사람의 깊숙한 영혼까지 건드리자, 온통 새하얀 절경에 매료되어 그들은 새로 태어난 것처럼 상쾌했다. 갑판으로 나온 인질들은 처음에 세상이 화려하게 차려놓은 아침 축전에 입을 다물지 못했지만, 미처 자신의 몰골을 깨닫지 못하고 다른 사람들을 안쓰러운 눈빛으로 멀뚱히 쳐다보고 있었다. 그다음 포로들은 본능적으로 아이들과 작고 어린 소녀에게 시선을 향했다. 어린아이들과 함께 고통 받고 있음에 감사했던 이기적인 그들의 마음이 자신의 양심을 찌르고 베었던 탓이었다. 그러한 생각을 품었다는 것 자체에 사죄와 감사를 아이들에게 표하고 싶었던 것이었다. 그때, 배가 파도에 부딪혀 크게 흔들렸다. 선체가 위로 붕 떠있다가 철썩하고 내려앉아 엄청난 소리와 함께 바닷물이 갑판으로 쏟아져 들어왔고, 선원들은 갑판에 묶어놓았던 상자들을 더욱 단단히 죄어 묶어야 했다.

그러나 오후에는 생명의 위협을 주지 않을 정도의 간지러운 흰 파도가 눈과 귀를 즐겁게 했으며, 다들 어린아이처럼 입을 막고는 소리 없이 웃고 있었다. 그러다가도 배가 심하게 흔들리면 모두들 자세를 바로잡고 난 후에 아이들을 꼭 한 번씩 쳐다보면서 행여나 그들이 튕겨져 바다로 떨어지진 않을지 걱정했다.

사람들의 손길이 그녀에게도 향했고, 순덕 또한 갑판에 가녀린 모습으로 서있는 그녀가 걱정스러우면서도 한편으로는 여전히 아름답게 보였다. 마치 밝게 떠있는 태양을 보지 못해도 그 온기를 느끼는 장님처럼 순덕은 스스로의 손만큼이나 거칠어진 세상 속에서 그녀를 보며 잠시 동안 행복을 느낄 수 있었다. 어른이 된 포로들도 마찬가지였다. 그들은 자신의 어린 시절의 순수함을 아이들을 보고 떠올리며 온 힘을 다해서라도 아이들의 순수함을 지키고 싶어 했다. 보기만 해도 흐뭇한 미소를 띠게 되는 힘이 아이들에게 서려있다는 것을 안 그들은 아이들의 순수함을 지키는 것이야말로 자신의 죄를 순화시킬 수 있다고 믿었던 것이다. 아무런 탐욕 없이 순수한 마음으로 온전히 사랑할 수 있게 만들어주는 작고 어린 소녀와 아이들은 포로들 각자에게 무슨 의미든 간에, 존재 자체만으로도 큰 활력이 되었다. 목적지와 희망도 없는 무익미한 배 안에서 하루하루 버티는 것은 고된 일이었지만, 자신보다 더 작고 가냘픈 생명이 함께하기에 많은 위로를 받은 그들이었다.

배에 뚫린 구멍을 수리공이 완전히 보수하기까지 포로들은 갑판에서 생활을 했다. 갑갑한 지하와 달리 사방이 뚫린 곳에서 언제 어디서 불어올지 모르는 자신의 운명을 바꿔줄 기류를 기다리며 생활하게 된 것이다. 또 밤하늘에는 고향에 떠있던 별들이 빛났기에, 사람들은 잠들기가 여간 설레는 일이 아니었다.

그러한 밤바다에 아침이 밝아오면 바다의 갈매기들은 하늘에 떠있다가도 가끔씩 배에 무단으로 올라타 그들을 놀리기라도 하듯 포로를 자청하였고, 소녀는 갈매기가 다가올 때마다 굳이 만지거나 소유하려는 기색 없이 마치 바다가 모래를 품듯 받아주었다. 행여나 소녀가 이기적인 시선으로 다른 마음을 품어 생명이 있는 것들을 해하거나 소유하려 했다면 소녀의 영혼이 호흡을 멈추게 되어 갇혀있는 사람들에게 깊은 탄식과 긁힌 상처가 될 것이었다. 그러나 그녀는 자신이 할 수 있는 최선의 본연을 다하면서도 멋이 한껏 담겨있는 풍경화를 그리는 것처럼 행동해 모두가 소녀를 흐뭇해했다.

170

욕심을 가진 자들은 흙에서 태어나 서로 사욕을 추구하며 높아지려 하지만 결국 그보다 더 나은 이에게 모욕을 당하기 마련이었다. 이러한 욕심은 곧 살생을 낳았는데, 모든 사람이 다른 넓이와 깊이를 가졌음을 생각지 아니하고 단 한 가지인 통제를 원해온 문명의 길은 사람을 이기적이며 잔인하게 만들어놓았다. 그러한 혼란 속에서 소녀의 존재는 불멸성을 띤 것이었으며, 감춰져 있던 그 어느 것보다 월등한 보화였다.

그녀는 남을 죽여야 자신이 살 수 있다고 믿는 살의의 세상에서 벗어난 새 인류이자, 모든 전쟁의 종지부를 찍을 수 있는 유일한 사람이기도 했다. 그녀는 스스로에게 주어진 사명이자, 살생을 멈추려는 운명을 받아들였다. 그녀는 이에 멈추지 않고 다른 사람들에게도 부조리한 모든 일생을 바꿀 수 있는 힘이 있다는 것을 깨우치게 했다. 결국 그 힘을 맛본 자들은 과거의 자신을 반성했고 저항이라는 힘을 모든 이들에게 퍼트려, 그 힘이 강력한 바다의 폭풍우처럼 걷잡을 수 없이 커지고 주변 사람들에게 흘러들어가 골수를 찌르고 눈에 선명한 각인을 심어주는 현상을 일으켰다. 다시는 전쟁이라는 어리석은 우를 범하지 않으려면 그에 준하는 신통한 지혜가 생기는 길만이 살인의 의지를 막을 수 있다고 믿은 그녀였다. 그러한 저항의 시작은 고요하고도 매우 험난한 길이나, 결국 빼앗겼던 모든 권리를 되찾는 여정임과 동시에, 인류가 짐승과는 다를 것이라는 믿음을 굳건히 재정립하는 계기이기도 했다.

한편, 순덕은 여태 감탄을 자아내는 황금과 계급장이야말로 고귀하기에 지켜야 한다고 믿었지만, 정작 고려의 무신으로서 진정으로 지켜야 할 것을 지키지 못했다. 즉, 진심을 다하고 정성을 다해 돌보아야 하는 것들은 주변에 있는 작은 꽃송이, 풀잎 하나와 같이 세상의 근간을 이루고 있는 작고 소중한 생명들이었고, 순덕에게 작은 풀잎이란 고려의 백성들이었다.

생각에 잠긴 순덕은 어느새 엉뚱하게도 소녀에 대한 궁금증과 회상으로 가득 차있었다. 소녀의 웃는 목소리가 바람결에 스쳐 지나가면 순덕은 괜스레 마음이 더욱 가벼워지면서 공중에 떠오르는 것처럼 설렜고, 소녀는 날이 지날수록 얼굴에 더욱 투명한 생기가 돌았다. 감옥에서 보낸 수많은 나날 동안 구멍 틈 사이로밖에 받을 수 없던 적은 양의 햇살은 한창 자라나는 소녀의 마음을 받아줄 수는 없었던 것이다. 이리저리 다른 틈으로 도망가는 빛이 야속하기도 했던 소녀의 마음은 갑판에서 맞이하는 아침에서 늘 새롭게 태어났고, 온전하고 완연하게 다가오는 빛의 진품을 받아들이는 소녀의 온몸은 하루하루 바뀌어갔다.

한편, 늘 좋은 양분만 얻기에는 넓은 바다에 들어선 사람들의 마음이 너무나도 비좁고 어리석었다. 이러한 마음을 아는지 먼 하늘에서는 세상의 절반을 가진 듯한 먹구름이 서서히 다가왔고 파도는 점차 거세졌다.

사람들의 몸에는 폭풍우가 올 때마다 겪어야 하는 두려움이 발끝부터 머리털 하나하나에 촉촉하게 묻어났다. 길게 늘어선 검은 먹구름은 끝없이 펼쳐졌고, 배의 갑판을 제외하고는 어디에도 의지할 곳 없는 이 바다 한가운데서 온 세상을 삼켜버릴 듯이 다가왔다. 이내 번쩍이며 섬광을 발하는 하늘에서 웅장하고 거대한 소리와 함께 천지를 두들기는 비가 쏟아져 내렸다.

바다 한가운데를 가르는 굉음이 심상치 않았다. 선원들은 바쁘게 폭풍우를 맞을 준비를 했고, 그에 따라 포로들은 서둘러 겁을 먹을 준비를 했다. 하늘의 천을 찢고 내려오는 파란 불길은 길길이 날뛰었으며, 거세진 짙은 파도가 배 좌우를 더욱 거칠게 때려서 갑판에는 물이 넘쳐흘렀다. 파도는 큰 바다에 홀로 남겨진 작은 배를 비웃기라도 하는 듯이 이리저리 선체를 뒤흔들었다. 어른과 아이 너 나 할 것 없이 정도를 지나친 폭풍우에 모두 눈을 동그랗게 뜬 채로 침을 삼키는 것밖에 할 수 없었다. 시간이 갈수록 약해지기는커녕 거세지는 바닷바람 섞인 비가 배를 뚫을 기세로 쉼 없이 내렸고, 무게가 쏠린 배가 더욱 크게 파도에 흔들리기 시작했다. 그러자 포로들은 누가 먼저 시작했는지도 모를 작별 인사를 하고선 서로의 손을 꽉 붙잡고 놓지 않았다. 어른들은 아이들의 손을 꽉 잡으며 지켜주겠다는 약속을 서슴없이 해주어 안심시켰다.

이에 거대한 파도가 일었고, 한차례 배를 강하게 덮쳤다. 마구잡이로 배를 뒤흔들어놓은 파도는 묶어놓았던 상자들을 가득 싣고 사라졌고, 이에 몇 명의 선원이 상자를 구하러 바다로 뛰어들었다. 쉴 틈도 없이 바다는 다시금 더 큰 파도를 불러와 배를 강타했으며, 선원과 포로 몇 명이 순식간에 휩쓸려 바닷속으로 사라졌다.

모두에게 죽음의 순간이 이르자, 시간은 멈춘 듯이 주변을 서성이고 있었고 그 위로는 하늘에 닿을 만한 거대한 파도가 배를 감싸고 있었다. 기울어진 선체 위로 밤하늘을 온통 뒤덮을 만한 크기의 파도 속에 배는 조용히 빨려 들어갔다. 배에 있던 식량과 물자들은 어느새 파도에 휩쓸려 깨끗이 사라졌고, 아주 먼 세계로 여행을 떠나는 배치고는 아무것도 실려있지 않았다. 어두운 밤하늘 아래 검은 바다는 고요히 숨 쉬고 있었고, 그 숨보다 더 작은 배는 더 이상 보이지 않았다.

깊고 푸른 암흑 속에는 사람들의 울음소리가 가득했다. 순덕은 살고 싶었지만 숨이 쉬어지지 않음에 덜컥 겁을 먹었고, 그의 눈물은 바다에 삼켜졌다. 그 두려움 속에서 언제부터인가 그는 소녀의 손을 꽉 잡고 있었다. 천천히 사람들이 죽어가는 형벌 속에서 절망적인 몸부림조차 그녀를 놓게 만들 수는 없었다. 이곳에서는 굳어있는 대지만을 발판 삼아 자신의 명예를 과시하던 지난날들이 허무하기 그지없었다. 모든 사람은 이곳에서 그저 나약한 인간일 뿐이었다. 한때 육지에서 칼과 창 그리고 화살에 의지하여 단단한 대지를 밟으며 자신의 못자리를 찾아 나섰지만, 이렇게 울렁이는 푸른 대지는 밟을 수 없었고, 스스로가 순덕을 찾아와 집어삼키니 못자리가 필요치 않았다. 그 단단한 대지위에서 거친 숨을 내쉬며 서로를 죽이고 시기하던 인간들의 모습은 온데간데없었고 모두들 모두 고요하게 발버둥 치며 깊은 심연으로 빠져들었다.

물속에는 배의 잔재들이 흩어져 있었고 격렬하게 몸부림치는 사람들의 모습, 그리고 한 손을 꼭 잡은 소녀가 순덕의 옆에 있었다. 물에 빠진 사람들은 힘이 빠져 서서히 온순해졌다.

한편, 물속에는 하고 싶은 일이 많았던 아이들이 있었다. 그들은 어른들의 기다리라는 말만 믿은 채 물속에서 허우적거리고 있었고, 곧 숨이 막혀 온 세상이 절망으로 휩싸였다. 삶이 끝난다는 엄청난 공포가 그 아이들의 사지를 마비시키는 동안에도 그들은 어른들의 말을 철석같이 믿으며 물속에서 저항하지 않았다. 하지만 조금만 버티면 물속에서 울고 있는 자신들의 눈물을 닦아주리라 믿었던 아이들의 기대감은 결국 가라앉았다. 그들은 심연의 바닷속으로 빠져들어 여전히 어른들을 기다린 채 고요히 잠들어 있었다.

174

물은 세상에 아무리 맹위를 떨친 자일지라도 한 길 물속에서조차 큰소리를 치지 못하는 인간의 나약함을 온전히 보여주었다. 사람은 태어날 때 모든 이가 어미의 양수로 삶을 이어받고, 죽음에 이르러서는 사랑하는 가족들의 품속에서 죽기를 바랐기에 물속에서 발버둥치는 사람들의 마음은 점차 가빠졌다. 순덕은 죽음에서 생명으로 이어지는 길을 놓지 않으려고 좌우로 격렬하게 손과 발을 움직였고, 깊은 파도 속에 담긴 순덕의 불안한 떨림은 간신히 물 밖으로 나오자 잦아들었다. 첫 숨을 들이켠 순덕은 세상 가득 서러움이 복받쳤지만, 소녀가 옆에 있는 한 반드시 살아남아야 했다. 그는 재빠르게 둥둥 떠다니는 나무를 부여잡아 소녀를 올리고는 뒤이어 자신도 올라탔다.

하늘을 천막으로 덮은 것처럼 온 세상에 어둠이 깔리고 폭풍우는 커다란 천둥과 함께 지상에 불을 내렸다. 구름을 찢어 큰 북을 울리는 깊은 굉음이 코앞에서 들려왔다. 그것은 뼛속까지 저릴 정도로 강력한 음성이었다. 거대한 바닷속에서는 아무도 그들의 존재를 알아차리지 못했고, 물에 빠진 곤충처럼 힘없이 침몰하기만 했다.

그가 다시금 눈을 떴을 때는 나무 위가 아닌 촉촉한 땅 위였다. 잔잔한 파도가 흰 거품을 일으키며 해안가로 밀려들어왔다. 두 볼을 탁탁 치며 그를 흔드는 물결에 부드럽게 감싸 안긴 채로 순덕은 낯선 땅에서 깨어났다. 그의 두 눈은 충혈되어 뻣뻣하게 굳었고, 허벅지에는 바위에 찢긴 상처가 풀로 감겨있었다. 순덕은 자꾸만 감기는 눈을 억지로 뜨고, 사지가 처참히 갈기갈기 찢긴 듯한 고통을 맛보며 몇 걸음 걷다가 다시 쓰러졌다. 잠결에 부드러운 음성이 들리자, 그는 기분이 좋아졌다. 어떤 따스한 손길이 닿아

차가운 얼굴을 살며시 녹이고 있었던 것이다. 꿈인지 생시인지 모를 몽롱한 기분에 살며시 미소를 지었고, 의식은 바닷속에서 사라져버린 포로들에게로 다시금 빨려 들어가고 있었다.

배의 잔재에 올라탄 순덕은 나무에 달려있던 끈으로 그녀의 손복과 자신의 팔목에 칭칭 감았다. 고통스러운 표정으로 숨도 못 쉬는 소녀에게 순덕은 호흡을 불어 넣었고, 다행히도 그녀의 목숨은 건졌으나 폭풍우는 여전히 지나가지 않았다. 거만하게도 남의 생명을 짓밟은 대가로 이러한 형벌을 받는 것은 자연의 이치라고 생각했지만, 그녀도 데려간다는 것은 용납되지 않을 일이었다.

폭풍우는 점차 거세지고 비는 재빠르게 달려와 바다를 쉴 새 없이 두드렸다. 무게로 인해 점차 가라앉는 잔재에서 순덕은 소녀를 두고 다시 바닷속으로 몸을 밀어 넣었다. 목까지 차오른 물에 호흡이 가빠진 순덕은 다시금 공포감에 사로잡혀 아무것도 생각할 수 없었지만, 다행히도 수온이 그리 낮지 않았다. 출렁이는 검은 파도의 위협은 병사들의 창끝보다 예리하면서도 부드러웠고, 그 죽음은 사방에서 도사리고 있었다. 물에 빠진 선원들과 포로들은 허우적대며 죽음보다 더 무서운 익사의 환각에 사로잡혀 처절한 눈빛으로 거대한 바다와 사투했지만, 끝내 대부분 깊은 흑암으로 가라앉았다. 순덕은 밤새워 내린 비를 맞고도 뗏목을 잡은 손을 놓지 않았고 결국 소녀와 함께 살아남았다.

폭풍우가 물러가고 밤새 날씨가 조용해지자, 순덕 또한 안정을 되찾아갔다. 새벽이 되고 날씨가 밝아왔다. 파도에 순덕의 몸이 떠오르는 순간, 멀리 초록 빛깔을 가진 땅이 언뜻 보였다. 망망대해에서 길을 잃은 순덕은 한 없이 귀중하고 절박한 심정으로 뗏목을 힘껏 밀며 앞으로 나아갔다. 일렁이며 잠깐씩 보이는 땅은 순덕의 머릿속에서 일순간 만들어낸 삶에 대한 욕망일지도 몰랐으나, 점차 소녀의 얼굴이 창백해져갔기에 순덕은 마음이 급해졌다. 얼굴에 핏기가 사라지는 것은 죽음이 점차 소녀를 향해 다가오고 있다는 신호였다. 세상에서 가장 지독하고 느긋하며 끈질긴 악귀가 그녀의 소맷자락을 잡아 놔주지 않고, 깊은 바닷속으로 데려가려는 심산이었던 것이다. 죽음에 다가선 인간들에 대한 아주 사소한 관여까지, 생명의 불씨를 꺼트리기 위한 바다의 노력은 대단했고, 또한 자신이 잡은 먹이를 놓치지 않기 위한 사투는 위험에서 멀리 벗어나지 않는 한 계속되어 놔주려 하지 않았다. 순덕은 자신이 본 땅이 헛것이 아니길 바라며 발을 있는 힘껏 박차서 헤엄치고 또 헤엄쳤다. 결코 닿지 않을 것만 같던 섬이 아주 조금씩 더 선명해져갔지만, 반대로 지칠 대로 지친 그의 몸은 조금씩 의식이 흐려져 갔다.

파도는 끊임없이 밀려와 순덕을 밀쳐냈고, 수없이 밖으로 밀려나도 그녀를 살리겠다는 욕망에 불을 지펴 그는 더욱 거세게 헤엄쳤다. 거대한 자연 앞에서 인간이 마지막으로 할 수 있는 최선은 자연의 흐름을 거스르고 역류하여 그들에게 도전하는 일뿐이었다. 그 과정 자체가 힘겨운 일이었지만 자신이 살아있는 한, 적이 얼마나 크건 강하건 간에 신경 쓰지 않고 나아가야 한다고 굳게 믿고 있었다. 파도에 밀려날 때마다 그는 식은땀으로 등을 적시며 나아갔다.

자신이 이끄는 배 위의 가녀린 생명이 힘을 잃어갈수록, 자신의 생명의 불씨 또한 약해짐을 느꼈던 그의 정신은 아직도 폭풍우에 갇혀 혼미했다.

더는 헤엄칠 수 없다고 몸이 그를 움직이지 못하도록 막아섰지만, 그는 나아가야 할 이유가 있기에 체력의 한계를 넘어서 정신력으로 뗏목을 밀어붙였다.

결국 생의 불씨를 꺼트리지 않으려 부단히도 노력하는 순덕을 바다는 조용히 눈감아 주듯 받아주었고, 파노를 시나가는 깃을 허락했다. 새벽녘이 파란 어두움 속에서 홀로 거친 숨을 내쉬며 끊임없이 포기하고 싶은 마음과 싸우며 남은 힘까지 모두 짜내어 발길질하는 절박한 심정, 무한의 공포심이 가득한 바다로부터 오는 냉기를 거침없이 마셔야 하는 가혹한 운명 앞에서는 어쩌면 무의미한 행위가 될지도 몰랐다. 하지만 힘든 만큼이나 그녀를 지킬 수 있다는 희망은 그를 고통에서 무감각하게 만들었다. 거대하고 조용하게 순덕을 잠식하는 바닷속에서 희망을 얻기란 쉽지 않은 법이었으나, 한번 희망을 맛본 그는 어떤 역경이 와도 싸울 준비가 되어있었다. 모든 빛을 자양분으로 빨아들이는 암흑 구덩이 속에서 올리는 하염없는 간절한 기도만이 바다 위를 둥둥 떠있는 순덕이 할 수 있는 전부였다. 마침내 밤이 되어서야 육지에 거의 다다르자, 가지고 있던 모든 힘이 스르륵 풀려버렸다.

다시금 그가 깨어났을 때는 깊은 새벽녘이었다. 순덕의 팔에 묶여있던 끈은 풀려있었고, 옆에 있던 소녀의 얼굴은 먼 바다의 추억처럼 물결에 떠내려간 듯 사라지고 없었다. 또다시 혼자가 된 순덕은 힘들게 어미의 태를 벗어난 아이처럼 서럽게 울었다.

파도는 위로를 몰라 그의 심정을 헤아리지 않고 철썩 바위를 부딪치며 울렁이고 있었고, 느긋하게 바닷물이 침범하던 외로운 밤과 죽음의 푸른 해역을 건너 드디어 생명의 땅에 도착한 몸부림이 모두 소용없게 되어버린 것이다. 그녀는 포로가 되어 묶여있던 지난날을 뒤로하고 우연한 기회에 갇혀있던 새가 단 하나만의 기적을 바라보며 살았던 것처럼 단숨에 날아가 버렸다. 더는 갇혀있는 새가 아닌 그녀 스스로가 생명을 부여받은 목적을 달성하기 위해 떠나는 것은 당연했지만, 순덕의 마음속에는 진한 그리움이 마음 한구석에 머물러 있었다.

밤은 깊어가고 주변에 보이는 것이라고는 온통 수풀과 숲이 전부였다. 순덕은 몸을 일으켜 주변을 돌아다녔지만 같이 살아남은 선원 혹은 포로들은 찾아볼 수가 없었다. 해안가를 따라서 바다의 끝은 한없이 멀게 느껴졌고, 공허하게 치는 파도만이 적막한 모래밭 길을 가득 채우고 있었다. 쓸쓸하게 해안가를 따라 걷는 순덕은 처량하게 버려진 자신을 위로하는 노래를 부르기도 했고, 자신에게서 떠나가는 모든 것들의 넋을 기리기 위한 기도를 하면서 길 위로 끝없이 나있는 모래의 자취를 밟으며 어디론가 떠돌았다. 이대로 그는 외딴 곳에 홀로 떨어져 치욕만을 가문에 안겨준 채 죽은 것처럼 살아가는 것도 나쁘지 않으리라 생각했다. 전투에서 패한 장수에게 응당 사형이 내려질 것은 분명한 일이었고, 죽음을 바라지 않는 순덕의 이기심으로는 돌아가고 싶지 않았다.

다음 날 순덕은 종일 먹지 못해 허기진 배를 잡고 숲속을 무작정 돌아다녔지만, 먹을 만한 것이라곤 풀 말고는 아무 것도 찾아볼 수가 없었다. 하늘에서 밧줄이 떨어진 것처럼 커다란 나무들의 울창한 잎사귀들은 숲의 사방을 에워쌌고, 간간히 새소리가 웅덩이에 소리를 퍼트려놓은 듯 들려왔다. 그러던 중 주변에서 수풀 사이를 지나가는 소리가 차근차근 들려왔는데, 잔뜩 긴장한 순덕의 눈에는 식은땀이 새어 나왔고 입 안 가득 침이 고여 간신히 삼켜내었다. 풀벌레의 움직임 소리도 전쟁터의 시끄러운 쇳소리보다 크게 들리는 이곳에서 그는 몸을 숙이고는 막대기를 하나 집어 들어 공격 자세를 취했다. 하지만 온몸은 쇠 갑주를 얹어놓은 것처럼 무거웠다. 회복되지 않은 이 상태로는 누군가를 상내하기에 힘이 부칠 것임은 분명했다. 그는 기회를 노려 최대한 빠르게 쓰러트려 장기전을 피하는 것만이 승산이 있다고 생각했다. 수풀을 스치는 소리와 발걸음이 점차 가까워질수록, 그의 심장은 돌팔매질하듯이 쿵쾅거렸다. 이에 주변의 소리가 멎은 듯이 고요해지자, 주변의 모든 나뭇잎 결이 그를 향해 곤두서있는 것처럼 느껴졌다. 이윽고 마음속으로 수를 세어 미지의 땅에서 처음으로 마주할 그의 공포를 정복하려 들었으나, 수풀을 헤치고 그것이 나타나자 놀란 그는 아무것도 할 수 없었다.

한낮의 뜨거운 태양 아래서 새하얀 피부는 그을려 붉어져 있었다. 입 안에서부터 바깥까지 바짝 말라붙은 입술은 찢어져 피가 흘렀으며, 손목에는 선명한 끈 자국이 나있었다. 간신히 몸을 지탱하는 그녀의 몸을 재빠르게 받아낸 그는 맥박이 뛰는 것을 느끼자 안심했다. 그렇게도 모질게 치던 파도와 역경을 다 딛고서 살아있다는 것만으로도 세상천지에 은밀한 기쁨을 가슴 한가운데에 묻고 순덕은 그녀를 꽉 껴안았다.

하얀 살결은 바위에 부딪혀서 멍들고 찢겼고, 이마에는 열이 있었다. 그는 이 세상에서는 더는 마주치지 못할 것 같은 그녀가 당장 눈앞에 있다는 사실이 신기하면서도, 너무나 평온하게 잠든 그녀를 바라보며 이 낯선 땅으로부터 오는 위험을 막아주는 방패가 되리라는 굳은 결심을 했다.

숲속을 벗어나 해안가로 돌아온 그는 주변 그늘진 곳으로 소녀를 옮기고 난 뒤, 자신의 옷을 찢어서 물을 적시고는 그녀의 뜨거운 이마에 올려놓았다. 밤새도록 잠들지 않는 잔잔한 파도는 공허한 메아리를 불러일으켰고, 끝없는 별빛은 하늘을 가득 채워 잠든 그녀가 좋은 꿈을 꿀 수 있도록 깨우지 않았다. 새벽 내내 버릇없이 굴던 파도가 소녀가 잠든 순간만큼은 깨우지 않으리라 결심한 듯 물러났다. 외딴 곳에 떨어진 순덕은 더는 장수도 포로도 아닌 목적 없이 방황하는 인간이 되어, 묘하면서도 발가벗겨진 몸으로 숲속을 헤매는 것만큼이나 창피하고 무덤덤한 기분을 만끽했다.

아버지를 따라 전쟁에 나선 소년은 진하게 흘러내리는 피를 보며 자랐다. 장수가 되어 고려를 수나라로부터 지키는 것이 그의 사명이자 삶이었지만, 모든 것은 한순간의 실수로 흥망성쇠의 끝자락에 이르러서야 물거품처럼 사라졌다. 그런데 외딴 곳에 떨어져 있는 지금에서야 어째서 삶에 대한 미련이 아직도 남은 것인지 알지 못했다. 한편, 이 땅에 덩그러니 버려진 것은 그에겐 포로로 잡혀있을 때보다 더 큰 혼란이었다. 고뇌에 찬 그는 지금 모래를 맨손으로 쥐고 맨발로 밟은 것보다 꺼림칙했던 적이 없었다. 자신이 일궈놓은 모든 계획들에서 벗어난 지금, 매 순간이 그의 땀방울처럼 천천히 흘러가고 있었다. 그에게 있어서 중요했던 생각과 신념, 그리고 전쟁의 사상 속에서 갇혔던 지난날들에 대한 보상은 정작 무엇인지도 제대로 알 수 없었다. 순덕은 자신이 무엇 때문에 목숨을 바치면서까지 싸워야 했는지 알지 못했다. 자유가 보장되어있는 그 공간은 처음으로 그를 재물과 명예에서 벗어나게 해주었지만, 또한 잔인할 정도로 너무나 거대하고 넓기만 해 보이기도 했다.

온몸이 만신창이가 된 순덕은 본연을 잃고 한없이 혼란을 수습하는 시간 속에서 망설임만을 거듭할 수는 없었다. 그녀의 생명을 자신의 손목에 감아 한차례 죽음에서 건져냈지만, 굶주림과 갈증 그리고 짐승의 공격으로부터 무방비한 상태였기에 먼저 그는 소녀를 보호해야만 했다. 어쩌면 영영 만나지 않았어도 될 운명을 자신이 끈으로 엮어놓았기에, 당장에는 주어진 것이라고는 아무것도 없었지만 무언가를 찾아 나서야 했다.

한편, 지난날 소녀에게 두려움을 심어놓았던 검은 바다는 그녀의 이마 깊숙한 곳에 생채기를 내고는 도망갔다. 바다에 빠져있었다는 것이 무색해질 만큼 그녀의 이마에는 뜨거운 열이 났고, 순덕은 자신의 옷으로 소녀의 열을 잡으려 했지만 깊은 곳에 자리 잡은 화마는 쉽게 가시지 않았다. 그는 이내 옷을 조각내어 다 찢어버리고는 물에 적신 소매를 그녀의 팔다리에 각각 올려놓았다. 몸에 열이 일시적으로 내려갔지만, 안심할 수는 없었다. 그럼에도 아무것도 먹지 못한 그녀를 위해 몸보신할 음식이 필요하다고 생각한 순덕은, 넓고 두려운 바다를 앞에 끼고 처음으로 자신을 위해서가 아닌 사경을 헤매는 작은 생명을 위해서 몸을 부지런히 움직였다. 하지만 안간힘을 다 써봐도 갈증과 더위에 약해질 대로 약해진 그의 육신에서는 힘이 나오지 않았고, 길 없이 우거진 숲속을 뚫고 나가기란 쉽지 않았으며 열매를 찾기도 어려웠다.

그는 만약 신이 그와 소녀를 구하여 다시 살아갈 기회를 준 것이라면 더러운 죄를 범한 자신이 아닌 아무것도 모르는 순수한 소녀가 사는 것이 마땅하다고 생각했다. 죽어가는 어린 생명을 보며 처음으로 그의 속은 새로운 생명이 태동하는 듯 꿈틀거렸고, 자신의 명이 바로 소녀의 호흡과 직결

되어 있다고 느꼈다. 자신의 의지만으로도 소녀가 살아남을 수 있는 약간의 가능성이라도 생긴다면 힘에 부쳐 쓰러진다 할지라도 해내야만 했고, 하물며 죽음이 그녀가 아닌 그에게 천천히 옮겨올지라도 포기할 수 없었다. 육신의 모든 기력을 다하고도 그의 몸에 힘을 실어주는 강력한 힘의 근간은 살려는 의지가 아니라, 살기 위해 스스로에게 건 암시에 있었다. 결국 그는 작살 하나만을 손에 쥐고 호시탐탐 목숨을 노리는 바다로 뛰어들었으나, 물고기를 잡으려는 시도는 모두 허사였다. 대지를 밟고 있지 않은 몸에서 나오는 무기력함에 그가 굴복되어 매번 실패할 때마다 그는 어지럼증을 느꼈고, 타들어가는 햇볕이 만들어내는 우아한 죽음에 깃든 느긋한 악취가 천천히 그의 코를 타고 스며들었다. 생명이 다하기 전까지는 포기할 수 없다고 생각한 순덕은 다시 한번 덤벼들었으나, 계란으로 바위를 치는 것만큼이나 바다 앞에서는 무기력했다.

결국 순덕은 얕은 물일수록 물고기 또한 작고 재빨라 잡을 수 없음을 알고 더 깊은 곳을 향해 나아가야 했다. 그의 두 눈 속 두려움으로 팽창된 동공은 검은 바다 앞에 멈춰있었다. 앞으로 나아갈수록 강한 파도에 휩쓸렸던 어둡고 두려운 지난날이 떠올랐지만, 목까지 차오른 물에 애써 태연함을 보였다. 깊은 물에 들어갈수록 물고기들은 점차 많아졌다. 순덕의 욕망이 물고기의 눈동자와 시선을 마주치며 유유히 흘러갔다. 긴 사투 끝에 물고기를 작살로 꿰어내는 데 성공한 순덕은 해안가로 가기 위해 돌아섰지만. 정작 자신의 등 뒤에 자리 잡은 근엄한 푸른 얼굴이 그의 자만심을 바라보고 있었던 것을 보지 못했고 이내 큰 파도에 휩쓸렸다. 그는 숨 막히는 고통과 함께 밑으로 가라앉아 암초에 부딪혔고 허벅지에는 출혈이 일었다. 힘들게 벗어났지만 기진맥진한 순덕은 작살과 물고기도 놓쳐버렸다. 간신히 모래사장으로 올라온 순덕은 쓰러져 일어나지 않았다. 하지만 거침없는 한 영혼이 사랑에 자신을 내어주는 일은 숭고하면서도 위대한 결과를 낳았다.

소녀의 피

　그에게 있어서 사랑이라는 단어의 유래는 '어두운 수풀을 헤쳐 죽음을 등
지고 나타난 한 소녀가 있었다.'였다. 그녀의 눈가에는 눈물이 주렁주렁 맺
혀있었고, 발그레한 볼은 열의 잔상이 남아있어 붉은 기운이 얼굴 전체를
감싸 돌았다. 항상 하얗게 빛나던 얼굴은 홍조를 띠게 되었고 눈물범벅이
된 소녀는 두 손보다 더 큰 죽은 토끼를 들고 있었다. 소녀가 죽어가는 순
덕을 살리기 위해 눈물 젖은 손으로 토끼의 목을 꺾기까지, 그 놀라운 두
손에는 생명의 탄생과 소멸이 섞여있었다. 마치 섞이지 않는 기름과 물을
억지로 휘저은 것처럼 소녀의 두 눈에는 서로 각기 다른 빛이 얽혀있었다.
한쪽에는 굶주리고 다친 부랑자가 그녀로 인해 살아나는 광경이, 나머지
한쪽에는 그토록 소중해하던 생명을 제 손으로 꺾고야 마는 비참함이 담
겨있었던 것이다. 사랑과 생명 그 적절한 균형을 이룬 모습에 순덕은 아무
말도 꺼낼 수가 없었다.

　그녀의 선택을 막아선 그녀의 고귀한 피는 우연히 알게 된 인연에 역류

하여 바닥에 모두 떨어졌고, 결국 더럽혀지고야 말았다. 이 일로 순덕은 그녀가 아주 험한 길을 걸어야 할 것임을 직감적으로 알 수 있었다. 그가 속한 세상에 발을 디딘 순간부터는 다시 돌아가지 못할 것을 그녀도 잘 알고 있었기에, 그녀는 빛처럼 반짝이는 눈물을 떨구어냈다.

　세상 어디에서도 흔적조차 찾아볼 수 없을 소중한 그녀의 눈물은 하나의 죽음을 슬퍼함이 아니었다. 그녀는 전 인류의 정당한 살인을 멈출 유일한 수단인 무고한 손을 더럽힌 것에 대해 슬퍼했던 것이다. 그 빛바랠 수 없는 눈물은 오래된 벽화처럼 한 남자의 마음에 오랫동안 새겨졌다.

　순덕이 허벅지를 다치고 의식을 잃은 동안, 모르는 이를 구할 식량을 얻기 위해 울창하고 어두운 숲을 향해 달리는 그녀의 마음속에는 서러운 울음이 떨어져나가 잎사귀마다 붙어있었다. 생명을 하찮게 여기고 존중하지 않는 마음으로 손쉽게 살생을 저질렀던 순덕을 위해 그녀는 자신을 고통 속으로 내던져버리고 그를 살렸다. 순덕은 그것이 어떠한 고통을 겪는 것인지 몰랐으나, 아마도 태어나서 가장 큰 절망과 환희를 동시에 느꼈을 것은 분명했다.

　허나, 그녀는 짐승의 목을 꺾었을 때도 자칫하면 깨트릴 수 있는 죽음과 생명의 사이에 오묘한 균형을 이루어냈다.

　죽어가는 청년을 택한 그녀에게 순덕은 한없이 고맙고 미안함을 느꼈다. 누군가의 아비를 죽인 살인자이며 더는 부끄럼을 당하지 않기 위해 부하들을 죽음으로 몰고 갔던 한 남자를 살리기 위해 온갖 나뭇가지와 수풀을 헤치다 그녀의 고운 얼굴이 나뭇가지에 긁히고 찢겼다는 것이 그의 마음을 쥐어짰다. 순덕이 그 어떤 것으로도 바꿀 수 없다고 믿었던 신념이라는 것을 소녀는 그를 위해 보란 듯이 내던졌으며, 이는 마치 고치가 껍질을 벗고 날아간 것처럼 슬퍼할 수만은 없는 일이었다.

그러한 세상을 바꿀 만한 실제적인 힘은 순덕이 접해보지 못한 것이었다. 어쩌면 그러한 자에게 지난날의 패배란 당연한 일이었을지도 몰랐다. 차갑게 식어가는 짐승을 건네받은 순덕은 당장의 굶주림보다도 호흡의 크기만 다를 뿐, 생명의 힘이 있는 것들은 함부로 다룰 수 없는 것임을 깨달았다. 그러한 하나의 의심에서 비롯된 생각은 애써 외면하려던 진실들을 수면 위로 점차 떠오르게 만들었고, 점차 걷잡을 수 없이 그를 바꾸어놓기 시작했다.

한편, 피가 흐르던 순덕의 허벅다리에는 그녀가 지혈을 할 때 쓴 피 묻은 나뭇잎들이 널브러져 있있다. 쓰러진 소녀는 몸을 떨고 있었다. 그것은 죄책감에서 우러나오는 한기(寒氣) 때문이었다. 시간이 흐르고 차츰 소녀가 안정을 되찾자, 그는 숲으로 들어가 땔감을 찾으러 다녔고, 그녀는 근처에 마른 잎들을 모으기 시작했다.

야전 경험이 적지 않은 순덕에게 불을 피우는 일은 어렵지 않았다. 따뜻한 불을 피워 소녀의 몸을 녹여내려니, 이에 걸맞은 보금자리가 필요했다. 그는 쓰러져 있던 나무 기둥을 구해 땅 아래 깊숙이 심고, 큰 잎이 달린 나뭇가지를 통째로 떼다가 틈틈이 막았다. 마지막으로 바닥을 나뭇잎으로 덮어 그럴듯한 거처를 만들었다.

이어서 그는 돌을 바위에 부딪쳐 부수고, 날카로운 조각을 집어서 짐승의 가죽과 살을 분리했다. 살코기를 떼다가 나무 꼬챙이에 꽂아 불에 굽자,

먹음직한 냄새가 좁은 공간에 퍼져나갔다. 그와 소녀는 끼니를 해결하고 나서야 비로소 해안가를 조용히 바라볼 수 있게 되었다. 그는 다른 생존자들은 없는지, 이곳이 섬인지 단지 해안가인지조차 알 수가 없었다. 하지만 당분간은 쉬면서 몸을 회복하는 것이 먼저였고, 따듯한 공간 그리고 한 끼의 식사를 준비하는 것이 세상에서 가장 중요한 일이었다.

식사를 마친 소녀는 졸린 눈으로 불 속을 멍하니 쳐다보고 있었다. 그는 소녀를 최대한 따뜻하게 재우고, 주변을 한 바퀴 돌아보고 나서야 안심이 되어 잠을 청했다.

풀벌레 소리와 파도 소리가 사방을 가득 메운 해안가의 밤은 시끄럽지만 사람 소리가 없어 또한 고요했다. 어두운 새벽은 밝은 별들이 점차 사라져 감에 따라 흐려지고, 별들 또한 자신보다 더 높게 빛나는 존재가 있음에 조용히 물러나 아침을 맞아들였다.

밝아진 해안가에 파도는 덩달아 신나서 바위와 강하게 부딪쳐 경쾌한 소리를 냈고, 따사로운 햇볕은 먼 바다에서부터 다가와 온 해안가를 황금빛으로 물들였다. 물결에 출렁이며 반사되는 빛 방울들이 아름답게 반짝이며 지난날의 악몽을 추억이라는 거짓된 이름으로 부르며 모든 생명을 비추고 있었다.

뒤로 숲속에서 들려오는 새소리는 사람의 마음을 환기시켜주었고, 모래사장을 기어 다니는 조그만 곤충의 자유로운 행동에 그의 마음이 한결 가벼워졌다. 무신이라는 이름에 속해있던 옛날에는 자유라는 것이 너무나도 얻기 힘든 것이며, 평생에 걸쳐 이뤄야 하는 대업(大業)이었기에 이 공간에 사방팔방에 흩뿌려진 자유는 그에게 엄청난 허탈감을 안겨다 주었다. 이곳에서는 자유를 누구든지 원하는 만큼 손쉽게 구할 수 있었으며 그 책임을 묻지 않았고, 자유를 가졌다고 하여 남을 시기하거나 원망할 일도 부러워할 것도 없었다. 그곳의 아침 공기는 이상하리만큼 밝고 환하면서도 향긋했지만, 태어나 처음 느껴보는 자유의 색깔은 너무나 신비로워서 순덕에겐 이상한 악취처럼 여겨졌다.

누군가의 명령에 목숨을 다하여 이곳저곳을 쏘다니던 어린 시절과는 달리, 편력이 짙은 모래 바닥을 거닐며 처음 겪어보는 완전한 자유가 그에겐 어울리지 않아 낯설고 힘들었던 것이다. 그러한 자유는 모순적이게도 그가 가장 절실히 사모했던 것이기도 했다. 그의 인생을 좌지우지 하던 명령, 가문의 명예, 사람들의 시선, 계급 같은 자신이 속해있던 모든 것들이 처참하게 부서지고 흔적도 없이 사라지자(심지어는 그는 배에 갇혀서 인질이 되어 있을 때조차도 안정감을 느꼈는데, 포로에 속했을 때에는 선원들이 그의 삶에서 방향키이자 돛대였던 것이다.) 그는 적잖이 당황했고, 한동안 아무런 생각이 안 들 정도로 불안했다. 그간 살아남기 위해 배웠던 모든 것들과 멀어져, 근본적으로 자신의 역할을 다할 수 없는 공간에서 남아있는 것이라곤 젊은 날의 혈기뿐이었다. 남의 생명을 빼앗는 것에 평생을 바쳐 너무나 익숙해져버린 몸으로 밝은 아침을 소녀와 맞이한다는 것은 큰 부담이었다. 하지만 고국으로 돌아가기에는 너무 험하고 먼 길을 와버린 지금에서야, 과거 살인자에 불과했던 자신의 모습을 소녀를 통해 절실히 깨달았다. 순덕은 어쩌면 아무도 자신을 모르는 이 새로운 세상이 '운명적인 기회'이자, 과거를 지우고 '새로운 인간으로 살아갈 자격'일지도 모른다는 생각을 했다. 아침과 점심 그리고 저녁 매끼마다 사냥을 나가 일용할 양식을 구하는 과정은 그의 머릿속을 차분하게 정리해주면서도, 과거에 대한 기억을 마비시켜 떠오르지 않게 해주었다.

아침에는 바다에 나가 물고기를 잡고, 점심과 저녁에 먹을 식량을 비축하는 바쁜 와중에 순덕은 주변을 돌아다니며 지형을 살피곤 했다. 비록 첫 전투 지휘가 마지막이 되어버린 비참한 장수였지만, 나름대로 고려의 장수들을 따라 전장에 나가서 배우고 살아남는 법을 체득한 순덕은 활력을 갖고 정찰에 임했다. 낮에는 사냥을 나가서 불을 지펴서 소녀와 배불리 먹을 수 있다는 감사와 기쁨이 잔잔한 맑은 하늘에 떠올랐고, 밤이 깊어 새벽의 치맛바람에 공기가 차가워지면 따뜻한 모닥불을 피워 하염없이 활활 타오르는 불을 바라보며 생각에 잠겼다. 그는 지난날의 전투에서 이런 머나먼 곳까지 끌려온 것이 신기하면서도 한편으로는 쓸쓸했다.

순덕은 불꽃 속에서 지난날을 떠올렸다. 여전히 믿을 수 없는 일이었다. 신라군의 상황을 수시로 정찰병이 보고하는 상황에서 새벽 내내 적들은 별다른 움직임이 없었다. 하지만 그들은 마치 유령 군대처럼 모습도 드러내지 않고 야밤에 등불 꺼트리는 소리 하나 없이 안개를 방패 삼아 기습을 감행했었다. 또 전투의 패배는 아무리 생각해도 이해되지 않는 부분이 많았던 탓에, 귀신의 술수임에 분명하다고 자위(自慰)하는 마음에는 손도 쓸 수 없을 정도로 질 싸움이 아니었다는 확신이 들었다. 타오르는 불티를 보며 그의 생각은 자신의 꼬리를 물고 빙빙 도는 개처럼 끝이 없었고, 결국 땔감이 모두 타버린 후에야 수그러들었다. 안개가 깔린 것처럼 막막한 과거의 기억은 고동 소리에 파도가 갇힌 것처럼 철썩거렸고, 어두운 새벽녘을 밝혀주는 은은한 달빛은 지난날의 병사들의 흔들리는 눈동자처럼 그의 불안한 심금을 울렸다.

불씨에 담겨있는 지난날은 병사들의 비명과 함께 피로 뒤범벅된 혼란만이 존재했다. 그때였다. 북과 나팔은 찢기고 부서져 쓸모없게 되었지만 어째서인지 적들은 그곳까지 이르지 않았던 것이 순덕에게 떠올랐던 것이다. 북에 도달하지 않은 그들이 귀신의 힘을 빌리지 않고서는 불가능한 일을 해냈다는 것은 내부의 첩자가 미리 손을 써놓았다는 방증이기도 했던 것이다. 그렇다면 정찰병들이 어찌된 영문으로 신라군의 움직임을 몰랐는지에 생각이 이르자, 그의 머릿속이 더 복잡해졌다. 소수의 병력이 아니라, 어느 정도의 규모를 갖춘 군대라면 분명히 행적이란 것을 남겨야 했다. 그러한 신라군이 촘촘히 숨어있는 정찰병들에게 들키지 않고 빠져나간다는 것은 불가능에 가까웠다. 그러한 삼엄한 경계 속에서 밤중에 불 없이 대열과 병력이 분산되지 않으며 소리를 내지 않고 안개처럼 다가오는 방법은 단 한 가지뿐이었다.

유난히 척후병들을 자신의 입맛대로 구성해, 보고한 결과를 토대로 전략을 재구성하겠다던 그자의 말에 순덕의 눈길이 닿았다. 결국엔 새벽안개를 방패 삼은 적군이 아군을 불바다로 만듦으로써 지난 상황들이 철저한 계획에서 이루어졌다는 사실을 순덕은 알게 되었다. 척후병들의 무소식, 부서진 북과 나팔, 그리고 탄로 난 아군의 진영까지 이 모든 것을 계획하여 이득을 취할 수 있는 사람은 바로 진사가였다. 그가 제안했기에 무심코 받아들였던 계획들은 잃어버린 짚신이 제 짝을 만난 것처럼 교묘한 간계 속으로 순덕을 몰아넣었고, 덕분에 완전히 무너트릴 수 있던 것이었다. 그는 과거에 그랬듯이, 또다시 진사가에게 뒤통수를 얻어맞고야 말았다. 진사가는 순수한 마음으로 그를 돕고자 했던 순덕의 모든 것을 앗아감으로써 은

혜를 갚았던 것이다. 그러나 이 낯선 땅에서는 부아가 치밀어 오르고 주체할 수 없는 떨림이 찾아와도 아무런 보복도 할 수 없다는 것이 순덕을 더욱 미치게 만들었다.

불현듯, 자신의 자존심을 위해 싸움을 택한 추위에 떨던 그 하얀 죽음들이, 그 뜨겁고 기친 숨을 내쉬었던 병사들의 죽음이 순덕의 심정으로 대번에 내리꽂혔다. 그러한 그는 자신의 부하들이 너무나도 안쓰러워 소리 없이 울면서 몸을 제대로 가누질 못하여 모래사장에 조용히 몸을 뉘었다.

그들은 사랑하는 이와 무언가를 꿈꾸고 때론 원하며 갈구하던, 하나의 호흡에 맺혔던 순덕의 인연들이었다. 누군가의 상처를 보듬어주고 때론 상처를 주고 후회를 하던 그들은 순덕의 가족보다 더 친밀한 병사들이었다. 비록 그들의 이름조차 모르는 무능력한 장군일지라도, 그들의 진실한 표정에서 나오는 진짜 이름만은 알고 있는 순덕이었다. 그러한 그들이 순덕을 믿고 고향을 떠나 머나먼 차가운 땅에서 마지막 숨을 거둘 때조차, 누구에게도 따스한 말 한마디 건네받지 못했다. 진사가의 배신은 순덕을 지나쳐 수백, 수천 명에게 돌아갔고 결국 그들은 모두 같은 자세와 모습으로 신라의 땅에서 마지막을 맞이해야 했다.

습격당한 그날 밤, 전멸에 가까운 선발대의 막사는 잔악하게 흩뿌려진 피가 모여 시냇가를 이뤘고, 하늘에 떠다니는 수많은 신령한 까마귀들은 무리를 지어 시체를 쪼아 먹었으며, 전쟁을 주도했던 악령들은 신나서 잔치를 즐겼다. 그 까마귀들은 사람들이 피비린내를 갈구하게 만들기를 고민하던 수많은 시간과 창작의 고통 속에서 해방되었지만, 사람 고기에 결코 만족할 줄을 몰랐다. 한 사람의 욕망으로부터 시작된 배신의 냄새는 비릿하면서도 자극적이고 흥미로웠지만, 아무도 알아차리지 못했다. 아마도 어떠한 복수심과 더불어 출세와 재물, 그리고 자기만족까지 그가 가질 수 없는 것들을 갈구하고 탐욕을 부리던 시기에, 순덕이라는 '완벽한 기회'가 찾아온 것임이 분명했다. 하지만 우연히 패배했다고 믿었던 전쟁에서 그 암흑 속에 감추어져 있던 진짜 이유가 드러나도 때는 이미 늦었다.

소녀는 잠들어 있었고, 순덕은 아무도 없는 쓸쓸한 밤에 남아 자신을 분노로 가득 채웠다. 순덕은 그 분노가 모두 식을 때까지 잠들지 못했다. 정신은 무섭도록 냉철한 이성으로 무장했어도 온몸에서 뿜어져 나오는 복수, 즉 피에 대한 갈망이 불길처럼 전신에 퍼져나갔다. 자신을 삼키고도 남을 혈기는 두 눈을 흐리게 만들어 주변을 살피지 못하게 만들었고, 오로지 보이는 것은 진사가의 멸망에 대한 갈증뿐이었다.

순덕의 머릿속에 온통 그의 가증스러운 모습들이 수없이 떠올랐다. 잠결의 뒤척임에서부터 하나하나 사소한 표정에 이르기까지 순덕의 온 감각은 그에 대한 증오와 원망의 잔재였다. 그는 몸과 마음이 복수에 사로잡혀서 아침 사냥을 나서기 힘들었고, 밤에는 잠을 이루지 못해 뜬눈으로 지새우기 일쑤였다. 증오심을 넘어서 진사가가 왜 자신을 몰락시켜야만 했는지 묻고 싶은 마음은 어느새 그도 모르게 눈물이 되어 떨어졌다. 한동안 순덕은 해가 뜨고 지는 꽃노을과 바다를 홀로 바라보며 응어리진 마음을 애써 억눌렀다.

순덕은 숨 쉬는 것조차 잊을 정도로 온 정성과 간절함을 담아 신에게 진사가의 처절한 죽음을 달라고 기도했다. 눈을 감으면 코앞에 서있는 진사가의 목을 증오의 찬 두 손으로 수없이 죄었지만, 눈을 뜨면 너무나 잔인하고 잔혹한 바다만이 펼쳐져 있었다. 그는 진사가에게 감히 손조차 댈 수 없는 현실을 원망했다. 바다의 깊이만큼 깊고 출렁이는 물결보다 흔들리는 순녁의 억울함은 눈으로 들어간 바닷물처럼 고통스럽고 쓰라려서 결국 눈의 핏줄이 터져 눈이 검붉게 물들어 버렸다. 그는 감당할 수 없는 배신 속에 갇혀 무력하게 남아있는 막연한 현실이 두렵고 낯설었다. 결국 그는 주어진 현실을 감당할 수 없기에 애써 부정하려고 했다.

당장이라도 배를 만들어 그의 심장에 창을 꽂아놓고 싶은 마음이 온통 붉은 단풍이 가득 찬 것처럼 초라한 빈 공간에 매섭게 휘몰아쳤으나, 강렬한 바람이 볼수록 가녀린 소녀는 또렷하게 보였다.

더는 도망칠 길 없는 막다른 곳에 남겨진 순덕의 어깨에는 소녀를 모든 위험으로부터 지키겠다는 약속이 있었기에, 당분간 그 일을 잊어버리는 것이 자신이 당장에 살아남을 수 있는 최선의 선택이라 여겼다. 또한, 선박 안에 갇혀있던 죄수들의 모든 소망이자 순수의 상징이었던 그녀가 순덕을 살리기 위해서 생명을 빼앗은 그 연민 가득한 아픔을 알고 있는 순덕은 섣불리 둘만의 보금자리를 떠날 수가 없었다.

아물지 않은 상처를 짊어진 순덕은 당분간 무기력한 앞날에 아파하는 대신, 소녀와 함께하는 시간들에 힘을 쓰고 사소한 걱정을 하는 삶을 이어나가기로 다짐했다. 무엇보다 아직은 때가 오지 않았다는 느낌이 강렬하게 조여 온 것이다. 그는 내일 먹을 호화스런 음식들보다, 오늘 먹을 물고기 한 마리가 더 중요했다.

그러자 사냥을 나서는 그의 발걸음이 굳세고 당차졌다. 순덕은 복수의 칼날이 더욱 예리하고 날카롭게 변하기를 기다렸고, 소녀가 모르게 은밀히 바닷물의 흐름을 관찰하는 것을 그만두기로 했다.

그녀의 이름을 물어본 순덕에게 돌아오는 것은 고개를 숙이고 눈물짓는 소녀의 서글픈 메아리였다. 연화(年華), 자신의 행적을 잃은 그녀의 험난한 앞날에는 이름 두 글자가 자리를 대신하고 있었다. 어디에도 의지할 곳 없고 모든 것이 낯설기만 할 때, 그녀의 옆에 있던 것은 순덕이었다. 아무것도 모르는 그녀에게 낯선 땅의 냄새와 쉼 없이 파도치는 바다, 그리고 떠나가고 싶은 사내보다 더 무서운 것은 이 땅에 있을 리 없었다.

연화는 눈물이 많았다. 때때로 밤의 공포와 함께 등 뒤로 너무나 깊고 울창한 검은 숲속에서 들려오는 낯선 짐승의 울음소리는 그녀에게 오싹함을 안겨다 주었고, 오롯이 그녀는 순덕을 의지하며 버티고 있었다. 하지만 복수심에 눈먼 사내에게 그녀를 지킬 책임이란 언제든지 깨버리고 지키지 않아도 되는 약속 같은 것이었으며 흔들리는 촛불과도 같았다.

한편, 순덕은 자신이 갖지 못한 것들을 연화에게 해주고 싶은 마음이었다. 그녀와 지내는 동안, 너무나도 그립고 익숙한 한 과거의 추억처럼 따뜻한 가족의 온기가 그의 마음속에 전해지다가도 다시 바다 저 먼 곳으로 사라지곤 했다.

낯선 땅에서 밤이 되면, 온갖 살아 숨 쉬는 것들의 소리가 숲속에서 들려왔다. 어둠이 담긴 음성들은 소녀에게 공포감을 안겨주었지만, 순덕은 오히려 오랫동안 자신을 괴롭혀온 전장의 피비린내 나는 고함과 칼날이 서로

부딪치는 쇳소리, 고통에 몸부림치는 병사들의 신음, 눈으로 직접 느껴지는 비명 같은 더는 기억하고 싶지 않은 소리를 듣지 않음에 마음이 편안했다. 순덕이 가진 책임감의 크기를 확인하고 싶어 하는 가녀린 소녀는 밤의 공포를 잊으려 그에게 밤하늘의 별자리에 대해 물어보곤 했다. 두 손에 고운 모래를 쌓아두며 아이들과 상난지는 것보다 손에 피를 묻히는 것에 익숙해지면서 어른이 된 순덕은 그런 그녀에게 별들의 위치를 알려주는 것이 부끄러우면서도 마음이 설렜다. 간혹 연화는 순덕이 알지 못하는 당혹스러운 것들을 물어왔는데, 예를 들어 '파도는 어디서부터 시작되어 밀려들어오는 것인지'에 대한 대답은 자신도 알 수 없었지만 차마 그녀에게 모른다고 할 수 없었다. 그는 있는 힘껏 알려주었고, 그러한 대답들이 하나둘씩 그녀에게 신뢰로 쌓여 시시각각으로 찾아드는 두려움을 막아주었다.

둘이 잠든 사이, 바다는 밤새도록 헤엄치고 웃으며 떠들었고, 어둠은 조금씩 뒷걸음쳤다. 밝아오는 아침에 그가 그녀와 함께 바다에 나가 물고기를 사냥하고 잡는 법을 알려주었다.(작살로 물고기를 꿰뚫을 때면 그녀의 표정은 사뭇 진지해졌다. 그녀는 마지막 입을 뻐끔거리는 물고기의 머리를 쓰다듬으며 알 수 없는 말로 속삭였고, 그 말을 들은 물고기들은 편안한 듯 하나같이 천천히 입을 움직이다가 조용히 움직임을 멈췄다.) 그 둘이 사냥을 마치고 육지로 돌아오면 순덕은 연화에게 불을 피우는 법과 작살을 던지는 법을 가르쳐주었다. 작은 손등을 가진 소녀는 순덕이 물가에 나가 사냥을 하는 모습을 지켜보다가 실제로 작살을 던져보기도 했지만, 소녀의 힘으로는 역부족이었다. 연습을 해도 마음처럼 힘 있게 나가지 않자, 심란한 표정으로 있던 그녀는 금세 다른 곳으로 가서 조개나 게를 잡아 나뭇잎과 나무를 엮어 만든 통에 넣어오곤 했다. 아침거리를 찾고 불을 피워 식사를 한 뒤에, 그는 주변을 살피러 높은 산봉우리를 찾아 올라서 주변 지형을 정찰하기도 했다. 그는 나무를 잘라 얇게 편 후에 돌멩이를 날카롭게 갈아서 이곳의 지도를 그려나갔는데, 처음에 낮은 봉우리에 올라간 순덕은 끝없이 펼쳐진 울창한 숲속을 바라보면서 섬이 아닐 것이라는 생각을 가졌다. 하지만 더 높은 봉우리를 찾아 올라가자, 주위에는 온통 바다가 눈부신 자태로 끝없는 수평선을 그렸고, 결국 이곳이 섬이라는 사실을 알게 되었다.

그럼에도 불구하고 순덕은 섬 주변을 둘러보는 것을 멈추지 않았다. 수풀을 헤치며 작살을 쥐고 활보하는 것이 잃어버린 전투적인 감각을 다시금 느끼게 하는 유일한 낙이었던 것이다. 하지만 소녀를 계속 혼자 둘 수는 없기에 일정한 시간, 즉 해가 지기 전에는 움막으로 돌아가야 했다. 그렇게 바쁜 아침을 보내고 해질녘이 가까워지자, 그는 땔감을 주워오면서 그녀가 있는 곳으로 향했다. 저녁 식사를 마친 후에 해안가에 나간 순덕은 연화와 조개껍데기를 모아 그녀의 귀걸이와 팔찌 등 온갖 치장거리를 만들며 시간을 보냈다. 그렇게 너무나 평화롭고 단정하게 차려입은 일상의 모습을 같이 경험하면서 남자와 여자는 이 주어진 땅에 적응해나갔다. 하지만 하늘의 뜻은 항상 사람이 인지하지 못할 시각과 뜻하지도 않은 시간에 불쑥 찾아와서 엄청난 흉터를 남기곤 조용히 사라지는 법이었다.

그날도 순덕은 어김없이 완성되지 않은 지도를 가지고 그려지지 않은 수많은 곳을 찾아가서 산을 타고 바위를 올라 봉우리에 들어섰다. 그리 높지 않은 봉우리였지만, 시야가 탁 트이고 자신이 머무르는 공간이 보여 상쾌했다. 맑은 공기와 파도 소리에 심취해있던 그는 한참 동안이나 멍하니 바위에 앉아 수평선을 바라보며 예전 과거의 살육이 모두 허사임을 깨닫고는 마치 자신이 성인(聖人)이라도 된 것처럼 우쭐한 느낌을 받으며 미소 지었다. 그러다가 문득 온통 녹지와 푸른 바다밖에 보이지 않았던 해안가에 아주 미세한 점들이 꿈틀대고 있는 것이 보였다. 자세히 보니 분명 사람의 형체였다. 아주 멀리 떨어져 있어서 확신할 수는 없었지만, 그는 그 작은 인기척에 가슴이 두근거렸다. 순덕은 이내 점들이 움직이는 방향을 확인하고는 재빠르게 봉우리에서 내려가기 시작했다. 한참을 내려가는 도중에 모든 것이 일순간에 멈추어 호흡하기 힘들었고, 풀잎에 맺힌 이슬은 공중에서 머물러 느리게 떨어졌다.

날카로운 나뭇가지에 긁힌 그의 두 뺨에 얼핏 떨고 있는 그녀의 모습이 스쳐 지나갔다. 그제야 순덕은 사람인지 모를 그 형체들이 둘만의 보금자리를 지나쳐갔음을 깨달았다. 혹시라도 그녀를 발견하여 해코지를 할까 불안한 마음에 순덕은 더욱 내달렸지만, 두려움은 금세 그를 따라왔다. 이미 해가 뉘엿뉘엿 저 멀리 도망가는 만큼, 소녀도 따라 멀어지는 것처럼 느껴졌다. 그날따라 평소보다 더 욕심을 내서 멀리 나온 탓에, 달려도 끝이 보이지 않았다. 둘만의 보금자리는 눈에 잘 뜨이는 곳에 자리 잡아 혹시 바다에서 배를 볼 수 있으리라는 희망만을 가진 채 지었던 자리였다. 혹시 이 섬에 있을지도 모를 존재들을 경계하지 않았던 것은 큰 실수였다.

과거의 진사가를 믿었던 자신의 실수가 다시금 이곳에서 재현되는 악몽 같은 짧은 시간들이 흘렀다. 그는 순식간에 둘만의 보금자리로 돌아왔다. 모든 것이 정상이었다. 모아두었던 땔감과 숨겨둔 식량 그리고 소지품까지 정말로 완벽하게 보존되어 있었지만, 둘의 보금자리는 소녀의 부재로 인해 산산조각 나버렸다. 그곳의 심장이었던 그녀가 사라지자, 단칼에 허리가 잘려나간 것처럼 제 기능을 하지 못하는 집은 더는 존재하는 이유가 없이 삭막했다. 마치 애벌레가 자기의 몸을 탈피하고 난 뒤에 남은 껍데기처럼 쓸모없어진 집은 외관상 멀쩡했지만 이미 그 자체로 안에서 붕괴되어버렸고, 집 주변에는 허무함만이 맴돌고 있었다. 그는 이 모든 것을 다 빼앗겨도 소녀 한 명만 있다면 하나도 잃어버린 것이 없을 터였지만, 지금은 모든 것을 소유하고도 전부 쓸모없는 물건들뿐이었다.

소녀가 사라진 후에, 곧바로 순덕은 황급하게 작살을 챙기고 주변에 찍힌 발자국을 따라 달려 나갔다. 그 길을 절뚝거리며 달려가는 순덕의 마음에는 억장이 무너져 내리고 있었다. 제 아무리 자신이 못났다 한들, 이렇게까지 매번 무너지고 패배하며 잃어버리는 것을 타고난 재능처럼 구사하는 인간은 세상에 자신 하나뿐이 아닐까라는 생각이 든 것이다. 그 생각에서 고려에 가장 쓸모없고 무능력한 장수가 바로 자신임을 깨닫는 것까지는 그리 오래 걸리지 않았다. 그리고 이곳에 버림받은 것이 진사가의 배신 때문만이 아니라, 자신의 능력이 이끈 필연이었음을 확신하게 되는 순간이었다. 그는 원망과 한심함이 뒤섞여 혼란스러운 감정으로 뜀박질을 했지만, 소녀를 찾지 못하리라는 부정적인 생각들이 모래사장에 부패한 물고기처럼 제멋대로 나뒹굴고 있었다. 주체 없이 흐르는 눈물을 닦아낼 시간도 아까웠다. 지켜주겠다고 했지만 말뿐이었던 그의 지나온 행동들에 벌을 내리는 것처럼 해안가에는 강한 모래바람이 일어나 그에게 닥쳐왔지만, 아직은 그녀를 되찾을 수 있다는 희망이 있었다. 그 어떤 짐승보다 빠른 질주만이 과거에 지나간 후회스러운 시간들을 조금이나마 되돌릴 수 있었기에 순덕은 거침없이 내달렸다. 만회할 기회가 있다면 거침없이 달려가는 이 순간이며, 해가 지기 전까지였다. 그는 바람이 멈추어 풀잎들이 잠잠해지면 더는 소녀를 보지 못할 것 같았다. 모래에 찍힌 발자국을 따라 달려가면서 간절히 그녀와의 마지막 소통인 흔적들이 사라지지 않기를 바랐다. 그러나 알 수 없는 무리의 족적은 해안가의 모래밭을 가로지르다 이내 수풀 속으로 들어갔고, 숲속에 이르자 점차 흔적을 찾기가 어려워졌다. 평소에도 정찰을 잘 가지 않은 지역이었던 탓에, 모든 길이 그에게는 초행길이었다. 순덕은 풀잎들이 밟힌 흔적과 나뭇가지가 떨어진 곳을 미루어보고는 방향을 이리저리 바꿔가면서 열심히 찾아다녔지만, 시간은 흐르는 땀과 함께 야속하게 뚝뚝 흘러버렸다. 결국 그가 찾은 것은 그녀를 더는 찾지 못할 것이라는 수풀 사이에 감겨있는 좌절감뿐이었다. 해는 평소보다 빠르게 점차 기울어가고, 빛이 줄어들면서 숲속에는 금방 어둠이 드리웠다.

그의 자신감은 풀잎 사이로 비추는 빛처럼 희미해졌고 그의 눈에서 새어 나오는 눈물에는 이유조차 없었다. 다만, 그 눈물이 누구도 지킬 수 없는 자신의 무능력함에 벌을 내리는 칼이 되어 심장부에 꽂히는 것처럼 날카로운 고통만이 있을 뿐이었다. 이윽고 시간이 더 흐르자, 해가 빛을 완전히 잃어 시들해졌고 숲속이 온통 어둠에 휩싸였다. 그는 더는 흔적을 찾지 못한 채, 쓸쓸히 움막집으로 되돌아가야 했다.

순덕에게 먹을 것을 잔뜩 구해왔다고 좋아했던 소녀의 모습은 해무가 흩어지는 것처럼 희미해져 볼 수 없었고, 그가 충분하게 마련한 땔감도 나무 조각에 불과했다. 그는 영원히 타오를 것 같던 지난날의 불길이 자신의 품속에서 잠든 소녀에게 온기를 주어 차가운 새벽을 견디어 아침을 맞이했던 기억이 꿈결처럼 느껴졌다. 아무 표정 없이 자신의 두 무릎을 감싸고 앉아있는 순덕의 뒤쪽에는 나뭇가지에 걸려 말린 생선살이 있었다. 그녀의 손길이 닿은 양식은 이제 아무도 먹을 수 없는 식량이 되었고, 결국 썩게 될 것이었다.

집은 제 구실을 해내지 못하여 추위로 뒤덮였다. 땔감에 불을 지펴 집 주변을 환하게 비추어도 숨 막힐 듯 차가운 공기를 몰아낼 수는 없었으며, 그는 새벽 내내 추위와 싸워야 했다. 춥고 어두운 불씨는 그녀가 살아 숨 쉬던 이 집의 예전 온도보다 낮았다. 그녀가 햇빛에 반짝이는 바닷물처럼 환한 웃음으로 자신을 맞이했던 기억들이 그렇게 따뜻해 보일 수가 없었다. 그녀가 사라진 후에서야 그는 살아가는 것이 정말 힘겨운 것임을 여실히 느꼈다. 하루가 저물고 그다음 날의 광명을 받기까지의 세상이 갖지 못한 고독한 시간들 속에서 그는 다시 한번 버려졌고, 긴 영겁의 시간 속에서 이제는 고통과 절망감까지도 모두 불타올라 하얗게 되어버린 지난날들을 아련하게 되새김질하고 있었다.

처음 진사가에게 배신당한 것을 알게 된 날, 그는 아무것도 할 수 없음에 소녀가 잠들자 새벽에 홀로 바다를 서성였다. 그러고는 시퍼렇게 날이 서 있는 수평선 위로 펼쳐진 별빛 가득한 기운을 받은 몸을 절벽 위에 세웠다. 하지만 바닷물에 몸을 내던지기 전, 그에게는 걸리는 것이 한 가지 있었다. 자신이 지켜야 할 그 무언가의 감촉이 손가락 마디마디에 실타래처럼 흐르고 있었던 것이다. 그는 새벽 내내 벼랑 끝에서 흔들리며 서있었다. 날이 밝아오자 순덕은 연화의 잠든 모습을 보기 위해 다시금 움막집으로 돌아갔다.

따뜻하게 순덕을 바라보던 그녀의 눈망울이 곁에 있는 것처럼 느껴졌지만 잠시 스쳐간 불씨의 잔상일 뿐이었다. 그날 밤에는 하늘에서 빗방울이 셀 수 없이 내리기 시작했다. 저 멀리서부터 구름 가득 낀 날씨는 지난날의 폭풍우를 연상케 했고, 회색 불기둥 안에 잘도 숨어버린 천둥소리가 요란히게 울려 피졌다. 힌침을 요동치다 깊은 빔이 되니 폭풍우와 비는 물러갔다. 움막 안에는 수천 년 동안 기다린 석고상처럼 굳어있던 몸을 일으켜 세운 존재가 있었고, 밤새 뒤척이며 잠들지 못한 혈기가 온통 눈과 손발에 몰려서 금방이라도 뛰쳐나가지 않으면 망가져버릴 어둠에 썩힌 몸짓이 있었다. 해안가를 타고 아침 공기가 서서히 밀려오자 그는 작살을 손에 쥐고 오랜 기다림을 끝냈다.

눈을 치켜뜬 순덕은 최대한 가볍게 짐을 꾸리고 다시는 이곳에 오지 않을 사람처럼 껍데기만 남은 이 집을 재빠르게 벗어났다. 내리는 비에 흔적은 희미해졌지만, 그는 기억을 더듬어 숲속으로 들어갔다. 어제 헤맸던 시간과 달리, 해가 뜨자 온 이슬이 맺힌 숲속의 햇빛은 더욱 환하여 흔적이 끊긴 곳까지 금방 도달했고, 수풀 한쪽에 반짝이는 무언가를 발견했다. 그녀가 사라졌다는 사실에만 광분했던 눈먼 어제와는 다르게 순덕은 그녀의 조개 목걸이를 쉽게 찾아냈다.

지혜로운 연화는 어쩌면 자신으로 인해 망가질 순덕의 모습을 떠올리며, 끝까지 포기하지 말라는 희망을 살포시 내려놓고 당찬 걸음으로 사라진 것일지도 몰랐다. 그는 무거운 사명감이 깃든 목걸이를 오른손에 쥐고서는 다른 흔적을 찾기 위해 힘차게 달렸다.

악몽과 시련은 하루를 걸러 거듭 순덕을 찾아왔다. 그럴수록 그는 끈질기게 다시 일어서는 법을 배워야 했다. 앞이 보이지 않는 캄캄한 절망 속에서 내리 손을 휘저으며 갈피를 잡지 못했지만, 그는 항상 눈을 뜨고 있었다. 결국 아주 조금 새어나오는 빛에 더욱 간절한 마음으로 그녀를 찾을 수 있는 자도 바로 순덕이었다. 기회가 다시 주어지자 몸의 움직임도 한결 가벼워졌다. 가려진 흔적들은 그에게 발견되기를 바라면서 어딘가에서 고요히 숨 쉬고 있었고, 햇빛의 정기를 받은 그녀의 물건이 하나둘씩 양기를 발산하면서 그의 눈에 띄기 시작했다. 포기했다면 자칫 다른 누군가의 표적이 될 소중한 그녀의 물건들은 행여나 다른 이들의 눈에 띌까 노심초사했고, 순덕의 눈에 띄려 안간힘을 다했다. 이에 다급한 상황에서는 어느 것도 식별할 수 없던 그녀의 마음을 침착한 그의 심장이 발견했고, 그녀의 물건을 찾을수록 혈류(血流)는 거세게 몸 전체로 퍼져나가 북소리를 울렸다. 그녀가 두고 간 희망의 선물들은 제각기 흩어졌어도 본체는 하나였기에 서로 연결되었으며, 그곳에는 순덕의 마음도 이어져 있었다. 차례대로 목걸이와 팔찌, 그리고 바닥에 떨어트린 귀걸이를 마지막으로 순덕이 그녀에게 닿을 수 있는 거리는 끝이 났다.

한편, 정기적으로 섬 순찰을 돌던 토인(土人)은 자신의 땅에서 거주하고 있는 소녀를 보고 적잖이 놀랐으며 단숨에 그녀를 낚아챘다. 하지만 그녀가 있던 움막집에는 온갖 사냥 도구와 그물, 그리고 바람에 날아가지 않게 고정시켜놓은 무거운 돌덩어리들과 같이 사내의 냄새가 짙게 밴 물건들이 즐비했다. 이에 그녀가 움막에 혼자 있지 않았다는 것을 알아챈 그들은 추격을 우려하여 자신들의 발자국을 지워나갔다.

순덕이 한 걸음씩 그들에게 다가설수록, 그의 눈빛에는 냉철한 기운이 담겨졌다. 봉우리에서 본 그들이 소수 병력이라는 점과 해안가를 따라 움직였다는 것을 보고 순덕은 적을 파악하기 시작했다. 그 어떤 병력도 자신의 영토가 아닌 이상, 적의 시야에 쉽게 들어오는 해안가는 섣불리 갈 수 있는 길이 아니었다. 그 말인즉슨, 이 땅은 그들의 영토임을 자연스럽게 내비치는 꼴이었다. 결국 그들의 땅에서 잡혀간 소녀를 되찾는 일은 쉽지 않을 것이었다. 하지만 순덕을 기다리며 자신의 모든 보석들을 내려놓은 그녀를 되찾기 위해 그는 이를 꽉 깨물고 결단을 내려야 했다.

연화가 남긴 소지품을 다 찾고 난 후에, 계속 걸어갔던 순덕은 희미하게 들려오던 사람들의 소리에 점차 가까워져갔다. 수많은 발길이 오간 길가를 발견한 순덕은 들키지 않으려 수풀을 통해서 옆길로 돌아갔다. 가까이 갈수록 사람들 소리는 점차 커졌고, 앞을 가리고 있던 나뭇잎을 치우자 나무로 지어진 오두막이 여러 채 보였다. 그는 이곳 어딘가에 그녀가 있을 것이라는 확신을 가졌다.

이 마을의 주민들은 여유로우면서도 분주하게 통을 실어 날랐다. 그들은 나무를 잘라 토막 사이에 던져놓거나 죽은 짐승들을 어깨에 둘러메고 움막으로 들어가곤 했는데, 그곳 사람들은 나뭇잎을 엮어 간신히 가린 반라의 상태로 거리낌 없이 마을을 쏘다니며 어른이나 아이나 할 것 없이 들뜬 분위기였다. 마을을 끼고 수풀 속으로 돌아간 순덕은 마을의 전반적인 모습을 지켜보았고 가장 눈에 띄었던 것은 나무로 만든 거대한 틀 안에 갇힌 남자들과 여자 아이들이었다. 당장이라도 뛰어들고 싶은 욕망이 그를 재촉했지만, 섣불리 나섰다간 자신도 또다시 포로 신세를 면하기는 어려울 정도로 주민들의 수는 많았다. 그는 갇힌 사람들 중 소녀도 같이 있으리라는 확신을 가지고 침착하게 마을 사람들의 행동을 지켜보기로 했다. 시간이 흐르자 그는 여러 가지 사실을 발견할 수 있었는데, 일단 포로로 잡힌 그들은 보통과는 다르게 극심한 배고픔에 몸이 삐삐 마른 모습이 아니었다. 주민들은 적당한 시간에 일정하게 음식을 그들에게 제공했고, 포로들은 허겁지겁 음식을 먹었다.

그녀의 흔적을 따라 이곳까지 따라온 순덕의 간절함은 적이 몇 명이 되었건 반드시 그녀를 낯선 두려움으로부터 구해내기를 바라고 있었다. 이름조차 소리 내어 말하기를 두려워하던 불쌍한 소녀를 뺏어간 그들에게서 순덕은 자신의 손으로 그녀를 반드시 되찾고 말겠다는 다짐 하나만을 되새기며 수풀 속에서 사람들을 면밀히 지켜보았다.

감옥 안에는 배에 선원으로 있던 남자도 여럿 보였는데, 그중에는 제정신이 아닌 것처럼 두리번거리며 큰 소리를 지르기도 하고, 나무로 된 창살을 발로 차기도 하는 사람도 있었다. 배에서 살아남은 이가 더 있다는 사실에 순덕은 내심 반가운 마음이 들었다. 수풀 속에 몸을 가린 채 움직여 감옥에 가까워지자, 구석에 쭈그려 앉아있는 연화의 모습이 보였다. 입을 꼭 닫은 채 무언 속에 눈물 가득한 표정은 그에 대한 믿음을 표현하는 유일한 수단이었고, 순덕이 반드시 자신의 물건을 모두 찾고 나타날 것이라는 확신이 담겨있었다.

포기하지 않고 물고 늘어졌던 순덕은 결국 그녀를 찾아냈다. 처음으로 그는 자신이 대견스러웠고, 그녀를 보고 나서야 마음을 살포시 놓을 수 있었다. 하지만 이제는 그녀를 구할 방법을 강구해야 했다. 상황은 좋지 않았다. 나무로 만들어진 감옥을 지키는 병사는 두 명뿐이었으나, 수시로 주변을 돌아다니는 주민들 때문에 은밀하게 행동할 수가 없었던 것이다.

넓은 공터 사이로 여러 주민들이 앉아서 잡은 짐승의 살가죽을 분리하고 있었으며, 아이들은 해맑은 표정으로 쉼 없이 뛰어다니며 먼지를 흩날렸다. 마을 가운데에는 짐승을 사냥할 때 쓰이는 것으로 보이는 창이 배치되어 있었는데 자칫하여 상황이 잘못되면 병사들뿐만 아니라 주민들 또한 무기를 들어 곤란에 빠질 수 있다는 말이기도 했다. 마을 중앙에는 거대한 나무가 있었고, 그 주변에는 사과나무가 딸려있었다. 중앙의 나무 위에는 마을을 전반적으로 둘러볼 수 있는 망루 역할을 하는 보초가 한 명 서있었다. 좀 전의 뿌듯함도 잠시, 순덕은 고민에 휩싸였다. 오랜 시간을 고민한 끝에 마을 주민들의 눈을 피해 그녀를 구출해낼 방법은 한 가지뿐이었다.

욕망의 잉태

마치 고대의 전사들을 빼닮은 마을 병사들의 강인한 눈매는 어린 시절부터 혹독한 훈련을 말해주는 듯이 날카로웠다. 온몸에 난 상처는 그들의 힘을 증명하는 듯 큼직하게 새겨져 있었으며, 눈에는 짙은 보라색과 검은색으로 단장했는데 마치 그것이 신비스러운 힘을 부여받았다는 표식이라도 되는 것처럼 보였다. 또한 그들이 들고 있는 창과 방패의 견고함과 두께를 볼 때, 순덕이 물고기를 사냥할 때 썼던 작살로 맞서는 것은 불가능에 가까웠다. 해는 조금씩 저물어가고 토인들의 움직임이 뜸해지자 예전 순덕과 병사들을 노리던 그 잔혹한 하얀 눈빛들처럼 순덕의 그림자가 더욱 어둠에 묻히기 시작했다.

이에 마을 사람들은 하나둘씩 움막집으로 들어가 잠을 청했고, 눈에 띄지 않게 병사들을 처리할 시간은 점차 다가오고 있었다. 무모하면서 치밀하지 않은 작전이 용기를 만들어낼 수 있는 가장 단순한 방법인 것을 알았던 순덕은 두 가지 방법을 생각해냈다.

첫 번째는 무작정 전사의 뒤를 노려 제압하고 칼을 빼앗아 싸워 결국 무기를 얻는 방법이었다. 하지만 요란한 소리로 인해 마을 사람들이 잠에서 깨어날 가능성이 있으므로 쉽지 않았다.

두 번째는 마을 중앙으로 몰래 침투하여 망루를 지키고 있는 병사에게 작살을 던져 제압하여 그의 무기를 빼앗고, 이어서 감옥을 지키고 있는 병사 두 명을 제압하는 것이었다. 그러나 이 방법도 만약 창이 보초병을 빗나간다면 모든 것이 허사로 돌아갈 것이기 때문에 또한 쉽지 않은 방법이었다. 마을 중앙에 위치한 커다란 나무 기둥에는 사람이 오를 수 있도록 발판처럼 생긴 것들이 깊게 박혀있었다. 천 년 동안 그 자리를 지켜온 것처럼 웅장하고 거대한 나무가 순덕을 지켜보고 있었고, 그 나무를 보는 것만으로도 숨이 탁 막혀왔다. 그 나무는 주변인을 경계하고 차단시키는 힘이 깃들어있는 듯했다. 그가 감옥에 갇혀있는 그녀와 사람들을 무사히 구출하려면 우선 나무 위의 보초병을 어떻게든 쓰러트리는 것이 급선무였다.

초승달이 된 달은 희미하게 빛을 내뿜고 하늘에 떠있는 얇은 구름들이 강물처럼 흘러가는 새벽녘이었다. 숲속의 짐승들도 하나둘씩 지쳐 잠에 드는 시각에, 수풀 사이로 빛 두 덩이가 새파랗게 박혀있었다. 뜬눈으로 밤을 기다린 손님은 마을이 고요해지자, 조심스레 발길음을 옮겼다. 객인(客人)의 어깨에는 단단하고 굵은 핏줄이 팔뚝으로 이어져있었고, 힘줄이 바짝 서있는 오른손에는 창이 들려있었다. 불끈 쥔 주먹에 수십 갈래로 나뉜 푸른색 혈류(血流)만이 고요한 밤의 유일한 소음이었다.

순덕은 죽은 걸음으로 조용히 마을을 가로질러 마을의 중앙에 들어섰다. 그는 오두막 옆에 몸을 숨기고 자신의 무기를 내려놓고는 호흡을 가다듬기 시작했다. 보이지 않게끔 벽에 바짝 붙어 서서히 망루 쪽으로 다가가는 그의 몸짓은 심연에 빠져 자기 스스로도 의식하지 못하는 세상으로 추락하는 몽롱한 상태처럼 조심스러웠다.

다행히도, 보초를 서고 있던 병사는 잠에 취해 순덕의 인기척을 느끼지 못했다. 그는 잠든 틈에 나무에 올라가 더욱 확실하게 병사를 제압할 수 있었지만, 올라가는 도중에 병사가 잠에서 깨어난다면 자신은 무방비 상태가 되기에, 결국 땅에서 나무 위에 잠든 병사를 맞춰야만 했다. 그가 작살을 집어 들고 팔을 뒤로 젖힌 상태로 사정거리 안에 든 보초병을 조준하고 걸음을 몇 발 물렀다. 그는 호흡을 조용히 들이마신 뒤, 숨을 멈추고 재빠르게 앞으로 나아가면서 병사를 향해 있는 힘껏 작살을 던졌다. 공중에 솟는 창날은 아무 말도 없이 바람을 가르며 검은 허공으로 빨려 들어갔고, 금방 그의 시야에서 사라졌다.

이내 과육이 찌그러지는 소리가 났다. 날카로운 창날이 보초의 몸을 꿰뚫은 것이다. 보초병은 희미한 신음을 내고 흐린 눈으로 손에 묻은 피를 내려다보며 물고기처럼 펄떡거리더니 이내 숨을 거뒀다. 다행히도, 창이 나무를 관통하여 병사는 밑으로 떨어지지 않고 나무에 기댄 채로 평온한 죽음을 맞았다. 아무도 눈치 채지 못 할 것이라 생각한 순덕은 시체를 수습하러 나무에 올라탔지만, 감옥에 보초를 서던 병사 한 명이 이상한 낌새를 눈치 채고 마을 중앙 쪽으로 다가오고 있는 것을 전혀 알지 못했다. 아직 순덕의 침입을 모르는 전사는 발걸음이 조심스러웠지만 경계하지는 않았다. 그 병사가 나무 근처에 다다르자, 과감하게 다가오는 발자국 소리를 들은 순덕은 나무에서 재빠르게 내려와 몸을 낮추었다. 병사가 나무에 근접하자, 순덕은 방향을 바꾸어 돌며 가장 가까운 오두막 옆으로 몸을 간신히 피신했다. 자신이 들은 소리를 확신하지 못한 전사는 망루 아래서 주변을 이리저리 살폈다. 순덕은 눈을 질끈 감고 조용히 넘어가길 바랐다.

그러나 창에 꽂힌 시체를 발견하지 않길 수없이 기도한 순덕의 외침은 그 전사와 공명하지 않았다. 미동하지 않는 보초를 본 전사가 이내 누군가를 부르듯이 알 수 없는 소리로 외쳐댄 것이다. 그러자 순덕은 더는 시간을 끌 수가 없었고 재빠르게 남은 작살을 쥐었다. 곧 그 소리로 인하여 드러날 수많은 적들을 제지하기 위한 시간의 작살이 순덕에게서 전사가 서있는 곳을 향해 과감하게 날아갔고, 작살을 던짐과 동시에 순덕은 그를 향해 내달렸다. 그 전사는 불길한 마음에 순덕이 있는 방향으로 고개를 돌렸다. 그러나 이내 죽음을 알리는 경종(警鐘)이 귓가에 딸그랑거리며 쇳소리를 내며 다가왔고, 창을 피하지 못한 병사는 바닥에 고꾸라졌다. 쓰러진 소리를 듣고 감옥에서 달려오고 있는 다른 보초병은 쓰러진 전사와 순덕을 번갈아 보았다. 그는 어리둥절한 표정으로 큰 소리를 외치며 사람들을 깨우려 했고 사방을 경계했다.

미친 듯이 폭발하는 순덕의 심장 소리는 점차 더 큰 공명을 일으켜, 그를 흥분과 전율에 빠지게 만들었다. 순덕은 쓰러진 병사의 창을 재빠르게 주웠다. 금세 도착한 보초병이 순덕을 예리한 칼로 크게 베었지만 빗나갔다. 결국 창을 집어든 순덕이 그의 복부를 향해 깊숙이 창날을 찔러 넣었고, 숨통이 죄인 병사의 억 소리와 함께 피가 사방에 튀겼다.

순덕의 손은 창과 하나가 된 듯이 빠르게 전사의 몸을 다시 빠져나왔다. 그 전사는 소리를 질러 마을에 있는 사람들을 깨우려했지만, 그 사이에 순덕은 빼낸 창으로 그의 목을 다시 한번 베었다.

벌어진 입술 사이로 전사의 마지막 숨이 빠져나왔다. 목에서 분출되는 피는 마치 폭포수의 강렬함과 같이 거센 저항을 했고, 정면으로 뿜어져 나오는 피를 맞고 서있는 순덕의 주변에는 더는 아무런 소리도 나지 않았다. 단지 가을의 차가운 바람만이 그의 얼굴을 적시고 있었을 뿐이었다.

선명하게 보이는 가을 단풍처럼 붉게 물든 핏방울들이 잊어버린 줄만 알았던 그 예전 전장의 냄새를 떠올리게 했다. 그는 죽음의 외줄타기에서 떨어질 듯 말 듯한 짜릿함을 다시 한번 느끼고 있었던 것이다. 순식간에 두 명의 전사의 숨이 옛 고려의 무신 앞에서 끊어졌고, 그는 보초병이 가지고 있던 칼을 빼들었다. 그 무기는 이 마을에서 제작했다고는 볼 수 없을 정도로 세련된 칼이었고, 겉에는 금과 각종 보석들로 손잡이 주위가 화려하게 수놓아져 있었으며, 칼날은 무디고 깨진 곳이 있었지만 여전히 날카로웠다. 칼을 집어든 순덕은 곧장 감옥으로 향했다.

한편, 감옥을 지키던 전사들이 빠져나간 뒤 한참이 지나도 돌아오지 않자 포로들은 혼비백산했다. 감옥의 사람들은 나무를 부수고 탈출하려는 자들과 전사들이 다시 이곳에 그림자를 드리울 거라는 두려움에 휩싸여 탈출을 막는 자들로 나뉘었다. 소녀는 여전히 구석에 앉아 그 어떤 행동도 취하지 않고 누군가를 기다리는 애처로운 손짓으로 땅에 그림을 그렸다. 얼마 후 검은 그림자가 포로들을 향해 멀리서 성큼 다가오자, 아수라장이었던 그곳은 순식간에 조용해졌고, 포로들은 일제히 한 걸음 뒤로 물러섰다. 어두운 그림자에 가려 보이지 않는 남자가 칼을 들고 오는 모습은 아수라장을 만든 사람들에게 벌을 내릴 전사의 모습으로 비쳐졌던 것이다. 대부분의 포로들은 멀리서부터 다가오는 그림자에 입을 막고 눈을 동그랗게 뜬 채 숨을 죽였고 식은땀을 흘렸으며 표정은 굳어있었다.

하지만 단 한 명만이, 그러한 모습을 보고 싱그러운 미소를 지었다. 그 소리 없는 미소는 마치 전 인류의 기쁨을 차곡하게 쌓은 창고에서 몰래 꺼내놓은 것처럼 귀한 웃음이었다. 얼마 후에 검은 장막에 덮였던 순덕의 모습이 완전히 드러나자, 갇힌 자들은 이리둥절하다가도 순덕이 문을 부수기 시작하니 이곳을 빠져나갈 수 있다는 기쁨에 온몸을 부르르 떨었다. 그동안, 죽은 전사들은 그들의 비밀스러운 탈출을 폭로하지 않았다. 마침내 순덕이 감옥의 문을 부수고 차례대로 포로들을 밖으로 꺼내자, 소녀가 재빨리 뛰쳐나와 그의 품에 안겼다.

온 세상의 환한 빛을 전부 끌어안은 것처럼 순덕의 얼굴에는 가득 미소가 피어났고, 남아있는 여름의 향기가 그녀를 꽉 안고 있는 팔에서부터 몸 전체로 꽃처럼 만개했다. 기쁨은 사방으로 가득 퍼졌다. 짧은 포옹을 뒤로 하고 순덕은 그녀의 몸 상태를 확인하고는 마지막 남은 포로까지 꺼내는 찰나, 그곳에 끝까지 남아있던 자가 믿을 수 없을 정도로 엄청난 괴성을 질렀다. 순간 모든 사람들의 시선이 그 남자에게로 향하면서 포로들의 표정은 순식간에 돌처럼 굳어버렸고, 섬뜩한 공포와 곧 다가올 마을 전사들의 모습이 겹치면서 인질들은 또 한 번 정신을 잃고 숲으로 도망쳤다.

과거 배가 침몰하기 전, 배에 탄 선원 중 한 명이 유독 포로들에게 갖은 욕설과 채찍질, 폭력을 마구 휘둘렀었다. 그에게 죽은 많은 자들은 쉼을 얻지 못한 채 바다에 던져졌다. 그자는 인질들에게 거침없이 모욕감과 수모를 안겨다 주었다. 순덕도 그에게서 자유로울 수 없었다. 한번은 그에게 손등을 찍혀 왼손이 다쳤으며, 그 이후로 양손을 자유로이 쓸 수 없었던 것이다. 그는 순덕에게 있어서 구원하고 싶지 않은 대상이자 증오할 수밖에 없는 절대적인 존재였다.

그는 바로 간수장이었다. 세상에 있는 많은 자비와 용서가 그를 향해 쏟아진대도 간수장은 그를 받아낼 그릇이 되지 않았으며, 그를 용서한다는 것은 깨진 독에 물을 채워 넣는 것처럼 어리석은 일임에 분명했다. 그러한 간수장이 폭풍우에 살아남아 마을의 포로로 잡혔던 것이다. 그는 칼을 들고서 감옥에서 인질들을 꺼내주는 순덕이 자신을 죽이리라는 생각에 압도되어 눈동자가 마구 흔들렸다. 과거를 기억하는 유일한 남자가 심판의 칼날을 세운 채로 자신의 눈앞에 있기에 도저히 순덕에게 구원의 손길을 구할 수 없었던 것이다. 간수장은 자신의 죄가 깊으면 깊을수록 스스로를 믿을 수밖에 없었으며, 더럽혀진 자신의 모습을 보고 상대방도 반드시 그러하리라는 판단 속에서 갇혀있어 죄를 뉘우치지 못했다. 자신이 종처럼 부리고 얼굴에 침을 뱉으며 수모를 겪게 한 자들이 자신을 도와주리라는 것을 인정하지 못한 겁쟁이는 결국 소리를 질러 마을 주민들의 도움을 받을 수밖에 없었던 것이다.

소녀는 피가 뚝뚝 떨어지는 그의 손을 꽉 붙잡고 곁을 떠나지 않았다. 흥분한 전사들의 얼굴에는 새겨진 문양을 따라 역력한 분노가 표출되는 듯했다. 그는 다가오는 전사들을 몇 명을 쓰러트렸지만, 이미 둘러싸인 시점에서 순덕의 앞날은 한 치 앞도 볼 수 없게 꽉 막혀있었다. 더군다나 소녀가 그의 다친 손을 잡고 울고 있기에 자신의 마음 또한 동화되어 한없이 어리광을 부리고 싶은 충동이 일었고, 그 나약함이 곧 자신을 죽음으로 이르게 할 것임을 그도 잘 알고 있었다.

자신을 잘 알지 못하는 소녀에게만큼은 어린 시절 순수했던 자신의 모습과 세상에 대한 믿음을 배반하고 걸어왔던 피 묻은 길을 보여주고 싶지 않았기에, 순덕은 짐짝처럼 무겁고 힘든 외면과 내면의 부조화를 감내하면서 양방향의 적들에게서 소녀를 지키고자 했다. 마을의 일부 전사들은 인질들이 숲으로 도망쳤다는 사실을 알고 순덕을 우회하여 그들을 추격하기 시작했다.

 이를 막으려는 순덕에게 더욱 전사들이 압박을 가하자, 주변은 온통 그들의 살점과 해괴한 문양으로 가득 찼다. 다행히도 부족에서 가장 덩치가 큰 전사가 순덕의 손에 쓰러졌기에 열 명이 넘는 전사들은 쉽사리 다가오지 않았고, 그와 거리를 두고 대치하고 있는 상황이었다. 칼을 단단히 쥔 채로 그들을 쳐다보는 순덕의 두 눈에서는 쓰러져가는 늑대의 마지막 저항처럼 범접할 수 없는 위압감이 흐르고 있었다. 자신의 목숨을 내놓은 그가 할 수 있는 것이라고는 그저 소녀를 향해 다가오는 모든 것들에 피바람을 일으키는 것뿐이었다. 말로 표현하지 않고도 검의 손잡이가 터질 것처럼 꽉 쥔 주먹, 매섭게 노려보는 눈빛, 그 앞에 쓰러져있는 전사들, 이 모든 상황이 남은 전사들이 그에게 섣불리 다가갈 수 없는 이유가 되기에 충분했다. 그때였다. 마을 주민들 뒤쪽에서 웅성거림이 일었고, 전사들은 머뭇거리며 잔뜩 움츠린 팔을 내렸다.

 이내 사람들 틈 사이로 딸그락거리는 종소리가 들려왔다. 주민들은 일제히 길을 비켜섰다. 뒤쪽에서 지팡이를 내리치며 노인이 걸어왔는데, 떠들썩하던 웅성거림은 언제 그랬냐는 듯이 순식간에 조용해졌다. 주민들이 비켜선 길 가운데는 마을의 수장으로 보이는 사내가 있었는데, 그는 해괴한 짐승의 두개골에 붉은 깃 장식을 가득 꽂은 모자를 쓴 채로 당당하게 걸

어 나왔다. 말랐지만 키가 마을 사람들의 갑절이나 더 컸다. 또한, 눈매에
는 아직 묵직한 힘이 날카롭게 담겨있었다. 그 남자는 한 손에는 지팡이를,
다른 손에는 마을 주변의 사과나무에 달려있던 갓 딴 붉은 사과가 쥐여있
었다. 노인은 사과를 흔들며 어린 연화에게 천천히 다가오더니 순덕을 거
들떠보지도 않고서 스쳐 지나갔고, 소녀의 손에 사과를 쥐여주고는 천천히
등을 돌려 뒤로 물러났다.

마을 주민들 모두가 연화를 바라보았는데, 마치 그 열매를 먹기를 고대
하는 것처럼 보였다. 소녀는 영롱한 색채의 그것으로 주린 배를 채울 수도
있고, 더욱이 목숨이 위태로운 상황에서 마을의 수장이 주는 것을 받아먹
는다면 순덕과 자신을 용서해줄 것 같아 사과를 한입 크게 베어 먹고 조금
잘라서 정신을 잃어가는 순덕의 입에도 넣어주었다.

꿈결에서 망자(亡者)들의 혀가 쉴 새 없이 구천을 떠돌며 자신의 죽음을
슬퍼했다. 고려인들은 하나같이 수나라의 화살과 칼날에 죽음을 맞이했고,
무너진 고려의 철옹성들은 벽돌의 형체만 남았다. 단단한 고려의 갑옷은
적들의 창에 뚫렸으며, 그로 인해 장안성 궁궐에는 도적 떼들이 들끓었다.
궁궐은 무방비 상태였고 이내 숨겨놓았던 금은보화와 '가려진 자'들이 무더
기로 쏟아져 나왔다. 왕을 꼭두각시 다루듯 숨어있던 자들은 도망치기 바
빴으며, 뚫린 갑옷에서 피가 새어 나오는 병사들은 일제히 그들을 추격하
기 시작했다. 그 틈을 놓치지 않고 수나라의 병사들은 고려의 영토를 하나
둘씩 점령해나가기 시작했다. 고려의 병사들은 무딘 칼날과 너덜너덜한 갑
옷으로 그들과 맞서 싸웠지만, 종잇장처럼 찢기고 베여나갔다. 신실한 병
사들을 제외한 고려의 모든 대신이 수나라와 내통했다는 사실을 뒤늦게 깨

우친 병사들의 창과 방패는 이미 녹슬고 금이 갔으며, 갑옷에는 차가운 바람이 거침없이 들어왔다. 이렇듯 고려의 멸망을 직접 본 순덕의 슬픔은 이루 말할 수 없었지만, 무기 한 자루 쥐이지 않은 두 손으로 이룰 수 있는 것은 아무것도 없었다. 온몸이 벌거벗겨진 것처럼 수치심이 극에 달하였고 그는 이내 섬으로 쫓겨났다. 순덕은 그것을 다행스럽게 여겼다.

잠에서 깬 순덕이 바라본 첫 광경은 노인의 손등에 온통 보랏빛이 감돌고 있었다는 것이었다. (마을에서는 전사가 되기 위해서 혹독한 훈련을 거치게 되는데, 그중에서 가장 뛰어난 자들은 세상에서 가장 특별한 색인 보랏빛을 하늘로부터 부여받는다는 이야기가 전해져 내려왔다. 이 마을의 청년들은 일정한 나이가 되면 전사로 인정받기 위해 무기만 들고 외지로 나가게 되는데, 세 명이 같이 다니며 수많은 야생 동물과 생존 싸움을 벌이며 살아남는 법을 터득하게 된다. 온갖 짐승들의 머리를 각자 여섯 개씩 가지고 마을로 돌아와야지만 전사로서 거듭날 수 있는 기회가 부여되는 것이다. 전사로 거듭난 그 이후에도 마을의 전사들과 겨루기를 통하여 실력을 인정받은 자들이 열매를 빻아 만든 즙으로 손등과 이마에 마을 주민보다 더 특별한 표식을 하게 되는데, 그 표식을 받은 전사들은 마을의 수장에게서 권력을 부여받고 대우받았으며, 그들의 모습을 본떠 마을 어귀에 커다란 나무를 조각하여 만든 목각상에 아이들을 경건한 마음으로 경배하게 했다. 보라색은 그들이 숭배하는 색깔이면서도 신과 가장 가깝게 여겨지는 색이었고, 강인함과 정신력을 뜻하는 고귀한 색깔이었다.)

순덕은 쓰러진 자신을 원망하며 태어난 날을 저주했다. 그날의 햇빛이 영영 자신을 비추지 않고 어미의 태에서 나오지 않았길 바랐다. 아무런 능력 없는 자가 권력을 가진 대가와 책임감은 이루 말할 수 없었으며, 그의 힘찬 시도마다 번번이 무릎뼈부터 어깨까지 모두 뭉개버리는 잔혹한 무능력에 스스로 치를 떨고 말았다. 과거에는 주변 사람들을 실망시키고 자신 때문에 죽어가는 수많은 가엾은 병사들에게 한없이 사죄의 마음을 가졌던 나약한 인간으로서, 세상 어느 땅을 밟아도 자신이 디딜 만한 곳이 없음에 한탄했다. 매번 실패하는 자신을 감당할 수가 없어 소녀를 지키고자 하는 마음가짐마저 꺾여 포기하고 싶은 심정이었다. 그는 다리를 다친 짐승의 서글픈 모습처럼 소리 낼 수도 없는 슬픔에 누워서 말없이 눈물만 흘렸다. 죽기를 바라고 목숨을 다해 싸워도, 무덤가를 서성일 뿐 마음 편히 죽는 호사를 누릴 수 없던 끈질긴 그의 목숨을 누군가 거두어 가길 바랐다. 순덕은 천신에게 직접 미움을 산 자신이 왜 죽지 않고 이토록 험난한 길을 가야 하는지, 그리고 끝이 없는 이 수난의 역사에 종지부를 찍을 때 자신은 어떤 모습일지 궁금했다.

다친 그의 주변에는 족장과 그를 에워싼 전사 몇 명만이 남았고, 그러던 중에 순덕이 가지고 있던 목걸이를 본 수장은 소녀를 그의 곁에 데리고 왔다. 뿐만 아니라, 어째서인지 그들은 그에게 호의를 가지고 거리낌 없이 다가왔다.

마을에서의 그러한 일주일이 흐르고, 내내 경계했던 순덕은 마을 전사들이 완전히 적의(敵意)가 없다는 것을 알고 마음을 약간 놓을 수 있었다. 그들은 매번 그와 그녀에게 음식을 나누어 주었으며, 오히려 순덕의 치료를 도왔다. 차츰 순덕이 마을 생활에 적응해나갈 무렵, 아주 조금이라면 이곳 사람들의 신세를 지는 것도 나쁘지 않다고 여겼던 순덕은 상처가 아물 때까지만 이곳에 남아있기로 결심했다.

그곳 마을에서의 밤은 낮보다 환했다. 달이 기울면 거센 불길 속에 타오르는 짐승의 살덩이가 노릇노릇하게 구워졌고, 마을 수장은 매번 이방인인 순덕과 연화에게 고기를 나눠주었다. 하지만 그녀는 고기를 먹지 않았으며, 저녁 식사에 곁들인 다른 음식을 조금 먹고는 순덕의 팔을 잡고 다시 해안가로 돌아가자고 재촉했다. 익숙했던 보금자리에서 낯선 곳으로 끌려온 소녀가 마을도 무섭고 아주 힘들었을 것이라 생각한 순덕은 그녀의 말을 따르기로 결심했고, 며칠 내에 이곳을 떠나기로 했다. 하지만 마음 한편에는 누구보다도 이렇게 자신을 환대해주고 반기는 곳에서 다시 춥고 어두운 해안가로 돌아간다는 것이 머나먼 여정을 준비하는 것처럼 마음의 준비가 필요한 일이었다.

비록 말은 통하지 않더라도 처음으로 그녀와 단둘이서가 아닌, 사람의 손길과 온정이 있는 마을에서 다 같이 식사를 하는 일은 순덕에게 기분 좋은 일이었다. 그는 외지에서 온 그와 그녀를 받아준 마을에 대해 감사했고, 매 끼니마다 직접 사냥을 나서지 않아도 식사를 대접받는 상황이 전쟁에서 처참하게 패한 후에 자신감이라고는 흔적도 없이 사라진 그에게는 낙원과 다름없었다.

지나온 순덕의 고생에 대해 일종의 보상을 받는 이곳에서 불편한 것은 오로지 그녀의 보챔뿐이었다. 순덕은 그녀가 보챌수록 자신의 본심을 알아주지 않는 소녀의 마음이 낯설고 서운하게 느껴졌다. 단지 두렵다는 이유 하나만으로 세상으로부터 외면당한 남자를 인정해주고 보듬어주는 사람들까지 빼앗아버리려 하는 것에 대한 반발심이 마음속에서 때때로 거세게 일어났던 것이다.

마을에 아침이 밝으면, 순덕은 전사들과 어울리면서 창을 다루는 방법을 그들에게 일러주기도 하고, 그들의 시범을 직접 보기도 했다. 남자로서의 강함을 은연중에 겨루며 그들에게 자랑할 거리가 있는 자신이 대견스러웠다. 그곳에서는 오로지 강한 힘만이 경외심을 받을 수 있기에, 전사들과 있는 그 순간만큼은 자신이 어리석지만은 않고 쓸모 있게 보였던 것이다. 전사들과 식사를 하던 순덕은 소녀에게 다가가 고기를 먹지 않는 이유를 물었지만 그녀는 그저 살아있는 모든 생물이 폭력을 두려워한다는 말을 하고는 잠을 청하러 갔다.

순덕이 마을을 떠나기로 마음먹은 날 아침이 밝아왔다. 시끄러운 소리에 놀라 잠을 깬 순덕 주위로 마을 전사들 열 명 정도가 누워있는 그를 에워싸고 소리를 지르고 있었다. 놀란 나머지 순덕은 무의식적으로 옆에 두었던 칼을 뺐는데, 그들은 여전히 소리를 내며 순덕에게 무언가를 요구하고 있었다. 순덕이 몸짓을 써가며 무슨 뜻인지 물었고, 그들 중 손등에 특이한 문양을 가진 전사 한 명이 손짓으로 창을 빼어 던지는 시늉을 보였다. 그러자 다른 한명이 그 던진 창을 맞고 뒤로 고꾸라졌는데 마치 그에게 사냥을 가르쳐달라는 듯했다. 그는 일찍 떠나려 했지만, 여태 그들이 대접한 식사와 따뜻한 잠자리에 대한 보답을 해야 했기에 흔쾌히 수락했고, 순덕은 무기를 들고 그들과 함께 깊은 숲속으로 들어갔다.

비록 전투에서는 패배했지만, 그는 예전 을지문덕 장군을 따라 겪었던 수많은 전투 경험과 소녀를 먹이기 위해 던졌던 수많은 작살의 감촉을 기억했다. 순덕에게 자신이 가장 잘하는 일을 다른 이들에게 소개하는 것만큼이나 신나는 일은 드물었던 것이다. 순덕은 창을 들고 그들의 뒤를 따랐

다. 축축한 늪지대를 넘어 진흙으로 깔린 습한 곳에 가는 도중에 강이 나
왔고, 그곳에서 전라의 상태로 씻고 있는 여자들이 보였는데, 희미하지만
소녀의 모습도 있었다.

다시 발길을 돌려, 더 깊은 숲속으로 그들과 함께 들어간 순덕은 새소리
만이 홀로 팔랑거리는 숲에서 침착하고 고요한 발걸음으로 조심스레 나아
갔다. 다들 긴장한 듯 침을 연신 삼켰고, 그러다가 풀잎 하나라도 스치는 소
리가 나면 일제히 고개를 돌려 주의 깊게 관찰했다. 풀잎소리에도 민감한
숲에서는 소리가 나무를 타고 강물처럼 흘러, 근원지를 알 수 없게 만드는
묘한 힘이 있었다. 동물의 이상한 소리가 멀리서 들려오고 더욱 조심스레
숨을 죽인 전사들은 소리가 났던 방향으로 점차 다가갔다. 그들은 저 멀리
나무 위에서 원숭이 세 마리가 다닥다닥 붙어 있는 것을 보았다. 큰 원숭이
두 마리와 작은 원숭이 한 마리가 마치 가족을 이룬 것처럼 보였는데, 이에
전사들 중 한 명이 손짓을 하더니 가장 어려보이는 부족 전사가 창을 꺼내
들고는 원숭이들을 향해 조준하고 힘껏 날렸다. 하지만 아쉽게도 창은 힘
이 부족하여 바닥에 떨어졌다. 화들짝 놀란 원숭이들 중 한 마리는 황급히
나무를 타고 더 높이 올라갔고, 다른 두 마리는 다른 나무를 타고 도망치기
시작했다. 이에 전사들과 순덕도 수풀을 제치며 원숭이들을 따라서 달리
기 시작했다. 덩치가 큰 원숭이가 새끼를 등에 업고 나무를 타고 도망쳤다.
부족 전사 한 명이 다시 창을 날렸고, 이번에는 근접하게 스쳐 지나갔다.

놀란 원숭이는 등에 업은 새끼를 나무 위에서 놓쳤다. 새끼가 땅으로 떨
어지는가 싶더니 눈 깜짝할 새에 기다란 그림자가 새끼를 확 채갔다. 보라
색 손등을 가진 전사가 던진 창이 떨어지는 새끼 원숭이의 배를 뚫고 그대
로 나무에 꽂힌 것이었다. 새끼는 고통에 울부짖으며 간절하게 어미를 찾

아댔다. 큰 원숭이는 격분하여 도망가지도 않고 제자리를 뛰며 괴성이 가까운 울부짖음과 신음을 동시에 토해내고 있었다.

어미는 전사들에게 위협을 가했지만, 순덕의 눈에는 그저 먹잇감에 불과했다. 예전 전장에서 순덕을 사로잡은 그 광기가 또다시 다른 모습으로 소리 소문 없이 그를 압도하였고, 전사에게 창을 건네받은 그는 재빠르게 달려가면서 있는 힘껏 창을 던졌다. 작살보다 묵직하게 무게감이 있는 창은 곡선을 그리며 날아가 어미의 목덜미에 꽂혀 그대로 창과 함께 높은 나무에서 바닥으로 떨어졌다.

전사들은 제각기 다른 방향으로 떨어진 지점을 향하여 달려갔다. 죽어가는 어미 원숭이의 눈가에 작은 샘을 이룬 피가 고여있었고, 좀 전에 새끼를 놓쳐버린 검은 두 손은 바르르 떨리고 있었다. 순덕은 웃음기를 머금은 채 조용히 칼을 빼 들고 단숨에 목을 베어 마지막 호흡까지 거뒀다. 사냥이 끝난 뒤에 전사들은 공터에 우르르 몰려와서 사냥한 원숭이를 한곳에 모은 뒤, 신이 난 얼굴로 알 수 없는 말을 한동안 떠들었다. 사냥한 어미 원숭이는 몸집이 크고 살집이 있었으나 보라색 손등을 가진 전사가 잡은 새끼원숭이는 흉하게 찢겨 먹을 살도 얼마 되지 않았다. 떨어지는 원숭이를 창으로 맞춘 것이 더 뛰어난 실력이었지만, 결과적으로는 순덕의 압승(壓勝)이었다.

전사들이 어미 원숭이가 죽은 것을 보고는 춤을 추고 큰소리로 떠들었지만, 새끼 원숭이는 거들떠보지도 않았다. 이에 바닥을 향해 뻗어가는 나무줄기 사이로 순덕과 그 전사 사이에 미묘한 감정의 흐름이 흘렀다. 조그만 새끼 원숭이를 사냥한 우수한 전사는 그늘진 표정으로 뒤에 어정쩡하게 서 있었다. 그 후로 수컷 원숭이의 울부짖는 소리가 먼 곳에서부터 숲속 사방으로 퍼져 들려왔다.

사냥을 마치고 돌아오는 전사들을 보고 마을의 온 아이들은 신이 나서 그들을 둘러쌌다. 여자들은 하나둘씩 풀로 엮은 바구니를 들고 주변에 서 있었고, 돌아온 전사들은 하나같이 기쁜 표정으로 들떠 있었지만, 전사 하나는 무리를 벗어나 얼굴을 숙인 채로 오두막으로 돌아갔다. 첫 사냥에 성공한 순덕은 자신감으로 충만했고, 숲속에서의 숨 막히는 추격과 사냥감을 찾았을 때의 전율이 아직도 그의 몸에 피를 역동적으로 솟구치게 했다. 그의 손에 잔뜩 묻은 피가 점점 굳어서 손가락 마디에 빗살무늬처럼 새겨진 붉은 기운이 마치 그를 패배하기 전의 모습으로 돌려주려는 듯 흔들거렸다.

해가 떨어지고 날이 어두워지자, 전사들은 모여서 그날 잡은 원숭이를 등에 메고 어디론가 향했다. 처음 가보는 숲속으로 향한 그들은 커다란 공터에 도달했다. 이상하게도 풀잎들이 자라지 않고 흙으로 덮인 곳이었는데, 앞에는 커다란 바위가 평평하게 놓여있으며 바위 뒤엔 커다란 성문 같은 돌덩어리가 있었다. 무덤같이 큰 언덕 꼭대기와 입구에는 머리만 남은 해골이 여럿 전시되어 있었고, 그들을 따라간 순덕은 전사들이 그날 잡은 양식을 제단에 올려 제를 지내고 나서야 먹는다는 사실을 알게 되었다. 그들은 짐승의 머리는 나쁜 기운이 있어서 잘라내야 한다고 믿었기 때문에, 간단한 의식을 치른 후에 잡은 사냥감의 대가리를 돌도끼로 찍어 잘라내 불을 붙여서 태우고 난 후에 수풀 속에 던져버렸다.

흙으로 뒤덮인 제단을 제외하고는 사방에는 처음 보는 신비로운 꽃들이 만개해있었다. 형형색색의 아름다운 꽃들의 자태와 이곳에서 일어나는 일들은 어울리지 않았지만, 이 섬 전체를 뒤져봐도 이곳보다 아름다운 곳은 없었다. 모든 의식을 끝낸 전사들은 몸뚱이만 남은 식량을 메고 다시 마을로 돌아갔다. 여자들이 원숭이들을 받아 털을 뽑아내고 불에 구운 뒤 각종 과일을 곁들여서 식사를 차렸다. 순덕은 혼자 놀고 있는 연화를 찾았는데 그녀는 여느 때와 다름없이 순덕을 반겼다. 다른 아이들과 어울리지 못하고 하루 종일 그가 오기만을 바라며 기다렸을 소녀를 생각하자 순덕은 미안함이 앞섰지만, 당장은 마을에 더 신경을 써야 한다고 생각했다. 소녀는 이날도 어김없이 돌아가자고 그를 재촉했다. 떠나기로 한 날이 오늘이었다는 것을 알고 있었지만 한번 피 맛을 본 순덕은 발길이 더더욱 쉽사리 떨어지지 않았다. 결국 그는 조금 더 마을에 머물러야 할 구실을 만들어내고는 다시 소녀에게 약속했다. 마을을 떠날 생각에 들뜬 소녀의 표정을 보며 불편했던 순덕은 사냥한 고기를 주민들과 나누어 먹고는 일찍이 자리에 누웠다.

하늘에는 희미하게 밤하늘을 가리며 수없이 많이 펼쳐진 구름이 조각조각 느리게 흘러가고 있었고, 무척이나 평온했다. 전쟁으로부터 멀어진 그의 심신에 맑은 공기가 스치며 너무나 간절히 바라왔던 내면의 공허함을 채워주고 있었다. 해가 지기도 전에 붉게 노을이 타오르면서 코끝을 간질이는 나뭇잎을 흔드는 바람 소리에 귀가 점점 잠겨들었다. 온몸의 긴장이 천천히 풀리자 사냥을 나선 고된 몸이 배부름과 나른함에 속수무책으로 정복당하고, 숲속에서 들려오는 새소리가 멎음과 동시에 눈이 감겼다.

물속을 허우적거리며 그를 조여오는 숨 막힘은 피부에 알알이 영글었다.

눈앞에는 소녀가 서서 순덕을 마구 흔들었다. 그 순간, 땅이 지진처럼 떨려오더니 순식간에 땅에서 물이 솟아나 강이 흘렀고, 그는 무거운 철 덩어리를 발목에 매단 것처럼 한없이 아래로 빨려 들어갔다. 깊은 물속에서 눈앞에 요란한 천둥이 치고 공기 방울이 사방으로 뿜어져 나와 앞을 볼 수 없었다. 이어서 물이 한차례 출렁거리더니 더욱 빠른 속도로 그는 깊은 바닥으로 내려갔다. 세상이 온통 흑암에 눈앞을 분간하기 힘들 정도로 어두워졌다. 순덕은 마치 실처럼 얇게 펴진 철창 속에 갇혀서 꼼짝달싹 못하는 듯했고, 깊은 심연에 삼켜져 가쁜 숨만 내쉬고 있었다. 땅이 꺼지고 당장이라도 자신의 몸을 조각낼 꽉 붙어버린 철창이 짓누르는 압박감과 공포 속에서 그의 눈앞에 갑자기 거대한 성벽이 나타났다. 그 안에는 수많은 머리들과 머리가 잘려나간 맨몸이 박혀 있었다. 몸뚱이에 피에 물든 흰 바지만 걸쳐 입은 자들은 큰 돌기둥에 붙어있는 바닥과 중간, 그리고 상부의 물레방아를 돌리느라 여념이 없었고, 온몸이 붉은 한 사내가 그들에게 채찍질을 하며 등짝을 마구 후려쳤다.

극도로 흥분된 순덕의 눈가에는 피가 흘러내렸고, 쿵쾅거리는 심장은 누군가 북채로 미친 듯이 치는 듯했다. 심장 소리는 그의 가슴에서부터 올라가기 시작해 결국 목까지 도달했다. 그러자 격렬하게 움직이는 그의 동맥을 어디선가 날아온 날카로운 화살촉이 꿰뚫어버렸고 고꾸라진 순덕의 세상이 온통 검게 물들었다.

그때였다. 엄청난 굉음과 함께 불꽃이 사방에 불꽃이 튀며 순덕의 눈이 번쩍 뜬 것이다. 사방은 어느새 밤이 되어 어두웠고, 비가 추적추적 내렸다. 밤새도록 그는 어디서 불어오는지 모를 바람에 몸을 떨다가 잠시 후에 다시 눈을 감았다. 그가 눈을 뜬 건 다음 날 늦은 오후였다. 비는 맑게 개였고 곳곳에 파인 웅덩이에 빗물이 고여 하늘을 바라보고 있었다. 지평선 너머로 몰려있는 구름들이 온통 붉게 물들어 가을의 단풍을 생각나게 하는 날씨였다.

그가 깨어나는 것을 유심히 지켜보던 한 아이는 조개껍데기를 집어서 입에 넣는 시늉을 하더니 이내 자신의 배를 만지면서 흡족해했다. 순덕은 그 말뜻을 알아듣고 식사를 하러 나왔지만 그 전에 마을 전사들에게 했던 약속이 떠올라 황급히 달려갔다. 순덕은 그들에게 창을 던지는 시늉을 하며 오늘 사냥에 대해 물었고, 비가 오는 날에는 사냥을 나가지 않던 그들은 웅덩이를 가리키며 어깨를 들썩이고 그에게 괜찮다는 표정을 지었다. 저녁 식사에 소녀의 모습은 보이지 않았다. 매번 고기를 먹지 않고 과일만 먹던 그녀가 때때로 식사를 거르는 날이 생기자, 걱정이 된 그는 식사를 마친 후에 짐을 꾸리고 떠날 채비를 갖추었고, 날이 밝으면 다시 해안가 보금자리로 돌아갈 걱정을 했다.

밤새 꿈자리가 불길해 금방이라도 이곳을 떠나고 싶었지만, 저 멀리 보이는 아이들이 뛰노는 것을 본 순덕은 안심했다.

그렇게 밤이 깊어 선잠이 든 순덕은 금방 잠에서 깨어났다. 습관처럼 그녀가 머무르는 움막을 확인했을 때 아무도 보이지 않자, 순덕은 마을을 돌아다녔다. 그러나 소녀는 어디에도 없었다. 마을 아이들과 어울리기 싫어하고 빨리 떠나고 싶어 하던 소녀는 자주 꽃을 따러 마을 주변을 돌아다니곤 했던 것을 기억했다. 그는 조바심을 가지고 마을 주변을 둘러 본 뒤에, 연화가 마을에 없다는 것을 깨닫고는 성급히 채비를 갖추어 그녀를 찾으러 다녔다. 갑자기 그는 제단 근처에서 다른 곳에서는 볼 수 없었던 형형색색의 아름다운 꽃들이 피었던 생각에 발길을 자연스레 그곳으로 향했다. 마음속으로 꽃밭에 앉아있는 그녀를 그리며 순덕은 볼이 빨개진 그녀가 여전히 쑥스러운 미소를 그에게 살며시 던지며 있을 것이라 스스로 안도했지만, 그도 모르게 발걸음이 점차 빨라지고 몸에 긴장감이 스며들었다. 그렇게 한참을 걷다가 풀잎을 제치니 눈앞에 거대하고 우람한 돌 제단이 하늘을 등지고 높이 서있는 것이 보였고, 제단은 마치 스스로 욕망의 빛을 발하듯 부끄러운 잿빛을 온전히 드러냈다.

하지만 금방이라도 썩은 시체만을 갉아먹는 흉측한 짐승이 나타날 것만 같은 이곳에서 소녀를 찾는 것은 어울리지 않았다. 그는 끊임없는 갈증과 탐욕스런 표정을 가진 돌에 다가갔다.

파여진 곳에는 돌덩어리에 새빨간 피가 고여 있었고, 바닥에는 조개껍데기 조각이 사방으로 널려있었다. 지난번 마을 족장이 준 사과처럼 탐스러운 붉은 피는 바위에 누워있었다. 순덕은 이곳에서는 살육이나 살인 또는 그보다 더한 일들도 아무렇지 않게 일어난 것만 같았고, 제단 스스로도 그것을 원하는 듯 보였다. 섬뜩한 피비린내가 주변을 둘러싼 모든 나뭇잎에 촉촉이 배어 살아있는 모든 생명이 그곳에서 무거운 침묵으로 일관할 수밖에 없는 인상을 풍겼다. 그곳에서 벗어나려는 찰나에, 주위에 유독 화사하게 꽃이 핀 수풀이 그를 매혹했다. 수풀에 다가선 순덕의 발에 무언가가 채였고, 울창하게 자란 꽃줄기들을 치웠더니 이상한 검은 형체가 드러났다. 그것을 들고 천천히 살피던 그는 무의식적으로 질색한 얼굴이 되어 그것을 떨어트려버렸다. 놀란 순덕은 다시 뒷걸음쳐서 제단 쪽으로 고개를 돌렸다. 제단에 고여있는 피는 이상하리만큼 생생한 것을 깨달은 것이다. 마을 사람들은 양식을 저장하는 방법을 몰랐다. 그들은 그저 금방 상하는 음식물을 만들지 않기 위해 그날 잡은 식량을 이틀을 넘기지 않고 먹어 치워야 했는데, 근래 비가 연달아 내리는 바람에 사냥을 나가지 못했는데도 마을의 제단에 피가 고여있었던 것이다.

어느새 제단 근처에 조각조각 퍼져있는 조개껍데기들과 멀리서 들려오는 거대한 천둥소리가 그의 머리를 마치 망치로 강하게 내리치는 듯했다. 정신을 차렸을 때 순덕은 어느새 달리고 있었고, 꽉 쥔 오른손에는 숨통이 죄인 꽃이 힘없이 늘어져 있었다. 그의 발은 축축한 진흙을 강하게 내리밟으며 빗속으로 내달렸다.

내리는 비에 마을 주민들이 바깥에 꺼낸 물건들을 황급하게 오두막으로 들여놓고 있었다. 마을 어귀에 들어선 순덕은 소녀가 머물던 오두막을 찾았지만, 그곳에는 마을 아이들만 있었다. 마을을 마구잡이로 헤집고 다니는 순덕을 이상하게 여겨 막아선 전사들은 그에게 다가와 무슨 일인지 궁금한 표정을 지었고, 이에 순덕은 꽃을 보여주며 그들이 알아들을 수 없는 언어로 마구 욕설을 뱉으며 흥분했다. 제단 주변에서 피어나는 꽃을 본 전사들은 표정이 굳어지더니 이내 그가 허락 없이 그곳에 발을 내딛었다는 사실에 분노했고, 창의 끝부분으로 바닥을 강하게 내리찍으며 순덕을 위협하기 시작했다.

손을 떨고 있는 남자는 다시 한번 그들에게 사냥에 대해 그리고 식사에 대해 물었지만, 그들은 아무런 대답도 하지 않고 순덕을 바라만 보았다. 그러자 한 명의 전사가 순덕의 팔뚝을 강하게 잡아끌며 어디론가 데려갔는데, 마을과 멀리 떨어져있지 않은 곳이었다. 그곳에는 해골로 가득 찬 구덩이가 있었다. 구덩이 속에는 오래되지 않은 해골 한 구가 헝클어져 있었고, 그 옆에는 조개껍데기로 만든 팔찌가 나란히 반쯤 부수어진 채로 놓여있었다. 순덕을 잡아끌었던 전사는 흰자위만 드러낸 채로 고개를 좌우로 흔들며 하늘을 가리키고 열 손가락을 마구 흔들어댔다. 이 상황을 받아들일 수 없던 순덕은 정신이 반쯤 나간 그를 하염없이 쳐다봤고, 하늘은 또다시 친 지개빅을 하듯 먹구름 잔뜩 낀 날씨에 손찌검을 하려 했다.

비가 조금씩 내리더니 이내 하늘이 바다 냄새가 역겨워 토해내는 것처럼 물이 쏟아지기 시작했다. 눈앞에 선명하게 흰 빛이 빗물에 번쩍이는 섬뜩한 뼈들이 순덕의 정신세계를 파괴시키며 혼란스럽게 했다. 어지럽고 금방이라도 쓰러질 것 같은 지친 그의 육신은 본능적으로 구덩이 속 백골이 되지 않으려 그의 속 안에서 울부짖고 저항했다. 그의 심장에서는 제각기 불규칙한 소리와 울림이 평온해지는가 싶더니, 이내 수백 명의 악대(樂隊)와 기수(旗手)들이 그의 심장을 두들기고 짓밟는 것처럼 곤두박질쳤다. 손가락 마디마디에 폭풍우가 매섭게 몰아치고 귀에는 천불이 난 것처럼 뜨거운 열기로 가득했다.

막아서는 비를 뚫고서 내달리는 순덕의 눈빛에는 세상에서 유일하게 자신을 사랑해주던 그녀의 손길이 어려 있었다. 그는 당장이라도 그녀의 손을 잡고 이 아비지옥 같은 곳을 벗어나고 싶었다. 그는 이렇게 차가워진 비가 온 세상을 휘어 감을지라도 그녀의 따뜻한 손만 잡으면 모두 다 악몽에 지나지 않을 것이라 믿었다. 또한 순덕은 연화에게 이 마을은 참 이상한 곳이라고, 다시는 이런 땅에서 잠들고 싶지 않다며 그녀에게 먼저 떠나자고 말하는 자신의 모습을 상상했고, 이에 즐거워하는 그녀의 표정을 보며 행복해할 나날을 그렸지만, 그날은 더는 꿈꿀 수 없는 것이었다. 한참을 빗속을 달리던 그는 소녀가 다리를 모으고 앉아서 그를 기다리는 모습을 보았다. 이내 황홀한 마음으로 달려갔던 순덕은 점차 발에 무거운 쇠사슬을 단 것 마냥 무거워져서 한 발 한 발 내딛을 수가 없었고, 슬픔이 무릎까지 잠겨서 무릎 꿇은 두 다리는 펄에 빠진 것처럼 쓸모없어졌다. 앞에 보이는 소녀의 모습은 빗물에 씻겨 점차 사라져갔다.

아무도 모르게 감추어진 그와 그녀의 비밀은 추적추적 내리던 해안가의 웅덩이 속 빗물에 담겨있었다. 내리는 수백만 개의 이슬 속에는 그녀와 순덕이 서로를 위하던 시절이 고스란히 담겨있었다. 물을 머금은 하늘이 맑게 개어 초록 잎사귀들이 더없이 광활한 바다를 찬미할 때도, 그녀가 그와 함께 숨 쉬며 살아가는 일상이 모든 빗방울에 알알이 박혀있었던 것이다. 그는 다시 한번 그곳으로 돌아가려 애써 허공에 손을 뻗었지만, 애처로운 행동은 들리지 않는 메아리가 되어 멀리 떠나갔다. 우중충한 하늘빛을 머금은 대지는 그녀를 애도하는 의식을 행하며 서서히 흔들리고 있었다. 그는 비틀거리는 몸을 겨우 세우고 근처에 있는 나무를 붙잡았고, 수차례나 자신의 욕망에 사로잡혀서 감히 그녀를 탐했던 욕심들을 게워냈다.

처음부터 그녀는 자신을 살의로 대하는 마을 사람들의 시선을 느끼고 있었다. 자신의 목숨을 대가로 순덕과 함께 마을에서 위험한 자유를 누릴 수 있다는 것을 누구보다 더 잘 알았고, 때론 마을 사람들의 눈빛 속에서 도망치고 싶었지만, 순덕에게 자신이 치료할 수 없는 상처가 있음을 보았다. 그녀는 마을 사람들과 있을 때 순덕이 즐거워하는 모습을 보며 수차례나 도망가기를 주저했던 것이다. 여러 번에 걸친 그녀의 설득에도 결국 자신이 아닌 본능을 일깨우는 숲속에 순덕의 마음이 있다는 것을 알아버린 그녀는 그날 이후로 더는 보채지 않았다. 하지만 여전히 자신을 쳐다보는 마을 사람들의 시선에 잔인한 음모가 숨어있다는 것을 세상의 유일한 희망인 순덕에게 알리려 했으나, 그의 닫힌 귀는 끝내 열리지 않았다. 결국 그녀는 홀로 슬퍼해야 했다.

마을에 머물러있는 그의 모습을 보면서도 불안과 행복을 동시에 느껴야만 했던 소녀의 처지가 그의 심장으로 대번에 내리꽂혔다. 진정으로 사랑했기에 가능한 일이었다. 세상의 어떤 숭고한 마음으로도 그 사랑을 뛰어넘을 수는 없었고, 작은 소녀는 순덕의 무관심에 결국 보이지 않을 만큼 작아져 그의 몸속까지 흘러들어가 피와 살이 되어 버렸다. 그녀에게 죽음의 숨결이 가까이 다가온 순간에도, 강물에 온몸이 벗겨져 무서움에 벌벌 떨었던 그 작은 소녀가 세상의 희망이란 단지 사념에 불과할 뿐이라고 절망하며 울던 시간에도 그 눈물의 의미는 자신을 향한 가엾음이 아니었다. 세상의 전부가 된 순덕에게 버림받았지만, 더는 그의 곁에 남을 수 없음이 쓸쓸했던 것이다.

순덕은 연화가 어떤 이유로 애타게 말리지 않았는지 원망스럽기도 했다. 하지만 결국 돌이켜보면 모든 것이 자신에서 비롯되었음을 알고 크게 슬퍼했다. 그때의 순덕은 허영심에 눈이 멀어서 아무것도 보이지 않았고, 들을 수도 없었다는 것을 깨달았던 것이다. 결국 명예와 자존심이 처참히 무너진 사내가 얻은 자만과 허영심은 사과처럼 달콤한 독이 되어 소녀를 죽이고야 말았다. 끝내, 전사들의 환호성과 기대감에 찬 마을 아이들의 표정에 그녀를 팔아 제단 위에 올려놓았던 자도 바로 순덕이었다.

작살을 들고 해안가에 사냥을 나섰던 지난날의 숭고함은 그녀가 없는 시간 속에서 이제 모두 땅으로 돌아갔고, 하늘에서 쏟아지는 단비는 죄로 더렵혀진 마을을 깨끗이 씻겨 새 생명을 피울 것처럼 맑았지만, 씻기지 않는 순덕의 죄는 덩그러니 그 자리에 남아있었다.

땅은 하늘을 사모해서 어린 생명들을 먹이고 키워내었다. 봄빛을 잔뜩 머금은 새싹들이 어느새 굵직한 나무가 되고 결국 하늘로 올라갈 때까지 책임을 다하면 하늘에서는 쓰러져있는 땅의 모든 것들을 받아들이고 새 생명으로 거듭나게 해주는 것이 순리였다. 신은 대지에 비와 눈, 그리고 해와 달의 모든 신비로 감싸 쥔 것들을 뿌렸으나, 훗날 수백 배로 거둬들이는 자연의 순리를 거부할 정도로 그녀를 탐냈고, 그렇기에 일찍이 순덕에게서 떼어놓았다. 어쩌면 세상은 위대한 이가 희생하길 바랐던 것일지도 몰랐다.

순덕은 더는 마을에 머물 수가 없었다. 그녀를 죽인 마을에 어떠한 원망과 복수를 쏟아야 할지 가늠조차 되지 않았기에, 그의 마음은 광적인 차분함이 깃들어 있었지만 두 눈에는 초점이 없었다. 그녀의 죽음은 그에게도 어느 정도의 책임이 있었으며, 공범자인 자신에게 내려야 할 벌은 스스로도 찾지 못했다. 눈을 감고 천천히 호흡을 하며 그녀의 모습을 떠올릴 때마다, 까마득하게 검은 늪지대에 가라앉는 것처럼 고통스러운 시간이 한동안 그를 따라다녔다.

그녀를 단 한 번이라도 만나게 된다면 자신을 악착같이 따라다니는 고통을 벗어날 수 있다고 믿은 순덕은 결국 밤에 마을에서 몰래 빠져나왔다. 세상을 다 가졌던 순덕의 교만함이 다시금 모습을 바꿔 돌아와 그에게 감당치 못할 슬픔을 주었다. 아무것도 할 수 없는 무기력에 빠져있는 그가 다시 일어날 수 있는 유일한 방법은 그녀를 다시 만나는 방법뿐이었다. 그 와중에도 마지막까지 고통에 버무려진 그가 허기와 갈증에 시달려 살기 위해 발버둥치는 모습은 스스로에게 역겨움을 느끼게 해주었다. 이러한 어리석음까지 이해해줬던 그녀가 보여준, 받으려 하지 않고 사랑만 주었던 마음은 이미 순덕을 용서한 듯, 해안가에 아침 햇빛에 반짝이는 흰 바다 물결이 모래사장에 날라붙었던 진득하게 섞인 악랄한 피를 모두 덮어 씻어냈다.

　며칠 동안 순덕은 죽음보다 더한 죽음을 맛보며 둘만의 오두막을 벗어나지 않았다. 오두막에 걸려있던 그녀의 옷은 어느새 마을 아이들의 옷이 되었는지 사라져 있었다. 순덕은 순백의 희고 맑은 살결 대신 까무스름한 피부와 다닥다닥 엉클어진 지저분한 머리카락을 가지고 그녀의 옷을 입고 있을 마을 아이의 섬뜩한 표정을 생각하자 온몸이 부르르 떨렸다. 오두막 안에 아직 남아있는 조그만 소녀의 향내가 왜 이리 늦었냐고 눈물짓고는 그의 머릿속에 끊임없이 나타났다가 사라졌다. 매순간이 그의 존립에 가장 큰 위기였다. 앞이 보이지 않을 정도로 휘청거리는 다리를 붙잡아도, 눈에 짓무르는 뜨거운 열은 힘과 의지로 다스릴 수 없었다. 지금에서야 처음 족장의 열매를 먹을 때부터 모든 것이 엇나가기 시작했음을 뼈저리게 후회했다. 그에겐 이미 쇠락의 끝자락에서 모든 것을 빼앗겨 아무것도 남아있지 않았다.

　그에게 있어서 아버지가 부재한 세상을 지탱해주는 마지막 기둥은 바로 연화였다. 그 기둥이 통째로 뽑혀 나간 순덕의 몸과 정신은 동작을 멈췄으며, 이내 급속도로 피폐해졌다. 마음은 시들고 아스러졌지만, 맥박은 미약하게나마 여전히 뛰고 있었다. 악이 깃든 순덕의 피가 그녀의 순결한 피를 마셔도 만족함이 없이 여전히 뛰는 것은 또 다른 붉은 열매로 이어지는 욕망 그 자체였다.

여태껏 그가 적에게 빼앗은 살점들이 이제야 순덕의 피와 고통으로 바뀌었고, 시냇가로 흘러들어갔던 고통들이 강에서 바다의 물결을 타고 세상을 한 바퀴 돌아 자신에게 찾아왔음을 깨달았다. 하지만 그 고통이 다시금 순덕을 바라보았을 때, 정작 피를 흘린 것은 대신 죽은 소녀였다. 순수한 얼음과도 같은 소녀는 순덕의 더럽혀진 피에 섞이면 섞일수록 희미해지고 아스라이 멀어져 갔다.

깨진 거울

 그는 '남의 생명을 탐하는 자는 결국 사랑하는 사람의 생명을 잃게 된다.'
란 말을 무의식적으로 되뇌었다. 눈을 감고 순덕은 처음으로 하늘에 간절
히 기도했다. 그러다가 문득 인기척이 나서 돌아본 그곳에는 가장 친하게
지냈던 부족 전사 한 명이 서있었다. 모든 것이 무(無)로 돌아간 상황에서
순덕이 할 수 있는 것이라곤 거친 두 손으로 전사의 죽음과 생명 사이에서
갈등하는 일뿐이었다. 순덕은 일순간 전력으로 그의 목을 잡고 다리를 걸
어 넘어트린 후에, 그 전사의 목을 졸랐다. 그 이상의 몸짓으로는 표현되지
않을 거대한 덩어리가 목에 걸린 것처럼, 순덕은 붉어진 얼굴로 소리 없는
울음을 게워내었다. 반면에, 온통 새빨갛게 복수심으로 물들어 터질 것 같
은 얼굴을 본 전사는 너무나 평온했다. 불같이 뜨거워진 두 눈에 쉴 새 없이
흐르던 고통이 전사의 가슴팍에 떨어졌지만, 전사는 섬뜩할 정도의 무신경
한 표정으로 그를 쳐다볼 뿐이었다. 반항의 기세가 전혀 없는 전사의 모습
은 그녀를 죽이고 살과 피를 마신 마을 사람들의 행동이 마치 무죄인 것처

럼 보이게 했다. 이내 두 손에 들어간 힘이 빠진 순덕은 하늘을 바라보고 돌아누웠다. 전사는 이내 마을의 진짜 과거 이야기를 순덕에게 들려주었다.

과거, 섬 전체에 폭우가 쉴 새 없이 내린 적이 있었다. 매번 사냥에 실패하고 먹을 것이 부족해지자 마을 사람들은 예민해졌으며 다툼까지 벌어져 살인에 이르렀다. 그중에는 죽은 인간의 고기 맛을 알아버린 소수의 전사들이 있었다. 비가 멈추지 않자 그들은 병들고 약한 마을 주민들을 죽여 남은 자들을 먹여 살렸고, 그 식량을 통해 마을을 좌지우지할 수 있는 힘을 가지게 되었다. 그들은 손등에 특별한 문양을 새겨 스스로를 다른 이들과 구분하였는데, 주민들은 특별히 그들을 두려워했다고 한다. 그러자 순덕의 머릿속에 질투심에 사로잡혔던 그 전사의 손등에 새겨진 특별한 무늬가 스쳐 지나갔다.

연화를 죽인 자를 알게 된 순덕은 날카롭게 차가워진 복수심에 몸을 가만히 둘 수가 없을 지경에 이르렀다. 어딘가에 분출했어야만 한 엄청난 살의가 한꺼번에 몰려왔고, 차마 감당할 수 없는 떨림에 어금니를 꽉 깨물고선 그는 자리에 얼어붙어 있었다. 그는 몸을 돌려 전사를 뒤로하고 순결한 피를 흘리게 만든 원흉이 있는 마을로 성큼성큼 되돌아갔다.

모두의 기대를 한 몸에 받으며 자랐던 그가 패전 후에 절벽에서 추락한 것처럼 심신이 으스러졌을 때도 말없이 행동으로 그의 쓰라린 마음을 치유해주었던 그녀였다. 그러한 순덕의 모든 꿈이 향하는 길이자 통로를 짓밟아버리는 것으로 모자라, 순덕에게 가장 잔인한 방법으로 복수한 그 원흉을 당장 자신의 손으로 끝내야 한다고 생각했다. 광기에 완전히 사로잡힌 그에게 공명하는 두 손은 피를 원하며 부르르 떨렸지만, 작살을 꽉 쥐자 떨림은 순식간에 사그라졌다. 주변에 날카로운 조짐을 보이는 모든 물체들이 흉기로 보였고, 그의 두 눈은 크게 팽창했다.

그가 마을로 향하던 도중, 하늘이 구름의 장막을 벗고 광명을 온 땅으로 불러들이자 섬에는 햇볕이 깔렸다. 해안가를 통해 마을로 향하던 그는 정신없이 밀려드는 햇볕을 쐬며 걸었고, 이내 점차 정신이 맑아지더니 몸이 가벼워졌다. 피를 갈구하며 덜덜 떨리던 두 손은 박제처럼 굳어버린 껍질을 벗고 바람에 나긋이 흔들렸다. 짐승이 상대방의 목을 노리는 것처럼 완벽하고 날카로운 그의 눈매에 한줄기 차가운 바람이 지나가자, 그의 눈이 시리며 맑은 눈물이 새어나왔다. 또다시 복수에 완벽하다고 믿는 이 상황이 그에게 지난날 전투의 과오를 되짚게 만들었다. 무엇인가가 잘못되고 있다는 것을 깨닫고 멈춰선 것은 빗물에 고인 맑은 웅덩이에서 지쳐있는 한 남자를 발견했을 때였다. 그 남자의 불쌍한 모습에 순덕의 마음이 흔들리자, 귓가에 아련하게 들려오는 소녀의 웃음소리가 따뜻한 햇볕이 되어 그의 목말을 타고 따라다녔다. 순덕의 긴장된 사지는 맑은 웃음소리에 멍하니 풀려있었고, 간절함에서부터 우러나온 그 맑고 아름다운 음성에 다시 한번 소녀와의 사랑에 흠뻑 취한 듯이, 그는 고개를 떨어트리고 한참을 서 있기만 했다. 그녀가 웃음 지으며 건네던 그 모든 은밀한 말들이 이제는 세상에서 그녀를 기억하는 단 한 사람, 그만을 위한 연주로 들렸고, 그 음성의 강력함은 이루 말하기 어려울 정도로 청년에게 평온함과 나른함을 안겨다 주었다. 소녀가 자주 말하곤 했던 '눈 뜨고 있는 모든 생물은 자신에게 아픔이 다가오는 것을 두려워한다.'라는 말이 그의 가슴에 더욱 와닿았다.

그 말은 순덕을 향한 말이었다. 살아있는 모든 것은 주어진 삶을 살고 싶어 한다, 그에 반하는 일은 불행이라는 말과도 같았다.

연화도 애초에 죽음을 바랐던 것은 아니었다. 제단에 올려진 자신의 마지막에 처량함을 느꼈고, 마지막 호흡을 내뱉을 때도 혼자서 감당해야 했던 그 무거운 짐을 감히 쉽게 생각하지 않았다. 하지만 그녀는 자신의 희생으로 인해 순덕이 더는 무고한 피를 흘리지 않을 것임을 믿었다. 또한, 순덕을 무기력한 상황 속으로 몰아넣는 모든 것들에 저항하여 삶의 의지를 굳건히 내비추길 바라는 연화의 마음은 온전한 사랑 그 자체였다. 다시는 살육에 물든 사과를 먹고 후회하지 않기로 마음먹은 순덕은 이를 꽉 깨물었다. 결국 그는 마을을 등지고 발길을 돌렸다.

가는 길 내내 비참할 것 같던 그의 심정은 이상하리만큼 비겁하면서도 가벼웠다. 순덕은 자꾸 고개를 돌려 마을 쪽을 바라보았지만, 마을의 풍경은 마음의 동요와 다르게 하나 변하지 않았다. 되갚음을 절대적인 원칙이라 여겼던 그의 인생에 자비와 용서가 주는 가벼운 마음은 치명적인 독처럼 그의 마음에 금세 퍼졌다. 이제껏 겪어보지 못한 새로운 감정의 소용돌이에 휘말린 그가 그들에게 받은 고통을 갑절로 되갚는 것이 아니라, 잊어버리는 것은 서글픈 일이면서도 홀가분한 일이었다. 복수의 마음이 솟을 때마다 기억 속에 물방울처럼 알알이 맺힌 그녀가 터지고 희미해지는 것을 막기 위해 순덕은 안간힘을 써야 했다. 오히려 그들의 잘못을 잊으려 할 때만큼 소녀의 모습이 선명하게 보인 적이 없었다. 또한, 마을 사람들을 잊었을 때 비로소 소녀의 나긋한 목소리가 들려와 그에게 용기를 북돋아 주었다. 그러한 나날이 지나가자 복수심에 불붙었던 날들은 점차 까마득히 멀게 느껴졌다. 행여나 지난날 자신의 어리석고 무지몽매한 불꽃이 그녀의 추억에까지 옮겨 붙을까 두려워 그는 조심스레 자신의 불씨를 꺼트렸다.

순덕은 처음으로 두 손을 내려놓고 꽉 쥔 주먹을 편 채 자신이 원하는 모습으로 당당히 걸을 수 있었다.

울창한 숲속에서는 아침 햇살이 무성한 잎사귀의 손을 뚫고선 기교를 부리며 찰랑거렸다. 허무한 해안가에 일상을 꾸리던 순덕은 생전에 그녀가 입었던 옷과 그녀와 사냥을 나가서 아무것도 잡지 못하고 돌아온 일, 천둥이 치던 밤 무서움에 몸을 부르르 떨던 그녀의 어깨를 감싸던 밤을 떠올렸고, 온통 그녀와 함께 걸었던 물결치는 해안가를 따라 새겼던 흔적들은 어김없이 어디선가 불어오는 서글픈 어둠을 따라 사방팔방으로 뻗쳐서 둘만의 보금자리까지 찾아왔다. 가득 찬 물통을 비워내기가 쉽지 않듯이, 그는 온통 그녀의 모습으로 가득 찬 해안가를 쉽게 벗어날 수 없었다. 또다시 복수에 타오를까 겁먹은 그의 몸 구석구석에는 그녀가 머무른 장막이 살포시 그를 덮고 들어와서 용서를 바랐기에, 순덕은 그녀를 미워하게 되면서도 그 심성을 다시 사랑하게 되는 애증이 마음 한구석에 단단히 고착되었다. 이곳을 탈출할 힘을 얻은 것 또한 그러한 이유에서였다. 소녀의 부재로 이 섬은 생기란 찾아볼 수 없었고, 시들어버린 낙엽에 불과했다. 활기차던 수목들이 어느새 시들어 떨어지자, 물속에서 생기 있게 몸을 흔들던 물고기들은 굼뜬 몸짓으로 느릿느릿하게 아무 의미 없는 헤엄을 쳐댔다. 평소에 잡히지 않던 물고기들은 오히려 그에게 다가와 슬픈 모습을 슬쩍 훔쳐보고는 달아나다가 또다시 그의 주변을 맴돌았다. 그가 쉽사리 몸을 들여놓지 못한 보금자리에는 더는 어디에도 소녀의 흔적을 발견할 수 없었다. 녹색 잎을 엮어 만들어놓았던 신과 조개로 만든 장식품들, 다채로운 색을 지니고 있던 조약돌까지 흔적조차 없이 사라져 있었고, 순덕이 만들어놓은 물건을 제외한 그녀와 관련된 나머지 물품은 마치 간밤의 파도에 휩쓸려간 것처럼 깨끗했다. 애초에 없었던 물건일지도 모른다는 섬뜩한 생각이 그의 주변을 스쳤고, 등 뒤에는 거세진 파도와 칼바람에 먹먹해진 두 귀가 앞으로 다가올 거친 항해의 서막을 알려왔다.

한편, 그 시기에 백제는 고려의 침입에 맞서 수나라에게 지속적으로 사신을 보내어 고려를 공격할 것을 당부했다. 그들은 수나라에게 자처하여 길을 열겠다는 말도 서슴지 않았다. 동시에 백제는 병력을 위쪽으로 집결시켜 고려를 치겠다는 의지를 내비쳤고, 그에 따라 신라도 수나라의 공격에 따라 약해진 고려의 한강 유역을 되찾고자 북쪽에 관심을 쏟았다. 백제는 혹시 모를 신라의 기습에 대비하여 적암성을 쌓아 방어도 갖추어 나갔다. 이윽고 612년 봄, 수나라의 양제가 113만 3천 8백 명의 군사와 그에 준하는 보급 인력을 이끌고 고려로 진군하기 시작했다. 양제가 친히 임명한 지휘관들은 각 군마다 상장(上將)과 아장(亞將)이 각각 한 명이었다. 1대가 백 명으로 이루어진 40대의 기병과 80대의 보병이 960리까지 이어질 정도로 수가 많았다. 또한 전군을 좌군과 우군으로 분리하였는데 좌군과 우군은 각각 12군으로 나뉘었다. 이에 수양제가 직접 이끄는 좌군은 요수를 건너 육로로 장안성을 향했고, 우군은 산동 반도의 동래로 가서 배를 이용하여 요동 반도의 평양으로 향했다. 양광의 부대는 요수를 건너기 위해 부교(浮橋)를 만들어 건너려 했으나, 길이가 짧아 건널 수 없었다. 부교를 더 만들어 이어 붙이려 했지만 이것을 지켜보던 고려군이 부교를 완성하기 전에 공격을 감행했다. 수나라군은 어쩔 수 없이 강물로 뛰어들어 건너편 언덕을 오르기 시작했으나 고려군의 맥궁(貊弓)은 수나라 병사들의 갑옷과 방패를 쉽게 뚫어버렸다. 이로써 엄청나게 많은 수나라 병사들과 좌군위 장군인 맥철장이 전사하게 되었다.

하지만 수양제는 이내 강폭이 좁은 곳을 찾아 부교를 설치했고 곧이어 성공적인 도하를 시작했다. 부교를 타고 밀려오는 수나라 대군에 고려군이 맞서 싸웠지만, 결국 대패하여 1만의 병력을 잃고 요동성으로 후퇴해야 했다.

비록 요동성은 평지에 있는 성이었으나, 앞에는 해자(垓字)로 둘러져 있고 그 성벽의 단단함이 이루 말할 수 없었다. 또한, 요동성의 성주와 병사들은 수양제의 까마득한 군단 앞에서도 단결을 잃지 않는 용맹한 자들이었다. 수나라는 요동성을 함락시키기 위해 운제(사다리), 소차(상하이동식 무기), 투석기 등을 이용하였지만 고려군은 완강했다.

요동성이 무너질 기미가 보이지 않자, 양광은 별동대 30만 명을 뽑아 요동성을 우회하여 바로 장안성을 향할 것을 명했다. 이때 수나라 별동대는 사람과 말 모두에게 100일치 식량을 지급하고 갑옷, 짧은 창, 긴 창, 옷가지, 전투 기자재, 장막을 주었는데, 사람마다 3석 이상 무게라 지니고 갈 수가 없을 정도였다. 또한 곡식을 버리는 자에게 사형이라는 명령이 떨어지자, 몰래 식량을 땅속에 묻는 자들이 많았다. 그들이 겨우 중간쯤 행군했을 적에 수나라의 군량은 이미 바닥이 나고 있었다. 그러나 전군이 30만이었던 고려군은 별동대를 막을 힘이 없었다. 결국 고려군은 수나라군의 이동로를 장악하여 기습공격과 후퇴를 반복했는데 수나라 별동대가 압록강에 닿자, 영양왕은 을지문덕 장군을 수의 진영에 보내어 거짓 항복을 하고 형편을 살피고 적의 진군을 지연시키도록 명했다.

하지만 수나라 진영의 우중문과 우문술은 을지문덕이나 영양왕이 찾아오면 사로잡으라는 양제의 밀지를 받아두었던 터였다. 우중문은 을지문덕을 억류하려 만반의 준비를 갖추고 그를 기다렸다.

우중문은 뒷짐을 지고 대각선으로 보이는 을지문덕 장군을 보며 고심했다. 우문술은 그를 맞이하여 탁상에 앉혔고, 을지문덕은 항복 깃발을 내세우며 영양왕의 명을 받들고 있었다. 이에 우문술은 을지문덕 장군의 항복 의사를 글로 받아내었고, 우중문에게 다가가 의논했다. 그 둘은 양제의 명령이 항복을 얻어낸 지금의 상황에서도 유효한 것인지 헷갈리기 시작했다.

가장 좋은 방법은 수양제에게 직접 이 상황을 전달하여 대답을 받아오는 것이었으나, 시간이 오래 걸렸고 그때까지 을지문덕을 붙잡아둘 명목이 없었다. 대답을 받아오기까지 한 나라의 대장군을 아무런 확신 없이 구금하는 것은 큰 결단이 필요한 일이었기 때문이었다. 결국 우중문과 우문술은 그를 생포하려 했으나, 이를 크게 만류하는 자가 있었다.

바로 수나라의 상서우승(尙書右丞) 유사룡이라는 자였는데, 그는 고려군이 항복한 사실을 알고도 대장군을 생포한 사실을 수양제가 알게 되면 큰 화가 닥칠 것이라고 그들에게 겁을 주었다. 우물쭈물하다가 우중문과 우문술은 결국 항복을 하러 온 을지문덕 장군을 보내주게 되었고, 이윽고 이를 후회한 우중문이 사람을 보내어 을지문덕 장군에게 "긴히 하고 싶은 말이 있으니 다시 와달라."라고 하였지만 을지문덕 장군은 적의 형편을 살피었고 적의 진군도 늦추었기에 이를 무시하고 압록강을 건넜다.

을지문덕 장군은 적의 군량이 다 떨어져가고 있음을 알았다.

한편, 을지문덕을 보낸 것을 후회한 우중문과 우문술은 의견이 갈렸다.

우문술은 을지문덕도 놓치고 군량이 떨어졌기 때문에 돌아가야 한다고 말했지만, 우중문은 성을 내어 "장군은 10만의 군사를 거느리고도 얼마 안 되는 적군조차 깨뜨리지 못했으니 무슨 낯으로 황제를 뵈올 것인가?"라며 우문술을 설득했다. 수양제는 우중문을 더욱 총애하고 있었으니 이에 우문술이 마지못해 우중문을 따라 여러 장수들을 대농하여 을지문덕을 추격에 나섰다. 을지문덕 장군은 적이 군량이 떨어져가는 것을 알았고, 일부러 그들을 피로하게 하고자 매번 싸울 때마다 번번이 달아났다.

이에 우문술이 하루에 7번을 싸워 모두 이기자 자신감을 갖게 되었다. 그들은 마침내 살수(薩水)를 건너 장안성에서 30리 떨어진 곳에 진을 쳤다. 이에 을지문덕 장군이 다시 사신을 보내 거짓 항복을 청하고 우문술에게 "만약 군사를 거두어 돌린다면 마땅히 왕을 받들고 황제가 계신 곳으로 가서 조알하겠다."라고 말했다. 이에 우문술은 병사들이 피로하고 군량도 부족했으며, 장안성을 쉽사리 함락하는 것은 어렵다고 판단하여 거짓항복을 계기로 퇴각을 명했다. 가을에 이르러 수나라 군사들이 살수를 절반쯤 건너자 고려군이 뒤쪽에서 후방 부대를 공격했다. 이에 퇴각하는 수나라 군대의 후미를 고려군이 공격하자, 그들은 싸우면서 행군해야 했다. 여기서 수나라 우둔위장군인 신세웅이 전사하고 여러 부대가 무너져 내려 걷잡을 수 없게 되었다. 모두 전의를 상실하여 뛰어 달아났고 고려군은 파죽지세로 그들을 격파해 나갔다. 이에 수나라 왕인공이라는 자가 후군이 되어 고려군을 막아내었지만 역부족이었다. 결국 처음 요동에 왔던 30만 5천 명의 군사는 2천 7백 명으로 줄어들었으며, 막대한 군량과 전투 장비를 잃고 도망쳤다.

한편, 산동의 동래로 향한 수나라 우군은 배를 만들어 완성시켜 발해로 배를 띄웠다. 좌익위대장군인 내호아가 선단(船團)을 지휘하며 평양에서 60리 떨어진 곳까지 진군하였다. 한편 장안성을 직접 공격하는 별동대 30만 5천 명의 보급품을 지원하기 위해 온 내호아는 대동강에서 고려군을 크게 격파했다. 살아남은 고려군은 평양성으로 후퇴하였고 이에 내호아는 승세를 탔다.

한편, 부총관이었던 주법상이 육군을 기다렸다가 함께 진격해야 한다고 했지만 내호아는 이미 자만에 빠져 있었다. 그는 승리를 장담하며 정예병 4만여 명을 뽑아 고려군을 쫓았다. 그러나 고려군은 기습공격과 매복을 일삼아 그들을 최대한 막아내었고, 고려군은 성 안의 빈 절에 군사를 매복하는 한편 들어오는 수나라 병사들과 싸우다가 거짓으로 패한 척 성으로 유인했다. 내호아는 고려군을 완파했다고 착각하여 성 안에 들어가 군사를 풀어 약탈을 일삼았다. 이에 수나라 군대의 대오는 완전히 흩어져 있었다. 이때, 매복해있던 영양왕의 동생인 고건무 장군이 이끄는 철갑 개마 무사들이 수군을 공격하기 시작했다. 단결력으로 뭉친 500명의 개마 무사들의 말발굽에 오합지졸처럼 흩어진 몇 만의 군사들은 힘없이 쓰러졌다. 결국 내호아는 속았다는 사실을 깨닫고 퇴각했지만, 살아남은 군사는 겨우 수천에 불과할 정도로 많은 병력을 잃은 상태였다. 고건무 장군은 도망치는 수나라 수군을 상대로 끝까지 추격했으나, 부총관인 주법상이 단속하고 있어 병선 근처까지 갔다가 물러났다.

결국 전투 병력만 113만 명이 넘는 군사와 그에 준하는 보급 인력까지 수양제는 그 엄청난 군사를 이끌고 고려의 땅을 밟아왔지만, 고려의 고건무 장군과 수많은 명장들 그리고 30만 대군을 청천강 유역에서 몰살시킨 을지문덕 장군의 활약 앞에 대패하여 돌아가야만 했다.

을지문덕 장군은 이번 전쟁을 치르면서 뛰어난 재능을 가지고 있는 진사가의 교활한 눈빛에 담긴 야욕을 보았다. 혈통으로나 육정으로나 뛰어난 인물은 아니어도 고려의 이름을 믿는 자라면 있는 힘껏 직위를 주었던 을지문덕 장군이었지만, 진사가는 그에 적합한 인물이 아니었다. 결국 문덕은 진사가의 막대한 공적에도 불구하고 이를 눈감아 버렸고, 진사가보다 후임을 그보다 더 큰 자리에 세웠다. 이로써 언젠가는 진사가의 손에 자신이 위태로울 것을 예견했지만, 사라진 순덕의 행방을 찾기 위해서도 반드시 그를 데리고 있어야 했다. 진사가 또한, 을지문덕 밑에서 산전수전을 고생하며 싸우며 자신의 출세를 바랐다. 하지만 그것을 비밀리에 막는 을지문덕의 술수를 알게 되자, 깊이 분노했으며 언젠가는 을지문덕의 자리를 자신이 차지하겠다는 야욕이 눈가에 아른거리기도 했다.

그는 을지문덕 장군의 밑에서 일하면서도 종종 백제와 신라로 몰래 사람을 보내어 고려의 정보를 갖다 바치면서 재물을 긁어모았다. 그러던 중 순덕이 신라 배에 태워져 왜나라로 이송되었다가 배가 침몰했다는 소식이 들려오자, 진사가는 아들에게 눈이 먼 을지문덕을 끌어내릴 방안을 떠올렸다.

끈질긴 저항

    숲은 울창했지만 늪지대가 주를 이뤄서 습기가 가득했다. 그 섬에서 배를 만들 나무를 구하기란 쉽지 않았다. 순덕은 아침이 되면 물고기들을 잔뜩 잡아놓고 식사용과 비축용으로 나눈 후에 하루 종일 뗏목을 만들 나무를 찾아다녔다. 그는 물에 쉽게 뜨면서도 강한 파도에 버틸 수 있는 튼튼한 목재를 발견했다. 이윽고 그는 돌도끼로 나무를 찍어내고 나무줄기로 여러 번 나무를 감싸 엮어내어 해안가로 가져왔다. 나무 8개를 한쪽으로 양쪽 총 16개의 통나무들을 줄기로 엮고 엇갈리게 2단으로 쌓아올렸다. 그는 또다시 돛대를 중앙에 묶어 나무 뗏목을 만들기까지 총 일주일이 걸렸다. 하지만 이 섬을 벗어나려면 많은 식량과 물을 비축해야 했기에, 그는 다시는 발들이지 않을 생각으로 식량을 악착같이 모아야 했다. 필요한 식량과 물까지 어느 정도 갖추고 항해에 필요한 모든 준비가 끝나자, 뗏목을 해안가에 정박해두고선 그는 며칠 동안 바다의 흐름을 관찰하며 나가기에 가장 적절한 때를 재고 있었다.

며칠 동안의 기다림 끝에 마침내 가장 많이 물이 빠지는 날이 다가왔고 가려졌던 뭍이 조금씩 드러났다. 바람은 숲의 등선을 타고 흘러내려 바깥으로 쏘아댔다. 모든 것이 완벽하다고 생각한 순덕은 뗏목을 끌고 해안가부터 밀고 가서 배에 올라탔다. 노를 젓는 두 손은 벌써 멀리서 높게 일렁이는 파도를 두려워했지만, 그럴수록 힘을 주어 노를 딘단히 잡았다. 바람은 순조로웠고, 노를 열심히 젓지 않아도 뗏목은 섬을 뒤로하고 빠른 속도로 나아갔다. 나아갈수록 거친 파도에 순덕의 온몸이 젖고 뗏목이 뒤로 밀려났지만, 그럴수록 바람을 등지고 돛을 펼쳐 노를 힘차게 젓는 그의 노력에 바다는 순탄하고 잔잔한 미소를 띠었다.

해가 뉘엿뉘엿 수평선 너머로 기울자 그는 뗏목 한편에 만든 초막 안에 몸을 집어넣고 매서운 바람이 스쳐 지나가는 소리를 들으며 누웠고, 불빛하나 없는 광활한 바다와는 달리 어둠을 끼고 빛나는 수천 개의 별들을 보며 잠들었다. 파도 소리는 조금씩 그의 귀속으로 다가오는 듯 거칠어졌지만, 나른한 밤이 소라고둥처럼 안락한 보금자리로 빨려 들어갔다.

간밤에 순덕은 여러 번을 깨고 다시 잠드는 것을 반복했다. 축축하고 차가운 밤의 서글픔에 버티고 익숙해지는 것은 쉬운 일이 아니었던 것이다. 간간히 들려오는 심해의 깊은 절규와 바다에서 솟구친 물줄기가 비처럼 떨어졌고, 밤새 잠들지 못한 붉은 눈에 우중충한 하늘이 천둥을 몰고 오는 것이 비쳤다. 먹구름 가득 낀 어두운 날씨에 푸른 불꽃이 바다를 잠깐 밝히며 사라지고, 이에 따라 배가 조금씩 위아래로 흔들렸다. 서서히 파도가 강해지면서 흔들리는 뗏목은 방향을 잃고 돌아가기 시작했다.

순덕은 균형을 잡으려고 이리저리 나무를 바꿔 잡으며 밤새 시름했고, 차가운 바람이 멎기만을 기다렸다. 아무런 희망도 기대할 수 없는 암흑 속에서 유일하게 빛을 내는 자신의 두 눈동자만을 의지한 채, 언제 자신을 삼켜버릴지 모르는 심연의 바다에서 긴장감에 지친 그는 결국 잠이 들었다.

벌겋게 달아오르는 살갗의 따가운 고통에 잠을 깬 순덕의 앞에는 아른거리는 황금빛 모래알들이 펼쳐져 있었다. 익숙한 풍경과 비린 냄새 그리고 저 멀리 보이는 우뚝 솟은 산등성이의 모습까지, 또다시 섬으로 돌아온 것이었다. 실패에 발을 내딛은 순덕이 할 수 있는 일이라곤 혼자서 막연한 생활을 다시 이어가는 것뿐이었다. 예전에는 햇살을 받아 그토록 따뜻하게 익어가던 고운 모래알들이 이제는 마치 식어버린 토사물처럼 널려있었다. 바다라는 거대하고 넓은 푸른 대지에 의지하며 안겨있던 물고기들은 해안가를 어기적거리던 새끼 거북이를 바다에 맞아들이는 것처럼 빠르게 그를 스쳐갔다. 소녀가 없는 바다는 싱거운 소리를 내며 하루 종일 할 일 없이 이리저리 몸을 뒤척였고, 밤이 되면 보이지 않는 저 먼 수평선으로부터 밀려오는 물결이 그의 발등을 차갑게 적셔주던 시간들과 따뜻하게 불을 피우고 기대어 어깨가 살짝 맞닿아 민망하고 부끄러운 낯빛으로 한참이나 무색한 미소를 짓던 소녀와 소년의 그 고귀한 시간들을 불러내었다. 그녀와 바다에 나가 손을 맞잡고 수영하며 햇빛에 비추는 바닷물이 더없이 찬란하게 빛났던 기억들은 희미해져 존재하지 않았던 시간처럼 밤의 구슬픔만이 남았고, 이제는 소란스럽고 증오에 찬 현실만이 덩그러니 놓여있었다.

그 시간들은 그의 마음에 벅차올라 속 깊은 곳에 쓰라림을 살며시 던져놓고서는 멀리 떠나버렸으며, 그것은 어떠한 약으로도 해독되지 않는 일종의 독이었다. 마음에 부어진 독약은 작살에 찔려 천천히 고통스럽게 죽어가는 물고기처럼 순덕을 병들게 했으며, 결국 사냥을 알려준 것은 자신이 아니라 그녀였음을 순덕이 알기까지 오랜 시간이 걸리지 않았다.

죽을 날만을 기다리며 절대 깨어나지 않는 꿈속에서 날카로운 칼날 같은 그녀의 한올진 맑은 숨소리에 깊이 베인 그는 더는 예전으로 돌아갈 수 없었다. 여러 날이 지나도 그저 이곳에서 목숨을 연명해가는 삶으로는 허전한 무언가를 채울 수 없음을 알았던 것이다.

그가 다음 거대한 물때를 기다리며 생활하는 동안, 그가 살아남기 위해 잊어야 할 지난날들의 추억들은 그가 만지는 돌과 모래사장에 속속들이 스며들어갔다. 실수로 순덕이 만지기라도 하면 실로 어마한 파괴력을 가지고 있는 향수를 불러일으켜 회기(回期)의 본능을 되살려 결국 짐승의 모습으로 (어쩌면 진정한 그의 모습일지도 몰랐다) 순덕을 변모시켰고, 여태 스스로 잘 버텨왔다고 여긴 믿음까지 무너트려 버리는 일이 계속 생겨났다.

한편, 식량을 비축하기 위해 생명을 죽이는 일은 여태 순덕이 갈구해오던 피의 모습을 드러내어 고통스럽게 했다. 죽인다는 행위에 아무런 죄책감을 갖지 않았던 순덕의 마음에 그녀의 피와 살이 들어와 거짓된 죽음을 반성케 했던 것이다. 반면, 그녀의 진실한 죽음은 반쪽짜리 죽음이 난무하는 전장과는 비교할 수 없을 정도로 순결했다. 순덕이 평생의 호흡 동안 그녀의 발자취를 따라간다 할지라도, 한 사람의 마음속에 전쟁을 종식(終熄)시킬 수 있을지는 의문일 정도로 말이다.

순덕은 해 질 녘의 바다를 바라보며 생각에 잠겼다. 그는 문득, 세상에 존재하는 독배(毒杯)를 마시고 속이 썩어 문드러져서 바닥을 온통 피로 적셨던 그녀의 눈빛을 떠올렸고, 이내 자신의 모든 고난이 아무것도 아님을 깨달았다. 연화의 눈가에 흐르던 지난날의 핏방울들이 순덕의 눈물이 되어 떨어져, 붉게 타오르는 달빛은 하늘을 온통 뒤덮어버렸다. 망자가 다시금 이 세상으로 돌아오기만을 기다리는 순덕은 다시 한번 죽기로 결심했다.

그가 거친 파도에 버티지 못한 나무와 나무줄기를 떼어내고 새로운 목재들을 구해서 배를 수리하기까지 한 달이 걸렸다. 다시금 물때를 기다리며 하염없이 바다를 바라보는 내내, 순덕은 마지막으로 과거의 망령에 사로잡혀 있었다. 그는 다시는 돌이킬 수 없는 비참한 실수들을 생각하면서 등 뒤로 불어오는 바람에 한숨을 실어 함께 저 먼 바다로 먼저 내보냈다. 멀리 가려면 아무래도 불필요한 것들을 미리 떼어놓고 가는 것이 더 올바른 선택이라 믿은 그였다. 이제 실패에 여념하지 않았다. 물때를 기다리는 것조차 그의 유일한 기쁨이 되었다. 섬의 유일한 탈출구인 바다를 바라보며, 다시 소녀를 볼 수 있다는 믿음은 더는 실패를 쓰라리게 만들지 않았다. 일 년이 되든, 십 년이 되든 간에 반드시 나갈 수 있다고 생각한 그는 굳은 얼굴로 미지의 수평선을 바라볼 뿐이었다.

파도가 바위에 부딪혀 쿵 하는 소리와 함께 그녀의 웃음소리가 그의 발치까지 휩쓸려왔다가 다시 먼 곳으로 되돌아갔다. 순덕은 소녀의 행복한 순간도 고통스런 상상도 잠시나마 붙잡아놓을 수 없었다. 그는 어쩌면 자신이 물때를 기다리는 시간만큼이나 스스로를 나약하고 무능력하게 만드는 것과 다름없으며, 사실상 물때를 기다리는 것은 변명일 뿐이자, 이곳에 머물 핑곗거리에 지나지 않는다고 생각했다. 완벽한 물때를 기다리다가는 걷잡을 수 없이 나약해진 자신을 구제할 방법이 없었기에, 순덕은 파도가 가장 맹렬하게 솟구치고 빨라 배를 조종할 수 없을 만큼 두려운 시간에 배를 띄우고는 천천히 앞으로 나아갔다. 확연히 다른 높은 파도가 하늘을 모르고 치솟았고, 섬에 범람하고도 남을 물결들이 순덕에게 정면으로 닥쳐왔다. 하지만 지구상의 모든 생명을 집어삼킬 것 같은 기세로 멀리 서있던 파도도 두려움에 미처 삼켜지지 않은 순덕에게는 그저 언덕일 뿐이었다. 그는 노를 저어 울렁거리는 가파른 언덕을 향해 단숨에 올라갔다.

부서진 나무의 잔해가 바다 위를 아찔하게 둥둥 떠다니고, 느슨해진 끈들이 파도의 물결에 몸을 맡겨 너풀거리더니 이내 통나무와 함께 배 밑으로 가라앉았다. 이에 살점이 떨어져나가듯이, 물살을 버티지 못한 나무들이 하나둘씩 멀리 사라져갔다. 간신히 헝겊만 덮은 나체의 남자는 푸른 물결에 반쯤 잠겼고, 온몸에 땀처럼 흐르는 바닷물은 그의 고된 몸을 더욱 무겁게 누르고 있었다. 마를 틈 없는 각박한 항해 속에서, 지난날 배에 꽁꽁 묶어놓았던 식량까지 일부분 같이 휩쓸려 나가 더욱 절망적인 상황이었다. 벼랑 끝처럼 위태롭게 떠있는 배는 불어오는 바람에 속절없이 밀렸고, 그는 한참을 표류하다가 두 달하고도 엿새 만에 어느 무인도에 닿게 되었다.

이 섬은 한눈에 보일 정도로 굉장히 작았는데, 땅은 깊은 황갈색으로 뒤덮여있었다. 해안가에서 조금 떨어진 숲은 그보다 더 짙은 모래색이었으며 울창하지는 않지만 종류별로 나무를 심은 듯, 다양한 나무들이 촘촘하고 나란히 배열되어 있었다. 공기의 냄새 또한 사람의 호흡이 닿지 않아 나무 향의 강렬함이 이곳저곳에 깔려서 어지럽게 돌아다니고 있었다. 그는 부서진 뗏목을 고쳐야 했다. 그는 섬에 도착한 지 반나절이 채 되지 않아서 나무를 자르고 다시 뗏목의 통나무들을 가지런히 놓아 나무줄기로 여러 번 덧대 동여놓았다. 배 수리를 마친 후에야 다시 해안가로 나온 순덕은 작살을 들고 깊은 곳으로 나아갔지만, 그의 손은 주체하기 힘들 정도로 떨려왔다. 무섭도록 시퍼런 깊은 바다에 대한 공포감이 아니었다. 예전에는 너무나도 당연시 여겨왔던 사냥이라는 것이 지금의 그에게는 깊이 생각해봐야 할 문제가 되었던 것이다. 날카로운 검과 무거운 방패, 이 두 가지만 있다면 무서울 것이 없던 순덕은 세월에 낡아버린 갑옷처럼 거추장스럽고 쓸모없게 되어버려 자신도 예전의 아버지가 느꼈을 감정에 압도되었다.

비단, 은빛을 내며 영롱하게 빛나던 것은 칼날만이 아니었다. 햇볕에 반짝이는 은빛 물고기의 비늘은 고려의 갑옷보다 더욱 섬세하고 견고해 보였던 것이다. 진하고 붉은 피가 칼날을 타고 내려와 뒤덮기까지의 세월은 물을 베는 것만큼이나 빠르고 허무하게 지나갔으나, 다시 피를 맛보기까지의 두려움과 떨림은 여전히 그대로 남아있었다. 그 무거운 쇳덩어리가 낼 수 있는 유일한 소리인 비명을 다시 듣지 않으려던 그는 멈칫거리며 망설였다.

예전 연화와 생활하던 순덕은 그녀와 함께 이전에는 그 쇳덩어리가 낼 수 없었던 나무를 자르고, 풀을 베고, 물속을 가르며 헤집어놓는 그 모든 소리를 사랑했다. 그녀와 함께 있는 동안 미래의 염원에 대한 속삭임, 그 순간에 대한 온전한 충족에서 불어오는 흥얼거림, 그리고 이대로 함께라면 어쩌면 자신의 모든 것을 내려놓고도 후회하지 않으리라는 알싸하면서도 오묘한 웃음소리가 순덕의 곁을 맴돌았다. 하지만 그녀가 사라진 지금은 마치 가슴에 거대한 구멍이 뚫린 것처럼 허한 느낌을 지울 수가 없었다. 그의 온몸에는 둥 둥 둥 둥 처절한 심장의 북소리만이 끊이지 않고 들려올 뿐이었다. 외딴 섬에 흘러 들어온 그가 다시금 소녀의 흔적에게서 벗어나려고 하는 노력은 간절한 땀방울에도 담겨있었다.

그가 칼로 수풀을 헤치며 안으로 들어갈수록 희미하게 들려오는 새소리와 수풀 안에 꿈틀거리는 소리, 떨어진 잎에 파리가 이리저리 날아드는 소리 같은 모든 것이 다채롭게 들려왔다. 그는 새로운 숲속의 무거운 공기를 들이마시자 죽어있던 몸이 되살아나는 기분이 들었다. 그때였다, 시야를 가리던 풀잎을 약간 젖히니 근방에서 풀을 뜯고 있던 짐승 한 마리가 나타났던 것이다. 목을 기다랗게 세우고 눈망울은 검게 물들었으며 띄엄띄엄 흰 점이 박혀있는 갈색 몸통에 가느다랗게 여린 다리가 유독 눈에 띄었다. 그는 습관처럼 조심스레 작살을 쥐고는 사슴에게 던질 준비를 하고 숨을 죽여서 지켜보고 있었다. 갑작스레 주변이 고요해지자, 풀을 뜯던 사슴이 고개를 들고 순덕을 보고는 멈추어버렸다.

검은 눈빛 안에는 순덕이 작살을 쥔 모습이 비쳤다. 순덕에게 그 눈동자는 뜨겁게 살아있었다. 그러자 어느새 '모든 생물은 아픔을 두려워한다'던 소녀의 모습이 사슴과 겹쳐 보였다. 그곳에는 사슴이 아니라, 연화가 멍하니 서서 순덕을 쳐다보고 있던 것이었다. 머릿속이 혼란스러운 순덕은 꿈을 꾸는 것인지 아니면 환상을 보고 있는 것인지 구분할 수가 없었다. 그녀의 슬픈 눈동자 안에는 순덕이 아니라, 부족 전사의 모습이 비친 까닭이었다. 슬금슬금 다가가 그녀를 사냥하고 살점을 취하려던 그 전사의 이기적인 탐욕의 모습이 지금의 순덕을 통해 과거와 맞물렸다. 그렇게나 증오하면서 마을을 떠나 왔지만, 정작 자신도 부족 전사와 다름없다는 사실을 깨달았다. 그러자 도저히 용서할 수 없을 것 같던 그들에게 오히려 순덕은 무릎을 꿇고 흐느껴 울면서 용서를 구할 수밖에 없었다. 그는 작살을 들었던 자신이 마을 전사들만큼이나 어리석고 잔혹하게 보인 까닭에, 재빠르게 도망가는 그 소녀의 뒷모습만을 멍하니 바라볼 수밖에 없었다.

한참 동안이나 부르르 떨리는 작살을 쥔 손은 생명의 위대함을 여전히 느꼈지만, 거친 바다에서 식량 없이 항해한다는 것은 그녀를 두 번 다시 볼 수 없다는 뜻이기도 했다. 이에 순덕은 재빠르게 달아났던 짐승의 뒤를 따라 쫓아갔다. 멀리 지나지 않아 자신을 언제 보았냐는 표정으로 다른 곳에서 풀을 뜯고 있는 사슴을 발견한 순덕은 지체할 겨를 없이 호흡을 가다듬고 목을 노려서 작살을 힘껏 던졌고, 작살은 정확히 목을 꿰뚫어 사슴을 쓰러트렸다. 순덕은 그 짐승이 쓰러진 곳으로 다가가서 칼을 빼어 최대한 고통 없이 빠르게 목을 베고 마지막 호흡이 멈출 때까지 머리를 쓰다듬고는 눈을 손으로 감겨주었다. 그가 할 수 있는 것이라고는 존경심을 담아서 최대한 고통을 빠르게 덜어주는 것뿐이었다. 처음으로 죽어가는 생명의 마지막 호흡까지 함께한다는 것은 살아있는 모든 육신에서 죽음으로 향하는 길목을 같이 봐주고 달래주는 일이었다. 그것을 지켜본다는 것은 인간이 가진 특권이자 경외할 만한 일임이 분명했다.

그는 잡은 짐승의 살을 칼로 떼어 손질하고 바닷물에 씻어서, 말려 보관하면 얼마 동안은 충분히 불 없이도 바다에서 배불리 먹을 양을 준비했다. 순덕은 예전 무분별하게 사람들을 해치며 즐거워하던 모습과는 사뭇 달라져 있었으며, 그의 눈동자에는 소녀를 향한 동경심이 살며시 담겨있었다.

밤바다는 항상 매몰차게 그를 박대하고 천둥을 몰고 와 두려움과 공포를 주었어도, 아침이 되면 햇살을 머금은 미소로 그의 곁에 맴돌며 인간이 생각해낼 수 있는 모든 풍부한 색채를 아름다운 짙은 푸른 물결과 하얀 거품에 표현했다. 그 물결은 스스로의 주어진 잔을 넘치게 채우고 또 흘러내리며 순덕을 바닷속으로 끊임없이 유혹한 이중적인 모습을 보였다. 그는 소녀가 궁금해하던 어디로부터 물이 흘러들어오고 빠져나가는지는 여전히 알지 못했지만, 기나긴 폭풍우 끝에는 항상 눈부시게 밝은 물결이 온다는 것은 알고 있었다.

모든 것을 품고 태어난 푸른빛의 위엄을 내세운 바다의 물때가 바뀌자, 순덕은 다시 노를 잡았다. 지는 석양에 황금빛에 적셔진 바다가 가장 찬란하게 빛나며 물결이 마치 수천 개의 진주를 모두 풀어놓은 멋진 풍경을 자아내고 있을 때, 그는 더는 자신을 붙잡아둘 수 없는 곳으로 새로운 출발을 시작했다.

죽음과 생명, 이 두 가지를 아우르는 깊은 바다에 온전히 자신을 내려놓고 끝까지 버텨야만 세상의 낭떠러지에서 벗어날 수 있으리라 그는 생각했다. 제 아무리 행운이 넘쳐나는 사내일지라도 머나먼 여정을 출발함과 동시에 그 모든 운을 푸른 대지의 영역 안으로 넘겨야 하는 무언의 약속을 해야 했고, 풍부한 사망이 넘실거리는 바다 한가운데서 바닷길을 이끄는 뱃사공이 운명으로 끌어다줄 것인지 아니면 그를 호시탐탐 노리는 깊은 심연의 한 끼 식사가 될 것인지 자신이 결정할 수 있는 것은 없었다. 섬에서 멀어질수록, 소녀의 고귀한 뜻을 이루고자하는 여정은 금방이라도 부서질 듯한 뗏목의 두 번째 노가 되어 물결을 저으며 나아갔다.

찬란한 태양빛에 잠잠하던 바다는 빛이 저 먼 땅으로 사라지자, 이내 굶주린 본색을 드러냈다. 하늘에 검은 먹구름이 잠자던 바다를 조금씩 출렁이며 깨운 것이다. 얼마 지나지 않아, 평화롭던 세상이 까마득한 먼 옛날 일처럼 느껴질 정도로 강력한 파도와 비바람이 몰아닥쳤고, 그것은 마치 성난 짐승이 뗏목에 무작정 달려들어 금방이라도 부러트릴 기세처럼 강렬했다. 급물살과 강한 도파에 뗏목을 엮어놓은 나무줄기가 거침없이 풀려나 갔고, 단단히 묶었던 나무들은 고통스러운 듯 하나씩 떨어져 나갔다. 나뭇가지에서 잘려나간 통나무들은 말하기가 무섭게 출렁이는 파도에 삼켜, 바닷속으로 빨려 들어갔다.

순덕의 몸은 침착하게 이 순간이 지나가기를 기다렸지만, 아무도 구원하지 못할 이 푸른 땅에서 누군가를 기다리는 심정은 애처롭기만 했다. 그는 끝까지 혼자 버티지 않으면 어둠속으로 사라질 수밖에 없는 촉박한 자신의 뗏목을 보았다.

사람들을 죽이며 당당한 표정으로 땅을 짓밟고 서있던 예전의 그의 모습은 검은 파도를 버티지 못하고 가라앉아 온데간데없었다. 온몸이 차가운 물에 젖고 휘몰아치는 매서운 칼바람에 부르르 떨던 순덕은 이내 어깨, 등, 가슴에서 뜨거운 김이 피어올랐고, 마치 자신의 육신에 깃든 혼이 빠져나가는 것처럼 서서히 죽어가고 있었다. 바람은 파란 초원의 갈대 하나를 쓰러트리지 못한 한이라도 맺혔는지, 홀로 떠있어 유일한 방해물이 되는 그의 배를 흔들고 덮치며 심술궂은 표정을 보였다. 날아가지 않는 것이 신기할 정도로 드센 바람은 그의 노를 무용지물로 만들었고, 그는 더는 어디로 흘러가는지도 알 수 없었다.

바람과 파도에 떠밀려 엄청난 속도로 항해하는 조그만 배는 그의 의지와 힘, 그리고 아무 소용없는 노에 강력한 무기력을 불어 넣은 채로, 바람이 인도하는 항로로 얼떨결에 올라 태웠다. 무단으로 승차한 낯선 손님이 거슬린 기나긴 밤바다는 뗏목을 위아래로 요동치며 그를 시험했다.

아침이 되어서야 사라진 폭풍우는 맑고 청아한 햇빛과 신선한 공기, 그리고 드넓게 펼쳐진 탁 트인 아름다운 풍경을 남기고 갔다. 그것도 잠시, 바다에 해가 지자 모든 풍경은 눈을 감아버렸고, 그 사이 표류하는 순덕에게 이목이 집중되었다. 태연한 표정으로 다시 바다는 그와 나무들을 흔들고 깨부수고 질투하기 시작한 것이다. 하지만 그럴 때면 순덕은 아무 쓸모없는 노를 꽉 쥐고 죽더라도 이곳에서는 절대 죽을 수 없다는 강력한 의지를 드러냈고, 노를 강하게 바닥에 고정하고 굳건히 서서 밀려오는 수많은 적군들을 온몸으로 부딪쳐 내는 오기를 부리기도 했다. 그러한 시간이 지날수록 순덕의 정신은 멀쩡해졌지만 반면 육신은 힘을 잃고 점차 초췌해져 갔다. 마실 물과 식량이 하룻밤 사이에 물속에 가라앉는 것처럼 빠르게 사라져갔고, 그는 말린 생선살처럼 자신의 몸이 바짝 타들어가는 것을 바라보면서 안타까움에 홀로 슬퍼 눈물을 흘렸다. 천지에서 모든 슬픔과 역경, 고뇌가 모여 이룬 바다에 순덕의 눈물 한두 방울이야 보탠다고 그리 큰일이 일어나진 않았다.

오후의 해가 하늘 꼭대기에 올라 강하게 내리쬐는 빛에 그의 정신은 아득해져갔고, 두 눈은 흐릿해서 금방 멀어도 이상할 것이 없었다. 누군가에겐 잊힌 존재였지만, 그는 끝까지 포기하지 않고 바다와의 씨름을 이어나갔다. 하지만 고난과 역경은 매번 순덕의 몸과 마음을 지치게 했다. 차라리 아무 소망이 없었다면 심연의 바다가 주는 평온한 안식으로 헤엄쳐서 가고 싶을 정도였다.

256

그럴수록 그의 내면을 그녀의 의지가 잠식해 언젠가는 반드시 가야만 할 길을 포기하면 안 된다고 용기를 북돋아주었다. 그는 세상이 어둡고 흐릿한 나날에는 아무것도 말할 수 없었지만, 언젠간 진실이 보일 정도로 눈앞이 선명해지길 기다리면서도 굶주린 배를 부여잡고 조금씩 노를 저어갔다. 말라비틀어진 생선 조각을 사 등분해서 굶주림과 싸우며 사는 날에도 석양은 여전히 아름답게 졌다. 순덕은 정처 없이 바다 위를 둥둥 떠다니는 자신의 몰골을 보고 있자니 원인 모를 웃음도 나고 왠지 모를 행복과 뿌듯함에 젖어있었다. 스스로가 결정한 여행길에 눈을 뜬 이후부터 하루를 온종일 따라다니는 지독한 굶주림과 갈증이 심신을 괴롭혀도, 이전에 풍부했던 고깃덩어리와 갖은 음식들이 오늘따라 그에겐 더 초라해 보였던 것이다. 자신에게 충실한 삶이 아닌, 다른 사람의 이유 없는 명령과 억울한 복종에 몸서리치게 끔찍하던 지난날들이 다 헛것으로 여겨졌고, 그렇기에 지금의 순덕은 과거와 비교했을 때 동에서 서로 멀듯이 달라져 있었다.

별자리 하나만을 의지하며 나아가는 외로운 여행길에서 부서진 뗏목이 하늘에 떠있었다. 파도에 휩쓸려 수없이 바닷물을 마시고, 살갗이 타들어가는 태양빛과 단둘이서 마주하며 이슬로 담근 술잔을 기울일 때도, 그는 천지가 태어나기 전같이 깜깜한 어두움에 잠식되어 바다 위를 둥둥 떠넜다.

정신이 아득해지는 가련한 빛의 굶주림과 함께 먼 곳에서부터 잿빛 먹구름이 한없이 그에게 몰려들어와 엄청난 소리와 함께 갖은 번개를 지상으로 끌어내렸다. 작은 섬에 떠있는 그가 할 수 있는 것은 인간의 나약함을 온몸으로 깨우치며 외로움과 폭풍우 속에서 흐느끼는 것이 전부였다. 그는 얼마큼의 시간이 지났는지도 하얗게 잊어버린 채, 물결치는 바다 외에는 아무것도 구경하지 못한 외로움만이 전부라 생각했다.

멀리 날아가는 새들은 뗏목에 쉬어가지 않고 멀리서 그를 지켜보기만 했다. 그 모습을 보며 순덕은 자신도 새처럼 한없이 나아가면 소녀에게 닿을 수 있을 것이란 희망을 끝끝내 놓지 않았다. 오직 다른 이의 심장에게서 전쟁을 떼어놓을 수만 있다면 이 항해는 견딜 만한 충분한 가치가 있는 것이었다.

작렬하는 태양빛 아래 뗏목에 만들어놓은 초막 밖으로 다리를 조금만 옮겨도 벌레들이 슬금슬금 몸을 갉아먹는 것처럼 따갑게 몸이 익었다. 얼마만큼의 시간이 흘렀는지 알 수 없었다. 영원한 굶주림에 갇힌 그가 지독한 외로움과 끝없는 푸른 물결 사이로 흘러가는 자신의 앙상한 뼈를 보고 당장이라도 물속에 빠져 끝을 내고 싶었던 것이 한두 번이 아니었다.

밤이 되면 언제 들이닥칠지 모르는 폭풍우를 생각하며 몸을 벌벌 떨어야 했고, 행여나 자고 있는 틈을 타 커다란 파도가 뗏목을 집어삼켜서 깊은 수렁으로 빠지진 않을까 하는 걱정에 뜬눈으로 밤을 지새워 아침이 밝아 오기 전에는 결코 잠에 들 수 없었다. 끈질기게 식량을 아끼고 물을 조금씩 나누어 마시면서 버티고 버텨왔지만, 끝내 마지막 식량까지 떨어진 지 오래였다. 마실 물은 짠 바닷물뿐이었다. 더는 보이지 않는 육지에 대한 희망은 푸른 물결에 살짝만 풀어놓아도 하얀 거품이 일어나서 단숨에 사르르 녹아 사라졌다. 날이 갈수록 그의 육신은 시들어버릴 대로 시들어 자꾸만 눈이 침침하고 잠에 쉽사리 빠져들곤 했다.

깊은 꿈속에서 순덕은 칼을 가지고 전장 한가운데에 서있었다. 하지만 뼈만 앙상하게 남은 두 팔은 무거운 쇠를 들기에 역부족이었고, 검은 새가 그의 살을 갉아먹고 몸 안에 기생하며 점차 자라고 있었다. 무거운 칼을 내려놓으려 했지만 소녀가 그를 찾아왔고, 자신의 꿈을 이루어달라고 말하고는 이내 사라졌다. 결국 그녀의 꿈은 곧 그의 꿈이 되었다.

그것도 잠시, 꿈에서 깬 순덕이 눈을 떴을 때는 먼 하늘에서 그의 끈질긴 생명을 절단내줄 먹구름들이 하나둘씩 집결하고 있었다. 바다라는 종이로도 그들의 모습을 다 담아내지 못했고, 하늘을 삼켜버린 구름들이 다가오는 모습에 순덕은 조용히 눈을 감고 마른침을 삼켰다.

생명과 종말

그는 뗏목에 언제부터 앉아있었는지 모를 새를 응시하고 있었다. 시체처럼 죽은 듯이 있던 순덕을 보고 새는 경계심을 낮추어 뗏목에서 쉬고 있었다. 순덕은 자신 이외에 생명을 가진 것을 가까이서 보는 것이 신기했지만, 새는 이제는 마지막만을 남겨두고 절망 가운데 놓인 자신을 희롱하며 떠나갈 존재일 뿐이었다. 뗏목에 앉은 새는 태양 속에 사는 삼족오처럼 검지 않았으나, 그것이 희망을 가져다줄 징조인지 혹은 전장에서 시체를 파먹는 까마귀가 될지 모르는 일이었다. 녹색과 노란색이 뒤섞인 날개털 아래 발목에는 사람의 손길이 닿은 듯, 조그만 통이 달려 있었다.

흔히 전장에 쓰이며 재빠르게 소식을 알리려 할 때 보내는 전서구처럼 보였다. 곧이어 물결을 헤치며 다가오는 거대한 그림자에 덮인 순덕의 눈은 침침해졌고, 귀는 매번 들리는 파도 소리와 확연하게 차이를 보이는 다른 소리에 민감하게 반응하며 가슴이 뛰기 시작했다. 고통의 강물에서 수많은 고난을 겪고도 끊임없이 들려오는 파도의 숨 막히는 생명의 저울질에 싸우며 부단히도 노력한 지난날들이, 순식간에 그의 머릿속에 들어왔다가 흩어졌다.

모든 강과 바다가 하나로 합심하여 외롭게 떠있는 뗏목에 간당하게 달린 숨통을 끊어가려던 수많은 노략질 속에서도 살아남은 순덕이 의지할 곳이라고는 심하게 뒤틀리고 부서진 뗏목뿐이었다. 사방에는 온 세상을 다 덮을 정도의 엄청난 물이 밤의 공포 속에서 춤을 추며 그의 죽음을 기다렸어도 꿋꿋이 살아남은 그였다. 숨 막히는 광활함에 억눌려 힘없이 쓰러져있을 수밖에 없었던 그에게 이 공간에서 벗어날 수 있는 희망이 눈에 보일 정도로 선명하게 다가왔던 것이다.

커다란 깃발이 매달려 있는 거대한 그림자는 순덕의 뗏목을 향해 더욱이 가까워졌다. 순덕은 신음이 뒤섞인 고함을 냈지만, 거대한 배의 소리에 묻혀 들리지 않았다. 단지, 배는 새가 날아간 방향을 따라 그에게 가까워졌을 뿐이었다. 결국 푸른 대지가 흔들리고 발 디딜 곳이 없는 바다에서 순덕에게는 그 새가 자유이자 생명을 가져다주는 천신의 전령 같은 존재였던 것이다.

항해를 하는 동안 자칫하면 길을 잃기 쉬운 바다 한가운데서 땅으로 향하는 길을 본능적으로 알고 있는 새는 선원들의 동지이고 길잡이 역할이었다. 새를 따라온 커다란 배는 앙상한 뼈만 남은 채로 소리를 지르는 사람을 발견하고 서서히 멈췄다. 그를 발견한 선원이 큰 소리로 외치더니 사람들이 몰려왔고 이내 뼈만 남은 그를 끌어다 배에 올라 태웠다.

수양제의 침공이 끝난 직후인 612년 겨울, 을지문덕은 자신의 신분을 감추어 옷차림을 바꾸고 진사가와 소수의 병사들과 짐꾼, 그리고 다수의 의원을 대동하여 식량과 약재를 싣고 요동성과 신성 그리고 안시성 변방에 전쟁으로 보급이 끊겨 굶는 이와 다친 이들을 치료하기 위해 떠났다.

진사가는 전쟁 이외에는 다른 일에는 전혀 관심을 두고 있지 않기 때문에 문덕이 가는 길을 탐탁지 않게 여겼으나, 내색은 전혀 하지 않았다. 완벽한 모습만을 보이려는 진사가를 꿰뚫어 본 대장군은 일부러 험난한 고산지대에 있는 성들에 진사가를 데리고 갔다.

을지문덕은 마을들을 직접 둘러보면서 굶주린 마을 사람들에게 군량미를 베풀고 가져온 약재로 약을 달여 아픈 자들을 치료해주었다. 고지대 마을 사람들은 처음에 군사들이 오는 것을 보고는 기겁을 하며 숨었지만, 이내 을지문덕 대장군이라는 사실을 알고는 환영했다. 하지만 전쟁으로 인해 피폐해진 변방의 마을들은 변변찮은 재물 하나 없었고, 그나마 자급자족하던 식량들도 나라가 모두 거둬들여 당장에 먹을 식량까지 부족한 상황이었기 때문에 마을 사람들이 병사들을 보는 시선이 곱지만은 않았다.

한편, 높은 지대에 고려의 성들이 위치한 탓에 수나라의 침략이 쉽지 않았지만, 역으로 보급품을 전달하는 데 있어서도 어려움이 따랐다. 을지문덕 장군은 이동할 때마다 고된 행군을 해야 했다. 가는 곳곳마다 마을 사람들이 허다한 무리를 이루어 대장군의 군사들을 에워쌌다. 의원들과 병사들은 가져온 약재들과 군량미로 다친 이들에게 약을 달여 주고 배고픈 자들에게 식량을 베풀어주었다. 하지만 날이 갈수록 추위와 고된 여정에 모두가 지쳐갔고, 더욱이 진사가의 불만은 쌓여갔다. 그가 원하는 것은 군량미를 나누어주어 배고프고 헐벗은 이들을 구원하는 것이 아니라, 전쟁으로 죄 없는 이들의 피를 취하는 것이었다.

다른 이의 붉은 피를 취할수록 진사가의 욕심은 커져만 갔고, 더 높은 관직과 명예와 부를 얻을 수 있을 것이란 욕망은 커져갔다. 하지만 그의 야망은 산을 오르면 오를수록, 마을을 다니며 천한 백성들을 볼수록 자신의 과거와 맞물려 빈손이 더없이 가엾게 느껴졌다.

한편, 요동성 변방의 한 마을에서는 추위와 굶주림에 견디다 못해 을지문덕을 따르겠다는 백성들로 넘쳐났다. 하지만 을지문덕이 '백성들도 자신의 집이 있고 심지어 도둑들도 자신의 거처가 있지만, 나와 나를 따르는 군사들은 머리 둘 곳도 없이 이곳저곳을 누비며 결국 쓸쓸하고 차가운 땅에서 자야 한다.'며 마을 사람들에게 단단히 이르자, 그를 따르려는 이가 없었다.

그는 마을을 떠나 멀리 떨어져 있지 않은 산 중턱의 다른 성으로 식량과 약재들을 짊어지고 올랐으나, 그곳은 텅텅 비어있었다. 성문은 재가 되어 무너져 내렸고, 길가에는 성벽의 돌덩이가 널브러져 있었으며 거리에 먼지가 가득했다. 불타오른 흔적이 집집마다 빈번했고, 비까지 추적추적 내리자 음산하기 짝이 없었다. 이에 을지문덕은 수나라와의 전쟁으로 국토가 피폐해지는 것을 한탄했다. 그곳에 살던 백성들은 살을 에는 추위와 굶주림, 그리고 전쟁에 대한 분노로 인해 고려를 떠나기도 하였고 다른 마을에 살길을 찾아가거나 각자 무기를 가지고 산으로 들어가 산적이 되기도 했다.

산으로 들어간 자들은 고려의 군사로 위장하여 다른 성들을 돌아다니며 식량과 재물들을 빼앗고 다녔다. 산적들은 토사 위에 집을 짓고 그들만의 법을 세워 철저히 지키면서 스스로를 고려의 구원병이라 지칭하며 약탈을 일삼았다.

이에 텅 빈 성을 두고 산 아래로 하산하는 을지문덕 장군을 기습한 자들이 있었다. 초췌한 옷차림에 갈비뼈를 드러낸 수많은 남자들이 들고 있는 낫과 괭이를 보고 문덕은 고개를 숙여 미동도 하지 않은 채로 가만히 있었다. 이에 산적들이 군량미와 무기를 요구하자, 을지문덕 장군은 순순히 군사를 무르라고 명했다. 장군을 호위하던 병사들은 의아해했으며 대장군에게 무슨 연유인지 물었다.

을지문덕은 "백성들을 구원하러 온 청병장(請兵將)이 도리어 그들과 분쟁한다면 나라는 더욱 황폐해지고, 시국이 바람 앞에 촛불처럼 위태로울 것이다. 고려가 스스로 분쟁한다면 필사 무너진다."라는 말과 함께 자신과 의원들, 그리고 식량을 제외한 나머지 병력의 철군을 명했으며, 또한 그들에게 "다른 마을로 가서 하던 일을 멈추지 말고, 두 달이 넘도록 아무 소식이 없으면 나를 찾으라."고 일러두었다.

병사들에게는 그의 말이 군율이고 절대적인 군법이었다. 제 아무리 이해가 되지 않는 일이라고 하더라도 지켜야만 하는 권위를 가졌기에, 병사들은 고심하더니 이내 일말의 미련 없이 남은 이들을 뒤로하고 하산했다. 을지문덕 장군은 그들을 돌려보내고 난 후에, 산적의 수령으로 보이는 이에게 일러 "먼저 강한 자를 결박하지 않고서야 가진 식량과 재물을 강탈하겠는가."라며 스스로 그들에게 잡혔다.

고려 병사들이 산적이 되어버린 백성들과 싸운다면 질 수가 없는 싸움이었지만, 을지문덕은 싸우지 않았다. 이윽고 그가 가지고 있던 식량과 약재들은 산적들의 손에 넘어갔고, 을지문덕 장군을 끝까지 따르겠다던 열 명 남짓한 병사들과 욕망에 가득 찬 진사가는 도망가지 않고 포로가 되어 산 동굴에 갇히게 되었다.

고려의 병사들은 산적 무리에게 갇힌 이가 수나라의 침략으로부터 고려를 구원한 을지문덕 장군이라 말했으나, 그들은 을지문덕의 누추한 옷을 보며 믿지 않았고, 만일 진실이라면 장군의 표적을 보여달라고 을지문덕에게 말했다.

하지만 문덕은 "추악하고 외설하기를 즐기는 자들은 고려가 위태로울 때 망할 징조가 보인다며 고려를 떠나 결국 그들만의 법치를 세워 모든 것을 의심하니 훗날 을지순덕이 살아 돌아오면 보여줄 표적 외에는 보여줄 것이 없다."라며 말을 아꼈다. 이를 들은 진사가는 을지문덕이 아들이 살아있다고 믿는다는 사실을 알게 되었다.

며칠이 지나도록 산적들은 포로들에게 음식을 주지 않았다. 배고픔이 끈질기게 달라붙은 진사가는 을지문덕 장군에게 그가 대장군임을 밝히라며 재청했으나, 끝내 듣지 않았다. 진사가는 지원군을 기다렸지만, 한참이 지나도 오지 않자 남아있기로 결정한 자신을 걷잡을 수 없이 후회했다.

이에 며칠이 더 흐르자, 배고픔을 이기지 못한 진사가는 산적들에게 자신은 을지문덕 대장군을 따르는 자가 아님을 맹세하였고, 산적들이 가진 식량과 재물의 갑절이나 더 얻을 수 있으며 그 방법을 알려주겠다고 그들을 설득했다. 어리석은 산적들은 그의 세세한 말을 듣고는 홀려서 수령에게 사실을 고했고, 얼마 후에 진사가는 풀려났다. 진사가는 그들이 내어준 떡과 고기를 잔뜩 물고 자신이 살길을 간구하며 눈알을 이리저리 굴렸다. 모든 것을 다 내어줄 것 같은 그의 태도와 언변에 산적들은 점차 그를 믿고 따르게 되었다. 40일 동안이나 갇혀있던 끝에, 지도자와 산적들은 회군한 무리가 돌아올 시기가 다 되었기에 계속 가둘 수 없다고 판단했고 결정을 내려야 했다.

산적의 수령은 만약 갇혀있는 자가 진실로 을지문덕 장군이라면 그를 풀어주어야 했지만, 그렇게 되면 반드시 수천에 달하는 병사들을 동원하여 자신이 세운 이곳을 재앙으로 만들 것이라 생각했다. 이를 알아챈 진사가는 잡힌 자가 을지문덕임을 연달아 부인했다.

결국 산적 무리가 서로 자신의 말이 옳은지 아닌지 토론하는 가운데, 일단 을지문덕이 맞는지 그를 시험해야 한다고 의견이 힘을 얻었다. 을지문덕 장군은 산적들에게 이끌려 나갔다.

수령이 물었다.

"만약 진정으로 영양왕이 총애하는 고려의 대장군이라면, 요동 변방의 온 마을 백성들을 먹일 식량을 마련할 수 있는가."라고 물었지만, 을지문덕 장군은 식량이 변방의 마을 사람들에게 들어갈 것이 아니라, 그들의 사리사욕을 채울 것임을 알았다.

이에 을지문덕은 "백성은 다만 왕께 충성하고 나라를 다스리는 일을 잘 따르고 각자 자신의 할 일을 하면 굶지 않아도 될 뿐더러, 고려는 자연히 부국강병하게 된다."고 일렀다.

그 말에 산적들은 분노하면서도 고려에 전쟁이 나자 나라를 도울 생각은커녕, 자신들이 가지고 있던 것들을 빼앗길까 염려하여 산으로 도망갔던 자신들을 돌아보게 되었고, 이에 민망함을 감출 길이 없었다. 또한 수령과 산적들은 그들이 거주하는 산의 낭떠러지에 데리고 가서 대장군을 세우고 말했다.

"네가 진정으로 을지문덕이라면 고려의 절세 명장이거늘, 한낱 산적 무리에게 잡혀 대장군이 죽임을 당한 것은 왕에게도 치욕이니, 이곳에서 스스로 떨어져 죽음을 택하라. 그것이 왕을 도울 수 있는 길이다."

이에 을지문덕 장군이 "왕을 시험하지 말라."라며 한탄했다. 이것을 들은 수령과 산적 무리들은 더욱이 분노를 참지 못하고 정체를 드러낼 요량으로 방법을 간구했다. 진사가가 지도자에게 귀엣말로 방법을 일러주자, 지도자는 즉시 그들이 여러 마을과 백성들을 강탈하면서 얻어낸 재물과 황금이 있는 곳으로 을지문덕을 데리고 갔다. 그것들은 수레에 담으면 몇 수레가 찰 정도로 황금과 재물이 가득했다.

그곳에서 지도자는 "진정으로 살고 싶거든 갇혀있는 병사들이 보는 앞에서 내게 무릎 꿇고 절하라. 그리하면 내가 이 황금 보배를 네게 주고, 굶주린 병사들에게 식량과 이곳을 벗어날 탈것을 주겠다."고 말했다. 지도자는 그가 유혹에 넘어간다면 재물을 줄 생각도 없었을 뿐더러, 만약 한낱 산적에 불과한 자신에게 무릎을 꿇는 순간, 대장군을 지칭하는 가짜 장수의 목을 벨 요량이었다. 하지만 을지문덕 장군은 "악덕한 자여, 물러가라. 선한 자는 왕을 존경하고 공손히 절하며 다만 왕에게 충성할 뿐이다."라고 말했다. 그러자, 그것을 듣고 있던 무리들이 그의 가르침에 놀라니 그 가르침이 마치 권위 있는 자와 같고 그들의 수령과 같지 아니하였음을 깨달았던 것이다.

무리 중 대부분이 대장군의 위엄에 압도되어 의심했던 마음을 거두어 무기를 버렸다. 산적들은 을지문덕과 갇혀있던 병사들을 풀어주려 했으나, 수령은 당황하여 풀어주려던 산적의 등을 재빠르게 베어버렸다.

이에 격분한 산적들은 위협적으로 그를 둘러쌌지만 아직까지 의심하던 몇몇이 도왔고, 수령은 간신히 그 자리를 빠져나와 도망쳤다. 풀려난 을지문덕의 군사들은 재빠르게 무장을 갖추었다.

병사들은 이내 산적들을 사로잡아 을지문덕에게 이들을 엄벌에 처해야 한다고 고했으나, 장군은 그들을 불러 모아서 "너희들은 고려의 햇불이자 어두운 변방을 밝힐 빛이다. 만일 불이 타오르지 않고 꺼진다면 빛 또한 역시 꺼질 것이고, 결국엔 재만 남게 되어 바람결에 사라질 것이니, 고려의 햇불은 백성에게 자비를 베풀어 모두가 왕의 아래에 있는 충신임을 확실하게 하라. 또한, 너희가 그들에게 묶였으나 지금은 그들의 손이 너희를 불쌍히 여겨 자유롭게 되었으니, 목숨을 그들에게 빚진 것이다. 어찌 빚진 자가 탕감해준 이를 불쌍히 여기지 않는가."라며 그들을 용서하라고 말했다. 하지만 을지문덕은 진사가에게 "너는 산적들과 함께 물러가라. 네가 나를 넘어지게 하는 자이며, 네가 고려의 일을 생각지 아니하고 도리어 사람의 욕정만을 생각하는 악인이다."라고 말했다.

결국 진사가는 산적 무리를 쫓아 떠나갔다. 이에 을지문덕은 남아있는 병사들을 돌아보고 다시 말했다.

"누구든지 이번 일처럼 자신의 목숨을 부지하려 하면 잃게 될 것이며, 고려를 위하여 목숨을 잃을 각오로 임하면 얻게 되리라."

을지문덕 장군은 병사들의 주린 배를 채우고 산적들을 거두어 산에서 내려왔다.

내려오는 도중에 병사들은 산적들의 황금과 재물을 두고 온 것과 산적들과의 동침을 근심했다. 이에 을지문덕 장군은 군사들에게 일러 "땅에 쌓아둔 보물은 언제든지 더욱 강한 자에게 약탈당하기 마련이니, 너희들은 아무도 도적질 할 수 없는 곳에 보물을 쌓고 영예로운 명예를 갖는데 심혈을 기울여라. 또한, 착한 백성도 이 나라의 백성이고 악한 백성 또한 나라의 대들보이니 가려 백성들을 거두어들이면 고려는 편안치 아니할 것이다." 하고 말했다. 을지문덕 장군과 병사들은 산을 내려오는 도중에 장군의 명으로 먼저 떠났던 군사들과 만났는데, 대장군의 명으로 다른 마을을 둘러 아픈 자들을 돌보고 식량을 나누어주라고 한 지가 한 달이 넘도록 지났지만, 그들이 돌아오지 않자 병사들이 직접 대장군을 찾아 나선 것이었다.

문덕은 그들과 합류하여 다시 요동성으로 들어갔고, 그곳에서 다 떨어진 식량과 물 그리고 의원들을 준비하고 모집했다.

그러던 어느 날, 어김없이 그는 산하관에서 떨어진 변방 마을로 군량미를 수레에 싣고 병사들을 대동하여 갔다. 그곳은 지형이 높고 산세가 험하여 절벽 밑으로는 바다가 거칠게 짖는 곳이었는데, 무성한 나무들은 바다의 기운에 촉촉하게 젖어있었고 바람이 시원하게 불면서도 하늘에는 어두운 구름이 잔뜩 껴있었다. 을지문덕과 군사들이 마을에 들어서자, 백성들이 살고 있어야 할 집에는 서늘함만이 가득했고, 어린아이들이 활기차게 뛰어놀아야 할 곳엔 피 웅덩이가 간혹 보였다. 그 마을에는 이미 피바람이 한차례 불어 닥쳤던 것이다. 너무 늦게 도착했다고 생각하는 그 순간에, 화살 한 발이 하늘위에서 뚝 떨어지며 병사의 팔뚝에 꽂혔다. 그러자 이내 수십 발의 화살이 검은 먹구름에서 떨어지며 그의 행차를 달갑지 않게 맞았다.

을지문덕은 곧장 병사들에게 방어 태세를 갖추게 하고 마을 이곳저곳으로 병사들을 흩어지도록 명을 내려 화살의 눈매를 피할 수 있었다. 이후에 그는 기마병들을 재정비하고 급히 말에 올라 화살이 날아오는 방향으로 몸을 향했다. 쏟아지는 화살을 뚫고 금세 산비탈을 올라 산등성이에 다다르자 눈앞에는 절벽이 장엄하게 이루고 있었고, 그곳에서 매복해있던 적군들과 마주쳤다. 수나라 군복을 입은 자들이었지만 문덕은 그들 속에 산적들의 수령, 그리고 진사가 있다는 것을 알아보았다. 그들은 습격한 부대가 을지문덕의 병사들이라는 것을 알아채자 두려워하는 기색이 만연했다. 절벽 아래에는 거친 파도 소리가 땅을 쿵하고 내려쳐 대지 전체를 삼키는 듯한 큰 소리를 냈고, 온몸이 아찔해지도록 서늘한 바람이 팔뚝을 타고 그들의 얼굴을 스치고 있었다.

수많은 기병대와 맞닥뜨린 적들은 바람 부는 소리에도 잔뜩 긴장을 하며 식은땀을 흘렸다. 자신들의 머릿수가 대장군의 기병들과는 상대가 되지 않음을 보고, 적병들은 들고 있던 무기를 모두 땅에 떨궜다. 낭떠러지 너머엔 허공 속에서 붉은 태양빛이 저물어감에 따라 그들의 종말을 암시하는 듯했다. 석양빛이 차가운 바람에 감추어져 그들 속에 있는 두려움을 꺼냈고, 시시각각으로 그들의 혼을 갉아먹는 황혼이 그들을 두드리고 있었다. 그들 또한 자신의 운명이 이곳에서 결정된다는 것을 알고, 마음속으로 오랜 시간 동안 자신의 벗이었던 스스로에게 위안을 주고 안녕을 물었다.

대치 상태가 길어지자, 눈알을 이리저리 굴리던 진사가 엎드려 큰소리로 외쳤다.

"지극히 위대하신 고려의 대장군 을지문덕 장군님이 나와 무슨 상관이 있습니까. 장군님에게 간절히 구하니 나를 괴롭히지 말아주십시오."

이에 을지문덕이 한 걸음씩 그들에게 다가가자, 절벽 밑에서부터 강력하게 올라오는 바람을 등지고 두려움에 떨며 진사가는 물러서고 있었다. 적군 중 어떤 이들은 그들이 가진 마지막 식량을 걸신이 들린 사람처럼 먹어 치우고 있었고, 남은 이들은 갑옷을 황급히 벗기 시작했다. 마침내 완전히 벼랑 끝으로 내몰린 몇몇은 맨몸으로 바다에 뛰어들고 말았다. 진사가는 끝까지 을지문덕 대장군을 설득하려 했다. 하지만 귀에 달콤한 말로는 고려의 썩은 싹을 잘라내겠다는 심정을 가진 문덕에게서 종말을 피해 갈 수 없었다.

을지문덕 대장군은 그에게 거의 다다르자 말을 꺼냈다.

"네 진짜 이름이 무엇이냐."

이에 진사가는 음흉한 미소를 지으며 답했다.

"군대입니다. 우리의 수가 많기 때문입니다."

이어서 그는 죽음만은 피하게 해달라고 간구했고, 이에 을지문덕 장군은 허락했다. 진사가는 머뭇거리더니 들고 있던 무기와 갑옷을 땅바닥에 내팽개치고는 비탈을 내려가 끝없이 내려가는 절벽 아래로 달려들어 검은 바닷속으로 사라져 버렸다.

그 일이 있고나서 얼마 후 612년 겨울, 순덕의 소식을 알고 있다는 사람이 을지문덕 장군을 찾아왔다. 그는 신라에서 포로가 된 순덕이 수나라에서 지내고 있다는 얘기를 했다. 이에 놀란 을지문덕 장군은 더 자세히 알아보라고 그와 같이 수나라에 자신의 사람을 보내어 재차 확인할 것을 명했다.

얼마 후에 자신이 보냈던 사람이 돌아와 순덕과 같이 잡혀간 고려 병사들을 보았음을 고하자, 대장군은 고심에 빠졌다. 수나라와의 전투에서 왕의 명으로 이미 한차례 수나라에 들어가서 거짓으로 항복 협상을 하며 적진을 살피고 간신히 빠져나온 일이 있었기에 다시 수나라로 간다는 것은 위험천만했기 때문이었다.

한편, 장안성 궁궐에서는 신하들이 언성을 높여 난리를 피워 순식간에 아수라장이 되었다. 을지문덕 장군이 영양왕을 뵈었는데, 수나라로 직접 떠나겠다는 청을 올린 까닭이었다. 왕과 신하들은 순덕이 살아있다는 것도 확실치 않을 뿐더러, 정말 잡혀있는 것인지 알 수 없는 곳에 한 나라의 대장군인 을지문덕이 직접 간다는 것은 있을 수 없는 일이라 주장했다.

지난 전투에서 을지문덕 장군이 적진으로 들어갔을 당시에, 수나라의 우중문과 우문술이라는 자가 수양제로부터 영양왕과 을지문덕이 오거든 생포하라는 밀지를 받았지만 수나라 상서우승 유사룡이라는 자가 이를 말렸기에 간신히 목숨을 건질 수 있었다. 이내 우중문과 우문술이 후회하며 을지문덕을 사로잡으려 군사를 보냈지만 실패로 돌아가 놓친 것에 한탄했다는 사실을 고려의 신하들도 모두 알고 있었던 상황이었다. 이렇듯, 을지문덕이 수나라에 다시 간다는 것은 상식적으로 허용할 수 없는 일이었다.

하지만 아들에 대한 아버지의 신념이란 정말로 굳건했다. 자신이 직접 가지 않는다면 그것만큼이나 순덕의 목숨을 위태롭게 하는 일이 없다고 판단한 문덕은 평소라면 절대적으로 따랐어야 할 왕의 명령이었지만, 이번에 만큼은 결코 한 걸음도 물러서지 않았다.

그는 끊임없이 왕에게 간청을 드렸고, 때론 하루 종일 궁궐 밖에 서서 추

272

위에 떨며 죽기 살기로 왕에게 호소했다. 위태로운 것을 너무나 잘 알고 있는 영양왕도 그가 포기하지 않자, 결국 노발대발하며 그에게 역정을 내었다. 고뇌에 빠진 왕은 평소 아들을 그렇게나 아끼던 문덕 장군의 마음을 헤아리지 못하는 것도 아니었기에, 결국 을지문덕 장군을 불러들여, 신하들이 보는 앞에서 조건을 내걸었다.

그것은 바로 수나라로 떠나는 순간부터 모든 직위를 박탈하고 을지문덕 집안의 모든 명예를 상실하는, 즉 고려에서의 퇴출이었다. 그것은 왕으로서 대장군에게 내릴 수 있는 가장 큰 치욕이자 결단이었다. 어떠한 장수라도 자신이 쌓아온 행적과 명예 그리고 조국을 떠나면서까지 얻어야 할 것이 생겼다면, 그것을 나라의 안위보다 더욱 중하게 생각한다는 것이기에 왕으로서 그러한 신하를 내치겠다는 의미이기도 했다.

허나, 을지문덕은 자신의 아들과 잡혀간 병사들을 위해 한 치의 망설임도 없이 조건을 수락했다. 대대로를 포함한 모든 문관들은 다시 사람을 보내어 확실히 순덕의 존재를 확인하고 천천히 방법을 간구할 것을 을지문덕에게 부탁했지만, 문덕은 아들의 목숨이 한시가 급하게 위험한 것을 생각하여 청을 거절하였다. 아들 대신 자신의 목숨을 희생할 각오가 되어있는 남자의 냉철한 발밑에서는 그 어떠한 대의도 함부로 타오를 수가 없는 법이었다.

613년 봄, 을지문덕 대장군은 모든 직위를 버린 채 왕의 결의를 꺾고 배를 구하여 선원들과 노비들을 데리고 수나라로 향했다.

한편, 고려를 원수처럼 바라보던 수나라 양광에게 어떤 이가 찾아왔다.

그는 을지문덕 장군이 아들을 찾으러 올 것이라는 말을 했고, 수양제와 신하들은 처음에 어리둥절하며 믿지 않았지만 실제로 고려에서 배가 출항했다는 정보를 듣게 되자, 그들은 그를 의심하면서도 믿게 되었다. 수양제는 지난번 을지문덕 장군을 순순히 놔준 우중문의 실수를 되갚고자 문덕이 오기만을 기다리며 칼날을 갈고 있는 상황이었다. 을지문덕의 소식은 전쟁에서 한 걸음 물러난 수나라에게 황금이 굴러 들어오는 것과도 마찬가지였다.

이윽고 고려의 배가 수나라 항구에 입항하자, 수양제는 사신을 보내 호의적으로 대했다. 하지만 그들은 배가 완전히 정박하고 을지문덕 장군이 내린 것을 확인하고는 숨어있던 수나라 군사들을 재빠르게 풀어, 타고 있던 선원들을 모조리 죽였고 을지문덕 장군과 노비들을 사로잡았다. 수양제의 명령으로 선원들의 목은 자르고 몸뚱이를 바다에 던져버렸다.

그 일이 있고 얼마 지나지 않아, 노비들은 간혹 고문을 받던 을지문덕의 모습을 볼 수 있었다. 그 모양새가 어찌나 처참하던지 그들은 차마 눈뜨고 볼 수 없을 지경이었다. 머리에 얹혀야 할 밝고 빛나던 투구는 빼앗겼고, 날카로운 쇳조각에 베인 머리에서는 피가 흘러 온 얼굴을 적셨다. 또한, 얼룩지고 찢겨 남루한 옷은 그간의 고통을 말해주었으며 둔기로 맞은 것처럼 부은 얼굴은 평소의 모습이라고는 찾아볼 수 없었다. 헝겊 같은 바지만 겨우 걸친 몸에는 등에 난 상처에서 피가 마를 날이 없었고, 갖은 고문으로 핼쑥해진 처참한 모습을 보기만 해도 얼굴이 찡그려질 정도로 엉망이 되어있었다. 수나라 병사들은 작은 나라인 고려에게 패한 것을 분통해하며

274

더욱 적극적으로 고문했고, 그가 고통에 몸부림칠수록 더욱 즐거워했다.

외교와 군사 측면에서 모욕을 겪은 수양제는 백성을 달래기 위해 대대적으로 을지문덕 장군에게 비난의 화살을 날렸다. 갖은 고문이 끝난 을지문덕 장군은 타고 온 배의 기둥 높이 묶여있었다. 수나라 병사들은 을지문덕 장군의 갑주를 나누어 가지며 그가 매달린 채로 피를 흘리며 서서히 죽어가기만을 기다렸다. 을지문덕 장군은 근처에 있던 노비 한 명을 불러다가 유언을 건넸다. 그가 죽음에 가까워지자, 병사 중 한 명이 나아와 그의 옆구리에 창을 찔러 넣었다. 쏟아지는 피가 기둥을 타고 흘러서 온 갑판을 피로 적셨으며, 가진 피를 모두 쏟아버린 그는 높은 기둥 위에서 쓸쓸히 숨을 거두었다.

세상에서 가장 용감했던 장군이자 아버지였던 그는 자신의 아들을 위하여 목숨을 깃털처럼 쉽게 버렸다. 을지문덕 장군이 고개를 숙이자, 수나라 병사들은 남은 노비들과 목만 남은 선원들을 배에다 싣고 타고 온 배를 강제로 출항시켰다.

모든 이들을 죽여서 배에 싣고 보내라는 수양제의 명이 있었지만, 기강이 해이해진 수나라 병사들은 노비들을 살려두었다. 그 이유인즉, 매우 험하기로 유명한 바다에서 배를 처음 접하는 노비들에게는 이미 사형선고가 내려진 것이나 마찬가지였기 때문이었다. 배를 다룰 줄 아는 선원들도 십중팔구로 강력한 폭풍우를 만나 배가 뒤집히는 곳에서 배에 대해 아무것도 모르는 그들이 절규하다가 끝내 바닷속으로 가라앉을 생각에 비웃으며 배를 보내주었던 것이다.

하지만 그들은 과거 뱃사공이었던 노비들과 이 배를 수리하던 자들이 노비 중에 더러 있었던 것을 알지 못했고, 그들은 수나라의 예상과 다르게 거친 바닷속에서 을지문덕 장군의 애통한 죽음을 고려인들에게 알리기 위해 서로 하나가 되어 도왔다. 을지문덕 장군이 수나라로 떠난 지 몇 개월이 지나지 않아서 결국에 그들은 길고 험난한 항해를 마치고 무사히 고국으로 돌아올 수 있었다.

노비들은 직접 장안성에 입궐하여 영양왕을 알현하고 수나라에서 있었던 일들을 전했다. 영양왕은 자신의 분신과도 같았던 대장군의 죽음을 크게 슬퍼하였지만, 진정으로 그의 뜻을 위해 슬픈 기색을 한 줌이라도 내비치면 안 된다는 것을 알고 있었다. 대원은 통탄의 눈물을 눈을 감은 채 그대로 삼켜버렸다. 고려의 무신, 그 가장 위에 오른 이가 한번 결심한 일에 자신조차 슬퍼한다면 그것이 아우를 모욕하는 것과도 마찬가지라 생각한 것이다. 그가 선택한 신념에 따라 행동한 일에 대해서는 태자 시절부터 항상 존중하며 대했던 영양왕이었다. 호형호제하며 서로를 지켜나갔던 그 강력한 힘이 백성들과도 연결되어 결국 수나라의 백만 대군을 막아낼 수 있게 한 일등공신이라는 것을 알았던 왕은 그의 죽음으로 인하여 내부 분열이 일어나지 않게끔 해야 했다.

그는 마음속 깊이 끓어오르는 수나라에 대한 적개심과 분노, 그리고 대장군에 대한 슬픔을 해 질 녘의 바람을 따라 놓아주고는 백성을 생각하여 슬픔을 삼켰다. 을지문덕이 진심으로 이루려 했던 일은 단순히 아들을 구하러 가는 것이 아님을 분명히 알고 있던 영양왕이었기에 문관들의 조롱과 조소에도 일체 흔들리거나 허무하게 생각하지 않았다. 오히려 왕은 더더욱 아낌없이 그의 행동을 널리 퍼트려 백성들의 귀감이 되게 하고 싶었지만,

신하들의 거센 반발과 법도를 어긴 왕의 자리를 위협하는 자들이 전쟁 속에서 왕권을 매섭게 흔들었다.

이 시기에 태대형(막하하라지)은 다시 수양제가 군사를 이끌고 올지 모르는 상황에 나라를 버리고 자신의 안위와 아들을 택한 을지문덕 장군의 부끄러운 행실을 후손에게 알리지 않기 위해서라도 모든 그와 관련된 직위와 기록을 남기지 않을 것을 거듭 재청했다.

누구보다 을지문덕 장군의 공을 치켜세운 왕이었지만, 전쟁으로 약화된 왕권에 대항하는 자들이 많아지자, 그는 공식적으로 을지문덕에 대한 언급을 삼가고 침묵으로 일관했다. 왕은 수나라의 재침 전에 신하들의 신임마저 잃어버리면 분열된 국정으로는 수나라에 대항할 수 없다고 판단하였던 것이다. 그러한 마음으로 결국 왕은 어떠한 황금보다도 신하의 간청을 무겁게 따랐으나, 특별히 을지문덕 대장군의 청천강 전투 업적은 지키길 원하여 문관들과의 회의 후에 남기도록 결정했다.

그것이 왕으로서 을지문덕에게 해줄 수 있는 유일한 일이자, 문덕 스스로가 택한 업적이었다. 대원은 세상 그 누구보다 친밀한 아우이며 신뢰하는 장수를 잃은 슬픔에 휩싸이고 고독함을 부인할 수 없었지만, 앞으로 다가올 수나라의 침략에 대항하기 위해선 모든 고통을 스스로 감내해야만 했다. 그는 밤새토록 슬픔에 잠겨있다가도 왕보다 어진 일을 대담하게 해냈던 을지문덕이 고려에 있었음에 크게 기뻐했으며, 또 그가 없는 고려의 궁이 너무 허전하고 빈 바람만이 불어와 왕은 밤새도록 이 세상에서 가장 은밀한 울음을 토해내기도 했다.

을지문덕의 죽음 이전인 611년 여름, 배에 올라탄 순덕을 보러 선원들이 일제히 몰려나왔다. 긴 시간동안 항해를 해온 선원들에게 바다 한가운데서 사람을 건지는 것보다 더 좋은 구경거리는 있을 리 없던 것이다. 선원 한 명이 바짝 마른 그의 몸을 보고는 죽을 끓여다가 그의 앞에 가져다주었다.

순덕은 무력한 모습으로 식사를 마친 후에 오랜만에 느껴보는 평화로운 안식과 안정감에 눈을 감았다. 순덕은 선실로 옮겨져 부드러운 짚에 몸을 뉘었지만, 몇 달 동안 뗏목에 누워있던 몸은 그대로 굳어서 움직이기 힘들었다.

그대로 며칠 동안 간호를 받으며 기운을 차린 순덕은 각고의 노력 끝에 간신히 발을 떼고 문밖으로 나갔다. 검은 먹구름이 잔뜩 낀 밤에는 고요한 바람 소리와 배에 부딪치는 잔잔한 물결 소리만 있을 뿐이었다. 뗏목에서는 밤이란 파도에 담긴 죽음의 북소리가 그의 귀에 속삭이면서 오늘 밤에는 가라앉히려 다짐하는 수많은 목소리에 겁에 질렸겠지만, 커다란 배에 올라탄 순덕에게 그토록 당당하던 파도의 모습은 찾아볼 수 없었다.

고려의 깃발이 달린 이 무역선은 크지는 않지만 폭풍우를 견뎌내기엔 안성맞춤이었으며, 견고하고 섬세하게 만들어진 고려의 작품이었다. 조그만 파도에도 주체하지 못하고 뒤틀렸던 뗏목으로 버텨왔던 순덕으로서는 이 배 앞에서는 파도도 맥을 못 추고 옆으로 도망가기에 바쁜 것을 보며 허탈한 미소만 지을 뿐이었다. 갑판에는 몇몇 앉아서 얘기하는 사람들이 있었다. 순덕은 선원들에게 다가가 이곳이 어디인지 물었고, 그들 중 키 크고 덩치가 있는 선원 한 명이 말없이 지도를 꺼내더니 배의 위치를 알려주었다. 왜나라와 무역하던 배가 교류를 마치고 본국으로 돌아가는 도중 순덕을 발견한 것이었다. 그들의 말대로 주변 갑판과 선실에는 배에 각종 왜나라에서 수입한 물품들이 즐비했다.

선원들은 순덕이 어찌된 영문으로 바다를 표류하고 있던 것인지를 물었지만, 그는 차마 말할 수 없었다. 다만, 고국으로 돌아가게 되면 그를 기다리는 것은 전쟁에서 패한 장수가 택해야 할 것, 바로 죽음뿐이라는 것뿐이었다. 그것은 누구도 피해갈 수 없는 고려의 법이자, 무신들을 용맹하게 싸우게 하는 양날의 검이기도 했다. 순덕은 선원들에게 감사하다는 성의만 표한 뒤 입을 굳게 다물었다. 고국으로 돌아가면 반드시 보답하겠다는 말을 마지막으로 그는 갑판 앞쪽으로 나아가 잠잠히 울렁이는 바다를 앞에 두고 섰고, 알 수 없는 설렘을 가지고 무덤덤하게 바라보았다.

돌아가면 전쟁에서 패배한 막대한 피해와 죽은 병사들의 가족들이 지닌 슬픔, 그리고 자신의 어리석음과 헛된 선택으로 인해 죽어간 수많은 젊은 이들에 대한 책임이 그의 어깨에 무겁게 내려앉았으나, 과연 자신의 죽음으로서 죗값을 치를 수 있을지 걱정이 앞섰다. 고려 무신으로서의 실추된 명예를 회복하지 않고 죽은 사람처럼 아무도 모르는 곳에 숨어들어 사는 것도 생각지 않은 것은 아니었으나, 고국으로 돌아가서 자신이 저지른 실수들을 만회하는 것이 최소한의 도리였다. 죗값을 치르는 것은 순덕이 그녀를 만날 수 있는 길이기도 했다.

그가 구출된 지 여러 달이 지나고, 갑판에 나간 순덕은 문득 배에 부딪치는 물결을 바라보면서 너무나도 편안하게 거친 파도를 헤쳐 가는 배가 얄미웠다. 굶주리고 헐벗은 이에게는 가혹한 시련을 선물로 남기며 하루 종일 모질게 구는 악몽처럼 파도가 순덕의 기억을 잠식했던 것이다. 그는 큰 배를 만나면 고개를 숙이고 태연하면서 무심하게 스쳐 지나가는 파도를 보자 진사가 떠올랐다. 원망도 잠시, 돛대에서 주위를 살피던 선원 한 명이 '육지가 보인다!'라고 큰소리로 외쳤다. 그러자 선실에 있던 선원들이 모두 뛰쳐나왔고, 장기간의 오랜 여행 끝에 찾아온 육지 소식에 환호성을 지르며 너도나도 땅을 보려고 달려들었다.

비로소 고려의 땅이 육안으로 보였다. 순덕은 수년 만에 제대로 된 땅을 밟을 수 있다는 감회로 심장이 울렁거렸다. 고국으로 돌아가는 이 순간을 그녀의 곁에서 함께 했더라면 너무나 기뻤을 그였지만, 그녀의 부재만큼 순덕의 목적은 커졌기에 깊은 그리움과 굳은 결심이 곁을 맴돌았다. 하지만 너무 오랜 시간 바다에 표류한 탓에, 순덕은 소녀의 얼굴이 기억의 언덕 너머로 보일 듯 말 듯 아른거렸다. 눈을 감으면 생생하게 뛰놀던 모습과 웃음소리가 떠올랐지만, 그녀의 눈이 어떠했는지 기억이 나지 않았고, 숨소리와 나긋한 감미로운 목소리가 마치 다른 이의 기억을 뺏어온 것처럼 낯설게 느껴졌다. 때때로 그녀와 지냈던 날들이 희미한 잔상으로 남아, 애초에 그녀는 자신이 만들어낸 환상일지도 모른다고 마음에서 울려오는 소리를 애써 모른 체했던 순덕이었다. 그녀를 정성껏 보살폈다는 기억 외에는 그녀의 손길이 닿은 것들은 없었고, 모두 그가 만든 것들뿐이었다. 그러한 의심이 시작되자, 한없이 혼란스럽고 지레 겁을 먹은 순덕은 그녀를 믿고 있는 힘이 세상 전부라 생각 속에 똬리를 틀고 있는 큰 뱀을 마주한 기분이었다. 섬을 탈출했던 것도, 수많은 폭풍우와 파도 속에서 희망을 붙잡고 끝끝내 버텨왔던 지난날도, 자신을 인정해주던 마을에서 떠나 결국엔 자신의 피로 죗값을 치러야 하는 고국으로 향하는 것도 그녀가 있었기에 가능한 일들이었다.

배는 고려의 땅을 향해 일말의 주저함 없이 나아갔다. 이윽고 배가 항구에 입항하자 선원들은 닻을 내리고 정박하여 배를 붙였다.

순덕은 저 멀리서 보이는 사람들의 활기찬 모습을 보자, 수년 만에 다시 고국으로 돌아오게 된 기쁨에 뒤로 돌아선 여인이 겉옷을 벗듯 황홀하고 뜨거운 눈물을 흘렸고, 마음에 불이 타올라 한시라도 빨리 아버지를 뵙고자 했다. 선원들에게 감사하다는 성의를 한 순덕은 배에 탄 고려의 사신에게 답례를 하겠다는 말을 남기고 떠났다. 그는 지친 몸을 이끌고 성의 도사(道使)에게 가는 길을 마을 사람들에게 물어보고는 알려준 길을 따라 향했다. 애써 만난 도사는 소문으로 죽었다던 순덕의 존재를 믿지 않았지만, 생전 처음 보는 낯선 이가 행여나 실종되었던 대장군의 아들이라면 자칫 큰 문제가 될 수 있기에 쉽게 내칠 수도 없는 상황이었다. 도사는 그를 의심의 눈초리로 보면서도 믿어보기로 하는 대신, 장안성에 사람을 보내어 순덕을 알 만한 자를 불러오는 것으로 일단락을 지었다.

612년 겨울, 순덕은 몇 년 동안의 방황과 표류 끝에 고국으로 돌아왔다. 그동안 수양제가 벌인 수나라와의 전쟁에서 을지문덕 장군과 고건무 장군이 필사적으로 항전하여 200만 대군을 막아냈지만, 이에 대한 막대한 피해는 요동 지역의 국토를 피폐하게 만들었다. 백성들은 수나라와의 전쟁을 치르면서 엄청난 양의 곡식과 전쟁에 필요한 물품들을 세금으로 나라에 바쳐야 했고, 전쟁을 해야 하는 이유를 알 수 없는 백성들은 당장의 전쟁보다 그저 고된 하루를 버티고 그날의 먹을 양식을 구하는데 급급할 뿐이었다.

이와 같은 나라의 상황을 모르는 순덕을 위해 도사는 말을 아꼈다. 다만, 그를 깨끗이 씻기고 새 옷을 꺼내서 입혀주었으며 음식을 마련해 정성껏 보살필 뿐이었다. 뼈가 드러날 정도로 말라있던 순덕은 장안성으로 떠난 노비가 다시 돌아오기까지 후한 대접을 받으며, 예전의 모습을 조금씩 되찾아갔다.

말라비틀어진 팔뚝에 살이 붙고 점차 육신에 힘이 생기니, 자신감은 덩달아 신나서 그를 따라다녔다. 그가 다시 칼을 들 수 있을 정도로 힘을 갖추기에 많은 시간이 걸리지 않았고, 식욕은 나날로 왕성해져 갔다. 장안성으로 갔던 노비가 예전 을지순덕을 알고 있는 사람을 데리고 오기까지는 두 달이 넘게 걸렸다. 순덕은 그동안에 몸을 회복하면서 다시 검을 잡은 두 손에 뜨겁게 흐르는 땀을 잊고 날이 가는 줄을 모르게 연습하고 또 연습했다. 밤이 되면 빌린 책을 읽느라 날을 지새우기 일쑤였다.

노비가 도착할 시간이 늦어질수록 성주는 곱지 않은 시선으로 종종 숨어서 그를 쳐다보았는데, 그도 그럴 것이 전쟁을 겨우 끝마친 고려에게는 땅에 떨어진 쌀 한 톨이라도 귀했고, 그간 순덕이 먹었던 식량의 손해에 대해 노심초사했던 것이다. 마침내 마을에서 평양으로 보낸 사람이 도착하자, 도사는 냅다 뛰어서 그를 보러갔다.

순덕의 얼굴을 알고 있다던 노비를 데려왔는데, 그는 순덕을 보더니 귀신을 보는 것처럼 놀란 눈으로 말을 잇지 못하다가도 금세 눈시울을 붉혀 눈물을 흘렸다. 순덕은 그를 알지 못했지만 그는 순덕을 알고 있었다. 그 노비는 을지순덕이 청년이 되도록 집안일을 하던 노비들 중 한 명이었는데, 그자는 얼굴이 마르고 달라지긴 했지만 확실히 자신이 모시던 을지문덕 장군의 아들이라며 그의 옛 모습을 기억해냈다.

순덕은 그에게 아버지와 어머니의 안부를 물어보았으나, 그는 머뭇거리더니 유감스럽게도 얼마 전에 대장군이 돌아가시고 나서 몇 달 뒤에 그의 어머니 또한 병을 앓고 이승을 뜨셨다는 말을 조심스레 꺼냈다. 그 말을 들은 순덕은 다리에 힘이 풀리고 두 손으로 머리를 감싸 쥔 채로 눈을 질끈 감았다.

수백 번도 고꾸라지고 싶었지만 예전 아버지의 은밀한 충고가 그의 마음에 불현듯 떠올랐다. '누구든지 제 목숨을 사랑하면 잃을 것이고, 자기의 목숨을 미워하는 자는 그 목숨을 보존한다.'던 을지문덕의 말이 그의 귓가를 맴돌았다. 순덕은 과연 을지문덕 장군이 자신의 목숨을 사랑하여 죽은 것인지 알 수 없었다. 다만, 죽었어야 할 자신은 살아있고 당연하게 살아서 나라를 지켜야 할 대장군은 죽었다는 사실이 너무나 비참하여 순덕은 통곡이 온몸에 번졌지만 얼굴이 붉어지며 목이 막혀 아무 소리도 낼 수 없었다.

노비는 조만간 나라에 한바탕 수나라와 또다시 전쟁이 날 것이라고, 도사에게 떠벌렸다. 당장의 슬픔을 삼킨 순덕은 그 이야기를 듣고 당장 평양으로 올라가서 왕을 알현해야겠다는 집념에 불타올랐다. 도사는 백성들을 동요하지 않게끔 지켜야 했지만, 가벼운 입에서 소문이 새어나갔고 어느새 돌고 돌아 마을까지 왈칵 뒤집어놓았다. 전쟁으로 피폐해진 국토와 죽은 시체들은 아직도 썩어가고 있었으며, 하루가 멀다 하고 나라에서 갖은 세금과 곡식들을 가져가니 전국은 병들고 가난에 찌들어 있던 상태였다. 순덕은 도사에게 인사하고 빠른 시일 내에 장안성에서 사람을 보내 성의를 표하겠다는 말을 했다. 그는 노비와 함께 다시 떠날 준비를 하였으나, 마음이 착잡하면서 무거웠다. 자신이 투자했던 믿음이 결실을 맺는 것을 확실히 하기 위해 도사는 순덕과 노비가 탈 말까지 준비해주었고, 순덕은 서둘러서 짐을 꾸리고 장안성을 향해 떠났다.

산등성이 너머 넓게 펼쳐진 논밭에는 마을 사람들이 흩어져서 곡식을 추수하고 있었다. 농민들의 얼굴에는 먹지 못해 힘이 없는 표정이 역력했고, 성으로 가는 길목 어느 마을에도 활기란 찾아볼 수 없었다. 길바닥에는 굶주려 죽어가는 아이들이 즐비했고 마을마다 기아로 죽은 시체들을 숲속에 버려 썩은 냄새가 사방을 기어 다녔다. 갈 길이 멀었지만 해가 지고 어두워지자 앞을 볼 길이 없던 순덕과 노비는 낯선 곳에서 잠을 청하고, 날이 밝자 다시 여정에 올랐다. 그들은 가는 도중에 나타난 마을에 들러 시장기를 해결하고 주막에 들러 쉬기도 했다.

부모를 여읜 순덕의 핼쑥해진 얼굴에는 슬픔과 걱정이 뒤섞였다. 왕에게 점차 가까워질수록 을지문덕 장군의 죽음에 대한 의문이 들었지만, 차마 말을 꺼내기가 두려웠다. 한편, 그가 묵었던 마을마다 순덕이 살아 돌아왔다는 소식이 널리 퍼져갔다. 그가 거쳐 가는 길목마다 사람들이 우르르 몰려서 을지문덕 장군의 아들임을 두 눈으로 직접 보고 싶어 했고, 그 소문은 그가 탄 말보다 앞서가 장안성에 도달했다. 이에 영양왕에게 그가 살아있다는 소식이 알려지자, 한시바삐 성 안으로 데려오라는 왕명이 떨어졌다. 그러나 계속되는 전쟁의 피해로 국력이 크게 약해진 고려에게 대장군의 죽음과 전투에서 패배한 장수의 귀환은 반가운 소식이 아니라 불길한 소식에 가까웠다.

순덕은 잠시 예전에 살던 고향집에 들러 돌아가신 부모의 묘에 찾아가 문안 인사를 드렸지만 불이 온몸으로 퍼지는 것처럼 주체할 수 없는 자괴감에 사로잡혀서 반나절 동안 울며 그곳을 떠나지 않았다. 이에 왕이 보낸 군사들이 순덕을 맞이했고, 그들과 함께 대동강 물결을 따라 장안성에 당도하였다. 그곳엔 수많은 백성들이 몰려들었다. 그간 소문에는 죽은 이가 살아 돌아왔다느니, 을지문덕 장군의 무덤이 파헤쳐져 그곳으로 나왔다느니 하는 말들도 나돌았다. 어떤 이들은 4년 만에 고국으로 돌아온 순덕을 보고 아유를 퍼붓기도 했다. 고려의 무신이 전투에서 패하고 수치스럽게 살아 돌아온 것을 용서받을 수 없기에 순덕은 겸허히 자신의 과오를 받아들였다. 영양왕을 알현한다면 당장 사형에 처하거나 형벌을 받거나 둘 중 하나가 될 터였고, 각오를 단단히 해야 했다.

그가 궁궐에 들어서자 예선 풍요롭게 돌아다니던 황금의 향내는 나지 않았고, 기다랗고 하얀 천에 금으로 화려하게 수를 놓고 붉은 자수가 새겨진 고려에 충성을 맹세하는 깃발은 쓰러져 있었다. 따뜻하게 사람들을 맞이하던 옛날의 궁은 사라지고 어느새 차디찬 바람만이 들어서 있었다. 그 불안에 떠는 모든 것들은 들어오는 이들에게 불운한 소식을 전하지 말기를 애원하는 것처럼 보였다.

그는 참새가 나무 위에서 추위에 떨듯이, 온몸 뼈 깊숙한 곳까지 느껴지는 수나라와의 전쟁의 잔상이 이곳까지 덮쳐왔다는 사실에 놀라움을 감추지 못했다. 그가 궁 안을 한 걸음 나아갈 때마다, 어디를 둘러보아도 고려의 국력과 운명이 쇠퇴의 길을 걷고 있음을 확인할 수 있었다. 이내 잔뜩 굶주린 늑대들의 눈빛을 한 신하들 앞에 들어선 순덕은 기에 눌렸지만, 자신의 등 뒤에 수줍게 숨어있는 연화의 모습을 떠올리며 용기를 내어 영양왕 앞에 성큼 걸어갔다.

멸망에 들어선 영양왕은 좌절과 실망 그리고 한탄의 빛깔이 그가 앉아 있는 의자까지 가득 찼지만, 왕은 깊은 근심을 숨기고 순덕을 반가이 맞았다. 이에 신하들이 양쪽으로 갈라져 편을 나누어 얘기를 하다가도 죽은 듯이 잠잠해졌다.

먼저 말을 꺼낸 것은 태대형이었다.

"전장에서 패한 장수는 당장 법전에 따라 참수형을 내려야 합니다."

그가 왕에게 요구하자, 문관들이 떼로 덤벼들기 시작했다. 그러자 영양왕이 큰소리로 순덕을 꾸짖었다.

"네가 정녕 무능력하여 병사들을 사지로 몰아 죽음에 이르게 하고, 백성들의 피 값으로 치른 전투에서 패배하여 온 나라의 국고를 마르게 했으니, 이는 참담하도다. 신하들도 국가의 기강을 바로 세우기 위해선 그대에게 엄벌을 내려야 하노라고 하나같이 입을 모아 말하는 터이며, 과인의 생각 또한 그러하다."

이에 순덕은 마지막 사형 명령을 기다리며 눈을 질끈 감고 있었다.

궁 안에는 침묵이 흘렀다. 모든 신하들은 하나같이 순덕에게 참수형을 내리는 왕의 한마디만을 기다리고 있었다. 다시 대원이 입을 열었다.

"허나, 현 시국은 고려가 수나라의 위협에 천 길 낭떠러지 위에 선 것처럼 위태롭고, 그들에 맞서 싸운 경험이 있는 많은 장수들이 목숨을 잃어 병사들을 지휘할 자가 없는 것 또한 사실이다. 이에 죄인 을지순덕을 수나라의 위협에 맞서 목숨이 파도 앞 촛불처럼 가장 위험한 곳에 보내어, 고려를 위해 목숨을 버리는 한이 있더라도 그곳을 지킬 것을 명하노라."

신하들은 어리둥절하여 왕의 말이 끝나도 입에 못이 박혀버린 것처럼 굳어서 떼어 낼 수가 없었다. 신하들이 수군거리기 시작하자 다시 왕은 말을 이어갔다.

"이만 대대로를 포함한 모든 관료들은 이쯤에서 물러가라."

신하들은 왕의 판단에 압도되어 일방적으로 물러날 수밖에 없었다. 순덕은 왕께 나아가 무릎을 꿇고 그저 듣고 있었다.

"친구의 계략에 빠져 한없이 고통스런 상황에도 용기 있게 숨지 않고 꿋꿋하게 살아서 돌아왔구나. 네 아비는 너를 위해 고통 속에서 죽음을 맞이했다."

순덕은 대장군이 자신을 위해 죽었다는 말이 무슨 말인지 이해가 되지 않았지만, 함부로 반문할 수는 없기에 고개를 숙이고 있었다.

"전쟁에서 패한 것은 수치스러운 일이나, 신하들의 간교에 빠져 죽음을 맞는 것보다 살아서 풍전등화처럼 위태로운 고려를 지키는 일이 더 값진 일이니, 앞으로는 대장군이 이루지 못한 무거운 일을 네 몫으로 두어야 할 것이다."

왕이 말했다. 순덕은 왕의 행간(行間)이 자신을 환영해주는 것처럼 들려 얼떨떨했다. 예전 그가 알던 영양왕은 한없이 위엄 있고 얼굴을 들어 감히 쳐다볼 수조차 없는 존재였다. 하지만 지금은 한없이 자애로운 노인에 불과했다. 순덕이 말을 꺼냈다.

"소인은 전쟁에서 패하고 이곳저곳을 떠돌며 방황하다가 이제야 죗값을 치르려 고국으로 돌아왔습니다. 제 덕이 부족하여 수많은 목숨들을 잃고 이제 결단하여 다시 이곳을 찾아온 것이니, 왕께서 부디 직접 엄벌을 내리시어 후대에도 이러한 불상사가 생기지 않도록 선처하소서."

순덕이 말을 꺼내자, 그동안 머릿속에만 맴돌던 말들이 소진되어 너무나 평안한 느낌이 들었다. 왕이 입을 열었다.

"들려오는 얘기로는 그대가 진사가라는 자의 계략에 빠져 패한 것이라는 소문이 있던데 사실인가?"

"아닙니다. 이 일은 소인의 부덕(不德)으로 인해 일어난 일입니다. 어떠한 책임도 장수인 제게 있으니 저를 꾸짖으소서."

왕은 고개를 살며시 들며 말했다.

"그대의 얘기는 이미 을지문덕 장군을 통해 다 들었노라. 친구의 계략에 빠지고도 친구를 위하여 자기 목숨을 버리려 하는 마음보다 더 큰 위대함이 없는 법이다. 이제부터 내가 명하는 대로 행한다면 그대가 나의 친구가 될 터이고, 나의 힘이 곧 그대의 힘이 될 것이다. 담대하게 싸워라. 앞으로 너의 방패는 마음이 정직한 자를 구원할 나에게 있을 것이다. 또한, 수나라의 수백만 군대도 능히 맞서 싸워 이긴 고려이니 이길 수 있다는 믿음을 갖는다면 능히 천만 대군일지라도 섣불리 다가오지 못할 것이다."

말을 마친 영양왕은 순덕을 집으로 돌려보냈고, 특별히 몸이 허약해 보인다 하여 각종 보약과 기를 보충할 음식들을 마련해주었다. 이에 순덕은 어찌할 바를 몰랐다. 많은 이들이 피 흘린 대가를 그의 작은 목숨으로라도 대신하여 부끄러운 용서라도 구하려 했지만, 왕은 오히려 그를 용서하여 신하들의 반발을 감당했을 뿐만 아니라, 몸이 성했다며 기력을 보충할 음식까지 직접 마련해주는 왕의 성은에 감동하고도 송구스러울 따름이었다.

그는 더는 아무 말도 잇지 못하고 궁궐을 빠져나왔다. 그의 가슴에는 진사가를 용서할 수 없다는 마음이 가득 들어차 있었지만, 더 처절하고 잔인한 복수를 위해 차분하게 숨겼던 칼날이 왕의 자비로 인해 온몸이 벌거벗겨진 것처럼 수치스러웠다.

한 치의 망설임도 없이 진사가를 죽이기로 마음먹었던 그의 깊은 심연에 왕은 긍휼의 돌을 넣었고, 물이 넘치는 우물처럼 걷잡을 수 없는 감정의 맥박이 그를 또다시 무릎 꿇게 했다. 자신의 모든 것을 앗아간 그자에게 복수의 칼날을 얼마나 날카롭게 다듬었는지 알리려 노력했던 수많은 시간들은 허사가 되어가고 있었다. 진사가를 모르는 영양왕의 용서가 순덕에게 자비를 베풀고, 동시에 진사가를 향한 순덕의 복수심까지 덮어버린 것이었다. 과거 소녀를 잃고 휘청거리는 자신을 바로잡기 위해서라도 반드시 그를 자신의 손으로 해치우리라 마음먹었던 그였지만, 어째서인지 법을 어기면서까지 자신을 용서한 왕을 보며 남에게 앙심을 그대로 행하려 했던 자신이 부끄러워진 순덕이었다. 진사가를 마음속에 잠시 묻어둔 순덕은 집으로 돌아갔고, 후에 노비에게 아버지의 죽음에 대해 물어보았다.

순덕이 배에 포로로 잡혀있을 무렵인 608년, 순덕이 전투에서 완패했다는 사실과 그의 실종 소식을 들은 을지문덕 장군은 크나큰 충격에 빠졌었다. 한편, 그 전투에서 살아남은 것은 진사가였다. 백성들 사이에 도는 소문으로는 둘로 나뉜 병력이 신라군을 쳤으나 역량이 부족하여 이기지 못했고, 그 사이에 적들이 아군의 군영 위치를 파악하여 기습 공격을 감행해 병력들이 흩어졌으며, 순덕이 이끌던 병사들은 전멸했다고 알려져 있었다. 하지만 실제로 매복해있던 진사가는 애초에 신라의 북한산성을 칠 마음이 없었다.

그는 신라의 진평왕과 내통하여 미리 선발대의 위치를 흘렸고, 신라의 척후병이 그것을 확인하였다. 순덕을 미끼로 삼아 신라군의 주 병력이 선발대로 향할 때, 진사가는 매복하고 있던 많은 병력을 독단으로 후퇴시켰다. 이어서 그는 병력을 돌려 상대적으로 병력이 빠진 신라의 북쪽을 습격하여 그해 2월에 남녀 포로 8천여 명을 노획하는 공을 세우게 되었다.

신라의 진평왕은 간사한 진사가에게 당한 것에 대해 울분을 토하면서도 비밀리에 정보를 얻은 덕분에 선발대를 전멸시켰으며, 고려이 순덕을 생포하여 왜나라로 보냄으로써 수나라와 고려의 싸움에 왜나라를 끼워 넣어 고려의 시선을 분산시킬 수 있음에 만족해야 했다.

진평왕은 진사가 덕분에 고려 내부에 분열이 일어나고 있고, 왜나라에 순덕을 보내어 고려와 왜나라 사이를 멀어지게 할 수 있다면 당분간 고려가 신라를 신경 쓰지 못할 것이라고 생각했다.

30만이 넘는 고려의 전군은 당장 수나라의 침략에 대한 대비만으로도 나라의 국고가 전부 비어버릴 정도였다. 수나라에게서 청야 전술로 얻어낸 승리였기 때문에 나라 안팎으로 힘든 것은 마찬가지였던 것이다. 온 마을은 농사를 지을 청년들과 아버지들의 부재로 당장에 먹고살 길을 강구해야 했으며, 고려에서 일어난 전쟁으로 전 국토는 황폐해져 있었다. 그러한 시기에 을지문덕의 아들이 다시 살아 돌아왔다는 소식이 백성들에게 들려왔다. 백성들의 수군거림이 동그랗고 시뻘게진 눈에 옮겨졌고 닳도록 신어헤진 백성의 신과 그들의 눈에서는 마치 대장군이 살아 돌아와 승전을 알리는 것 같은 기쁨이 서려있기도 했지만, 한편으로는 순덕이 살아 돌아왔다는 것이 수나라의 침략을 예고하는 것처럼 불길하여 심히 염려하기도 하였다. 하지만 대부분의 백성들은 순덕이 살아 돌아오자, 청천강 전투의 피를 이어받은 사내가 더 없이 든든하게 보였다. 동시에 저승에서 살아 돌아왔다는 그의 과장된 소문이 함께 퍼져나가, 각양각색의 영웅담이 봇물 터지듯 쏟아져 나왔다.

순덕의 몸은 점차 예전 그 모습을 되찾아갔다. 하지만 그의 몸에 살이 붙을수록, 고려는 수양제의 눈 먼 욕심의 물결에 서서히 침범되듯 잠기고 있었다.

영양왕은 황금갑주를 입은 채, 수나라에 대한 방어 전략을 책략가들과 논의하고 있었다. 나라의 운명을 쥐고 있는 그가 수많은 목숨을 두 어깨에 짊어지고서 짓는 신중한 표정에는 사람을 압도시킬 만한 힘이 깃들어 있었다. 한편, 순덕의 존재 자체는 왕에게도 깊은 고심거리를 안겨다 주었는데, 대원은 신하들의 엄청난 반발에도 불구하고 순덕을 다시 전쟁터로 보내어 가문의 명예를 되살리길 바랐던 것이다.

하지만 을지문덕의 죽으면서 그의 명예가 쇠락하자, 수나라와의 화친을 종용하여 전쟁을 끝내고자 하는 갑파의 공론에 힘이 실린 상태였다. 이 상황 속에서 만에 하나, 순덕이 재기에 성공한다면 갑파에게 걸림돌이 될 것이 분명했다. 결국 그들이 가만히 있지 않으리라는 사실은 분명했다.

만약 신하의 거센 반발을 무시하고 순덕을 전쟁터로 보낸다면, 분열된 왕과 신하들의 세력 싸움은 고려 전체의 귀족 싸움으로 확산되어 자칫 부족 국가인 고려의 왕의 권위가 약해질 수도 있었다. 영양왕은 고려의 힘이 분산되는 것을 막기 위해서라도 신하들의 눈치를 봐야 했다. 결국 순덕을 최전방에 보낼 명분이 없던 왕은 아쉬워하면서도 차분하게 먹잇감의 목덜미를 물 수 있을 때를 기다렸다.

한편, 수양제는 몇 차례나 침략을 강행하고도 이를 막아낸 작은 고려가

못마땅했다. 수양제는 고려의 땅을 잊지 않았다.

613년 봄, 을지문덕 장군이 죽은 지 1년이 채 안되어 수양제는 다시금 고려를 침략하려 군사를 탁군(涿郡)에 집결하게 했다. 을지문덕이 존재하지 않는 고려는 이빨 빠진 호랑이와 마찬가지라 여겼던 탓에, 수나라 군사들의 사기가 오를 대로 올라있었다. 수양제의 명을 받은 우문술 그리고 양의신이 출정에 나섰다. 이에 맞서 고려군이 요하 맞은편에서 수나라를 공격했지만 매번 실패로 돌아갔으며, 후퇴하기에 급급했다. 명장을 잃은 고려의 군사들은 갈 길을 잃어버렸고, 을지문덕이 사라진 전쟁터에는 적군의 거대함만이 더 부각되어 보였다. 시시각각으로 다가오는 30만 수나라 군사들을 상대로 겁에 질린 채로 맞선 고려군은 연달아 처참히 무너져 내렸다. 전투의 패전 소식이 들려옴에 따라 영양왕의 근심도 깊어졌고, 고려의 각 부족 귀족들은 서서히 자신들만의 힘을 키워나갔다. 고려는 날이 갈수록 서서히 쇠퇴하고 있었다.

한편, 요동성에 들어갔던 군사들은 수성에 돌입했다. 주변에 마름쇠를 설치하여 쉽게 접근하지 못하도록 막았으나, 수나라 군대는 엄청난 병력으로 밤낮을 가리지 않고 요동성을 공격하였다. 만약 평양으로 가는 1차 방어선인 요동성이 적군에게 넘어간다면 요동지역 전체가 흔들리는 것과도 같았다. 요동에서 고려의 수도 장안성까지 그리 멀지 않았기에, 고려는 요동성 방어에 심혈을 기울여야만 했다. 수양제는 기술자들을 대거 고용하여 최신식 무기들을 만들었는데, 그들은 비루를 설치하여 병사들이 우물에서 물을 퍼 올리는 것처럼 높이 올라가 고려군의 위치를 면밀히 살피는 동시에, 지상에서는 포차에 돌을 싣고 수십 명이 일제히 당겼다가 놓아 요동성벽을 부쉈다.

또한, 그들은 창과도 모양이 비슷한 당차를 이용하여 성문을 부수는 한편, 운제를 설치하여 사다리를 타고 해자를 넘어 성벽으로 올라가 고려 병사들과 싸우기도 했다. 그럼에도 불구하고 요동성의 벽돌이 단단하고 견고하여 쉽게 함락되지 않자, 적군은 베주머니를 마련하여 100만 개의 포대에 흙을 담고 높이 쌓았다. 그곳에 올라간 병사들의 높이가 100자가 될 정도로 높은 곳에서 요동성을 향해 화살을 쏘았다.

이러한 모든 노력에도 요동성이 쉽사리 무너지지 않자, 그들은 성벽보다 더 높은 누거를 설치하여 위에서 아래로 고려의 성 안에 화살 공격을 해왔다. 흔들리지 않던 요동성 군사들은 거대한 누거의 그림자가 성 안으로 드리우자 불안감에 휩싸였다. 요동성 군민들은 순식간에 사기가 급격하게 떨어졌다.

요동 성주는 수나라에 맞서 군량미를 넉넉하게 모으고 물자와 수나라의 대비에 철저한 준비를 해왔으나, 군사들의 사기가 점차 꺾이고 그를 도울 수 있는 내세울 만한 장수가 없게 되자 장안성에 도움을 청했다. 전갈을 받은 왕은 누구를 보내야 할지 고심하는 한편, 항간에 떠도는 순덕에 대한 소문을 문관들에게 흘렸다.

시간이 더욱 흘러 결국 적군들의 무기에 요동성이 함락될 위기에 처하자, 왕과 신하들은 대책을 마련하는 것이 시급해졌다. 이때에 을지문덕 대장군과 어깨를 나란히 했던 고건무 장군(훗날 영류왕)은 순덕의 이름에 힘을 실어 출전을 촉구했는데 이유인즉, 백성들에게 영웅적인 존재가 되어버린 을지순덕을 요동성에 보내어 성 안에서 격렬하게 싸우고 있는 군민들의 사기를 높이는 한편, 귀족과 신하들의 골칫거리가 되어버린 그를 보내어 내부를 단합하는 것만이 지금의 요동성을 지킬 최선의 방법이라는 주장을 내세웠던 것이다. 결국 요동성에 들어가 자리를 지키는 일만으로도 군사들의 사기가 오를 것이라 믿는 고건무 장군의 뜻을 따라 신하들도 만장일치하여, 왕은 순덕에게 요동성에 합류하라는 명을 내렸다. 그 즉시 순덕은 요동성 지원을 위해 채비를 갖추고 군사들과 함께 길을 떠났다.

수양제는 고려를 침략하기 전, 지난번 침략의 실패를 군량미가 부족하고 날씨가 좋지 않았으며 어질지 못했던 탓이라고 여겼다. 그의 빈번한 패배는 수나라 백성들에게 분노를 일으켰고 전국 곳곳에서 거센 저항이 일었다. 이를 막기 위해 그는 지난번 전쟁이 기후재앙으로 인한 참사임을 방증(傍證)하기 위해 을지문덕 장군을 놓치고 전쟁에서 패하여 옥에 가두었던 우문술을 파면시키고 그에게 다시 직책을 돌려주었다.

수나라 군대는 이번에는 고려를 확실히 타파하려 구원병이 올 수 있는 길목을 사전에 차단하고 요동성을 단단히 감싸 쥐었다. 반면에, 순덕은 척후병을 보내어 요동성의 길목마다 수나라의 군대가 포진해있다는 사실을 알아차리고 고심했다. 들키지 않고 요동성에 합류할 방법이 없자, 그는 군량미와 각종 보급품을 실은 수레를 포기하고 산길로 방향을 바꾸었다. 이에 순덕은 우문술의 군대와 마주치지 않고 요동성에 다다랐고, 성주에게 지원군의 길목을 열어줄 것을 요청하는 글을 화살로 보내 답신을 기다렸다.
요동성을 호위하는 장수들은 이를 보고 성문을 열게 하려는 수나라의 계략일 것이라 추측했지만, 성주는 순덕이 말한 대로 제 시간에 맞춰 성문을 열고 군사들을 보내어 잠시 길을 열었다. 이에 순덕은 양쪽으로 공격을 감행한 덕분에 구원병을 막아선 수나라의 병사들을 물리치고 간신히 요동성에 들어설 수 있었다. 그곳에 들어서자, 수많은 군민들이 각기 맡은 임무에 따라 격렬하게 싸우고 있었다. 하지만 성곽을 둘러싼 수나라 누거의 위압감은 실로 엄청났다. 한낮이 되어도 성 안 이곳저곳에 드리운 수나라 병사들의 그림자가 요동성을 침범하여 불길함을 감출 길이 없었고, 성 안으로 밀려들어 오려는 30만의 대군을 감당하기엔 고려군의 힘이 부쳤다.

한편, 요동성의 성주는 지혜롭게 적군에 대처했다. 수나라의 지휘 체계가 수양제의 명령 없이는 아무것도 할 수 없는 것을 알고 있던 그는 수세가 불리해지면 항복을 했다. 일단 항복을 받은 수나라 군대는 일선 장수로부터 최고 지휘자인 수양제의 귀에 소식이 이르고 다시 지휘 체계를 거쳐 명이 떨어지기까지 싸움을 중단할 수밖에 없었는데 그러한 과정은 요동성주에게 시간을 벌어다 주었고, 다시 병력들을 가다듬고 무너진 성곽을 복구했으며 재결전의 의지를 다져나갈 기회를 몇 차례나 제공했던 것이다.

반복된 고려의 항복 선언에 수나라 병사들은 고려의 속셈을 알아차리고 그들의 항복을 믿지 않았지만, 수양제의 허락 없이는 섣불리 행동할 수 없기에 30만 대군으로도 요동성을 함락시킴에 있어서 시간은 점차 지체되고 있었다. 하지만 이러한 거듭된 항쟁에도 불구하고, 요동성의 병사들은 속수무책으로 누거에서 날아오는 화살에 쓰러져나갔다. 성곽에 병력을 투입한다 해도 멀리 포차에서 날아오는 돌덩이가 성벽을 부쉈고, 성곽에서 보는 수나라의 병사들은 마치 개미떼처럼 까마득했으며 끝을 모르고 쳐들어왔다. 성 외곽에서 싸우던 고려의 병력 절반이 수나라의 화살에 당했다. 철옹성처럼 견고한 요동성의 성문은 옹성과 어긋문에 많은 고려의 병사들을 집중적으로 배치하여 상대적으로 적은 수의 수나라 병사들을 공격할 수 있었으나, 그것마저 수나라의 인해전술에 버틸 수 없을 만큼 한계에 도달했다.

요동 성주는 고심했다. 지원병으로 온 병사들을 성의 외곽으로 보내어 시간을 버는 것은 무의미하다고 판단한 순덕은 성주에게 성문을 개방하고 적들을 맞이하여 치열하게 싸우는 한편, 군사를 다른 성문으로 빼돌려 신속하게 적군들의 신무기를 불태워 없애자는 계책을 내놓았다. 절박했던 성주는 무의미하게 시간을 벌기보다 위험한 모험을 강행하기로 결심했고, 모든 기병들을 내성으로 집결시켰다. 요동성주의 명에 따라 적군이 몰려있던 성문을 개방하자, 좁은 옹성으로 수나라 병사들이 쏟아져 들어왔다. 다수의 궁수로 좁은 틈으로 들어오려는 그들을 막아내는 것은 어렵지 않았다. 그동안 성주는 다른 성문에서 싸우던 수나라 병사들이 열린 성문으로 몰려들기를 기대하면서 군사들을 재정비하고 기마병을 앞세워 적의 무기를 무너트릴 작전을 지시했다. 적의 1차 진영은 주로 보병이었으며, 그 뒤로 여러 가지 공성무기가 포진되어 있었다. 만약 2차 진영이 신속하게 대처하여 고려의 기병들이 무기들을 불태우기 전에 도착한다면 실패할 가능성이 높았지만, 한 번은 해볼 만한 일이었다.

요동성주의 예상대로 열린 성문으로 다른 문에 있던 수나라의 병력까지 쏠리자, 자연스레 다른 성문에 대한 공격은 약화되었다. 그렇게 성문을 열고 싸우는 동안 밤이 되었고, 밤의 성문이 열리기만을 기다리는 수백의 기마병들이 호흡을 가다듬고 있었다. 이윽고 출전을 알리는 뿔 나팔 소리가 요동성 안에서 장대하게 울려 퍼지고 거대한 북소리가 철로 온몸을 두른 개마 무사들의 몸을 두드렸다. 병사들은 하나의 목표만을 바라보며 두 눈을 크게 떴다.

곧 상대적으로 수나라 병력이 적은 쪽의 성문이 열리자, 개마 무사들은 괴성을 지르며 재빠르게 앞으로 나아갔다. 그러나 밤낮으로 공격해오는 수나라 병사들은 이미 지칠 대로 지친 상태였다. 또다시 저절로 고려의 성문이 저절로 열리는 것을 의아해하던 수나라 병사들은 이내 성문 안에서 수많은 철갑기병들이 쏟아져 나오자, 질겁한 나머지 대열이 흐트러졌다.

정예병들은 힘찬 말굽으로 땅을 베었고 충만한 힘을 기뻐했으며 나아가서 군사들을 맞되, 두려움을 모르고 겁내지도 않았다. 순덕과 개마 무사들은 칼을 대할지라도 불러나지 않으며 적군을 뚫고 나갔다. 그들의 머리 위에는 화살촉과 빛나는 창과 투창이 번쩍였고, 전장을 둘러싼 온갖 소리는 땅을 삼킬 듯이 맹렬하게 성내었다. 또한 그들은 적들의 나팔 소리에도 물러섬 없이 진군하였다. 대지를 가르며 땅을 뒤흔드는 거대한 말발굽 소리에 땅이 위아래로 강하게 흔들렸고, 수나라 병사들은 제대로 서있기조차 힘겨워했다. 철의 개마 무사들은 더디지만 차분하게 수나라 보병들을 베어나가며 점차 수나라의 포차와 다른 신식 무기가 있는 곳을 향하고 있었다.

저 멀리 2군에서 갑옷을 풀어 헤치고 잠을 자던 병사들도 갑작스런 나팔 소리에 놀라 허겁지겁 창과 방패를 챙기기에 급급했다. 하지만 이미 성 밖으로 나온 개마 무사들은 순식간에 보졸들을 해치우고 누거를 점령하고 있던 병사들까지 제압했다.

1군의 보졸과 기마병들은 고려의 철갑에 부딪혀 쓰러졌고, 날카로운 칼날에 베여나갔다. 이윽고 개마 무사들이 포차가 줄지어 서있는 곳에 도착하여 지원하러 오는 수나라 2군의 길목을 막아섰다. 뒤이어 고려의 보병들이 재빠르게 움직였고, 누거에 불을 붙이려 했지만 누거에는 진흙이 발려 있어 불을 붙이기 쉽지 않았다. 불화살 공격에 대비하여 미리 수나라 병사들이 미리 진흙을 뿌려놓은 것이었다.

병사들이 기름을 들고 오는 동안 순덕은 2군이 오는 길목에 개마 무사들과 합류했고, 수나라 기마병에 맞서 싸우며 저항했다. 시간이 흘러 기름이 도착하자, 고려군은 거대한 화형식을 차례로 진행해나갔다. 하지만 수십만에 달하는 수나라의 군사들은 금세 진형을 다시 갖추어 맹렬히 공세를 퍼부었다. 고려의 개마 무사들이 밀려나는 것은 시간문제였으며, 쏟아지는 화살에 아군이 하나둘씩 쓰러졌다. 수나라 기마병들도 수를 헤아리기 힘들 정도로 많은 병력들이 전속력으로 달려들었다. 순덕은 더는 버틸 수 없다는 판단 하에 기마병들에게 퇴각 명령을 내렸다.

결국 1군 진영은 주로 보병으로 이루어져 있어 보기 좋게 무너트렸지만, 그 뒤로 있던 2군과 3군 진영이 전열을 가다듬고 돌진해 오자 막을 수 있는 방법은 없었다. 고려의 기마병대의 퇴각 명령이 떨어졌다. 그러자 성곽에 있던 고려의 보병들이 뒤에서 활을 쏘며 적군들의 전진을 막아섰고, 수나라 군대는 잠시 주춤하다가 다시금 거대한 검은 파도가 밀려오듯이 다가와 고려의 보병들과 접전을 벌였다. 몇 시간에 걸친 전투 끝에 퇴각에 성공했으나, 고려군 전사자가 크게 늘어났다. 요동성 수비에만 몰두하느라 반격할 것이라는 생각조차 하지 못한 수나라 군대는 뒤늦게 포차를 다시 점거했지만 활활 타오르는 불길을 잡기엔 역부족이었다.

밤새 타오르는 무기들은 고려 병사들의 사기를 끌어올렸고, 반면에 수나라의 장수들은 분노와 모욕감에 휩싸였다. 고려 병사들도 피해를 입었지만 적의 누거와 포차의 위협에서 벗어난 것이 병사들과 군민들의 불안감을 해소시켜 사기가 크게 올랐다. 이와 같은 승전을 올렸지만 미처 불사르지 못한 누거와 다른 신식 무기들을 무시할 수는 없었고, 날로 병력이 줄어가는 고려의 형편에 비해 수나라의 병사들은 까마득한 곳까지 기운이 뻗쳐있어 보는 이를 또다시 망연자실하게 만들었다.

그 시기에, 수나라 안에서는 수양제의 독단적인 전쟁으로 인해 수많은 백성들이 가난에 시달리고 강제로 징집당하여 싸웠으며 요동으로 가지 말라는 민요가 퍼져나가 수양제에 대한 반감이 이루 말할 수 없을 정도였다. 그로 인해 여양에서 군량을 관리하던 예부상서 양현감이라는 자가 전쟁으로 고통 받는 백성들의 뜻을 받들어 반란을 일으켰는데, 순식간에 그를 따르는 자가 10만 명이나 되었다.

양현감의 반란 소식이 알려지자 긴급해진 수양제 양광은 군사를 돌리되, 고려군의 추격을 늦출 요량으로 군수물자를 모두 버리고 야밤에 장수들을 불러 은밀히 철수를 명했다. 요동성주는 수나라 군대가 퇴각하는 것을 보았지만 쉽사리 추격에 나서지 않았다. 행여나 성 밖으로 군사를 끌어내기 위함이라면 큰 위험에 처할 수 있었기 때문이었다. 그는 빠른 기마병들을 선출하여 수나라의 뒤를 쫓게 하고 수시로 소식을 전하게 했다.

요동성주와 순덕을 비롯한 장수들은 진실로 그들이 물자를 버리고 퇴각한 것인지 아니면 적들이 파놓은 함정일지를 고민했다. 여러 가지 의견이 나왔는데, 퇴각한다는 확신을 기병들이 가져올 때까지 기다리는 것이 밑져야 본전이라는 주장이 우세했다. 아무런 이유 없는 수나라의 철수로부터 시간이 흐를수록 고려군의 긴박함은 더욱 증폭되어 갔고, 아무리 생각해도 그들이 왜 모든 것을 두고 떠나는지 이해할 수가 없었다. 순덕은 무기를 두고 떠나야 할 정도의 시급한 일이라면 그들을 뒤쫓아도 문제가 되지 않을 것이라는 주장을 했지만, 소식이 들려올 때까지는 무엇도 쉽사리 결정할 수 없었다. 고심 끝에 요동성주는 병력을 집결시키고 수양제를 추격하기 위해 성문을 열고 쫓았으나, 혹시 모를 역공을 대비하여 80~90리 거리를 두었다.

수양제가 이끄는 군사들이 요하를 건널 때쯤에야 확신이 선 고려군은 병사들을 총공격하였다. 수만에 달하는 수나라의 후방의 병력들은 속수무책으로 당했다. 함정이 아니었다는 것이 확실해진 순간 요동성주는 후회했지만, 요하를 건너고 있는 후방 병력이라도 확실하게 처단하려 마음먹었다. 한편, 뒤의 병사들은 전방에 있는 병력들이 안전하게 요하를 건너는 것을 보고 마음이 급해졌는데, 쫓아오는 고려군에 방어를 하면서 동시에 후퇴를 해야 하는 이중적인 상황이 그들을 불안하게 만들었던 것이다. 이러한 상황에서 고려군이 후방 진영을 무너트리는 것은 어려운 일이 아니었다.

적들의 후방 부대는 요하강에서 낙엽이 물에 가라앉듯이 고려군의 강력한 철제 화살촉에 번번이 핏물이 되어 휩쓸려갔다. 결국 고려군은 많은 피해 없이 수천 명의 수나라 군사들을 섬멸했고, 요하강은 피로 빨갛게 물들었다. 이번 전투는 하늘이 도와 기적적으로 고려가 승리를 거머쥐게 되었다. 승전 소식은 널리 퍼져 금방 장안성에 도착했고, 백성들은 기뻐했다. 영양왕은 요동성주에게 크나큰 상을 내렸으며, 을지순덕에게는 대장군이 사용하던 명검을 하사했다. 결국 수양제는 그 많은 병사로도 민심을 다스리지 못하여 고려를 정복하는 대업을 코앞에 두고도 회군하는 비참함을 맛보아야 했다.

하루에 일확천금을 쏟는 전쟁에서 거대한 중국을 통일한 수나라와 또 한 번의 전쟁을 치룬 고려는 더는 감당해낼 수 없었다. 마을마다 자식의 죽음으로 통곡이 끊이질 않았으며, 깊은 골짜기의 시냇물처럼 마을에는 한숨소리만 가득했다. 수나라와의 전쟁은 불가피하면서도 동시에 불가능했다. 수양제 또한 이 전쟁의 무리를 모르는 것이 아니었으나, 천하의 주인인 자신이 변방의 작은 고려조차 이기지 못한다는 소문이 퍼진다면 그 무능력함이 온 세상에 알려지는 것이고, 심지어는 왕권까지 위협받을 우려가 있어 그것만은 막고자 했다.

고려는 요하 지방에서 수양제에게 비참한 패배를 안겨다 주었지만, 그가 내부의 반란을 잠재우고 언제든지 다시 고려를 노릴 수 있기에 안심할 수는 없는 노릇이었다. 절체절명의 위기에서 수나라가 철수를 하자, 요동 백성들은 이 일이 순전히 하늘의 도우심이라고밖에 설명할 수가 없었고 모두가 그렇게 믿었다. 요동 지역 백성들은 순덕을 보고 하늘이 돕는 장수라며 기뻐하였지만 순덕의 마음은 무거웠다. 그는 스스로의 능력을 잘 알고 있었고 이번 승리는 우연이라고 생각했기 때문이었다. 또한 다시 한번 수양제가 고려의 땅을 밟아올 때는 고려의 최후가 될 수 있기에 어떻게든 멈춰 세워야 할 마지막 시기가 온 것이라 생각했다.

요동성주는 군사를 정비하는 권한을 순덕에게 전임하고, 자신은 성을 수리하고 군수물자를 재정비하는 것에 심혈을 기울였다. 성 바깥에는 수나라가 놓고 간 수많은 군수물자와 무기들이 산처럼 쌓여있었고, 그것을 고려군이 노획하는 데만 한 달이 넘게 걸렸다. 요동성주는 내심 이번 전투의 승리를 기뻐하면서도 다시금 수양제의 탐심이 이곳에 뻗지 않길 바라면서 가급적 조용하게 재정비에 들어갔다.

처음과 마지막

양현감이 수나라 왕족과 귀족의 자제들을 인질로 잡고 있을 무렵, 고려 원정에 나온 곡사정이라는 자는 반란군과 은밀히 내통하고 있었다. 하지만 양현감의 계획이 어긋나고 수양제의 회군에 따라 점차 수세에 몰리자, 위기감을 느낀 그는 고려에 투항하고야 만다. 곡사정은 목숨을 부지하는 대신 수나라 내부에 대해 자세히 알지 못하던 고려에게 정보를 모조리 내놓아야 했다.

한편 양현감의 반란을 제압한 수양제는 614년, 백관들에게 조서를 내려 고려 정벌을 논의하게 했는데, 누구 하나 의견을 내는 자가 없었고, 수나라 국내의 반란이 들끓어 전쟁 준비에 차질을 빚었다. 수나라 백성들은 횃불을 들고 거리로 나와 수양제에 반기를 들고 저항했다. 또한 징발한 군사들은 대부분 기일을 어기고 오지 않았으며, 수나라 백성들은 고려에 대해 막연한 두려움을 갖고 있었다.

이러한 우여곡절 끝에 그해 2월, 수양제는 다시 한번 강제로 병사들을 징집하고 막대한 자금을 백성으로부터 탈취하여 명장 내호아를 필두로 수군을 비사성으로 출정 준비를 했다.

그 당시 순덕은 요동성에 머무르면서 병사들을 훈련하는데 열을 올리고 있었다. 수나라의 수군이 비사성으로 침략할 것이라는 소식이 들려오자, 순덕은 영양왕에게 지원군으로 갈 수 있도록 청을 올렸다. 하지만 번번이 신하들의 반발로 인해 무산되었고, 요동성 방어에 심혈을 기울이라는 명을 받은 그는 지난번 수나라의 무기와 군량 및 군수물품 등 대거 노획한 물자를 비사성을 포함한 여러 성으로 나누어 보냈다.

고려의 국력은 해가 갈수록 심하게 쇠약하여 이에 영양왕의 고심도 깊어졌다. 비사성에서는 적 수군장 내호아에 맞서 서문을 봉하여 싸웠으나 힘든 결전이 이어지고 있었고, 회원진에 수양제가 직접 군대를 이끌고 도착했다는 첩보도 들려왔다. 수군과 육군의 양동작전으로 또다시 고려를 침략하려는 것이었다. 고려의 백성들은 거듭되는 전쟁에 굶어죽는 자가 논밭을 메웠고, 죽어가는 병사들의 수만큼 집안의 대들보인 가장이 사라졌다. 장차 가장이 될 남자들은 전쟁터에서 싸늘한 시신이 되어 강물처럼 흐르고 있었다.

순덕은 종종 꿈속에서 환한 빛으로 찾아온 연화를 자신의 품에 안았다. 그녀는 눈물을 쉼 없이 흘렸다. 그녀는 이제 순덕에게 당시의 증오라는 기억만 남은 껍데기일 뿐이었다. 이제 그녀와의 기억은 먼 초원의 언덕 너머 타오르는 불길 속에 나방이 뛰어든 흔적을 아무도 찾지 못하는 것처럼 희미했지만 분명하게도, 그녀는 그의 핏속을 흐르고 있었다. 수나라와의 전쟁이 길어질수록 순덕에게서 그녀에 대한 기억은 차츰 멀어져 갔고, 전쟁이 모든 행복한 기억과 나쁜 기억을 빨아들이고 오로지 죽음에 온 신경을 집중하게 만들어 순덕을 메마르게 했다.

한편 수양제는 그해 7월, 군사를 이끌고 회원진에 머무르면서 각 군을 지휘하였다. 그는 비사성이 함락되거나 요동 지역의 어떠한 성이라도 허점이 보인다면 뚫고서 그 길로 장안성을 향할 기세가 완연했다.

반면에, 손의 힘이 풀린 고려의 병사들은 수십만 대군을 이끌고 온 수나라의 대군 앞에 떨리는 활을 겨누는 것처럼 일말의 희망을 찾아볼 수가 없었다. 수나라 군사들을 막아내어도 몇 번이고 다시 침략한 그들이었기에 결국 고려는 괴멸과 생존 둘 중 하나의 선택을 해야 했다. 지난 수나라와의 전투에서 고려는 청야 전술로 그들을 굶주리고 지치게 했지만, 피해를 보는 것은 고려도 매한가지였다.

더 이상 고려에 필요한 것은 많은 병사들도 아니며 훌륭한 장수나 황금과 재물도 문제가 될 만큼 급하지 않았다. 고려군에게는 희망이라는 단어가 존재하지 않았다. 계속되는 수나라의 침략에 언젠가는 전쟁이 끝나서 다시금 평화롭게 살 수 있다는 작은 소망 하나의 부재가 이토록 처절하게 버텨온 고려인들을 끝내 무너트리고 말았다.

마침내 내호아의 손에 비사성이 함락되었다. 이에 장안성으로 가는 길이 뚫리자, 고건무 총사령관은 수나라를 상대로 기마 전술로 대항하려 했다. 하지만 마지막 관문인 장안성을 두고 영양왕은 배다른 아우인 고건무 장군

305

을 궁궐로 불러다 밤새 이야기를 하고, 다음날 아침에 이에 곡사정을 풀어 그에게 넘겨주었다. 그리고 나선 왕명으로 고건무 장군이 이끄는 병력과 순덕의 지원군을 총 동원하여 수양제가 머무르고 있는 진군했다.

이윽고 고려의 군사들이 회원진 근처에 다다르사, 저 멀리서 진을 치고 있는 수나라 군대의 깃발이 바람에 고요히 나부꼈다. 거대한 평원에는 강한 햇볕이 내리쬐고 있었고, 황금색 벼들이 탐스럽게 여물어가고 있었으며, 햇살은 수백 년 된 나무 밑에서 팔베개를 하고 낮잠을 자며 잠시 쉬어갔다.

수양제의 군대 또한 고려군이 오는 것을 알고는 전투 준비를 모두 마친 후였다. 모든 백성들이 나른하고 졸려 한숨만 잤으면 소원이 없으리라 생각한 그 시간대에 고려군과 수나라 군대는 서로를 죽일 방도를 제각기 찾고 있었다.

회원진에 머무르는 수나라의 군대는 실로 방대했지만, 사기는 꺾여있으며 탈영하는 자도 많아 다스리기 힘든 것을 수양제도 알고 있었다. 또한 이번 정벌에도 아무 성과를 올리지 못하고 돌아간다면 내란으로 어지러운 형국을 걷잡을 수 없는 노릇이었으며, 그에 따라 수양제는 은연중에 자신과 수나라의 품위가 손상되지 않게끔 고려가 항복하기를 내심 기대했다.

고건무 장군은 마지막 전투가 될지 모르는 전장에서 마른기침을 연신 해댔다. 그때였다. 고려와 수나라의 병사들이 서로 거리를 두고 떨어진 자리에서 순덕은 통역관과 함께 먼저 말을 천천히 이끌고 아무 말 없이 수나라 진영으로 떠난 것이다. 순덕이 할 수 있는 방법은 이것뿐이었다. 떠나는 순덕을 잡는 자가 아무도 없었다. 다만 그가 점차 적군 속으로 들어가는 모습을 의아하게 모두가 지켜볼 뿐이었다. 의심 많은 수양제는 앞으로 나아오지 않고 그 자리를 지키고 서있었다. 순덕은 목소리가 뚜렷하게 들릴 만큼의 거리를 두고 말을 멈춰 세웠다.

이에 수양제가 "무슨 용기와 계략으로 적진까지 홀로 왔는가."라고 물었으나, 순덕은 그에 답해줄 수 없었다. 그가 답해줄 수 있는 유일한 것은 수양제 뒤에서 전쟁의 두려움에 떨고 있는 수나라 병사들의 모습을 그에게 보여주는 것뿐이었다. 이내 순덕은 수양제에게 말을 전할 수 있는 기회를 달라고 했고, 수양제는 "짐이 그곳으로 가는 일만 아니라면 무슨 말을 하여도 좋다."고 말했다. 순덕이 말하려는 것은 나라를 위한 길도, 자신이 살고자 하는 것도 아니었다. 그는 단지 연화의 마지막 청을 들어주고 싶었다. 순덕은 수나라 병사들도 자신처럼 전쟁에 대해 저항할 수 있게 될 것이라 믿었다. 순덕이 큰 소리로 외쳤다.

"더는 전쟁을 그만두시오. 서로 간에 너무 많은 피를 흘렸소." 수양제는 편안한 표정으로 통역관에게 무슨 말을 하는지 가만히 듣고만 있었다. 이에 또다시 가짜 항복을 내세우려는 순덕에게 수양제가 그의 말을 받았다.

"그대는 무슨 이유로 대국 앞에서 오만방자한 말을 또다시 꺼내는가."

이미 고려가 수없이 수나라를 상대로 수차례 항복을 내세워 그들을 기만했기 때문에 그가 의심하는 것은 당연했다.

지난날, 고려의 땅 위에서 수나라가 끔찍한 살육을 벌이는 동안에 사람의 도리로 거부하고 막아야 한다는 사실을 알고, 막을 힘이 있던 자들이 꿈쩍하지 않은 이유는 바로 양심이 부재하기 때문이었다. 재앙은 소수로 이루어진 음모자들의 손에 의해 시시각각으로 다가오고, 결국 피를 흘리는 것은 무고한 병사들과 그들의 가족, 나아가 백성 전체였다. 결국 백성들이 권력을 가진 자들에게 지식과 힘을 의지하려 했기 때문에 너무나도 무기력하게 지배당해 왔던 것이다.

소수를 위한 전쟁을 막는 자가 바로 앙현삼이었고, 이제는 순덕으로 이어졌다. 순덕이 말을 꺼냈다.

"사람이 만일 천하를 얻고도 자신의 목숨을 잃게 된다면 그것이 무슨 소용 있소. 그대들은 무엇을 얻으려고 자신의 목숨과 맞바꾸면서 전쟁을 하는 것이오. 전쟁에서는 빨리 달음박질 하는 자도 도망할 수 없으며 강한 자도 자기 힘을 낼 수 없고 전사라 할지라도 자기 목숨을 구할 수 없소. 또한 활을 가진 자도 설 수 없고 발이 빠를지라도 피할 수 없으며 말 타는 자라도 스스로를 구원할 수 없을 것이오. 마음이 군센 자도 결국 벌거벗겨져 죽음에 이를 뿐이오."

그가 힘껏 큰 소리로 외치니 수나라 병사들 사이에서도 그의 말이 통역되어 오가는 듯이 수군거렸다. 수나라 장수들은 순덕의 말이 고려의 간계라 생각하여, 그를 돌려보내자고 수양제에게 청을 올렸다.

병사들이 순덕을 끌어내려 했지만, 순덕은 결코 물러설 수 없었다. 지난 과거에 그가 소녀를 어둠 속으로 삼킨 것처럼 이번 한 번만이라도 이 잔인한 전쟁의 굴레에서 병사들을, 백성들을 살려내야만 했던 것이다. 다시 그를 끌어내려고 더 많은 수나라 병사들이 다가오자, 순덕은 말에서 내려 창을 빼 들고 창 끝부분을 바닥에 단단히 고정시킨 뒤, 날을 자신의 등 쪽으로 향하게 하여 자신을 찔렀다. 한 치도 물러서지 않겠다는 그의 신념은 보이는 이로 하여금 큰 충격을 불러일으켰다.

잦은 전쟁으로 피폐해진 수나라와 고려의 병사들은 순덕을 보자 살육에 대한 두려움이 새벽안개처럼 다가와 그들을 감싸 쥐었다. 고려의 병사들은 순덕이 앞서 나가 전쟁을 막으려고 애쓰는 모습에 안쓰러웠지만, 한편으로는 살 수 있다는 희망으로 얼굴이 밝아지기도 했다. 만약 그가 실패한다면 뒤에 있는 수많은 병사들에게 미래란 없었기 때문이었다. 전쟁의 고통은 순덕을 지나 모든 이에게 뻗쳐가서 그들의 가족들, 그리고 또 그들과 연관된 수많은 사람들에게 타고 흘러들어 갈 것이 분명했다.

수나라 병사들은 순덕의 양팔을 붙잡고 그를 쫓으려 했지만, 그의 팔을 잡아당길수록 비스듬히 꽂힌 창이 순덕의 몸에 더욱 깊게 들어갈 뿐이었다. 이 광적인 모습에 수나라 병사들은 겁을 먹고는 그를 잡던 힘을 차츰 풀다가 아예 당기지 않았다. 순덕은 날카로운 창에 찔려서 온 감각이 살점을 찢는 것처럼 잠겨 들어가는 고통에도 앞으로 백성들이 겪을 아픔에 비하면 보잘 것 없다고 생각하며 버텨나갔다.

힘 있는 자가 처음으로 나서지 않는다면, 앞으로 일어날 고통은 후손들에게 이어져 서로를 엮고 옭아매는 짐이 될 것이 분명했다. 그가 실패한다면, 약한 자는 더욱더 보이지 않는 억압의 굴레에 벗어나지 못해 가난해지고 굶주릴 것이었다. 순덕은 결국 그들이 고려를 원망하게 되는 악순환의 반복을 막아서는 위대한 일을 택한 것이었다.

한편, 순덕은 백성이 없다면 왕도 부질없는 자리에 불과하며, 나라 또한 빈껍데기에 불과한 것이라고 믿었다. 수나라처럼 소수에게 권력이 집중되어 나라가 휘청거리고 불신이 팽배하여 서로를 잡아먹고, 결국은 백성을 위한 나라가 아닌 정점에 서있는 자들을 위한 종놈의 나라가 되는 것을 막아야만 했다. 순덕이 서있는 곳은 백성에게 얻은 힘을 가진 자들이 그 힘을 마땅히 자신의 사리사욕과 명예를 위하여 쓰는 것이 능사가 아님을 증명해내는 자리였고, 나라의 근본은 백성이 되고 모든 힘이 직접적으로 삶을 꾸려가는 그들에 있음을 명확히 확인하는 시간이었다.

그는 계속 말을 이어갔다.

"귀가 있는 자들은 들으시오. 이 세상에 그 누구도 스스로의 목숨을 버리면서까지 지켜야 할 권력은 없소. 그대들의 선택으로 이곳에서 생을 마감할 수도, 혹은 마음을 고쳐 살아서 사랑하는 이들의 품에 안길 수도 있을 것이오. 이곳에서 끝날 것이라고 생각지 말고 남겨진 그대들의 가족들이 맞이할 고통들을 생각하시오. 지금 그대들이 가진 이 순간의 올바른 용기만이 역사를 바꿀 수 있는 마지막 자리가 될 것이오."

이 말을 마치자 수나라 진영은 술렁였다.

순덕은 병사들의 표정을 줄기차게 보고 있었는데, 맨 앞줄에 서있는 병사들 뒤에는 무더운 여름 날씨에 어울리지 않게 두건을 뒤집어쓴 자가 있었다. 순덕은 꺼림칙한 느낌이 들어 자세히 살펴보았지만, 얼굴이 두건에 가려져 있어 정확히 볼 수가 없었다. 그는 마지막 힘을 짜내어 다시 말을 이어가려 마른침을 삼켰다. 수양제는 통역사의 말을 다 듣고는 순덕에게 말했다.

"대국으로서 거짓 항복임을 알고도 계속하여 소국의 말을 경청해주었더니, 어디 천하의 수나라 앞에서 작은 술수를 부려 병사들을 혼란케 하려는 것이냐. 아군의 사기는 천지가 진동할 만큼 사납고, 이들의 창과 방패는 그 어떤 것과도 비교할 수 없을 만큼 날카롭고 단단하니, 과연 고려군의 이름난 활이라도 쉽사리 수나라의 견고한 진을 깨트릴 수는 없을 것이다. 허나, 그대가 그렇게 소원한다면 천하의 황제로서 고려의 과오에 아량을 베풀 생각은 있으나 너의 작은 목숨으로는 부족하여 그 이상의 것으로 갚아야 할 것이라.”

이 말이 끝난 후에 수양제는 병사들을 시켜 가까이 순덕을 데리고 오라고 말했다. 창을 뺀 순덕이 수나라 진영에 가까이 가자, 수나라 병사들의 눈동자에는 고려인에 대한 두려움으로 가득했다. 여태 수나라 백성들이 요동을 두려워하며 손과 발을 잘라 징집당하지 않으려 했던 이유는 바로 고려인들의 투지와 활에 있었기 때문이었다. 순덕의 등 뒤로 보이는 고려의 화살촉은 그 어디에도 뒤지지 않을 정도로 강력하고 예리했고 수나라의 갑옷과 방패를 손쉽게 뚫을 만큼 날카로웠던 것이다.

한편, 순덕을 지켜보던 고려의 진영에서는 고건무 장군이 아무런 대처도 하지 않자 다른 장수들은 적잖게 당황하였다. 순덕은 수나라 병사들에게 끌려가면서도 힘없는 목소리로 외쳤다.

“사람이 손에 칼을 품고서야 어찌 그의 살이 베이지 아니하고, 남의 피를 밟고서야 어찌 그의 발이 피로 물들지 않겠소⋯⋯.”

이에 수양제는 얼굴을 붉히고서는 더는 참을 수 없어 그를 죽이라고 병사들에게 지시했다. 하지만 병사들은 섣불리 그를 죽일 수 없었는데, 이미 거의 다 죽은 얼굴로 애처롭게 호소하는 순덕의 표정을 보았기 때문이었다. 수나라의 장수들도 병사들이 겁먹은 것에 동요했다. 수양제는 병사들과 장수를 훑어보고는 흐리한 눈으로 날카롭게 쳐다보다가 이내 잠잠해졌는데, 그의 말을 끝까지 들어볼 요량을 가진 것이었다. 순덕이 말을 이어갔다.

"우리가 세상에 아무 것도 가지고 온 것이 없으며 또한 죽음에 이르러서도 아무 것도 가지고 갈 수 없소. 칼집에 도로 칼을 집어넣으시오. 칼을 가진 자는 결국 칼로 망할 것이오."

순덕은 입에서 피를 흘리는 그 순간에야 두건을 쓴 자를 알아차릴 수 있었다. 수나라 병사들 사이에 섞여있다 두건을 벗고 그 안에 쓴 어두운 투구를 살며시 내려놓는 모습이 흐릿하게 보였다. 그자는 먹이를 노리는 하이에나처럼 순덕을 노려보며 옆으로 느리게 걷고 있었다. 분명히 진사가였다. 순덕은 온몸이 얼어붙어 그를 쳐다보는 일밖에는 할 수 없었다. 곧 진사가는 등에 멘 활과 화살을 꺼내들고 순덕을 노려보더니 활시위를 몸 쪽으로 천천히 당겼다. 철천지원수가 순덕의 눈앞에 나타나, 자신을 또 한 번 죽이려 드는 것이었다.

지금이라도 몸을 움직인다면 피할 수 있는 거리였다. 하지만 자신이 이곳에서 그의 화살을 피한다면, 그 모습을 본 병사들의 마음속에 두려움이 심어져 결국 이 모든 노력이 실패로 돌아갈 것임을 순덕은 온몸으로 깨달았고, 자신에게 주어진 독배를 그대로 마시기로 했다. 그는 진사가의 눈을 천천히 응시했고, 이내 진사가가 쏜 화살이 천 리를 날아 그의 몸을 깊숙이 파고 들어왔다. 피가 솟구쳤다.

모습을 드러낸 진사가는 순덕이 자신을 보고 격분하길 바랐다. 그가 자신을 보고 분을 이기지 못하여 다가오거나 혹은 두려워하여 도망치기를 바랐지만, 아무런 대처도 하지 않은 그가 매우 거슬렸다.

순덕은 을지문덕 대장군이 하지 못한 일을 해내기 위해 화살 너머에 있는 더 숭고한 것을 바라봐야 했다.

하지만 안타깝게도 순덕 하나만으로는 수양제가 원하는 항복의 조건에 도달하지 못했다. 순덕은 화친 제의가 실패로 돌아갔다는 것을 깨달았고 조금만 더 노력했다면, 말할 수 있는 시간이 더 주어졌다면, 수양제가 원하는 것을 자신이 가졌더라면 이루어졌을 화친 제의가 물거품으로 돌아간 것을 한탄했다. 또한, 수많은 병사들이 집으로 돌아갈 수 없다는 사실은 그를 슬픔에 잠기게 만들었다. 그러나 순덕의 호소에 미동하지 않던 수나라 병사들은 그가 진사가의 화살을 맞아 고통으로 일그러지는 모습을 보자 동요하기 시작했다. 잔인하게 죽어가는 순덕을 보며 자신 또한 결국 그러한 종말을 맞게 되리라는 상상력이 모두를 자극했던 것이었다. 이에 때를 기다리던 고건무 총사령관은 긴 기다림 끝에, 직접 곡사정을 데리고 수양제에게 향했다. 고건무 장군 또한 알고 있었다. 패망의 길을 걷는 고려가 또 한 번 수나라에게 맞서 싸운다면 결국 장안성까지 내어줄 수밖에 없다는 것을. 또한, 너무나 훌륭하게 수나라의 200만 대군을 막은 고려였지만 지속되는 전쟁이 필시 무고한 병사들이 흘린 피와 눈물 그리고 백성들이 겪어야 하는 고통을 가중하여 점차 나라의 기둥을 흔들고 존립 자체를 위험하게 한다는 사실을 말이다.

다만, 중국을 모두 통일한 천자의 나라 수나라가 고려에게 이토록 피해를 입고도 어물쩍 항복을 받아들일 수 없다는 것을 알고 있었던 영양왕은 순덕의 지혜와 더불어 고건무 장군에게 비밀스런 화친 제의를 지시함과 함께 수양제가 앙심을 품은 곡사정을 그들에게 돌려줌으로써 이 모든 전쟁을 끝낼 생각이었던 것이다.

순덕은 마지막 순간까지, 아무 일도 일어나지 않은 것처럼 고향으로 돌아가 가족들 곁에서 밥을 지어먹고 때론 웃고 떠들며 동고동락하는 일상을 간절히 원했다. 하지만 그것은 그가 가지기엔 너무나도 큰 사치였다. 수나라와 고려의 병사들 사이에서 순덕의 죽음에 대한 웅성거림이 더욱 커지자, 분노를 참지 못한 고려 병사들은 당장이라도 뛰어나가 순덕을 구하려는 마음을 먹었다. 하지만 고건무 장군은 순덕을 구한다면 여태껏 그가 목소리를 높여 말하던 신념을 단번에 망치는 일이라 생각했기에, 병사들에게 섣불리 행동하지 않도록 명해두었다.

진사가는 자신만만하다가도 고려의 병사들이 분노를 이기지 못하고 달려와 전쟁을 일으키지 않자 불안해졌다. 그가 창을 빼어들어 꽉 쥐고는 순덕이 있는 근처로 가까이 다가가니, 고려군의 분노는 더욱 심해졌다. 이윽고 순덕 앞에 완연히 모습을 보인 진사가의 눈빛에는 예전의 모습이라고는 찾아볼 수 없을 만큼 뱀의 눈빛처럼 사악한 것이 서려있었다.

진사가는 순덕과 고려군이 결국 자신의 뜻대로 되지 않자, 진저리가 난 듯이 허탈한 표정으로 쓰러져 있는 순덕을 한참이나 쳐다보았다. 순덕은 진사가가 무엇 때문에 그토록 악랄하게 자신을 따라다니면서 분을 품었던 것인지 알지 못했다. 재물과 명예를 따라 을지문덕 장군을 따라다녔던 진사가의 순수한 눈빛 속에는 아이러니하게도 재물, 명예가 들어있지 않았고 욕망을 따른 것도 아니었다. 단지, 그의 눈빛에는 원초적인 원망과 증오가 붉은 사과처럼 맺혀있었던 것이다. 그것은 순덕이 죽음으로써 맺게 되는 열매이자, 오직 자신의 죽음으로 해결될 일이었다. 그가 쓰러져 있는 순덕을 향해 다시 한번 나직하게 말했다.

"자네는 날 정말 미치게 만드는군, 왜 화살을 피하지 않았지? 충분한 거리였는데 말이야."

순덕이 힘들여 답했다.

"언젠가 말했지 않은가. 진사가 자넨 내 제물이 되어야 한다고……."

"그게 무슨 말이지? 네 아비가 그랬듯이 결국 사는 건 나이고 죽는 건 자네일세. 저것을 보게나, 지금 고려군이 동요하고 있지 않은가? 전쟁을 막을 수 있다는 자네의 헛된 믿음은 내가 자네에게 또다시 죽음을 속삭일 때 이루어질 걸세. 너무 노여워하지 말게나."

이에 피를 토하면서도 순덕이 말했다.

"무엇이 자네를 이토록 비참하게 만들었는가."

진사가 답했다.

"어떤 이는 좋은 부모의 밑에서 태어나 아비 곁만 따라다녀도 저절로 흥하게 되고, 누군가는 저주받을 부모의 품에서 태어나 저주받을 혈통을 이어받게 되네. 애초에 노비가 되거나 남의 종노릇을 하게 되는 일은 과연 누가 정했단 말인가. 저주받은 자들은 평생을 흥함과 멀찍이 떨어져 있으며 그들의 곁에는 망함과 쇠락이 주변을 맴돌며 괴롭히는 것을 수없이 봐왔고, 나 또한 겪었네. 대체 무엇이 누군가를 저주받게 하는지 평생 의문을 품었지만 이제야 안 것일세."

순덕은 숨쉬기도 힘겨운 목소리로 그것이 무엇인지 물었다. 진사가 기다렸다는 듯이 답했다.

"바로 혈통일세. 옛 조상으로부터 받은 더러운 피가 아직도 이 몸 구석구석을 타고 흐르기 때문에 가난과 종노릇의 멍에에서 어떤 짓을 하던 간에 절대적으로 벗어날 수 없는 것이지. 흥할 기회가 와도 모든 것을 망하게 하는 근본적인 더러운 피가 지금도 내 안에 흐르고 있단 말일세, 그러니 근본을 바꾸려면 고귀한 혈통이 필요한 것이고, 그렇기에 더더욱 나에겐 자네가 필요한 것일세."

그의 말속에는 절대적인 광기가 서려있었다. 그의 광적인 사상은 너무나도 확고해서 자신의 말이 곧 법이 되고, 세상의 이치가 되는 지경에 달했다. 이미 들어도 깨닫지 못할 것이며 보기는 보아도 알지 못하고, 마음이 완악해져서 그의 귀는 듣기에 둔하고 눈은 감은 상태였다. 하지만 이 모든 것은 진사가가 눈으로 보고 귀로 들어 깨달음을 얻어 행여나 자신의 생각이 고쳐질까 두려워하기 때문임을 순덕은 깨달았다. 갑자기 순덕은 진사가가 불쌍하게 생각되었다.

"수고하며 무거운 짐 진 자여, 내게 오게나. 내가 그대를 쉬게 해주겠네. 내 마음이 온유하니 내게 배우면 그대 마음에 쉼을 얻을 수 있을걸세."라고 말하자, 진사가가 몸을 두르고 있던 검은 천을 완전히 벗었다. 그 안에는 을지문덕 장군이 평소에 착용하던 갑주가 있었다.

전쟁의 기미가 보이지 않자 마음이 급해진 진사가는 생명이 소멸해가는 순덕의 빈껍데기만 남은 육신에 침을 뱉고 모욕하며 고려 병사들을 희롱했지만, 고건무 장군의 명을 받은 고려군은 미동도 하지 않았다. 진사가는 그의 옆에 다가와 무릎을 꿇고서는 자신의 수통을 꺼내 목마른 순덕의 입에 대고는 몇 모금 마시게 했다. 그는 "갈증이 해소되니, 더욱이 살고 싶어지지 아니한가."라는 물음에 순덕은 노비에게서 들은 아버지의 유언을 떠올렸고 이내 웃음을 머금으며 '자네 덕분에 내가 이루고 싶었던 모든 것들을 이룰 수 있었네.'라는 말을 했다. 시간이 흐른 뒤에, 순덕은 "끝까지 견디는 자는⋯⋯." 하고 아버지의 말을 떠올리며 하늘을 바라보았다.

　남겨진 진사가는 죽어가는 순덕을 보자, 평생 동안 자신이 원망하고 그 가문에 욕망을 품었던 나날들이 눈앞에 다가와 모든 것을 독차지하고 싶은 욕구를 자제할 길이 없었다. 하지만 뼛속부터 흐르는 집안의 저주와 고귀할 수 없는 피가 아직도 그의 몸에 흐르고 있기에 순덕의 피를 받아 마신다 할지라도 소용이 없었다. 그는 아직 피가 흘러내리는 을지순덕 장군의 몸에 수통을 갖다 대고 피를 모으기 시작했다. 수통이 피로 가득차자, 진사가는 자신이 지니고 있던 날카로운 칼을 꺼내 자신의 핏줄을 잘라내어 피를 모두 쏟아내야 한다고 믿었다. 곧이어 진사가의 손목에서 더운 피가 마구 솟구쳤다. 이어서 진사가는 을지순덕 장군의 피를 연거푸 숨 쉴 틈도 없이 마시기 시작했다.

　그 광경을 본 수나라의 병사들은 경악을 금치 못했다. 너무나도 괴상망측한 모습에 사람을 죽이던 자신의 과거가 겹쳐 보이면서 마음속에서 조금씩 깨닫고 있던 흉악함에 대한 증오가 진사가에 의해 한꺼번에 모두 쏟아져 나온 것이었다.

　고려와 수나라 병사들은 그 광경을 보며 자신이 결국 알지도 못하는 이들에게 이용당하여 허무한 죽음을 택하려 했던 어리석음을 깨달았고, 사랑하는 이들을 남겨두고 죽으려 했던 자신들을 반성했다. 그들은 창과 방패를 쥔 두 손에 증오 대신 행복을 찾다. 이에 한 명의 병사가 무기를 버렸다. 그러자 바람이 대지를 휩쓸어가듯이, 점차 무기와 방패를 버리는 이들이 많아졌다. 결국에는 수백 명씩 바닥에 무기를 땅에 떨구어 전쟁에 대한 저항 의지를 표현했다. 말로는 그 누구도 설득할 수 없던 미약한 힘이 순덕의 피로써 엄청난 물결을 일으켜 병사들에게 퍼져나갔고, 잦은 전쟁으로 국력이 많이 쇠약해져 있던 것을 알고도 무리하게 이번 전쟁을 준비했던 수양제는 곡사정을 돌려받은 채로 614년 8월, 전쟁의 폐막을 신언하지 않을 수 없었다.

진사가는 아무도 없는 전장에 홀로 남아 끝없는 갈증을 해소했다. 그는 죽어가는 자신의 몸을 돌보지 않고 순덕의 피를 마시며 끝없이 중얼거렸다.

'모두 다 몸속을 흐르는 더러운 혈통만 아니었더라면…… 온 천하를 꾀어낼 수 있었으리라.'

그는 마침내 멸망의 길을 걸으며 수통의 피가 모두 떨어질 때까지 마시고 또 마셨다. 입에 흥건히 피를 적신 그의 수통이 땅에 떨어져 피가 사방팔방으로 흩뿌려질 때 검은 그림자의 발걸음이 비틀거리며 흔들렸고, 이내 단단한 땅은 그를 품어주었다.

한편, 순덕은 마지막 순간에 눈을 감고 연화를 생각했다. 연화는 순덕을 광야로 몰아내기도 했지만, 끝내 순덕이 옳았음을 증거하기도 했다. 순덕은 섬에서 언젠가 그녀와 손잡고 크고 높은 산으로 올라가 바다를 바라본 일을 떠올렸다. 그 바다가 어찌나 아름다운지 빛이 귀한 보석과 같았고, 수정같이 맑은 벽옥처럼 보였다. 어느새 그의 옆에는 연화가 순덕의 손을 꼭 잡고 있었고, 이내 순덕의 눈에서는 뜨거운 눈물이 흘러내렸다. 그러더니 순덕은 점차 해와 같은 빛이 몸 안으로 가득 차는 것을 느꼈다.

순덕이 다시금 눈을 뜬 곳에는 크고 높은 성벽과 열두 성문이 있었다. 성벽에는 전체가 벽옥으로 만들어져 있었고, 성은 맑은 유리 같은 순금으로 되어 있었으며, 해와 같은 빛이 그곳을 비추고 있었다.

연화는 순덕의 손을 놓지 않았고, 근처에 있는 수정같이 맑은 강을 보여주었다. 그 강은 성의 중심부로 흘러들어갔는데, 강 양쪽에는 섬에 있던 나무와는 다르게 달마다 열매를 맺는 나무가 있었다. 그 나무의 잎에는 모든 이들을 치료할 수 있는 힘이 깃들어 있었다. 또한, 그곳에는 더는 밤이 존재하지 않았고 등불이나 햇빛이 필요치 않았다. 순덕은 자신의 손을 꼭 잡은 연화에게 물었다.

"당신은 무엇입니까."

그녀가 웃으면서 답했다.

"나는 처음과 마지막이며, 시작과 끝이다."

놀란 순덕은 문득 발밑을 쳐다보았다. 그곳에는 자신이 그토록 싸웠던 전장이 다른 곳에서 또다시 벌어지고 있었다. 순덕의 손을 잡은 더는 알 수 없는 존재에서 음성이 울려 퍼졌다.

"악한 사람은 계속 악을 행하게 하고 더러운 사람은 계속 더럽게 내버려두고 의로운 사람은 계속 의로운 일을 하게 하고 거룩한 사람은 계속 거룩하게 하라. 내가 다른 모습으로 속히 가리니, 너희에게 줄 상이 내게 있으며 각 사람에게 행한 대로 갚아주리라."